AMÉRICA DEL SUR

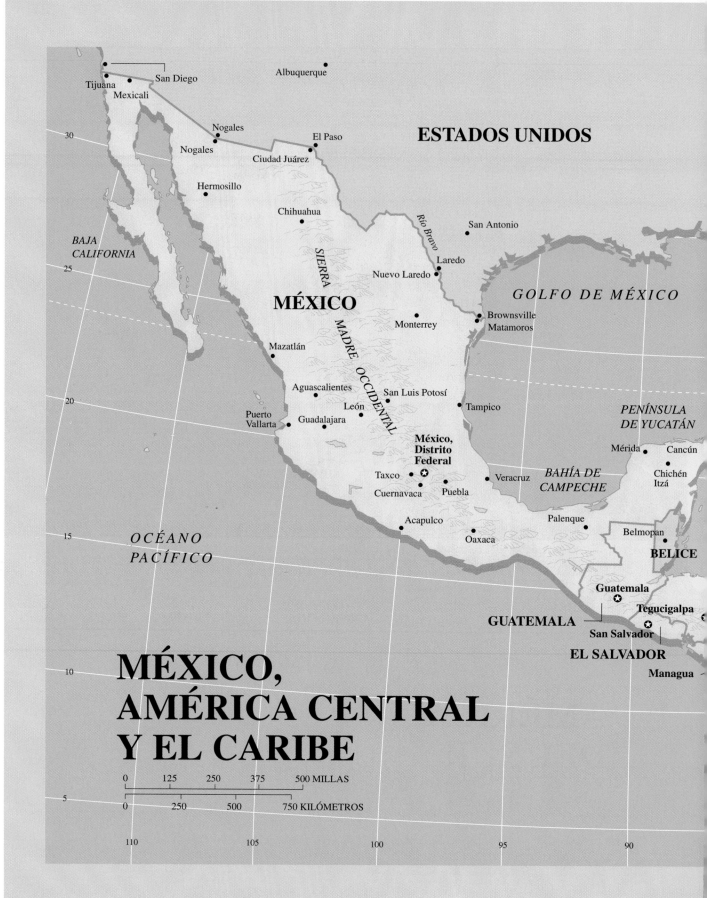

Albuquerque

San Diego
Tijuana
Mexicali

ESTADOS UNIDOS

30

Nogales
Nogales
El Paso
Ciudad Juárez

Hermosillo

Chihuahua

San Antonio

Río Bravo

BAJA
CALIFORNIA

Laredo

25

Nuevo Laredo

GOLFO DE MÉXICO

MÉXICO

SIERRA

Monterrey

Brownsville
Matamoros

Mazatlán

MADRE

20

Aguascalientes
León
Puerto
Vallarta
Guadalajara

San Luis Potosí

OCCIDENTAL

Tampico

PENÍNSULA
DE YUCATÁN

Mérida
Cancún

México,
Distrito
Federal

Chichén
Itzá

Taxco
Cuernavaca
Puebla
Veracruz

BAHÍA DE
CAMPECHE

15

OCÉANO
PACÍFICO

Acapulco
Oaxaca

Palenque

Belmopan

BELICE

Guatemala

GUATEMALA

Tegucigalpa

San Salvador

EL SALVADOR

10

MÉXICO,
AMÉRICA CENTRAL
Y EL CARIBE

Managua

0   125   250   375   500 MILLAS

0   250   500   750 KILÓMETROS

5

110   105   100   95   90

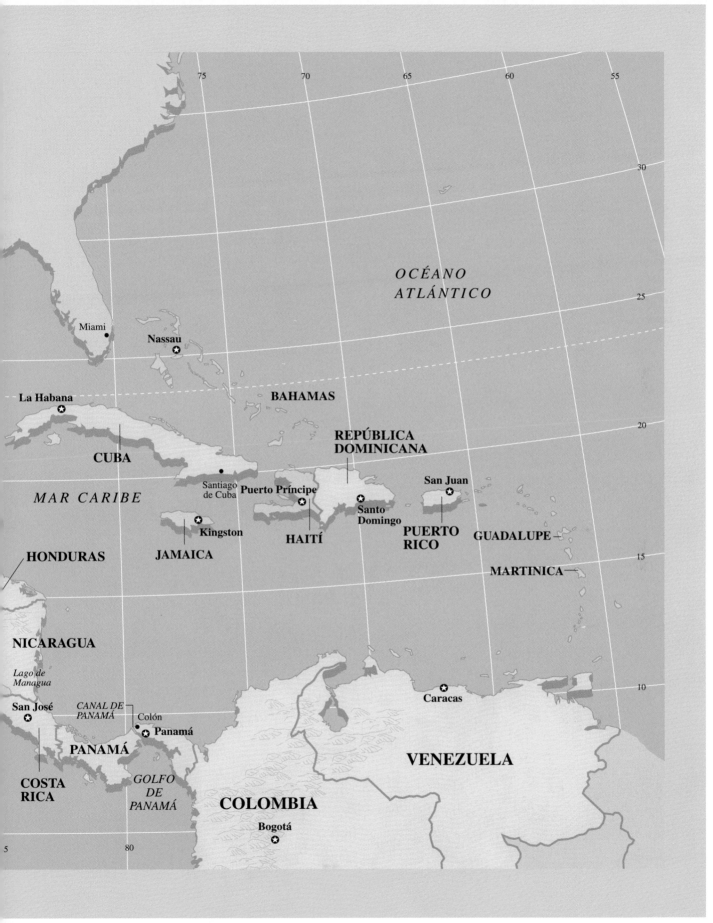

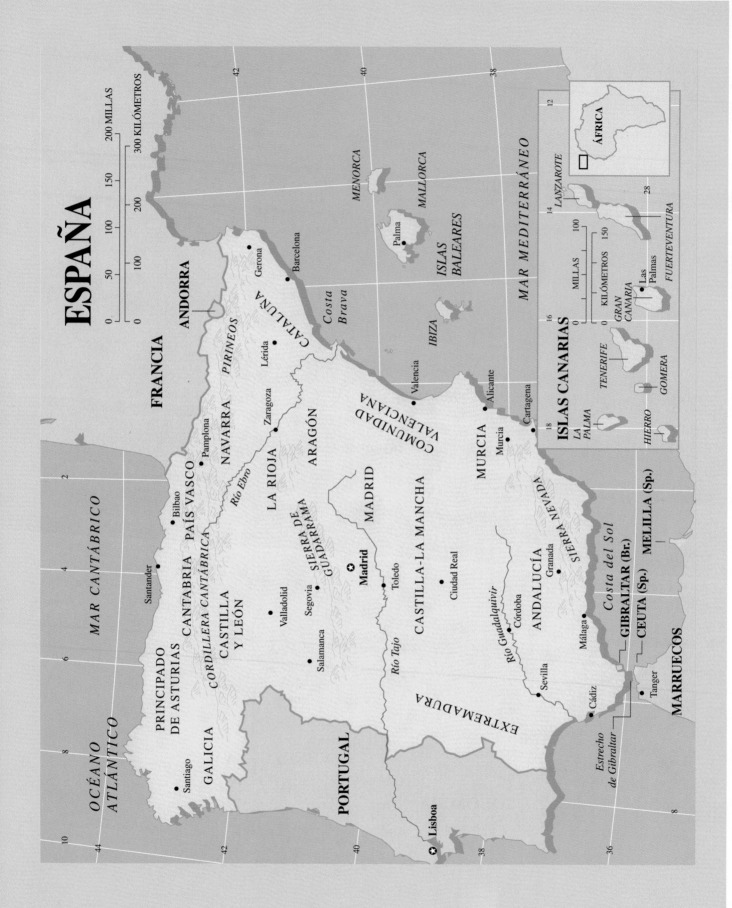

EN CONTACTO

Lecturas intermedias
Octava edición

Mary McVey Gill

Brenda Wegmann

University of Alberta, Extension

Teresa Méndez-Faith

Saint Anselm College

THOMSON

HEINLE

Australia / Brazil / Canada / Mexico / Singapore / Spain / United Kingdom / United States

THOMSON

HEINLE

En contacto
Lecturas intermedias
Octava edición
Gill/Wegmann/Méndez-Faith

Executive Editor: Carrie Brandon
Acquisitions Editor: Helen Alejandra Richardson
Senior Development Manager: Max Ehrsam
Senior Content Project Manager: Michael Burggren
Marketing Manager: Lindsey Richardson
Marketing Assistant: Marla Nasser
Advertising Project Manager: Stacey Purviance
Managing Technology Project Manager: Sacha Laustsen
Manufacturing Manager: Marcia Locke

Compositor: Pre-Press Company, Inc.
Project Management: Pre-Press Company, Inc.
Photo Manager: Sheri Blaney
Photo Researcher: Jill Engebretson
Senior Permissions Editor: Isabel Alves
Senior Art Director: Bruce Bond
Cover Text Designer: Olena Sullivan
Cover Image: © Digital Vision / Getty Images
Printer: Courier Kendallville

Printed in the United States of America
1 2 3 4 5 6 7 09 08 07 06

Library of Congress Control Number 2006905025
ISBN 1-4130-1373-2

Thomson Higher Education
25 Thomson Place
Boston, MA 02210-1202
USA

For more information about our products,
contact us at:
Thomson Learning Academic Resource Center
1-800-423-0563
For permission to use material from this text or
product, submit a request online at
http://www.thomsonrights.com
Any additional questions about permissions
can be submitted by
e-mail to **thomsonrights@thomson.com**

Dedication

We dedicate this book to our families,

our students and our vivacious Hispanic friends,

who provide us with unfailing support,

insights and inspiration.

Brief Contents

Contents

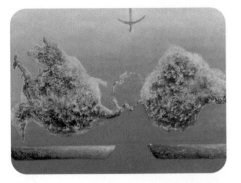

Preface

En contacto: Lecturas intermedias is an intermediate Spanish reader that emphasizes reading skills, vocabulary acquisition, and increased cultural awareness. It contains magazine articles on current issues and literary selections from many parts of the Spanish-speaking world by outstanding contemporary and classical writers. In this new edition, some selections have been shortened, and two, from the 17th and 18th centuries, have been modernized, but none have been paraphrased or simplified.

Lecturas intermedias can be used successfully by itself in courses that stress a combination of reading, culture, literature, and conversation, or it can be used with one or more of the other components of the integrated ***En contacto*** program, with which it is coordinated in vocabulary, theme and grammar. (See details in the section Course Design on page xviii.)

Why a Reading Approach Gives Intermediate Students a Lifetime Skill

Why bother with a reader, anyway? It's important from time to time to explain to intermediate Spanish students why learning to read is desirable, since many of them think first and foremost of wanting to speak.

An ability to read Spanish, once acquired, is a skill that lasts a lifetime. It can be reactivated many years after formal instruction has ended, for it does not diminish quickly without practice, as does conversational fluency. Since Spanish is a phonetic language with a relatively logical spelling system, reading is a good way to maintain a "grip" on the language so that a speaking-listening ability can be renewed at a later date. Therefore, it makes sense for intermediate students to develop their reading ability since they have already invested a good deal of time and energy in learning basic Spanish. Other benefits of an intermediate reading course are an insight into a culture other than one's own and the experience of reading good and even great works in the original without translation. In addition, most students notice an improvement in their English language skills as a result of the vocabulary and reading strategies they learn in Intermediate Spanish.

Changes in the Eighth Edition

While the basic scope and sequence of the book have been maintained in the Eighth Edition, the following features are new:

- Nine stimulating and provocative new reading selections (out of twenty-four) with a length and level of difficulty appropriate to Intermediate Spanish. Expect the unexpected with an interview of Antonio Banderas, a cyber love story from Paraguay with a surprise ending, a funny yet profound excerpt from Cervantes' classic, *Don Quijote,* a cautionary tale from the only country in Africa with Spanish as its official language, an excerpt from a sci-fi novel by Isabel Allende, plus articles on the Internet, a very special car, the difficulty of love in today's Spain and an unusual Mexican TV show. These are only the new selections. Many proven favorites from previous editions have been kept and all of the **Enfoques del tema** have been either updated or rewritten.

- Two completely new chapter themes: Chapter 1 **En busca de la felicidad** and Chapter 4 *Amor y amistad,* with new activities and fresh contexts.

- An expanded **El arte, espejo de la vida.** Each chapter now begins with this observation and analysis activity, based on the stunning piece of Spanish or Latin American fine art related to the chapter theme. An Internet search exercise follows to encourage exploration of the artist's life, work and techniques, supported by relevant correlations on the *En contacto* web site.

- **Aprender mejor** Tips for Learning appear in the margins of each chapter, near the activity or information they relate to. These include practical hints on how to acquire vocabulary through visualization, analyze a poem, extend a conversation with short questions, and a myriad of other tricks, tips and shortcuts to second language acquisition. Since these "metacognitive" hints are in simple Spanish, they can serve as a point of departure for discussion or practice.

- **¿Sabe usted...?** Preview Questions about unusual facts and ideas. These appear at the beginning of each chapter to provoke curiosity and motivate students to read on and find the answers that appear in the pages ahead.

- An end-of-chapter Writing Activity called **A escribir: Paso por paso.** This asks students to look back through the chapter; bring to mind words, phrases and ideas; and follow a simple sequential process in creating a piece of writing on a theme that demands both thought and imagination. This step-by-step process simplifies the writing experience and decreases student anxiety. The emphasis here is on improving exactness and accuracy of expression as can only be done through the written word. The composition assignments are also cross-referenced to *Atajo*, a writing assistant for Spanish; there is now more than one option for writing in some chapters and there are new annotations to give instructors assistance in using a true process approach to writing.

- Icons link students to the newly updated *En contacto* web site for chapter-based cultural content: www.thomsonedu.com/spanish/encontacto

Chapter Organization

Each chapter now begins with three **¿Sabe usted...?** Preview Questions designed to pique student curiosity about unusual facts or ideas. The answers, of course, can only be found out by reading further.

   El arte, espejo de la vida follows and is related to the opening piece of fine art by a world-famous or up-and-coming Hispanic artist. This activity introduces the chapter theme and is now organized in three parts: filling out an observation chart, analyzing a picture through pair interaction, and searching for additional relevant information.

Next appears the **Vocabulario preliminar,** a list of key words and expressions related to the chapter theme with definitions presented pictorially or in Spanish. This is followed by activities for acquisition; the words and expressions are then recycled throughout the chapter. In some chapters, a special feature called **Lengua y cultura** highlights the interesting and sometimes tricky contrasts between Spanish and English vocabulary that often arise from cultural differences.

An introductory essay, **Enfoque del tema,** then gives an overview of the theme, stressing cultural contrasts and similarities. This author-generated essay uses core vocabulary in context, which is highlighted in color for emphasis.

Two authentic readings follow, **Selección 1** and **Selección 2.** Each is preceded by pre-reading exercises called **Antes de leer,** which present vocabulary preparation and reading strategies aimed at improving general and specific comprehension. **Después de leer** checks for comprehension, provokes discussion and encourages students to use the language in writing and conversation activities.

Aprender mejor Learning Tips occur throughout the chapter in the margins and are written in simple Spanish to expand student's reading and writing abilities.

Every chapter now closes with **A escribir: Paso por paso,** a writing review task which leads the student through a sequence of simple steps to the writing of a composition. This process ties together vocabulary, ideas and grammar structures used throughout the chapter, and is cross-referenced to *Atajo,* a writing assistant for Spanish.

The following symbols, or icons, are used throughout this text:

 This activity works well with pairs.

 This activity works well with small groups.

 The web site contains related activities.

Developing Reading and Vocabulary Skills

A main goal of this reader is to teach students to read actively in Spanish (consciously, critically, and, at times, perhaps passionately), to avoid the word-by-word translation trap, and to find ways of acquiring new vocabulary. To do this requires the development of strategies, beginning with the basic skills of setting the stage through visual clues and learning how to guess the meaning of words from their structure and context. The techniques used to build these skills are presented again and again in various guises and are combined with other reading and vocabulary skills appropriate for different types of reading. In the first half of the book some readings are divided into short "chunks" followed by comprehension checks to facilitate learning the basic skills through close reading and immediate verification.

Applying these strategies will increase students' comprehension and word acquisition in any language, including their native tongue, and heighten their general linguistic and critical acuity.

The following chart outlines the skill development program.

Chapter	Selections	Skills
Chapter 1	• *San Fermín y los toros* • *Entrevista con Antonio Banderas*	• Finding synonyms • Finding antonyms • Scanning for cognates • Identifying a main idea • Analyzing ideas • Guessing meaning from context • Inferring prefixes • Understanding idioms
Chapter 2	• *Las vecinas* • *La última despedida*	• Finding antonyms • Identifying euphemisms • Making comparisons and contrasts • Scanning for details • Making inferences • Identifying a theme • Guessing meaning from context
Chapter 3	• *La casa en Mango Street* • *Ay, papi, no seas cocacolero*	• Finding antonyms • Finding synonyms • Matching words to contexts • Scanning for details • Predicting main ideas • Inferring word endings
Chapter 4	• *Primer e-mail* • *¿Es más difícil amarse ahora?*	• Finding antonyms • Finding synonyms • Matching words to contexts • Inferring word endings • Identifying the situation in the narrative • Guessing meaning from context • Interpreting and making inferences • Analyzing a chart • Identifying word roots
Chapter 5	• *Hablan los estudiantes* • *La academia, el* reality show *mexicano*	• Matching words and phrases to contexts • Recognizing false cognates • Finding antonyms • Identifying culture contrasts in vocabulary • Analyzing questions • Analyzing opinions • Guessing the meaning of idioms and set phrases • Scanning for information • Increasing comprehension with a spider map

Chapter	Selections	Skills
Chapter 6	• *Destinos para todos los gustos* • *Vuelva usted mañana*	• Matching words to contexts • Finding synonyms • Finding meaning variation between *el* and *la* • Choosing the exact word • Making inferences from title, picture, words • Skimming for key ideas • Finding synonyms • Predicting the contents of a reading • Changing adjectives to nouns
Chapter 7	• *Don Quijote de la Mancha* • *Un gusto por lo insólito*	• Finding antonyms • Finding synonyms • Identifying a main idea • Coping with classical words and structures • Connecting characters to ideas • Explaining motivation for actions • Analyzing text • Choosing synonyms based on context • Completing a summary
Chapter 8	• *Adiós: 'Goodbye, goodbye, goodbye'* • *Dos poemas afroamericanos*	• Identifying culture contrasts in vocabulary • Finding antonyms • Forming related words • Disproving false beliefs • Inferring noun endings • Making and analyzing inferences • Scanning for details • Identifying onomatopoeia • Matching words with definitions • Scanning for information
Chapter 9	• *In memoriam* • *El pescador y el pez* • *Noble campaña*	• Finding antonyms • Linking cause and effect • Analyzing a poem • Getting the meaning of near cognates • Making inferences • Completing a summary • Inventing questions to match answers • Finding synonyms • Making inferences • Sequencing the plot • Identifying a main idea
Chapter 10		• Identifying false cognates • Matching synonyms • Identifying words through rhyme

Chapter	Selections	Skills
Chapter 10 (continued)	• *Lo que quieren las mujeres...*	• Identifying names of car parts • Understanding idioms from context • Analyzing priorities
	• *El delantal blanco*	• Finding synonyms from context • Previewing stage directions in a play • Inferring characterization from action • Inferring action from stage directions • Brainstorming a key theme
Chapter 11		• Finding synonyms • Identifying related words • Identifying regionalisms • Previewing survey questions
	• *¡Qué fenómeno! Internet y cómo nos ha cambiado la vida* • *El reino del dragón de oro*	• Guessing the meaning of words in context • Predicting the action
Chapter 12		• Forming related words • Scanning for definitions and descriptions
	• *La poesía (Manrique, Teresa de Ávila, Storni, Benedetti)* • *Mujeres de ojos grandes*	• Analyzing a poem • Identifying themes of poetry • Finding the exact word • Comparing internal and external actions • Completing a summary • Matching characters to beliefs
	• *Cien años de soledad*	• Identifying characters before reading • Scanning for details

Course Design

The material in *Lecturas intermedias* may be divided up in different ways, according to the type of course being offered. If the book is used as a complementary text, along with *En contacto: Gramática en acción* over two semesters or three quarters, each reader chapter may be covered in two class sessions.

The **Vocabulario preliminar** and the **Enfoque del tema** are assigned for the first class, and one of the reading selections for the second class. If the book is used as the primary text for a course stressing reading, conversation, and vocabulary acquisition, the material can be covered in three days by teaching another reading selection on the third day, working with the video or doing more of the activities in class.

Another way of using the text is to skip some chapters and cover fewer chapters in a more complete way, using both selections. The choice of which chapters to skip may be made according to the chapter themes that most interest a particular class or according to the verb tenses and grammar points that most need practice.

If you use this text without the grammar book, you may also want to use the *En contacto: Cuaderno de ejercicios y Manual de laboratorio* for grammar, vocabulary, and composition practice, to be assigned as needed.

Acknowledgments

We would like to express our deep appreciation to Max Ehrsam of Heinle/Thomson and to Rafael Burgos Mirabal for reading through the manuscript and making many helpful suggestions. We are very grateful to Max for carrying the project through to book form and for helping us with issues of design and production as well as development. Sincere appreciation is also due to others at Heinle Thomson: Helen Alejandra Richardson for her excellent guidance in shaping the new edition and for her general direction and support; Michael Burggren for his work overseeing the production of the book, and Joan Flaherty for her assistance in the early stages of the project. A very special thank you goes to Llanca Letelier for her expertise in obtaining permissions to reprint realia and cartoons and to Myriam Castillo, Naldo Lombardi, Yolanda Magaña, Luz Sánchez, and Andreu Veà Baro for help with materials and linguistic advice.

Finally, we are sincerely grateful to the following reviewers whose critiques and suggestions have done so much to determine the nature of this eighth edition of *En contacto*:

Barbara Avila-Shah, *University at Buffalo*
Amy R. Barber, *Grove City College*
Kristy Britt, *University of South Alabama*
Isabel Z. Brown, *University of South Alabama*
Donald C. Buck, *Auburn University*
Dr. Milagros Lopez-Pelaez Casellas, *Mesa Community College*
Beatriz Castro-Nail, *University of Alabama*
Barbara Cohen, *Lebanon Valley College*
Nancy Estrada, *University of Pittsburgh at Greensburg*
Jill R. Gauthier, *Miami University Hamilton*
Ana Gómez-Pérez, *Loyola College*
Esperanza Granados, *Erskine College*
Beth Huerta, *SUNY College at Fredonia*
Mary Jane Kelley, *Gordy Hall*
Cecilia Mafla-Bustamante, *Minnesota State University*
Nancy Minguez, *Old Dominion University*
Markus Muller, *Cal State University, Long Beach*
Jeanie Murphy, *Rockford College*
Robert Norton, *Southwest Missouri State University*
Gayle Nunley, *University of Vermont*
Dr. Linda K. Parkyn, *Messiah College*
Federico Perez Pineda, *University of South Alabama*
Anne Porter, *Ohio University*
Lea Ramsdell, *Towson University*
Stephen Richman, *Mercer County College*
Al Rodríguez, *University of St. Thomas*
Stephen Sadow, *Northeastern University*
Albert Shank, *Scottsdale Community College*
Enrique Torner, *Minnesota State University at Mankato*
Ángel T. Tuninetti, *Lebanon Valley College*
Susan Yoder-Kreger, *University of Missouri, Saint Louis*

M.M.G.
B.W.
T.M.F.

En busca de la felicidad

Baile a orillas del Manzanaves, Francisco de Goya y Lucientes

Track 6

EL ARTE, ESPEJO DE LA VIDA

Los momentos felices

El arte puede captar los momentos felices del pasado. Mire la pintura *Baile a orillas del Manzanares,* de Francisco de Goya (1746–1828). Aquí el famoso artista español representa una alegre escena de sus tiempos. Un grupo de personas se divierte cerca del río Manzanares.

Observemos. Observe bien la pintura de Goya y llene el siguiente cuadro.

Aspecto	Descripción
personas	¿Cuántas? ____ ¿__ viejas o __ jóvenes? ¿__ ricas o __ pobres?
actividades	¿Qué hacen las personas? _____ ¿Hacen todas lo mismo o hacen distintas actividades? _____
colores	__amarillo __azul __blanco __negro __rojo __verde __violeta
elementos de la naturaleza	__árboles __flores __hojas __lluvia __luna __luz del sol __océano __nieve __nubes __relámpagos __río __sombras

Imaginemos. Trabaje con un(a) compañero(a). Alternándose *(taking turns),* háganse las siguientes preguntas; usen las formas de **tú**.

1. El año es 1805. Eres Francisco de Goya y te preparas para pintar *Baile a orillas del Manzanares.* ¿Qué emociones o deseos humanos quieres expresar en tu cuadro? ¿Por qué eliges esta escena? ¿estos colores? ¿estos elementos de la naturaleza?

2. Volvamos al presente y a tu verdadera identidad... Recuerda un momento de tu vida. ¿Qué momento consideras el más feliz de tu vida? ¿Qué escena podrías escoger para representarlo en un cuadro? ¿Qué colores usarías? ¿Cuál sería el título?

Busquemos. Las pinturas de Goya valen millones de dólares y siguen gustando al público después de dos siglos; son especialmente notables por su expresividad y su impacto emocional; representan diversos asuntos: la muerte, los festivales, escenas de guerra, personas bellas, actos depravados, figuras fantásticas y muchos otros temas para provocar en la gente toda una gama *(range)* de emociones: admiración, alegría, cariño, disgusto, sensualidad, miedo, terror... Trabajando solo(a) o con otra persona, busque información en Internet (o en la biblioteca) sobre uno de los siguientes temas y prepare un informe *(report)* o cartel *(poster)* para compartir la información con la clase.

Tema 1: Un cuadro de Francisco de Goya que provoca en usted una fuerte reacción emocional. Explique dónde, cuándo y por qué se pintó el cuadro, y qué emociones le provoca.

Tema 2: Uno de estos aspectos de la vida de Goya: sus relaciones con el rey y con los otros nobles, su vida amorosa, el interés que tenía en la superstición y la brujería *(witchcraft),* el misterio de *La maja desnuda,* su visión de la guerra, su técnica artística.

ATAJO		
Grammar	verb conjugator; verbs: preterit; verbs: imperfect; verbs: use of ser and estar	
Vocabulary	emotions: positive; emotions: negative; personality	
Phrases	talking about past events; expressing an opinion	

VOCABULARIO

preliminar 1

ACCIONES QUE NOS HACEN FELICES

Estudie estas palabras y expresiones para usarlas en todo el capítulo.

bailar (en las fiestas)

charlar (con los amigos) conversar,
   platicar
correr

dar un paseo (una vuelta)

divertirse (ie) pasarlo bien, pasar un
   buen rato
festejar celebrar

gozar (de), disfrutar (de) tener placer en
**jugar a los naipes (a las cartas), al
   tenis**

**leer libros, periódicos (diarios),
   revistas**
nadar (en la piscina, en el lago) flotar
   y moverse en el agua
ser aficionado(a) *to be a fan*
**tocar (música, instrumentos
   musicales)**

los músicos

los tambores
la flauta
la guitarra
ver (mirar) televisión

Nota de vocabulario: El verbo
platicar es muy común en
México, Centroamérica y
Colombia, pero no se usa
mucho en otros lugares.

PRÁCTICA

1-1 Preferencias. Trabaje con un(a) compañero(a), haciendo y contestando las preguntas. Use las formas de **tú.**

Paso 1. Después de hacer cada pregunta, complete la información, usando otras preguntas (por ejemplo, **¿dónde?, ¿cuándo?, ¿con quiénes?, ¿por qué?** o **¿qué... te gusta(n)?**), según el modelo. Luego, describa a la clase las actividades de su compañero(a).

> MODELO   A: *¿Charlas mucho con los amigos? (¿Dónde? ¿De qué cosas*
> *charlan?...)*
> B: *Sí, charlo todos los días con mis amigos.*
> A: *¿Dónde?*
> B: *En la universidad, en mi casa y en los cafés.*
> A: *¿De qué cosas charlan?*
> B: *Pues, de...*

1. ¿Lees libros, revistas o diarios? (¿Dónde? ¿Cuándo? ¿Cuál o cuáles te gusta(n)?)
2. ¿Te gusta nadar o correr? (¿Dónde? ¿Cuándo?)
3. ¿Tocas un instrumento musical? (¿Qué instrumento(s) tocas? ¿Dónde? ¿Cuándo?)
4. ¿Bailas? (¿Cuándo? ¿Dónde? ¿Con quién(es)? ¿Qué baile(s) te gusta(n)?)
5. ¿Juegas a los naipes? ¿al tenis? ¿a otro deporte? (¿Dónde? ¿Cuándo? ¿Con quiénes?)
6. ¿Ves televisión? (¿Qué programa(s) te gusta(n)?)
7. ¿Escuchas música? (¿Qué tipo de música escuchas?)
8. ¿Das una vuelta de vez en cuando? (¿Adónde?)

Paso 2. Descríbale a la clase las actividades de su compañero(a) según el modelo.

> MODELO   *Mi compañero(a) se llama... y él (ella)...*

VOCABULARIO

preliminar 2

COSAS Y CONCEPTOS

la alegría	sentimiento positivo de placer y diversión; felicidad
el festejo	celebración
los objetivos	propósitos, metas *(goals)*
el papel	parte de la obra *(artistic work)* que representa un(a) actor (actriz)
la película	obra que vemos en el cine
el personaje	persona que existe en el mundo imaginario de una novela o película

DESCRIPCIONES

aburrido(a)	cansado(a) de una cosa, sin estímulo o interés
emocionante	apasionante, estimulante
(ir) de parranda	(ir) para divertirse como loco(a)
feliz	alegre, contento(a)
parecido(a)	similar
peligroso(a)	lleno(a) de riesgos y posibilidades de daño

LENGUA Y CULTURA

Alegre, contento(a), feliz

Se puede traducir la palabra *happy* con tres palabras distintas. Son más o menos sinónimos, pero con matices *(nuances)* diferentes. Las palabras **alegre** y **feliz** se refieren a una característica o a una condición y por lo tanto se usan con **ser** o con **estar**. La palabra **contento(a)** siempre se refiere a una condición, y por lo tanto se usa sólo con **estar**. Feliz describe a la persona afortunada o a quien se siente afortunada en algún momento. **Alegre** describe a la persona que muestra su felicidad de alguna manera evidente. **Estar contento(a)** quiere decir **estar satisfecho(a), tranquilo(a), sin problemas.**

Aprender mejor:
Recuerde que los sinónonimos siempre tienen pequeñas diferencias de significado.

PRÁCTICA

1-2 Sinónimos. Dé palabras más o menos similares en su significado a las siguientes. (En algunos casos, hay más de una posibilidad.)

1. apasionante
2. celebrar
3. conversar
4. disfrutar de
5. el filme
6. el placer
7. las cartas
8. los propósitos
9. dar una vuelta
10. salir para divertirse

1-3 Antónimos. Dé palabras opuestas o contrarias en su significado a las siguientes. (En algunos casos hay más de una posibilidad.)

1. diferente
2. interesante
3. pasarlo mal, pasar un mal rato
4. caminar despacio
5. seguro(a)
6. triste

Aprender mejor:
Es más fácil recordar palabras cuando se aprenden en pares, en este caso con su antónimo (caliente / frío, día / noche).

1-4 Preferencias. En parejas, hagan lo siguiente.

Paso 1. Hable de sus preferencias con un(a) compañero(a), haciendo las siguientes preguntas; use las formas de **tú**.

Paso 2. Después, en una frase, descríbale a la clase o a un grupo pequeño las preferencias de su compañero(a), según el modelo.

> **MODELO**   *a mi compañero(a) le gusta(n)... pero no le gusta(n)... porque...*

1. ¿Disfrutas los naipes? ¿los videojuegos? ¿los juegos de mesa, como el Monopolio, las damas *(checkers)*? Para ti, ¿qué juegos son aburridos? ¿Cuál es el más emocionante? ¿Por qué?

2. ¿Qué tipos de película te gustan más? ¿Cuáles **no** te gustan? ¿Por qué?

   Películas:

de terror (como *Drácula*)	de misterio
de ciencia ficción	de acción
del Oeste (con vaqueros)	de crimen
románticas	de problemas legales
de conflictos psicológicos	extranjeras (de otros países)
sobre animales	cómicas, para reír, humorísticas

3. ¿Qué programas de televisión ves a menudo? ¿Cuál es el personaje de televisión que más te gusta en este momento? ¿El más popular? ¿El más cómico? ¿El más estúpido? Explica.

Las palabras sombreadas *(highlighted)* guardan relación con el tema del capítulo. Intente usarlas en la práctica oral y escrita del capítulo.

Ⓔ NFOQUE DEL TEMA
Los tres (¿o más?) secretos de la felicidad

make a toast / wish

toast / dice después
proverbio

En muchas culturas, la gente brinda° con un solo deseo°: *¡Salud!* (En inglés, *"To your health!"*, en alemán *"Prost!"* y en francés *"A votre santé!"*) En español, por contraste, el típico brindis° es así: *"¡Salud, amor y dinero!"* (Y alguien siempre agrega,° *"¡Y tiempo para disfrutarlos!"*) Un antiguo refrán° dice lo mismo: "Tres cosas hay en la vida: salud, amor y dinero." ¿Será cierto? ¿Son éstas las tres cosas más necesarias para vivir una vida feliz?

A... *At first glance*
esencial

handicap
famosas
they managed to become

    Vamos a examinar estos factores, empezando con la salud. A primera vista,° parece imprescindible,° pero todos conocemos historias de individuos que sufren un cruel accidente o enfermedad, y aprenden a valorar la vida mucho más que antes. También hay ejemplos inspiradores de personas con discapcidad° que llegan a ser útiles y renombradas,° como la escritora Helen Keller, la pintora Frida Kahlo o el actor Christopher Reeves. No gozaron de buena salud, pero llegaron a ser° felices.

¿Y el dinero? ¡Vaya una cosa que para mucha gente representa lo máximo!° Sin embargo, hace unos años se hizo un estudio de los ganadores de la lotería en Estados Unidos y los resultados fueron sorprendentes. ¡Tras pocos años de haber ganado el dinero, los "afortunados" no se consideraban° más felices que el resto de la población!

Esta familia mexicana brinda por la salud, el amor y el dinero.

Luego, consideremos el amor. Nunca es fácil y a veces no dura° mucho tiempo. Según un refrán: "Donde hay amor, hay dolor." Por supuesto, también es cierto que el amor nos trae gran placer, y pocas personas desean vivir sin amor.

En fin, se puede sospechar que hay un sinnúmero° de factores implicados en la felicidad, como la realización° de objetivos personales, la espiritualidad y el éxito en el trabajo.

la cosa más fabulosa

no... *did not consider themselves*

continúa

número enorme
fulfillment

Este tema se discute más profundamente en el Capítulo 4.

party-loving

Un pueblo alegre y fiestero°

En realidad, ningún individuo ni pueblo tiene la visión definitiva de la felicidad, pues es algo que varía de persona en persona. No obstante, en general, los latinos dan la impresión de ser más alegres y animados° que los norteamericanos. "¿Pero dónde está la gente?", preguntan al visitar los centros urbanos de Norteamérica. Están acostumbrados a sus ciudades que siempre tienen un centro° donde la gente pasea y conversa. Allí se nota una atmósfera de bulla° y movimiento que llega a su máxima expresión durante los numerosos días feriados° que ocupan el calendario hispano. Los latinos celebran constantemente festivales por razones religiosas, históricas o culturales. Aun en las fiestas que se hacen en casas particulares, hay más movimiento que en las típicas fiestas del norte. Además de comer, beber y charlar, los latinos suelen° bailar, cantar y tocar música.

divertidos

downtown
actividad
holidays

acostumbran

Los deportes

Por supuesto, muchos latinos buscan la felicidad en los deportes, ya sea como participantes o como aficionados ardientes. Son populares el béisbol, el básquetbol, el vóleibol, el tenis, la natación° y el esquí, entre otros. Por otra parte, el hockey y el fútbol americano o canadiense apenas° existen allí.

La gran pasión es el fútbol (el que se llama *soccer* en inglés) y el máximo momento deportivo es el Mundial,° el campeonato° internacional que se celebra una vez cada cuatro años.

acción de nadar
scarcely

World Cup / championship

El jugador mexicano Giovanni Dos Santos defiende el balón.

Actividades con los amigos

En los países de habla hispana, la conversación es un arte que la gente practica con entusiasmo. Muchas personas asisten a su tertulia, una reunión habitual de amigos que van al mismo café a discutir de política, arte, deportes; en fin, "de todo un poco". Trasnochar° es una costumbre latina vigente° entre las personas de todas las edades. Hay clubes que se especializan en bailes específicos, como la salsa, el merengue, las sevillanas (ritmos del flamenco español) o el tango argentino. Los fines de semana, muchos jóvenes salen de casa a las once y no regresan hasta las cinco de la mañana, mientras los mayores buscan la felicidad en los brazos de Morfeo.°

pasar la noche casi sin dormir
que todavía persiste

antiguo dios romano del sueño

Aprender mejor:
Practique mucho el describir en sus propias palabras conceptos desconocidos. Ésta es una habilidad *(skill)* importante. No es necesario conocer las palabras perfectas. Use palabras sencillas, ejemplos y gestos *(gestures)*.

PRÁCTICA

1-5 Explicación de términos. Alternándose con un(a) compañero(a), explique en español el significado de los siguientes términos.

1. un brindis
2. un refrán
3. objetivos personales
4. ejemplos inspiradores

5. los días feriados
6. el Mundial
7. una tertulia
8. las sevillanas

1-6 Preguntas. Discuta estas preguntas con un(a) compañero(a), alternándose.

1. ¿Qué ejemplos conoces de personas con discapacidades o enfermedades que triunfaron en la vida?
2. Cómo explicas los resultados del estudio sobre los ganadores de la lotería?
3. ¿Crees que es posible ser feliz sin amor? ¿Por qué sí o por qué no?
4. Además de "salud, amor y dinero", ¿qué otras cosas necesitas para ser feliz?
5. ¿Prefieres ser feliz o estar contento(a)? ¿Hay diferencia?
6. ¿Qué diferencias hay entre las fiestas latinas y las de Norteamérica? ¿Cuáles te gustan más a ti? ¿Por qué?
7. ¿Cuál es tu deporte favorito? ¿Lo practicas o eres aficionado(a)?

1-7 ¿En qué consiste la felicidad? En grupos pequeños, lean en voz alta las siguientes citas (quotes) sobre la felicidad y discútanlas. Luego, llenen la tabla, según la opinión unánime de todo el grupo. Comparen su tabla con la de otros grupos.

CITAS SOBRE LA FELICIDAD Escriba las letras apropiadas.	¿POR QUÉ?	¿QUIÉN LO DIJO?
___la más acertada (on the mark)	_____	_____
___la más loca o falsa	_____	_____
___la que expresa una idea común	_____	_____
___la más profunda	_____	_____
___la que nos gusta más	_____	_____

a. ___ "La forma más fácil de desperdiciar (wasting) una vida es... no saber disfrutar de los pequeños placeres: estar un día tomándose una cervecita (a little beer) con unos amigos en una terraza, modestamente, con un sol agradable, y hablando." —Ana María Matute (1926–), escritora española
b. ___ "Sólo un idiota puede ser totalmente feliz." —Mario Vargas Llosa (1936–), escritor peruano
c. ___ "Algún día en cualquier parte, en cualquier lugar indefectiblemente te encontrarás a ti mismo, y ésa, sólo ésa, puede ser la más feliz o más amarga de tus horas." —Pablo Neruda (1904–1973), poeta chileno
d. ___ "El cuarenta por ciento de la felicidad depende de los genes." —Luis Rojas Marcos (1943–), psiquiatra español
e. ___ "La felicidad del ser humano consiste en realizar plenamente su destino y los fines propios de la vida, y uno de los fines principalísimos en tu sexo es el amor y la maternidad." —Palabras dichas por un personaje (hablándole a otro personaje femenino) en una novela de Emilia Pardo Bazán (1852–1921), una escritora española

Busquemos. Busque en Internet el tema "los secretos de la felicidad". En muchos casos hay consejos muy sencillos sobre qué hacer (o qué no hacer) para ser feliz, o, por lo menos, para estar contento(a). Traiga algunos de estos secretos a la clase para compartirlos con sus compañeros(as) (después de traducirlos al español, si es necesario).

Busquemos

Para entender mejor el atractivo de San Fermín, busque información en **http://sanfermin.com**, o en uno de los muchos sitios de la Red relacionados con el festival. Escoja algún objeto, comentario o foto, y muéstrelo o descríbalo a la clase.

Ⓢ ELECCIÓN 1

Antes de leer

¿Durante qué festival tuvieron que ir al hospital 56 personas en 2004? Durante la Fiesta de San Fermín, por supuesto, una celebración que tiene lugar cada año en el norte de España. El siguiente artículo describe este festival, que es bien conocido alrededor del globo y atrae a miles de aficionados. La parte más conocida de la celebración es el encierro *(roundup)*, cuando llevan a los toros a la plaza para la corrida *(bullfight)* y muchos individuos corren delante de ellos para mostrar su valor, cumpliendo así con una antigua tradición. San Fermín, que dura una semana entera, tiene fama de ser una de las fiestas más emocionantes del mundo y figura en la novela *The Sun Also Rises* de Ernest Hemingway, en la película clásica *City Slickers*, con Billy Crystal, y en otras obras.

Aprender mejor:

Los cognados son palabras similares en dos lenguas. El inglés y el español comparten muchos cognados. ¡Úselos para expandir su vocabulario!

1-8 Búsqueda de cognados *(Search for cognates).* Llene los espacios en blanco con los cognados en español. Si tiene dudas, búsquelos en el artículo. (Estas palabras van de acuerdo al orden del texto.)

> **MODELO**   La *(celebration)* <u>celebración</u> empieza a las doce en punto.

1. Los *(protagonists)* _____ de la fiesta son de muchos países.
2. Las *(bands)* _____ siempre tocan la misma canción al final.
3. Mucha gente baila hasta quedar *(exhausted)* _____.
4. Muchos corren con gran *(enthusiasm)* _____.
5. Algunos quieren *(to regulate)* _____ la fiesta, otros no.
6. Es importante no perder la *(spontaneity)* _____.
7. ¿Sería posible *(to control)* _____ la fiesta?
8. Sin duda, la Fiesta de San Fermín es un *(spectacle)* _____ maravilloso.

San Fermín y los toros

CARLOS CARNICERO

1   Seis de julio a las doce en punto del mediodía. Pamplona arde en fiestas. Por primera vez una mujer enciende el cohete° que
5   empieza la celebración. En fracciones de segundo hay una gran explosión, y miles de personas gritan: "Viva San Fermín". La fiesta "estalla",° como
10   escribía Ernest Hemingway.

Durante los días que duran los *sanfermines,*° nadie es forastero° en Pamplona. Todos son protagonistas de una de las
15   últimas grandes fiestas que

línea 4 **cohete** *rocket* 9 **estalla** *explodes* 12 **sanfermines** celebraciones 13 **forastero** *a stranger*

quedan en el mundo. Desde la explosión del cohete hasta la canción que tocan las bandas al final, "Pobre de mí... así se acaba°
20 la Fiesta de San Fermín", el pueblo está en la calle y goza con todas las ganas, alegremente, hasta quedar exhausto.

El ritual más conocido
25 de la fiesta es, por supuesto, el encierro,° un ritual emocionante pero también sumamente peligroso. Desde el año 1924 más de doce
30 personas han pagado con la vida° el entusiasmo por correr delante de los toros en San Fermín.

Y un número incontable
35 de heridos.° Sin embargo, los accidentados son relativa-mente pocos si se piensa en los miles de muchachos que corren cada año.
40 Es que "correr el encierro es una forma de autoafir-marse",° opina el sociólogo Gavira. "Algunos quieren regu-

lar la fiesta pero eso es un de-
45 satino;° es importante no quitarle la espontaneidad."

En Pamplona la fiesta empieza y nadie puede controlarla. En calles y plazas se
50 reúne la gente para pasarlo bien, gozando con emoción y miedo

del espectáculo del encierro. En Pamplona siempre hay sitio° para más gente. Y año tras año la
55 fiesta continúa.

de la revista española *Cambio 16*

La Fiesta de San Fermín en Pamplona, España

19 **se acaba** termina 26 **encierro** *cattle roundup* 31 **han...** han muerto a causa de 35 **heridos** *injured people* 41 **autoafirmarse** *expressing oneself* 44 **desatino** error absurdo 53 **sitio** espacio

Después de leer

1-9 Identificación de la idea principal. Trabaje solo o con otra persona. Escoja la oración que mejor exprese la idea principal del artículo.

1. Alguna gente cree que correr el encierro es una forma de autoafirmarse.
2. Por primera vez una mujer enciende el cohete que empieza la celebración.
3. Es necesario controlar más la fiesta porque hay muchos accidentes y un número incontable de heridos.

Aprender mejor:
Algo muy importante en la lectura (y también al escuchar) es poder identificar la idea principal.

4. La celebración, con su emoción y peligro, es una tradición que va a continuar por mucho tiempo.

5. La Fiesta de San Fermín empieza el 6 de julio, a las doce en punto del mediodía.

1-10 Análisis de ideas. Ahora, mire las otras oraciones del ejercicio anterior, y diga cuál(es)...

1. expresa una idea que **no** está en el artículo: _____
2. menciona únicamente detalles menores: _____
3. expresan una idea secundaria: _____ y _____ (dos de las oraciones)

1-11 Preguntas. Trabaje con un(a) compañero(a). Háganse estas preguntas de forma alternada *(taking turns).*

1. ¿Cómo empieza la Fiesta de San Fermín?
2. ¿Cómo termina?
3. ¿Qué hace la gente durante la fiesta?
4. ¿Qué pasa durante el ritual del encierro?
5. ¿Qué opina el sociólogo Gavira de la idea de regular la fiesta? ¿Está usted de acuerdo o no? ¿Por qué?
6. ¿Qué otras maneras piensas que hay de "autoafirmarse"?
7. Y a ti, ¿te gustaría correr con los toros o no? Explica.

1-12 Otro punto de vista. La clase se divide en cuatro grupos y cada grupo adopta una de estas identidades: 1. una persona que corre en el encierro, 2. un(a) turista que ha venido desde muy lejos para mirar desde un lugar seguro, 3. uno de los toros y 4. un(a) representante de la Organización Protectora de Animales. De acuerdo con el punto de vista del grupo, escriba de cinco a diez frases sobre lo que ve y siente durante San Fermín y lo que piensa de esta fiesta (si es emocionante, cruel, bella, inmoral, etcétera). Después, lea su párrafo en voz alta y escuche los párrafos de los otros miembros de su grupo. El grupo va a seleccionar el mejor párrafo para leerlo a la clase y luego el (la) profesor(a) decidirá cuál de los puntos de vista es el más convincente.

Ⓢ ELECCIÓN 2

Antes de leer

¿Cómo son, realmente, las vidas de los ricos y famosos? ¿Son felices estas personas que parecen "tenerlo todo"? ¿Siguen luchando, como el resto del mundo, para lograr sus objetivos? ¿O están contentos con su fama y su alta posición económica, sin necesidad de tener objetivos? La siguiente entrevista hecha por la revista española *Fotogramas* nos da respuestas a estas preguntas desde el punto de vista de Antonio Banderas, un actor español que es toda una celebridad. Vamos a ver cómo piensa y se siente Antonio acerca de su trabajo en Hollywood, su matrimonio con Melanie Griffith, el transcurso del tiempo, el hecho de vivir lejos de su país; de su vida en general.

Busquemos. Investigue en la Red uno de estos temas: la familia de Antonio Banderas, su niñez y juventud, sus papeles *(roles)* más conocidos, el director español Pedro Almovódar, con quien Banderas ha trabajado. Prepare un breve informe para compartirlo con la clase o entregárselo a su profesor(a).

1-13 Adivinar el significado de palabras en su contexto. Lea las siguientes frases tomadas de la entrevista y trate de adivinar *(guess)* el sinónimo de cada palabra en negrilla *(bold)*. (Si es necesario, busque la frase en el artículo para ver el contexto más completo.)

Aprender mejor: Para adivinar el significado de una palabra desconocida, trate de entender el contexto en que esta palabra aparece.

> **MODELO** "¿Está satisfecho del **rumbo** que ha tomado su carrera?"
> a. baile
> b. dirección
> c. poder
> *La respuesta es la b* (dirección).

1. "...ha sido una lección para mí: no debes olvidar tus **raíces**..."
a. amigos
b. orígenes
c. responsabilidades

2. "Liberarme de la **ansiedad** que provoca trabajar tanto en Hollywood..."
a. agitación
b. diversión
c. rivalidad

Aprender mejor: Para adivinar el significado de una palabra, busque su cognado en inglés. Por ejemplo, ¿cuál es el cognado de **ansiedad**?

3. "La ansiedad de los agentes por ponerte a trabajar... es **agotadora**."
a. aburrida
b. estimulante
c. fatigante

4. "¿**Hacerse mayor** le ha cambiado su visión de la vida?"
a. aceptar más trabajo
b. ponerse más viejo
c. triunfar más

5. "La edad te **marchita**. Se te cae el pelo *(Your hair falls out)*..."
a. hace mejor la condición física
b. hace peor la condición física
c. da equilibrio

6. "Además, hay que ser paciente, permisivo, y no **tontear** en esta profesión extraña, en la que hay mucha gente bella..."
a. buscar fama
b. envidiar a otras personas
c. hacer cosas locas

ⓁENGUA Y CULTURA

La transformación *s* = **es**

Muchas palabras inglesas que empiezan en **s + una consonante** tienen cognados en español que empiezan en **es + una consonante.** Ejemplos: *space* = **espacio,** *style* = **estilo,** *study* = **estudio,** *ski* = **esquiar**.... Busque los cognados para estas palabras en la "Entrevista con Antonio Banderas": *structure* = _____, *strange* = _____, *scandal* = _____. (¿Recuerda usted el cognado de *spectacle* que se usa en el artículo anterior sobre San Fermín? ¿y el cognado de *spontaneity*?)

Entrevista con Antonio Banderas

IDOYA NOAIN

1 Actor en USA desde hace 11 años, sigue casado y feliz con Melanie Griffith. Triunfa en el musical con "Nine", un gran éx-
5 ito° en Broadway.

FOTOGRAMAS: ¿Está satisfecho del rumbo que ha tomado su carrera°?

ANTONIO BANDERAS: To-
10 talmente, especialmente con el teatro, que ha sido una de las experiencias más bellas de mi vida profesional. Al mismo tiempo, ha sido una lección para mí: no
15 debes olvidar tus raíces, y las mías están sobre las tablas. Definitivamente no voy a estar alejado° de él como lo he estado estos años. Este ha sido un punto
20 de inflexión.

F.: ¿Qué objetivos aparecen tras este punto de inflexión?

A.B.: Liberarme de la ansiedad que provoca trabajar
25 tanto en Hollywood, y volver a Broadway para hacer no sólo musicales, sino° también teatro.

F.: ¿Hollywood le produce ansiedad?
30 **A.B.:** La ansiedad de los agentes por ponerte a trabajar sin importarles en qué película es agotadora. Te envían guiones y guiones°...
35 **F.:** ¿Hacerse mayor le ha cambiado su visión de la vida?

A.B.: No me gustaría tener 20 años otra vez. Ahora me reconozco° más calmado, conozco
40 mejor a la gente... La paternidad, además, te da sentido de la responsabilidad.

F.: En Hollywood las mujeres encuentran dificultades cuando
45 se van haciendo mayores. ¿Es lo mismo para un hombre?

A.B.: La edad te marchita. Se te cae el pelo y esas cosas, pero eso te abre la puerta a nuevos pa-
50 peles... y me muero por hacer

Antonio Banderas, su esposa Melanie Griffith y su hija Stella

personajes° que ahora no hago. Sin embargo, es cierto que es más difícil para las mujeres, pero esto, más que con las películas, tiene
55 que ver con° la estructura de

línea 4 **éxito** *success* 8 **carrera** profesión 17 **alejado** separado 27 **sino** *but rather* 34 **guiones**... *script after script* 38 **reconozco** veo 50 **me**... *I'm dying to do characters (roles)* 54 **tiene**... *has to do with*

nuestra sociedad. Ves a Sean Connery con Catherine Zeta-Jones (en el film *La trampa*) y todo el mundo lo acepta. Das la vuelta a 60 las edades° y es un escándalo.

    F.: Algunos ven el suyo° como ejemplo de matrimonio duradero°; ¿cuál es el secreto?

    A.B.: Aunque nunca hemos 65 dicho que seamos la pareja° perfecta, creo que poner mucha

atención en los pequeños detalles de la vida diaria es lo más importante. Además hay que ser 70 paciente, permisivo y no tontear en esta profesión extraña, en la que hay mucha gente bella con bellas caras y bellas mentes.°

    F.: ¿Echa de menos España?

75   **A.B.:** A veces, y cuando me pasa voy. Hace poco mi padre tuvo un ataque de corazón, y

aunque no fue grave quiero ir. Necesito tiempo con él. Sientes miedo de que tu padre desa-80 parezca° un día y te quedes con esa sensación de no haberle dicho cosas que le quieres decir.

de la revista española *Fotogramas*

---

59 **Das...** *turn around the ages* 61 **suyo** de usted 63 **duradero** estable, de mucho tiempo 65 **pareja** *couple* 73 **mentes** cerebros
79 **desaparezca** *might disappear*

Después de leer

1-14 Modismos para la conversación. Los modismos *(idioms)* son útiles para la conversación. Pratique los modismos de la "Entrevista con Antonio Banderas", insertándolos en el siguiente párrafo sobre Los problemitas de Graciela. Escoja el modismo apropiado de la lista para llenar cada espacio en blanco. De ser necesario, vuélvalos a buscar en el texto de la entrevista y ayúdese con el contexto.

Lista de modismos: abrir la puerta, echa de menos, hacerse mayor, sobre las tablas, tiene que ver, un punto de inflexión

Los problemitas de Graciela

Graciela *(se siente sola cuando recuerda)* 1. _____ a su familia y la pequeña ciudad donde pasó su niñez. Quiere volver a actuar *(en el teatro)* 2. _____ pero no puede. Encuentra que es difícil *(ponerse más vieja)* 3. _____ porque ahora no le ofrecen buenos papeles. Ella cree que esta actitud de los directores *(está relacionada)* 4. _____ con un prejuicio contra las mujeres maduras. Hace unos meses decidió empezar un curso que le puede *(llevar)* 5. _____ a nuevas oportunidades. Esto fue *(un momento crucial)* 6. _____ y ahora Graciela está más feliz porque tiene esperanza.

1-15 Comprensión: Recordar detalles significativos. Trabaje con un(a) compañero(a). Háganse preguntas sobre Antonio Banderas, alternándose. Conteste **Sí** o **No** para cada punto; luego, explique su respuesta.

1. ¿Ha tenido Banderas un "punto de inflexión" en su vida recientemente?
2. ¿Banderas siente ansiedad?
3. ¿Le gustaría a Banderas tener 20 años otra vez?

Aprender mejor:
Preste atención a los modismos *(idioms)* y trate de usarlos en conversación, porque ayudan mucho.

4. ¿Cree Banderas que las mujeres y los hombres tienen las mismas dificultades en Hollywood cuando se hacen mayores?

5. ¿Habla Banderas sobre "el secreto" de su matrimonio duradero?

6. ¿Quiere Banderas ir a España? ¿Por qué?

1-16 Rueda de prensa *(Press conference)*. Trabaje con dos o tres compañeros. Cada persona en turno hace el papel de una persona famosa mientras los demás miembros del grupo actúan como periodistas. Usen las siguientes preguntas y otras de su propia invención. Use la forma de *usted* para hablar con la persona famosa.

1. ¿Está usted satisfecho(a) con su vida? ¿Ha tenido un punto de inflexión?

2. ¿Siente ansiedad a veces?

3. ¿Le gustaría tener menos (o más) años? ¿Cuántos?

4. ¿Tiene usted objetivos que quiera realizar en su vida?

5. ¿Echa de menos algún lugar o a alguna persona?

1-17 Mire y responda. Mire el dibujo. ¿Qué disfruta el hombre por la mañana cuando hay sol? Y los fines de semana, ¿qué disfruta usted por la mañana? ¿por la tarde? ¿por la noche?

A escribir: Paso a paso

Aprender mejor:
Para obtener fluidez en un idioma, hable; pero para mejorar la precisión *(accuracy)*, ¡escriba!

Tome esta oportunidad para usar por escrito algunas de las palabras y frases que ha aprendido en este capítulo. Escriba un párrafo en español, siguiendo los pasos *(steps)* que aparecen abajo.

Paso 1: Escoja uno de los siguientes temas (A, B o C) y escríbalo en una hoja *(sheet of paper)*.
Temas
A. Las actividades que me hacen feliz
B. Yo participo en las fiestas de San Fermín.
C. ¡Qué lindo ser una celebridad! (Imagine que usted es una persona famosa.)

Paso 2: Escriba la primera frase que corresponde a su tema, completándola de una manera original.
A. Mis actividades favoritas son...
B. En mi imaginación viajo a Pamplona y...
C. Me gusta ser una persona famosa porque...

Paso 3: Revise rápidamente todo el capítulo y haga una lista de 30 o más palabras y frases relacionadas con su tema.

Paso 4: Si hay tiempo, compare su lista con la de otros compañeros que tengan el mismo tema y haga cambios a su lista si los considera necesarios.

Paso 5: Trabajando solo(a) o con compañeros, use las palabras y frases de su lista para construir oraciones sobre su tema.

Paso 6: De entre todas las oraciones que usted construyó, escoja las que mejor expresen sus ideas y póngalas en un orden lógico.

Paso 7: Mire con cuidado su párrafo y revise *(check over)* especialmente el uso de el/la/los/las con los sustantivos *(nouns)* y las terminaciones de los verbos. Luego, entregue a su profesor(a) su párrafo y todas sus listas y notas.

Grammar	verb conjugator; present indicative
Vocabulary	dreams and aspirations; emotions: negative; emotions: positive; musical instruments
Phrases	expressing conditions; expressing a wish or desire; expressing hopes & aspirations; describing people; describing places; talking about habitual actions

Voice your choice! Visit **http://voices.thomsoncustom.com** to select additional readings relevant to this chapter's theme.

Vejez y juventud

Limpiando nopalitos, Carmen Lomas Garza

Tracks
7 & 8

EL ARTE, ESPEJO DE LA VIDA

La influencia de la familia

Algunos antropólogos sostienen *(claim)* que el éxito de la evolución de la especie humana se debe en gran parte a la influencia de los abuelos. Los bebés humanos son tan débiles e indefensos que necesitan la ayuda de toda una familia para poder sobrevivir física y emocionalmente. En la cultura latina, los abuelos ocupan un lugar especial de respeto y cariño. Mire en la página 18 el cuadro *Limpiando nopalitos* de la artista contemporánea de Texas Carmen Lomas Garza, y haga las siguientes actividades.

Observemos. Observe bien la pintura de Carmen Lomas Garza y llene el siguiente cuadro.

Aspecto	Descripción
Personas	¿Cuántas? _____
	Aproximadamente, ¿qué edad *(age)* tiene la niña? _____
	¿Qué edad (más o menos) tiene su abuelo? _____
Actividades	¿Qué hace la niña?
	_____
	¿Qué hace el abuelo?
	_____
Colores	_____amarillo _____azul _____blanco _____verde _____negro
	_____rojo _____violeta
Ambiente	¿Qué se siente en el ambiente?
	_____aburrimiento _____cariño _____felicidad _____interés
	_____miedo _____odio _____resentimiento _____respeto mutuo
	_____soledad _____tensión _____tranquilidad _____tristeza

Recordemos y discutamos. Trabaje con un(a) compañero(a). Háganse las siguientes preguntas; usen las formas de **tú**.

1. ¿Crees que la niña está aprendiendo o no? ¿Es posible aprender sin palabras?
2. Cuando tú eras niño o niña, ¿hablabas mucho con tus abuelos o abuelas? ¿Dónde? ¿Cuándo? ¿Sobre qué? ¿Qué te enseñaron?
3. ¿Paseabas frecuentemente con ellos? ¿Adónde iban ustedes?
4. ¿Cómo exactamente influyen los abuelos (y los otros parientes) en nosotros? ¿con sus palabras? ¿sus regalos? ¿ejemplos de sus propias vidas? ¿su simple presencia? Para ti, ¿qué factor es el más influyente?

¿Sabe usted...

...quiénes contribuyeron al éxito de la especie (species) *humana?*

...qué palabras debemos usar por cortesía en lugar de "viejo" o "vieja"?

...cuál es la familia extensa?

Las respuestas a éstas y otras preguntas interesantes se encuentran en este capítulo.

Aprender mejor:
Cuando alguien le hace a usted una pregunta en el imperfecto [era (de **ser**), **-aba** (de **-ar**), **-ía** (de **-er**, **-ir**)], responda en el impefecto (**era**, **-aba**, **-ía**).

5. ¿Hay algunos colores que se pueden asociar con emociones particulares? Por ejemplo, ¿qué color asocias tú con el amor, la envidia, el enojo, el duelo *(grief)*, el cariño? ¿Crees que existen estas mismas asociaciones en todas las culturas? ¿Por qué crees que la pintora escogió los colores con que pintó este cuadro?

Busquemos. A pesar de su sencillez, las pinturas de Carmen Lomas Garza son muy apreciadas. Muchos de sus cuadros están basados en recuerdos *(memories)* de su niñez, como *Limpiando nopalitos,* que representa los ratos agradables que ella pasó con su abuelo. Trabajando solo(a) o con otra persona, busque información en Internet (o en la biblioteca) sobre uno de los siguientes temas. Prepare un informe *(report)* o cartel *(poster)* para compartirlo con la clase.

Tema 1: Un cuadro de Carmen Lomas Garza que le guste. Descríbalo: ¿de qué se trata? ¿qué está representado *(depicted)*? ¿Qué emociones siente usted cuando mira este cuadro?

Tema 2: La vida y la obra de la pintora. ¿Dónde vive ahora? ¿Cómo es su familia y su rutina diaria? ¿Cuándo y por qué empezó a pintar? ¿Cómo llegó a tener éxito? ¿Cuáles son las características de su obra?

Tema 3: Los múltiples usos del nopal (el tipo de cacto que se ve en el cuadro) y su importancia en la cultura mexicana.

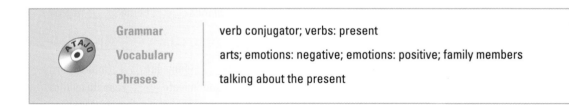

Grammar	verb conjugator; verbs: present
Vocabulary	arts; emotions: negative; emotions: positive; family members
Phrases	talking about the present

VOCABULARIO

preliminar 1

LOS PARIENTES (LOS FAMILIARES)

Estudie estas palabras y expresiones para usarlas en todo el capítulo.

DIEGO Y SUS PARIENTES: UN ÁRBOL GENEALÓGICO

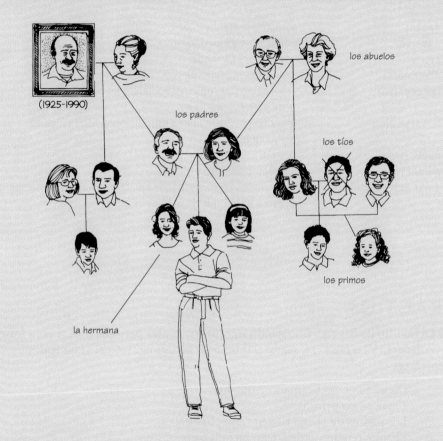

(1925-1990)

los abuelos

los padres

los tíos

los primos

la hermana

La palabra **pariente** es un falso cognado porque no significa *parent;* significa *relative* o *family member.* La palabra **familiar** es un sinónimo que también significa *relative* o *family member.*

Aprender mejor:
Para recordar nuevas palabras, piense en asociaciones con imágenes vívidas y "personalizadas". Por ejemplo, cuando diga o escriba *abuelo,* piense en la cara de su abuelo.

OTROS PARIENTES

los antepasados	parientes de generaciones anteriores
los bisabuelos	los padres de sus abuelos
los esposos	personas casadas
los hermanastros(as)	*stepbrothers and stepsisters*
los nietos	los hijos de sus hijos
los sobrinos	los hijos de sus hermanos

DESCRIPCIONES

casado(a)	unido(a) en matrimonio
difunto(a)	muerto(a) *(dead, deceased person)*
divorciado(a)	legalmente separado(a)
soltero(a)	hombre (mujer) no casado(a)
viudo(a)	hombre (mujer) cuyo(a) *(whose)* esposa(o) ha muerto

ACCIONES

apoyar	ayudar y proteger
casarse	unirse en matrimonio
crecer	hacerse más grande
divorciarse	separarse legalmente
fallecer (zc)	eufemismo (i.e., palabra socialmente más "suave") de **morir**
llevarse bien	tener buenas relaciones (por ejemplo: "Los niños **se llevan bien**".)
nacer (zc)	venir al mundo
pelear (con)	batallar, combatir
estar peleados(as)	tener malas relaciones (por ejemplo: "María y su hermana **están peleadas**".)

PRÁCTICA

2-1 La familia de Diego. Trabajando solo(a) o con otra persona, diga si cada frase es verdadera (V) o falsa (F), según el dibujo de la página 21. Corrija las frases incorrectas.

1. _____ Diego tiene un hermano y una hermana.

2. _____ Tiene cinco primos.

3. _____ Los padres de Diego tienen tres sobrinos.

4. _____ El abuelo paterno de Diego ha fallecido.

5. _____ Sus abuelos maternos tienen cuatro nietas.

6. _____ No hay divorcios en la familia de Diego.

7. _____ La única viuda es su tía paterna.

8. _____ Una de las tías se casó dos veces.

9. _____ Diego tiene una hermanastra.

VOCABULARIO

preliminar 2

EMOCIONES

el cariño afecto

estar orgulloso(a) estar satisfecho y convencido del mérito (de algo) (por ejemplo:
"**Está muy orgulloso** de su tío famoso".)

el odio sentimiento de repulsión

tener vergüenza sentir humillación y falta de dignidad (por ejemplo:
"**Tiene vergüenza** por su ropa vieja y sucia".)

ETAPAS (PERÍODOS) DE LA VIDA

la niñez	los niños
la juventud	los jóvenes (muchachos, chicos)
la madurez	los adultos (personas mayores)
la vejez	los viejos (ancianos, personas mayores)

PRÁCTICA

2-2 Antónimos. Dé palabras opuestas (contrarias en significado) a las siguientes
palabras. (En algunos casos hay más de una posibilidad.)

> **MODELO**   *madurez* juventud

1. vejez
2. estar orgulloso
3. nacer
4. unos jóvenes
5. cariño
6. vivo
7. divorciado(a)
8. niños
9. llevarse bien
10. casarse

2-3 ¿Quién soy yo? Diga quién es cada persona con relación a usted.

> **MODELO**   *Soy la madre de tu abuelo.*
> *Eres mi bisabuela.*

1. Soy el hermano de tu padre y el padre de tus primos.
2. Soy la hija de tus padres.
3. Soy el hijo de la nueva esposa de tu padre.
4. Soy el esposo de la madre de tu padre.
5. Soy la nieta de tus abuelos.

Aprender mejor:
Forme un círculo con otros
compañeros. Hagan todos
pantomimas para representar
las palabras (y sus antónimos)
del ejercicio 2-2. El objetivo es
que el grupo adivine *(guess)* las
palabras que cada uno de
ustedes representa ante ellos.
Este ejercicio ayuda a grabar
(imprint) las palabras en
su mente.

ⓁENGUA Y CULTURA

El uso de los eufemismos

La terminación -astro corresponde a *step-* en inglés. Hermanastro(a) es *stepbrother (stepsister)*. Madrastra es *stepmother*, padrastro es *stepfather* e hijastro(a), *stepson (stepdaughter)*. Pero estas palabras tienen connotaciones un poco negativas y no se usan mucho. Para presentar a tu madrastra, por ejemplo, es más común decir, Ella es la esposa de mi padre. *(This is my father's wife.)*

    Se usan eufemismos (palabras más suaves) para expresar ciertas ideas de manera delicada. Por ejemplo, para decir *seniors* o *senior citizens,* en español se dice las personas de la tercera edad. Hay otros eufemismos para hablar de la gente vieja. Búsque dos más en las listas de vocabulario (páginas 22 y 23) y también las maneras más suaves de expresar las palabras "morir" *(to pass away)* y "el muerto".

1. los viejos _____ o _____   2. morir _____   3. el muerto(a) _____

ⒺNFOQUE DEL TEMA

La familia: tradición, cambios y nuevos retos°

desafíos *(challenges)*

extended
vivían todos juntos / *roof*

tenía la costumbre de
close / **compadres...** *intimate friends who serve as godparents for each other's children*

En los siglos pasados, la familia típica era una familia "extensa"° que consistía en varios parientes que convivían° bajo el mismo techo:° el matrimonio, sus hijos, los abuelos o bisabuelos y, a veces, tíos o primos, especialmente si éstos eran solteros o viudos. Por eso, las casas antiguas de la clase media eran enormes. Además, la familia solía° mantener relaciones estrechas° con otros parientes o con compadres y comadres° que vivían en el mismo barrio. Los niños crecían en un ambiente de calor humano y sentían que podían confiar en muchos adultos, además de sus padres. Cuando ya no gozaban de buena salud, los ancianos tenían en la familia una garantía de protección y cariño. Muchas personas nacieron, crecieron, se casaron y murieron en la misma casa.

Cambios y contrastes

La familia extensa ha desaparecido de Estados Unidos y Canadá casi por completo. En estos países predomina ahora la familia "nuclear" (madre, padre e hijos). Pero en muchas partes del mundo hispano todavía persiste la familia extensa. Si le preguntas a una persona de Estados Unidos o Canadá

Tres generaciones de una misma familia disfrutan un día de campo.

acerca de "su familia", generalmente te va a hablar sólo de sus hijos, de su esposa, del padre y de la madre. En cambio,° si le haces la misma pregunta a un latino, te puede hablar de su primo o de la sobrina de su tío abuelo.°

En… *On the other hand*
tío… *great uncle*

Hoy día hay cambios sociales en Latinoamérica y en España que afectan a la vida familiar. El divorcio es bastante común, y el número de familias monoparentales° también ha crecido. No obstante,° como regla° general, la familia latina es más unida° que la familia de Estados Unidos o Canadá. Los niños aprenden a bailar y a tomar bebidas alcohólicas con moderación en fiestas familiares donde hay personas de todas las edades, y muchas veces los parientes o compadres ayudan a los jóvenes cuando necesitan apoyo de algún tipo, como consejos, empleo o dinero. Además, no hay muchos "hogares para ancianos"° porque los abuelos suelen vivir en casa con alguno de sus hijos. Por otra parte, a veces la gente sufre entremetimientos (esto es "interferencias no solicitadas") y una falta de independencia que para muchas personas de Estados Unidos o Canadá serían intolerables.

de un solo padre
No… *Nevertheless / rule /*
　más… *closer*

hogares… *homes for the elderly*

Un mundo de viejos

Esta tradición de la convivencia° de varias generaciones juntas puede ser parte de la solución a un alarmante problema demográfico. Según un informe de la ONU,° en 2002 uno de cada diez habitantes del planeta tenía más de 60 años; para el año 2050, una de cada *cinco* personas tendrá esta edad. Por primera vez en la historia del mundo, las personas de la tercera edad van a superar numéricamente° a los niños menores de 14 años. ¡Muy pronto, el mundo será de los viejos! La humanidad enfrenta un nuevo reto: ¿cómo apoyar económicamente a este enorme grupo de ancianos cuando el número de trabajadores cada día se reduce más?

costumbre de vivir juntos
Organización de Naciones
　Unidas (*United Nations*)

superar… *outnumber*

Crisis y esperanza

¿Cuáles son las causas de este envejecimiento° de la población mundial? En gran parte se debe a° la tendencia entre las parejas de hoy a reducir el número de hijos que tienen. Esto no solamente está ocurriendo en los países desarrollados°; también es un fenómeno de algunos países en vías de desarrollo.° En México, por ejemplo, la tasa de natalidad° bajó en el año 2002 a 19.9 por ciento, en comparación con el 28 por ciento que marcó en 1990. A pesar de° los estereotipos, la familia mexicana de hoy es mucho más pequeña que la de generaciones pasadas. La razón es obvia: los recursos domésticos de un matrimonio mexicano disminuyen° en un 60 por ciento con el primer hijo.[1] De ahí° que ambos padres tengan que trabajar, lo que trae consigo otro reto de nuestros tiempos: criar bien a un niño cuando ambos padres trabajan y no tienen suficiente tiempo o dinero. Por eso hay gente que se preocupa por los niños de hoy. "No saben jugar", dicen. Pasan su tiempo viendo televisión y jugando con videojuegos, y esta falta de actividad lleva a la obesidad (entre un 5 y un 10% de los niños en España son obesos), al aislamiento° y a comportamientos° antisociales.[2]

aging
se… *es causado por*
económicamente avanzados
en… *developing*
tasa… *birth rate*
A… *In spite of*

se reduce
De… A causa de esto

tendencia a quedarse solo /
　tipos de conducta / *source*

La familia va cambiando pero sigue siendo una fuente° fundamental de apoyo para niños, adultos mayores y ancianos. El verdadero reto lo expresó el presidente de la ONU: Tenemos que construir "una sociedad para todas las edades".[3] De manera que este desafío es también nuestra esperanza de un mundo mejor.

---

[1]　"¿Cuánto cuesta un hijo?", *Muy Interesante*, 1 de febrero de 2004.

[2]　Isabel Fernández del Castillo, "Los niños ya no saben jugar", *El mundo*, 18 de julio de 2004.

[3]　La frase es de un discurso de Kofi Annan, citada en "Todos seremos viejos", *Rumbo*, 22 de abril de 2002.

PRÁCTICA

2-4 Dos sociedades: Comparación y contraste. Trabaje solo(a) o con un(a) compañero(a) para llenar el gráfico de Venn, escribiendo en el lugar correcto las frases que mejor describen: A. la sociedad hispana, B. la sociedad de Estados Unidos y Canadá y C. las dos sociedades. Compare su gráfico con el de otros estudiantes.

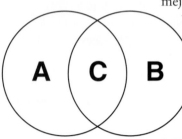

1. la familia nuclear
2. la tradición de la familia extensa
3. muchos divorcios
4. ayuda de los compadres para los jóvenes
5. una familia muy unida
6. muchos hogares para ancianos
7. parejas con pocos hijos
8. convivencia de los abuelos con sus hijos

2-5 Preguntas. Trabajando solo(a) o con otra persona, conteste las siguientes preguntas.

1. ¿Cómo eran las casas antiguas? ¿Pequeñas o grandes? ¿Por qué?
2. ¿Qué ventajas tiene la familia extensa para los niños? ¿para los adultos? ¿para los ancianos?
3. ¿Qué desventajas puede tener?
4. ¿Por qué se alarman muchos sociólogos cuando piensan en el año 2050? ¿Qué problema va a haber?
5. ¿Cuál es una de las causas principales del envejecimiento de la población?
6. ¿Qué pasa en México ahora con las parejas que tienen hijos?
7. Según el presidente de la ONU, ¿cuál es el verdadero reto?

2-6 Comentario sobre el chiste. Mire el dibujo humorístico y conteste las preguntas. **Vocabulario: fallar** *to let (someone) down, to fail*

1. En su opinión, ¿le falló la madre a su hijo? ¿Por qué?
2. La situación que se presenta es un chiste que tiene, en el fondo, una perspectiva muy seria. ¿Qué problema real sugiere el chiste sobre las relaciones entre padres e hijos? Explique.

2-7 Entrevista sobre la familia. Trabaje con un(a) compañero(a). Háganse las preguntas que siguen; usen las formas de **tú**. Después escriban un breve resumen de las respuestas según el modelo, para leerlo a la clase.

> **MODELO**   *Mi compañero(a) se llama... Él(Ella) tiene... es... vive... cree que...*

1. ¿Cuántos hermanos tienes? ¿Eres tú el (la) mayor o el (la) menor, o eres de los "del medio"? ¿O eres hijo(a) único(a)? ¿Qué ventajas o desventajas tiene tu posición en la familia?
2. ¿Tienes tíos? ¿sobrinos? ¿primos? ¿Viven cerca o lejos de ti? ¿Con qué parientes te llevas bien? ¿Con cuál o cuáles peleas? ¿Por qué?
3. En general, ¿crees que es una buena idea que dos o tres generaciones vivan juntas en la misma casa? ¿Por qué?
4. ¿Te gustaría vivir con tus padres muchos años? Explica.

2-8 ¿Estás de acuerdo o no, y por qué? Trabajando en grupos de tres personas o más, discutan las siguientes opiniones. Luego, decidan si ustedes están de acuerdo o no con cada una de ellas. Traten de llegar a una decisión unánime. Compartan sus opiniones con la clase.

1. En Brasil, los jóvenes de 16 años pueden votar. Todos los países deben imitar esta ley. ¿Sí o no? _____ ¿Por qué? _____
2. Muchos niños son obesos o violentos porque su madre trabaja y no les dedica mucho tiempo. ¿Sí o no? _____ ¿Por qué? _____
3. La familia ideal consiste en un padre, una madre y uno o dos hijos. ¿Sí o no? _____ ¿Por qué? _____
4. A los 65 años, la gente debe jubliarse *(retire)* y dejarles sus trabajos a los jóvenes. ¿Sí o no? _____ ¿Por qué? _____
5. Los hijos únicos llegan a ser muy egoístas; por eso es bueno tener más de un hijo. ¿Sí o no? _____ ¿Por qué? _____

Busquemos: El español en su vida. Trabajando solo(a) o con otra persona, haga uno de los siguientes proyectos. Tome notas y escriba un informe *(report)* para entregar o para compartir con la clase.

1. Busque en la biblioteca o en Internet información sobre la vida familiar del rey de España; de Michelle Bachelet, la primera presidenta de Chile o algún otro líder —hombre o mujer— de otro país latinoamericano. ¿Cómo es? *(What does he/she look like?)* ¿Cómo es su esposa(o)? ¿Qué hacen? ¿Tienen hijos? ¿Tienen mascotas (animales domésticos)? ¿Qué otros parientes son importantes en su vida? ¿Por qué?
2. Investigue el tema de la *familia numerosa* en algún país de Latinoamérica o en España. ¿Existe todavía? ¿Cuál es el número promedio *(average)* de hijos? ¿Ha subido o bajado en los últimos veinte años? ¿Por qué? Investigue también la tendencia hacia el *envejecimiento de la población*, cómo afecta al país y qué medidas se están tomando para afrontar *(face)* esta crisis.

Aprender mejor:
Practique el arte de escuchar, repetir y responder. Por ejemplo, si su compañero(a) le dice que tiene un hermano, pregúntele: "¿Un hermano? ¿Cómo se llama? ¿Dónde vive? ¿Qué le gusta hacer?".

Aprender mejor:
Para hacer más interesante su informe, acompáñelo con recursos visuales. Puede ser una ilustración de revistas o de Internet, un gráfico *(chart, table, graph)* o una foto.

ATAJO	Grammar	verbs: use of **ser**; adjective agreement
	Vocabulary	animals: domestic; family members; colors; personalilty
	Phrases	describing people

ⓢELECCIÓN 1

Antes de leer

Ana Alomá Velilla, la autora de "Las vecinas", es una escritora y profesora cubana que lleva ya muchos años viviendo en Boston, Massachusetts. El cuento relata un incidente verdadero que ocurrió en Cuba hace más de sesenta años. Está narrado desde el punto de vista de una niña de seis o siete años. Es una niña inteligente que quiere conocer el mundo que la rodea *(surrounds her)*. Un día descubre en su barrio algo que no comprende: una casa extraña y misteriosa. ¿Qué hacer? La respuesta es obvia: preguntarle a los adultos. Pero, ¿si los adultos no quieren contestar?

Aprender mejor:
La búsqueda rápida nos permite encontrar información con eficiencia, sin perder el tiempo.

2-9 Búsqueda rápida de detalles (Scanning for Details). Esta actividad lo (la) ayudará a practicar una técnica útil para buscar información específica. Mire los dibujos A y B durante un minuto y medio. Para hallar detalles en poco tiempo, examine los dibujos rápidamente. Busque solamente las siete diferencias que hay entre los dibujos y escríbalas a continuación.

MODELO	*1. Un niño llora.*	1.

2. _____		2. _____	
3. _____		3. _____	
4. _____		4. _____	
5. _____		5. _____	
6. _____		6. _____	
7. _____		7. _____	

¿Halló usted todas las diferencias entre los dibujos? Ahora, trabaje con un(a) compañero(a). Miren el título de "Las vecinas" y el dibujo de la página 30.

Usen la técnica de la búsqueda rápida para encontrar en las líneas 1–25 la información necesaria para completar el siguiente cuadro. Después, compartan sus resultados con la clase.

Las preguntas de la niña sobre la casa	¿A quiénes pregunta?	Las respuestas
1. ¿Por qué cierran las ventanas? ¿Por qué tienen una ventanita abierta en la puerta de la ventana grande?	1.	1.
2.	2. la tía Felicia	2.
3.	3.	3. No sé... no lo creo. Tal vez en algunas ocasiones.

2-10 Inferencias.

1. ¿Cómo interpretó la niña la respuesta de la tía Felicia?
2. ¿Qué puede usted inferir de las respuestas de los adultos?
3. ¿Qué es la misteriosa casa de la esquina? ¿Cómo lo sabe usted?

Ahora, lea el cuento con cuidado para averiguar más acerca de las vecinas misteriosas.

Aprender mejor:
Para hacer inferencias sobre lo que dice un personaje en un cuento o narración, busque indicios *(clues)* en el texto antes y después de las palabras del personaje.

Las vecinas
ANA ALOMÁ VELILLA

Hacía varios días que Abuelo venía quejándose° y diciendo que no se sentía bien. Eso me preocupaba porque yo lo quería mucho. Abuelo me llevaba al malecón° y me compraba globos° de colores y cucuruchos de maní tostado.° Otra cosa que me gustaba de él era que sabía las respuestas a todas mis preguntas. Bueno, a casi todas porque nunca me contestaba claro° las que le hacía sobre la casa grande de la esquina.°

　　—¿Por qué cierran las ventanas? ¿Por qué tiene una ventanita chiquita abierta en la puerta de la ventana grande?
　　—Mm... tal vez no les guste el fresco.° Yo pensé que Abuelo se había sonreído.

1　venía... *walked around complaining* / un parque al lado del mar / *balloons* / maní... *paper cones of toasted*
5　*peanuts* / claramente
　corner

10　aire que refresca, brisa

Pero ésa era una respuesta tonta porque con el calor que hacía en el verano todo el mundo abría las ventanas de par en par° a la brisa.

Cuando tía Felicia y yo pasamos una vez por frente a la casa, le pregunté si conocía a la familia que vivía ahí.

de... completamente

15 —¿Yo? ¡Dios me libre! Ahí viven mujeres de la vida... de mal vivir.°

mujeres... dos eufemismos de *prostitutas*

—¿De mal vivir? Pero tía, la casa no parece peor que las otras.

ven rápidamente

—Deja eso, deja eso y apúrate...° Papá necesita la medicina.

pude

El misterio de la situación empezó a fascinarme. Una vez alcancé a° ver en la ventanita un rostro° pintado y mi imaginación se llenó de princesas prisioneras y aventuras mágicas. Me dediqué a vigilar la famosa casa.

cara

20

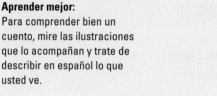

Aprender mejor:
Para comprender bien un cuento, mire las ilustraciones que lo acompañan y trate de describir en español lo que usted ve.

embroidering

Un día, tía Asunción estaba bordando,° sentada en el balcón de la casa, y yo, en el suelo, jugaba a los naipes.

valientes (uso caribeño)

—Tía, ¿los hombres son más guapos° que las mujeres?

—No sé... no lo creo. Tal vez en algunas ocasiones. ¿Por qué me lo pregun-

25 tas? —añadió distraídamente.

—Porque sólo entran hombres en la casa de la esquina.

wide

—¡Susana! —exclamó tía, abriendo tamaños° ojos.

Pensando que no me creía, exclamé —Pero, si es verdad, tía. Yo los veo desde la

flat roof

azotea.° Tía se levantó rápidamente y muy agitada la oí conversando con Mamá,

30 Abuela y las otras tías... Yo oía cosas como: "es una vergüenza... una niña pequeña...

barrio

un vecindario° decente..." No sé exactamente qué pasaba. La situación se ponía más

aspasionante

y más candente,° y sólo se enfrió cuando Abuelo llamó quejándose y la atención de

volcó... *turned toward*

todas se volcó en° él.

2-11 Comprensión.

1. ¿Por qué estaba preocupada la niña?
2. ¿Por qué quería tanto a su abuelo?
3. ¿En qué pensaba la niña cuando vio un rostro pintado en la ventanita?
4. ¿Qué hizo la tía Asunción después de su conversación con la niña? ¿Por qué?

Porque a pesar de todos los esfuerzos del médico y de la familia, Abuelo murió esa tarde. La familia se sumió° en el duelo° y en los preparativos para el velorio.° Por la noche ya Abuelo descansaba en su caja° rodeado de velas° y de flores en la sala de la casa. El velorio iba a durar toda la noche y el entierro° estaba fijado para las diez de la mañana siguiente. Yo estaba sentada quieta y llorando bajito,° un tanto asustada por todo el aparato que rodeaba a la muerte. Alguien llamó a la puerta: la primera visita de la noche. Tía Felicia se dirigió° a la puerta y la abrió. Desde el primer cuarto tía Asunción vio a los primeros visitantes.

— ¡Dios mío! ¡Las mujeres malas de la esquina!

La curiosidad me hizo olvidar momentáneamente la pena y corrí a la puerta. Cinco mujeres, todas vestidas de oscuro° y sin maquillaje° alguno, se presentaban a tía:

—Somos las vecinas de la esquina. Venimos a acompañarles en su sentimiento y a ayudarles en todo lo posible.

Tía, pasmada,° o recobró a tiempo su buena educación o se turbó demasiado para impedirles el paso porque, medio atontada,° las mandó a pasar.

35 cayó / tristeza intensa / wake
coffin / candles
burial
sin hacer ruido

40 fue

de... in dark colors / sin...
without makeup

45

muy sorprendida
***medio...** half-stunned*

2-12 Comprensión.

1. ¿Quién murió esa tarde?
2. ¿Dónde estaba el cadáver de Abuelo mientras preparaban el velorio?
3. ¿Qué dijo la tía Asunción cuando abrió la puerta?
4. ¿Qué dijeron las vecinas?

— ¡Qué desilusión! Las misteriosas mujeres de la esquina ni eran misteriosas ni se diferenciaban en nada al resto de la gente. Vestidas de oscuro y sin pintarse, hasta se parecían° a las tías. Toda la noche se la pasaron atendiendo a las visitas y ayudando en la casa. Le dieron tilo° a tía Felicia que no dejaba de llorar y le prepararon manzanilla° a Abuela que tenía un salto° en el estómago. A mí me arrullaron° en los brazos hasta que el sueño venció al llanto.° Por la madrugada sirvieron galletas° con jamón y queso y un espumoso chocolate caliente a los amigos que velaron° durante la noche.

Las vecinas se quedaron con Abuela y las tías hasta que los hombres regresaron del entierro. Después dijeron que tenían que retirarse. Abuela y las tías las abrazaron y besaron llorando y dándoles las gracias. Pero a pesar de mis súplicas por que volvieran° y de los famosos dulces de leche° de la abuela que ésta les mandaba regularmente, las vecinas no volvieron a visitarnos. Se encerraron de nuevo en su casa de la esquina, la que tiene una ventanita chiquita abierta en una puerta de la ventana grande.

*50 **se...** eran similares*
linden tea / chamomile tea
indigestion / lulled to sleep
grief / crackers
se quedaron despiertos

55

***súplicas...** pleas for them to*
*return / **dulces...** caramel*
60 candies

2-13 Comprensión.

1. ¿Por qué sufrió la niña una desilusión? ¿Cómo eran las vecinas? ¿Qué podemos inferir de esto?
2. ¿Qué hicieron las vecinas durante el velorio?
3. ¿Cómo se despidieron Abuela y las tías de las vecinas cuando tuvieron que irse?
4. ¿Qué opina usted de esta visita? ¿Por qué no volvieron las vecinas nunca a la casa?

Después de leer

Aprender mejor:
Algo muy importante en la lectura (y también al escuchar) es poder identificar la idea o punto principal.

2-14 Identificación del tema. El tema de un cuento es la idea general o principal, o la visión sobre el mundo o la vida humana que el autor (o la autora) quiere transmitirle al lector. Es similar a la idea principal de un artículo. Según su opinión, ¿cuál de las siguientes frases expresa mejor el tema de "Las vecinas"? ¿Por qué?

1. Muchas veces los niños comprenden el mundo mejor que los adultos.
2. Básicamente, todos somos iguales, a pesar de diferencias de clase o profesión.
3. La gente tiene miedo o desconfianza de ciertas personas cuando no las conoce bien.

Aprender mejor:
La palabra *opinión* existe como verbo en español, así que usted puede decir, "(Yo) Opino que…".

2-15 Opiniones. Trabaje con dos o tres compañeros(as) para contestar estas preguntas. Nombren a un(a) "líder del grupo" para tomar apuntes (notas) y luego comparen las opiniones de su grupo con las de otros grupos.

1. ¿Por qué creen ustedes que muchas veces los niños se entienden mejor con sus abuelos que con sus padres?
2. En su opinión, ¿debemos "proteger" a los niños de ciertos aspectos de la vida o debemos siempre decirles toda la verdad? ¿A qué edad creen que un niño debe escoger libros y películas con toda libertad? Expliquen.
3. ¿Qué opinan de la prostitución? ¿Es buena o mala la idea de legalizarla? ¿Por qué?

ⓈELECCIÓN 2

Antes de leer

Aprender mejor:
Busque *Nuevo México* en un mapa de Estados Unidos y trate de imaginar cómo es el paisaje allí. Después, escriba *indios Yaquis* en un buscador de Internet (y luego, *desierto Sonora*) para poder comprender mejor el personaje del "tata" de la narradora. Comparta la información con la clase.

La autora del siguiente cuento, Ana María Salazar, nació de padres mexicanos en Nuevo México, Estados Unidos. En "La última despedida" cuenta un momento importante de su niñez: la muerte de su querido abuelo.

2-16 Adivinar el significado de palabras en contexto. Trabaje solo(a) o con otra persona.

Lea las siguientes frases del cuento para adivinar *(guess)* el sentido de las palabras en negrilla *(in bold)*. Usando el contexto y los indicios *(hints)* de **Aprender mejor**, escoja el sinónimo más apropiado.

> **MODELO** "La muerte de mi tata (abuelo) fue inesperada, ya que siempre fue un hombre recio."
> *a. difícil*
> *b. fuerte*
> *c. simpático*

1. "**De pequeño,** sobrevivió la Revolución de 1910."
   a. sin necesidad de participar
   b. con pocas dificultades
   c. cuando era niño

2. "Era hombre **de pueblo,** acostumbrado a la lucha."
   a. sencillo
   b. sofisticado
   c. extraño

3. "Tan seguros estaban... que no querían decirle a mi nana (abuela) que su esposo estaba **internado.**"
   a. paralizado
   b. en el hospital
   c. con sus amigos

4. "La acusaban de '**escandalosa**', diciendo que sólo mortificaría a mi nana."
   a. mujer que trabaja demasiado
   b. individuo que critica todo
   c. persona que causa problemas

5. "Parecía un evento sin importancia, mi nana en su silla de ruedas y mi tata **acostado.**"
   a. muy enfermo
   b. sin conciencia
   c. en la cama

6. "Cuando llegó el momento de marchar, mi nana **sonrojando** pidió a mis padres que la... acercaran más a mi tata."
   a. poniéndose roja
   b. riendo en voz baja
   c. llorando de emoción

7. "Mis padres extrañados (sorprendidos) **accedieron**..."
   a. dijeron que no
   b. dijeron que sí
   c. se mantuvieron en silencio

Aprender mejor:
Para adivinar el significado de una palabra en español, busque dentro de la palabra para ver si hay una palabra más pequeña y fácil. Por ejemplo, hay una palabra inglesa más pequeña en **internado** (#3) y en **escandalosa** (#4), y una palabra española más pequeña en **sonrojando** (#6) y en **accedieron** (#7).

Ahora, lea el cuento para ver cómo una familia tradicional de Nuevo México se enfrenta con la muerte de un pariente muy querido.

La última despedida°

leave-taking, saying goodbye

ANA MARÍA SALAZAR

nombre cariñoso por abuelo (en algunas regiones)
cowboy / lleno de vigor

obteniendo
wheat / cattle
ponia silla a
blanket (Mex.) / harsh

1 La muerte de mi tata° fue inesperada, ya que siempre fue un hombre recio. La sufrida vida de vaquero° por lo menos eso le había dejado como pensión en su vejez: un cuerpo maltratado, pero sano.° Era hombre de pueblo, acostumbrado a la lucha. De pequeño sobrevivió la Revolución de 1910, de joven luchó contra los
5 indios Yaquis y de viejo conquistó el desierto de Sonora, logrando° que las áridas tierras produjeran trigo° y mantuvieran ganado.° Aun con sus 76 años de edad, mi tata ensillaba° su caballo e iba a buscar ganado en el monte. Si se le hacía tarde, no dudaba en tirar su cobija° en la vil° piedra para pasar la noche.

2-17 Comprensión.

1. ¿Cómo era el abuelo (el "tata") de la autora? ¿Por qué?
2. ¿Qué edad tenía?
3. ¿Cuál era su profesión?

preocupó

nombre cariñoso por abuela
en el hospital

ayudó
silla... wheelchair

Es por eso que cuando llegaron las noticias de que mi tata se encontraba en
10 el hospital, la familia no se consternó° mucho. Él sufría de un simple dolor en el pecho, causado probablemente por la falta de descanso. Tan seguros estaban mis tíos de su pronóstico, que no querían decirle a mi nana° que su esposo estaba internado.° No querían alarmarla.
Para mi pobre nana, la vida como esposa de vaquero y madre de siete hijos
15 no fue tan benévola. Al pasar los años, la preocupación y el reumatismo la fueron lentamente destruyendo. Solamente quedaba la sombra de aquella mujer que respaldó° a mi abuelo en sus victorias. Una sombra deformada por las reumas y sentenciada a pasar todo el día en una silla de ruedas.°

2-18 Comprensión.

1. ¿Por qué no querían decirle a la abuela ("nana") que su esposo estaba internado?
2. ¿Cuántos hijos había tenido?
3. ¿Cómo estaba ahora?

Mi madre pensó que era una injusticia no decirle a mi nana que su esposo estaba internado. Mi madre es una de aquellas personas con un sexto sentido° que le permite ver el futuro, pero sin la habilidad para cambiarlo. Sus instintos le advertían° de la segura muerte de mi tata. Sabía que mi nana tenía el derecho de ver a su esposo por última vez, pero nadie La escuchaba. La acusaban de "escandalosa", diciendo que sólo mortificaría° a mi nana. Al fin y al cabo,° en dos días se esperaba que mi tata saliera del hospital.

Pero mi madre, que es fuerte de carácter, no desistía, y de tanto insistir, mis tíos empezaron a dudar. Mi nana nunca los perdonaría si algo le pasase° a mi tata. Bajo esta amenaza° y las constantes insistencias de mi madre, mis tíos decidieron mentirle a mi nana. Le dijeron que su esposo estaba internado con un simple resfriado.° Al recibir las noticias, mi nana suplicó que la llevaran inmediatamente al hospital. Mis familiares, preocupados por su delicada salud, la llevaron de mala gana.° La visita al hospital fue uno de esos pequeños milagros que hace la vida tan maravillosa. Parecía un evento sin importancia, mi nana en su silla de ruedas y mi tata acostado. Entre las sábanas° de la cama estaban escondidas las marchitas° manos de ambos,° sus dedos entrelazados.° Pasaban largos minutos sin que ninguno de los dos dijese algo.°

20 **sexto...** poder psíquico (de ver el futuro) / anunciaban

preocuparía / **Al...** *After all*

25

si... *if something were to happen*
threat
head cold
30
de... *sin querer*

*sheets / withered / los dos / interlocked / **sin...** without either of them saying anything*
35

2-19 Comprensión.

1. ¿Por qué quería la madre decirle la verdad a la abuela?
2. ¿Qué piensa usted del "sexto sentido" de la madre?
3. ¿Qué hicieron los tíos finalmente?

Después de 53 años de casados, a lo mejor no tenían nada nuevo que decirse. O tal vez, después de tanto tiempo juntos, la voz dejaba de ser la forma más efectiva de comunicación. Por media hora ambos disfrutaron de su compañía y se veían verdaderamente felices.

Cuando llegó el momento de marchar, mi nana sonrojando° pidió a mis padres que la levantaran y la acercaran más° a mi tata. Quería darle un beso de despedida.

Mis padres extrañados° accedieron, ya que mis abuelos nunca habían demostrado afecto tan abiertamente ante sus hijos. Mis abuelos eran gente del desierto, donde la sequedad del suelo° se reflejaba en la aridez de los sentimientos. Pero este pequeño beso, puesto en el arrugado° cachete° de mi tata, iba cargado de muchos años de amor y devoción. A los dos les brillaban los ojos como si de nuevo fueran novios. Mi tata se ruborizó° y mi nana sonreía.

Son pocos los que tienen la fortuna de tener la última despedida. La segunda vez que volvió mi nana a ese cuarto, mi tata ya estaba envuelto en las sábanas del hospital...

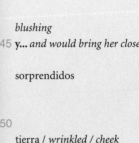

40

blushing
45 **y...** *and would bring her closer*

sorprendidos

50

tierra / wrinkled / cheek (Mexico, Central America, Caribbean usage)

55 puso rojo

2-20 Comprensión.

1. ¿Cómo se comunicaron los dos abuelos?
2. ¿Qué pasó entre ellos?
3. ¿Por qué estaban sorprendidos los parientes?

Después de leer

2-21 Opiniones. Con un compañero(a), conteste las siguientes preguntas; use las formas de **tú**.

1. ¿Qué te parece el sentimiento expresado en las últimas dos frases del cuento? ¿Es más fácil aceptar la muerte de un ser querido si tienes la oportunidad de despedirte de él? Explica.
2. ¿Por qué crees que muchas personas prefieren morir en casa y no en el hospital?
3. ¿Qué conexión hace la autora entre el paisaje del lugar donde vivían los abuelos y sus sentimientos y costumbres?
4. ¿Cómo son tus parientes? ¿Tienen la costumbre de demostrar el afecto abiertamente o no, o hay diferencias entre unos y otros? Explica.

Aprender mejor:
Exprese su opinión con frases como éstas: "Sí, es verdad", "Estoy (totalmente) de acuerdo" o "No, no es verdad", "No estoy de acuerdo (de ninguna manera)". Explique su opinión con frases como éstas: "Creo que…", "Me parece que…", "Es verdad que…".

2-22 Temas para un debate. Trabajando en grupos pequeños, decidan si están de acuerdo o no con las siguientes opiniones, y por qué. Una persona hará una lista de los argumentos. Después, toda la clase debe participar en un debate, alternándose entre argumentos a favor y en contra de cada tema.

Tema 1. Siempre hay que decirle a un enfermo "toda la verdad" acerca de su enfermedad, y no hay excepciones a esta regla.

Tema 2. A veces es deseable usar drogas como la marihuana para tratar a las personas que están sufriendo mucho.

Tema 3. Es un acto de compasión ayudar a morir a una persona que tiene una enfermedad incurable y desea la muerte. Esto no debe ser ilegal.

A escribir: Paso a paso

Historia de una vida. Practique el uso del pretérito y el imperfecto y al mismo tiempo repase las palabras y frases de este capítulo. Mire los dibujos y escriba la historia que representan en ocho oraciones. Siga los pasos que aparecen abajo.

Paso 1: Invente un nombre para el personaje principal.

Paso 2: Repase el vocabulario del principio del capítulo (páginas 21–23) y las palabras señaladas en el Enfoque del tema. Intente usar este vocabulario en algunas de sus frases.

Paso 3: Escoja las palabras que necesite del **Vocabulario suplementario.**

Paso 4: Use el pretérito de los verbos para expresar acciones y el imperfecto para descripciones. Escriba la historia.

Paso 5: Invente un título interesante, provocativo, original o cómico, y escríbalo al principio.

Paso 6: Intercambie el borrador *(rough copy)* de su párrafo con un(a) compañero(a), quien le servirá de editor(a) a usted. Revise el párrafo de su compañero(a) utilizando las siguientes pautas *(guidelines)* de corrección:

- formación de los verbos en el presente

- formación de los verbos en el pasado (pretérito e imperfecto)

- concordancia *(agreement)* de los adjetivos y de los artículos con los sustantivos *(nouns)*

¡Buena suerte!

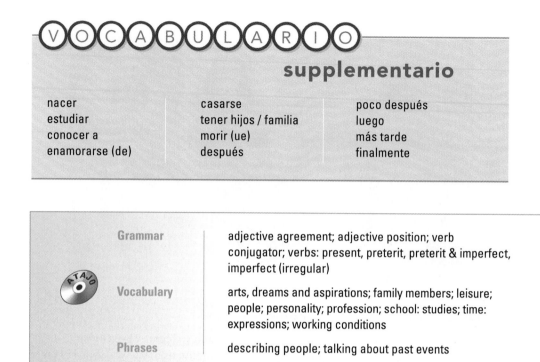

VOCABULARIO

supplementario

nacer	casarse	poco después
estudiar	tener hijos / familia	luego
conocer a	morir (ue)	más tarde
enamorarse (de)	después	finalmente

Grammar	adjective agreement; adjective position; verb conjugator; verbs: present, preterit, preterit & imperfect, imperfect (irregular)
Vocabulary	arts, dreams and aspirations; family members; leisure; people; personality; profession; school: studies; time: expressions; working conditions
Phrases	describing people; talking about past events

Voice your choice! Visit **http://voices.thomsoncustom.com** to select additional readings relevant to this chapter's theme.

CAPÍTULO

3

Presencia latina

Ven, o luz espiritual, Emanuel Martínez

Track 11

ⒺL ARTE, ESPEJO DE LA VIDA

La necesidad de una base espiritual

Todos necesitamos fuerza, valor y confianza para vivir. Si fracasamos, tenemos que levantarnos y volver a la lucha. Mire el cuadro *Ven, o luz espiritual* del pintor contemporáneo Emanuel Martínez, de Denver, Colorado (Estados Unidos), en la página 39. Luego, haga las siguientes actividades.

Observemos. Observe bien la pintura de Martínez y llene el siguiente cuadro.

Aspecto	Descripción
la mujer	edad *(age)*: tiene _____ años (más o menos) ¿Es rubia o morena? a. es rubia b. es morena ¿Cómo es? a. es fea b. es hermosa c. es común y corriente (ni fea ni hermosa)
el cántaro (jug)	¿Qué cosa rara pasa con el cántaro que ella tiene en las manos? _____ En su opinión: ¿cuál es el momento del día? _____ el almanecer (comienzo del día) _____ b. el atardecer (final del día) ¿Por qué cree usted eso? _____
los colores	Indique los colores que ha utilizado el pintor: __amarillo __azul __blanco __naranja __negro __rojo __turquesa __verde __violeta ¿Qué color es el más importante? ¿Por qué? _____
el ambiente	¿Qué se siente en el ambiente? ____aburrimiento ____confianza ____depresión ____esperanza ____felicidad ____interés ____miedo ____soledad ____tensión ____tranquilidad ____tristeza ____¿otra cosa?

Interpretemos y opinemos. Hay elementos mágicos en este cuadro. Identifíquelos. Trabaje con un(a) compañero(a). Háganse las siguientes preguntas; usen las formas de **tú**.

1. En tu opinión, ¿qué hace la mujer? ¿Está rezándole a Dios? ¿meditando? ¿mirando? ¿buscando o esperando algo? En general: ¿cómo interpretas lo que está haciendo la mujer?
2. ¿Qué importancia tiene la luz en este cuadro? ¿Qué puede simbolizar?
3. ¿Dónde podemos encontrar inspiración y ayuda espiritual en nuestra cultura y en nuestras comunidades? ¿en la religión? ¿en libros? ¿en el arte o la música? ¿en el trabajo, en la familia o en los amigos?

4. En general, ¿crees que los inmigrantes y grupos minoritarios necesitan más o menos confianza y ayuda espiritual que otras personas? ¿Por qué?

5. ¿Dónde encuentras tú una "luz espiritual"? Explica.

Busquemos. Emanuel Martínez, de Denver, Colorado, es conocido como escultor, muralista y pintor. En sus obras representa con viveza *(with liveliness)* figuras y escenas de la mitología mexicana. Trabajando solo(a) o con otra persona, busque información en Internet (o en la biblioteca) sobre uno de los siguientes temas y prepare un informe *(report)* o cartel *(poster)* que va a compartir con la clase.

Tema 1: Un cuadro, mural o escultura de Enrique Martínez que le guste. Descríbalo y explique de qué se trata y por qué le gusta.

Tema 2: La vida y obra del pintor y escultor. ¿Dónde vive ahora? ¿Cómo es su familia? ¿Cuál es su rutina diaria? ¿Cuándo y por qué empezó a pintar y a hacer esculturas? ¿Cómo llegó a tener éxito? ¿Cuáles son las características de su obra?

Tema 3: La vida y la obra de otro(a) artista chicano(a) con los mismos aspectos que se mencionan en el Tema 2.

ATAJO		
Grammar	verb conjugator; verbs: present; verbs: preterit and imperfect	
Vocabulary	arts; emotions: negative; emotions: positive	
Functions	talking about the present; talking about the past	

VOCABULARIO

preliminar

Estudie estas palabras y expresiones para usarlas en todo el capítulo.

LOS INMIGRANTES Y LOS GRUPOS MINORITARIOS: ACCIONES

adaptarse cambiar sus costumbres; **la adaptación** modificación
conseguir (i) obtener
fracasar no conseguir un buen resultado
el fracaso falta de éxito, mal resultado
ganar adquirir algo, obtener un salario; triunfar en algún juego o competencia
la guerra conflicto, combate
perder (ie) dejar de tener algo (por ejemplo, **perdieron** sus propiedades")

rechazar no aceptar, rehusar
regresar volver; **el regreso** la vuelta
tener confianza sentir seguridad y esperanza en sí mismo *(in oneself)*
tener éxito triunfar, conseguir un buen resultado; **el éxito**
vencer superar, conquistar (por ejemplo: "Hay que **vencer** los obstáculos".)

LOS INMIGRANTES Y LOS GRUPOS MINORITARIOS: LA IDENTIDAD Y LAS RAÍCES (ORÍGENES)

el choque cultural trauma o conflicto interior causado al vivir en otra cultura

el (la) ciudadano(a) natural (o persona naturalizada) de una nación con los derechos y obligaciones correspondientes

el (la) hispano(a) persona de ascendencia u origen español o latinoamericano

la ley regla establecida legalmente por el gobierno

la mayoría más del 50 por ciento

la minoría menos del 50 por ciento

el poder autoridad, dominio (por ejemplo: "Ese grupo tiene mucho **poder** en el gobierno".)

el puesto empleo, trabajo (por ejemplo: "Quiere conseguir un buen **puesto**".)

ser hispanohablante saber hablar español

ser bilingüe saber hablar dos lenguas

OTRAS PALABRAS

actual presente, contemporáneo(a)

actualmente hoy en día, en el presente

PRÁCTICA

Aprender mejor:
Practique las palabras asociándolas con sus antónimos para recordarlas mejor.

3-1 Antónimos. Dé antónimos (palabras o expresiones contrarias) de las siguientes palabras y expresiones. (En algunos casos hay más de una posibilidad.)

1. aceptar
2. salir
3. tener éxito
4. ganar
5. la salida

6. la minoría
7. antiguo
8. el fracaso
9. la paz (tranquilidad)
10. monolingüe

Aprender mejor:
Relacionar nuevas palabras con sus sinónimos también le ayuda a usted a recordarlas mejor.

3-2 Sinónimos. Dé sinónimos, o palabras parecidas, de las siguientes palabras.

1. autoridad
2. conquistar
3. empleo
4. hoy en día
5. modificar las costumbres

6. obtener, adquirir
7. regla
8. repudiar
9. triunfar
10. volver

Ⓔ NFOQUE DEL TEMA

Los hispanos en América del Norte

Desde el año 2000, los hispanos son, numéricamente, la primera minoría de Estados Unidos, y constituyen más del 13 por ciento de la población. Han llegado de todas partes de España y Latinoamérica, pero los tres grupos principales son los mexicanos, los puertorriqueños y los cubanos. También, están creciendo rápidamente los grupos que vienen de Centroamérica y del Caribe.

    Un poco más hacia el norte, Canadá tiene un número significativo de hispanos. En realidad, la inmigración latina comenzó hace poco, en los años 70, cuando muchos argentinos, chilenos y uruguayos huyeron° de la represión de sus gobiernos militares. En general, estos inmigrantes optaron por Canadá porque la política° estadounidense de aquel momento apoyaba° los gobiernos represivos de sus países. Luego, las guerras civiles en Centroamérica, y el conflicto en Chiapas, México, provocaron una segunda ola° de refugiados e inmigrantes en los años 1981 y 1990. La mayoría se ubicó° en los grandes centros urbanos de Montreal, Toronto y Vancouver, pero hay también comunidades activas en casi todas las regiones de Canadá y de Estados Unidos. Según el censo de 2001, Canadá cuenta con más de medio millón de hispanohablantes, y este número no incluye los niños menores de 15 años ni las personas que deciden no identificarse como de origen hispano. La presencia latina en Canadá es un fenómeno reciente, pero en Estados Unidos antecede° al propio° comienzo de la nación.

escaparon
policy
favorecía

wave / estableció

es más antigua que / *very*

3-3 Comprensión. Escoja la palabra correcta para completar cada una de las frases.

> MODELO   *En el momento actual, los hispanos son (la primera / la segunda / la tercera) minoría de Estados Unidos.*

1. En los años 1970s, muchas personas de Argentina, Chile y Uruguay entraron a Canadá porque huyeron de los gobiernos (democráticos / comunistas / militares) de sus países.
2. Nuevos inmigrantes llegaron a muchas partes de América del Norte en los años 1980 debido a las guerras en Centroamérica y al conflicto en (Chiapas / Yucatán / Guadalajara), México.

Los hispanos de origen mexicano: El grupo más grande

Los españoles fundaron° las primeras ciudades de Estados Unidos —San Agustín en la Florida, en 1565, y Santa Fe en Nuevo México, en 1607, décadas antes de la llegada del Mayflower en 1620. Exploraron y poblaron° enormes regiones de lo que es hoy día el Sur y el Oeste de Estados Unidos, dejando como herencia una impresionante arquitectura colonial, una comida sabrosa,° y melodiosos nombres geográficos como San Francisco, Las Vegas, El Paso... e inclusive cierta espiritualidad y cosmovisión.° Durante siglos ese territorio fue parte de España y México.

establecieron

settled

deliciosa
visión del universo

Aprender mejor:
Escriba *Santa Fe New México* en un buscador de Internet para acceder a fuentes de información sobre las tradiciones de origen mexicano que existen allí.

Santa Fe, Nuevo México: El santuario de la Misión Chimayo

En el siglo XIX, todo cambió. México perdió sus tierras en una guerra con Estados Unidos. Los habitantes de habla española se convirtieron en ciudadanos de segunda clase y fueron discriminados en las mismas tierras que habían sido colonizadas por sus antepasados.

En los años 60, algunos mexicano-americanos iniciaron un movimiento de afirmación cultural. Buscaron sus raíces en la tradición española y en la indígena. Se identificaron como chicanos y lucharon para conseguir reformas y mejores oportunidades. Además, hubo un florecimiento° de las artes chicanas —la pintura, el muralismo, la música, el teatro y la poesía— que continúa hasta hoy.

flowering

3-4 Comprensión. Escoja la palabra correcta para completar cada una de las frases.

1. La primera ciudad fundada en el territorio que actualmente es parte de Estados Unidos fue _____.
   a. Jamestown
   b. San Augustín
   c. Plymouth Rock

2. San Francisco, Las Vegas y El Paso no son parte de México ahora porque...
   a. ...los habitantes quisieron ser parte de Estados Unidos.
   b. ...México no quería tener un territorio tan grande.
   c. ...Estados Unidos las ganó en una guerra.

3. El movimiento chicano buscó sus raíces en la tradición _____.
   a. española
   b. indígena
   c. de los dos grupos

Los puertorriqueños: Entre dos culturas

En 1898, España perdió una guerra con Estados Unidos, y le tuvo que ceder el territorio de Puerto Rico. En 1952, la isla pasó de ser un territorio de Estados Unidos a ser un estado libre asociado,° su condición actual. Por lo tanto, los puertorriqueños son ciudadanos de Estados Unidos y pueden salir y entrar sin visa. Para algunos, esta misma facilidad es un obstáculo con respecto a su adaptación.

El grupo de danza puertorriqueño de Neuva York, Danza Fiesta, presenta un baile folklórico.

Muchos puertorriqueños llegan a Nueva York, o a otras ciudades, con la idea de ganar un poco de dinero y regresar a la isla. Sin embargo, la mayoría de ellos no regresa de manera permanente porque no encuentra buenos puestos allí.

Estado... *Commonwealth*

Aprender mejor:
Escriba *puertorriqueños Nueva York* en un buscador de Internet para acceder a más información sobre las tradiciones puertorriqueñas que existen en esa ciudad.

3-5 Comprensión. Escoja la palabra correcta para completar cada una de las frases.

1. Antes de 1898, Puerto Rico era parte de (España / Cuba / Estados Unidos).
2. Actualmente, Puerto Rico es (una parte de Estados Unidos / un país independiente / un estado libre asociado).
3. Muchos puertorriqueños no regresan a la isla a vivir porque (no les gusta el clima / no hay muchos puestos allí / no hablan español).

Los cubanos y la adaptación

Con la subida al poder de Fidel Castro en 1959 y el establecimiento de un gobierno comunista, miles de cubanos se vieron obligados a salir de Cuba y llegaron como refugiados políticos a Estados Unidos. Un gran número se quedó en Miami.

La mayoría de los cubanos de esta primera ola° se adaptó rápidamente. Llegaron en un momento de prosperidad. Además, el gobierno los ayudó con programas especiales. Muchos ya venían formados profesionalmente y con experiencia en diversos campos° laborales. Como no podían regresar a su país de origen, debido a la situación política, comprendieron que estaban en Estados Unidos para siempre.

Daphne Rubin-Vega y Jimmy Smits en la obra *Anna in the Tropics,* de Neilo Cruz.

Aprender mejor:
Escriba *cubanos Miami* en un buscador de Internet para acceder a más información sobre las tradiciones cubanas que existen en esa ciudad.

wave

áreas

Más adelante (sobre todo en 1980), salieron de Cuba otros refugiados que han encontrado mayores dificultades de adaptación. Sin embargo, en general, la comunidad cubana goza de mucho éxito y prosperidad. Hoy, Miami es una ciudad "panhispánica" y dinámica, gracias, en parte, a la inmigración cubana. Algunos la llaman "la capital de Sudamérica" porque es un centro principal de negocios, de tursimo y de comercio con Latinoamérica.

3-6 Comprensión. Escoja la palabra correcta para completar cada una de las frases.

1. La primera ola de refugiados cubanos llegó a Estados Unidos en 1959 cuando Fidel Castró (salió del país / estableció un gobierno comunista / empezó una guerra con Rusia).
2. Este primer grupo se adaptó rápidamente porque (tenían un bajo nivel de instrucción / podían ir y venir entre Estados Unidos y Cuba / llegaron en un momento de prosperidad).
3. Hoy muchos llaman a Miami "la capital de (la Buena Vista / la Florida / Sudamérica)".

La situación actual

evidente
tipo de comida

Hoy, la presencia latina en Canadá y Estados Unidos es cada vez más palpable.° Su influencia está por todas partes. La cocina° que mejor se conoce es la mexicana. En muchas ciudades hay clubes de salsa o de tango, canales de televisión y periódicos en español. Sin duda, la cultura hispana va a tener un impacto sin precedentes en la sociedad norteamericana del futuro.

PRÁCTICA

Aprender mejor:
Después de contestar una pregunta, usted puede extender la conversación con frases como éstas: ¿Qué te parece? ¿Estás de acuerdo? ¿Sabes por qué? ¿Qué opinas tú?

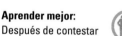

3-7 Entrevista. Trabaje con un(a) compañero(a). Háganse uno al otro las siguientes preguntas; usen las formas de **tú**. Después, comparta los resultados con la clase.

1. ¿Por qué llegan inmigrantes? ¿Qué buscan? ¿Por qué se adaptan bien algunos y otros no?
2. ¿Hay inmigrantes en el lugar donde tú vives? ¿De dónde son? ¿En qué trabajan? ¿Son bilingües?
3. Y tus antepasados, ¿de dónde llegaron? ¿cuándo? ¿por qué?
4. ¿Qué personas deben recibir preferencia como inmigrantes? ¿las que hablan inglés? ¿las personas con dinero? ¿los profesionales? ¿los médicos? ¿o quizás la gente sin entrenamiento? Explica.

3-8 Temas para la discusión. Discuta uno de estos temas con otros compañeros. Tomen apuntes sobre las opiniones del grupo y compárenlas después con las de los otros grupos.

1. ¿Qué piensan ustedes de la idea de establecer "fronteras abiertas" entre México y Estados Unidos? ¿Sería posible abrir las fronteras entre Canadá, Estados Unidos y México, así como lo están en Europa actualmente? ¿Por qué sí o no? ¿Es importante impedir la entrada de gente que quiere entrar a Estados Unidos o a Canadá para trabajar? ¿Depende de la situación económica del momento? Expliquen.

2. ¿Es una ventaja ser bilingüe o trilingüe? ¿En qué trabajos o profesiones es beneficioso? ¿Por qué? ¿En qué campos creen ustedes que alguien va a ganar más u obtener un mejor puesto si sabe dos lenguas?

3. Hace muchos años que Estados Unidos mantiene un embargo económico contra la Cuba comunista de Castro y prohibe el comercio *(trade)* con compañías cubanas. En cambio, Canadá tiene una política *(policy)* diferente. Muchos canadienses visitan Cuba como turistas, y hay compañías canadienses que hacen negocios en la isla. ¿Por qué creen ustedes que Canadá permite el comercio y el turismo con Cuba? ¿Por qué creen que Estados Unidos mantiene un embargo contra Cuba? ¿Qué les parecen estas políticas?

Busquemos: El español en su vida. Escoja uno de estos temas y busque información al respecto en Internet o en la biblioteca. Después, escriba un informe para entregar o leer a la clase.

Aprender mejor:
Para hacer más interesante su informe, busque algún dato cómico, emocionante o sorprendente.

1. Los inmigrantes latinos de cierto origen nacional (dominicanos, chilenos, mexicanos, venezolanos...) en Estados Unidos o en Canadá. (¿Cuántos hay? ¿Dónde y cómo viven? ¿Qué festivales celebran?...)

2. La situación política actual de Puerto Rico, de Cuba o de Chiapas, México.

3-9 Entrevista con un inmigrante (composición). ¿Es inmigrante usted o alguno(a) de sus familiares o amigos? Escriba un informe sobre las experiencias de un(a) inmigrante.

1. Entreviste a un(a) inmigrante en persona o en Internet.

2. Si no puede encontrar a un(a) inmigrante de origen hispano, haga la entrevista en inglés pero luego escriba el informe en español.

3. Tome apuntes y escriba el informe de acuerdo con las siguientes indicaciones.

país de origen	¿Se siente usted integrado(a) a la nueva
fecha de llegada	sociedad o no? ¿Por qué?
con quién(es) vino	La gente aquí: ¿es diferente de la gente
primeras impresiones	de su país de origen? ¿De qué
primer trabajo, experiencias	maneras?
cosas que le gustaron al principio	Si tiene hijos, ¿qué actitud tienen Éstos
cosas que *no* le gustaron al principio	frente a la cultura de este país?
cosas que le siguen gustando hoy	¿Qué planes tiene usted para el futuro
cosas que todavía hoy no le gustan	¿Piensa regresar a su país? ¿Por qué
trabajo y actividades ahora	sí o no?

4. Invente un buen título para su composición.

Grammar	verbs: present; verbs: preterit; verbs: imperfect
Vocabulary	dreams and aspirations; family; nationality
Functions	asking for information; comparing and contrasting

ⓈELECCIÓN 1

Antes de leer

Esta selección es de la famosa escritora méxicana-americana Sandra Cisneros. Es un cuento que describe un incidente de su niñez en Chicago, en La Villita, el barrio donde creció. Es un barrio de latinos de clases media y obrera *(working)*, con letreros en español, inglés y *spanglish,* restaurantes que sirven tamales y un ambiente callejero de música y movimiento. El cuento fue escrito en inglés por Cisneros y luego fue traducido al español por Elena Poniatowska, la conocida escritora mexicana.

Sandra Cisneros, poeta y cuentista mexicano-americana publicó *Caramelo,* una linda y cómica novela en 2003.

3-10 Vocabulario: Palabras en contexto. Estudie primero la lista de palabras tomadas del cuento. Luego, complete cada frase con la palabra apropiada de la lista.

el casero	persona que cuida de la casa y hace reparaciones
el departamento	otra manera de decir "apartamento"
las escaleras	serie de escalones que unen dos pisos
el pasto	hierba del jardín *(lawn, grass)*
el piso	cada una de las plantas de una casa *(floor)*
el sótano	parte subterránea de un edificio
los tubos	conductos de metal que llevan agua

1. Durante muchos años mi familia y yo vivimos en el tercer _____ de un edificio alto en la calle Green.
2. Teníamos un _____ pequeño con sólo tres habitaciones y un baño.
3. Cuando hacía buen tiempo, mi hermano y yo jugábamos sobre el _____ del jardín.
4. Una vez los _____ de agua se rompieron y nadie podía usar el baño ni la cocina.
5. Mi mamá le habló al _____ del problema, pero él dijo que estaba muy ocupado con otras reparaciones.
6. Por tres días tuvimos que subir las _____ muchas veces para conseguir agua de los vecinos que vivían arriba.
7. También tuvimos que usar el cuarto de baño que estaba abajo, en el _____ del edificio.

3-11 Búsqueda rápida de detalles. Busque los siguientes detalles en el texto y complete las oraciones.

1. En el primer párrafo, la narradora habla de "un montón de mudanzas" *(a whole bunch of moves)*. ¿Cuántos lugares específicos recuerda ella antes de su llegada a Mango Street? _____
2. En el segundo párrafo, se mencionan las ventajas de tener una casa propia *(of one's own)*. Una de estas ventajas es que no es necesario pagarle _____ a nadie.

3. En el tercer párrafo, la narradora recuerda un incidente en el departamento de la calle de Loomis. Se rompieron los tubos, y su familia tuvo que usar el _____ del vecino.

4. En el cuarto párrafo, se describe la casa que la familia de la narradora soñaba con tener algún día. ¿De qué color sería *(would it be)*? _____
Piense un momento en la palabra "casa". Visualice. ¿Qué imágenes suscita "casa" en su imaginación? ¿La casa de su niñez? ¿una casa ideal? ¿la mansión de un millonario? Lea el cuento con cuidado para ver la importancia que puede tener una casa para una familia de inmigrantes y, especialmente, para la narradora *(narrator)* del cuento, una niña de origen mexicano que se llama Esperanza.

> **Aprender mejor:** Buscar detalles clave *(key)* antes de leer aumenta la comprensión de la lectura.

La casa en mango street

SANDRA CISNEROS

El barrio La Villita en Chicago

No siempre hemos vivido en Mango Street. Antes vivimos en el tercer piso de Loomis,° y antes de allí vivimos en Keeler. Antes de Keeler fue en Paulina y de más antes ni me acuerdo, pero de lo que sí me acuerdo es de un montón de mudanzas.° Y de que en cada una éramos uno más. Ya para cuando llegamos a Mango Street éramos seis: Mamá, Papá, Carlos, Kiki, mi hermana Nenny y yo.

> **Loomis… Keeler… Paulina** nombres de calles
>
> **montón…** muchos cambios de casa
>
> **Aprender mejor:** Mire la foto y describa lo que pasa. Conectar palabras con una imagen es una buena manera de grabarlas *(record it)* en la memoria.

La casa de Mango Street es nuestra y no tenemos que pagarle renta a nadie, ni compartir el patio con los de abajo, ni cuidarnos de hacer mucho ruido, y no hay propietario que golpee el techo con una escoba.° Pero aún así no es la casa que hubiéramos querido.° Tuvimos que salir volados del departamento de Loomis. Los tubos del agua se rompían y el casero no los reparaba porque la casa era muy vieja. Salimos corriendo.

> **y…** *and there's no property owner who hits the ceiling with a broom /* **que…** *we would have liked*

Teníamos que usar el baño del vecino y acarrear° agua en botes lecheros° de un galón.

> llevar / **botes…** *milk cartons*

Por eso Mamá y Papá buscaron una casa, y por eso nos cambiamos a la de Mango Street, muy lejos, del otro lado de la ciudad.

Siempre decían que algún día nos mudaríamos° a una casa, una casa de verdad, que fuera° nuestra para siempre, de la que no tuviéramos que salir cada año, y nuestra casa tendría agua corriente y tubos que sirvieran. Y escaleras interiores propias,°

> **nos…** *we would move*
> **que…** *that would be of its own*

30 como las casas de la tele. Y tendríamos un sótano, y por lo menos tres baños para no tener que avisarle a todo el mundo cada vez que nos bañáramos. Nuestra casa sería blanca, rodeada de árboles, un jardín enorme y el pasto creciendo sin cerca. Esa es la casa de la que hablaba Papá cuando tenía un billete de lotería y esa es la casa que Mamá soñaba° en los cuentos que nos contaba antes de dormir.

que... that Mom dreamed of

3-12 Comprensión.

1. ¿Cuántas personas había en la familia cuando llegaron a Mango Street?
2. ¿Qué ventajas tiene para la familia vivir en casa propia?
3. ¿Por qué se cambiaron de Loomis a Mango Street?
4. ¿Cómo es la casa donde quieren vivir algún día?

Aprender mejor: Tratar de predecir lo que va a pasar en un cuento aumenta nuestro interés al leer.

3-13 Predicción. ¿Cree usted que Esperanza va a estar contenta o descontenta con la casa de Mango Steet? ¿Por qué? Lea el resto del cuento para ver si usted tiene razón.

35 Pero la casa de Mango Street no es de ningún modo como ellos la contaron. Es pequeña y roja, con escalones° apretados° al frente y unas ventanitas tan chicas que parecen guardar su respiración.° Los ladrillos se hacen pedazos en algunas partes y la puerta del frente se ha hinchado tanto° que uno tiene que empujar° fuerte para entrar.

steps / pushed together
guardar... *to be holding their breath /* **se...** *has gotten so swollen / push*

40 No hay jardín al frente sino cuatro olmos° chiquititos que la ciudad plantó en la banqueta.° Afuera, atrás hay un garaje chiquito para el carro que no tenemos todavía, y un patiecito° que luce todavía más chiquito entre los edificios de los lados. Nuestra casa tiene escaleras pero son ordinarias, de pasillo, y tiene solamente un baño. Todos compartimos recámaras,° Mamá y Papá, Carlos y Kiki, yo y Nenny.

elm trees
sidewalk (Mex.)
patio pequeño

dormitorios (Mex.)
nun
laundry / boards
por... *because of a robbery that happened two days earlier / wood*

45 Una vez, cuando vivíamos en Loomis, pasó una monja° de mi escuela y me vio jugando enfrente. La lavandería° del piso bajo había sido cerrada con tablas° arriba por un robo dos días antes,° y el dueño había pintado en la madera° "SÍ, ESTÁ ABIERTO", para no perder clientela.

—¿Dónde vives?, preguntó.
50 —Allí, dije señalando arriba, al tercer piso.
—¿Vives *allí*?

was pointing
peeling off / bars
manera especial (diminutivo de modo, un uso que comunica el enojo que siente la narradora) / diciendo que sí / **Una...** *One I could point to / Just for now*

Allí. Tuve que mirar a donde ella señalaba.° El tercer piso, la pintura descarapelada,° los barrotes° que Papá clavó en las ventanas para que no nos cayéramos. ¿Vives *allí*? El modito° en que lo dijo me hizo sentirme una nada. *Allí.* Yo vivo *allí.* 55 Moví la cabeza asintiendo.° Desde ese momento supe que debía tener una casa. Una que pudiera señalar.° Pero no esta casa. La casa de Mango Street no. Por mientras,° dice Mamá. Es temporario, dice Papá. Pero yo sé cómo son esas cosas.

3-14 Comprensión.

1. ¿Por qué no le gusta a Esperanza la casa de Mango Street? ¿Cómo es?
2. ¿Qué diferencias hay entre esta casa y la casa de sus sueños?
3. ¿Qué pasó una vez cuando Esperanza vivía en Loomis Street y le habló una monja de su escuela? ¿Qué quiso decir la monja con su "modito" de hablar?

Después de leer

3-15 Opiniones. Trabaje con un(a) compañero(a), haciendo y contestando estas preguntas; use las formas de **tú**.

1. ¿Tuviste que mudarte muchas veces cuando eras niño(a)? ¿O viviste siempre en la misma casa? ¿Cómo afecta a los niños cuando su familia se muda (cambia de casa)? ¿Es malo o bueno mudarse mucho? ¿Por qué?
2. ¿Qué piensas de la pregunta de la monja? ¿Y de cómo se sintió Esperanza después? ¿Por qué? ¿Qué aprendió ella de esa experiencia?
3. ¿Crees que es saludable tener deseos intensos como el deseo de Esperanza de poseer algún día una casa linda y grande? ¿Es mejor soñar con metas (goals) tal vez "imposibles" o no esperar mucho de las circunstancias de la vida? Explica tu punto de vista.

3-16 Una carta. Escriba una carta como si usted fuera (as if you were) una de las siguientes personas.

Mire la nota **Aprender mejor** que está cerca del ejercicio 4-13 del capítulo 4 para ver cómo empezar y concluir una carta.

1. El (La) psicólogo(a) de la escuela, que está preocupado(a) con la "obsesión" de Esperanza de tener una casa grande, y les escribe a sus padres.
2. El (La) agente de bienes raíces (real estate) que quiere vender la casa de Mango Street a los señores García, y se la describe en una carta con detalles muy positivos.
3. Un(a) vecino(a) que le describe a un(a) pariente la llegada de la familia de Esperanza a la casa de Mango Street.

Grammar	verbs: present, preterit and imperfect; verb conjugator
Vocabulary	emotions: negative; emotions: positive; family members; house; medicine; personality
Functions	writing a letter (formal)

ⓢELECCIÓN 2

Antes de leer

Estados Unidos tiene fama en todo el mundo de que sus habitantes son muy trabajadores. Tiene una larga tradición de ser "el país de las oportunidades", y muchos inmigrantes llegan con la idea de encontrar un puesto lucrativo y de prestigio. Muchas veces, la realidad es diferente. En su opinión, ¿qué obstáculos encuentran los inmigrantes cuando buscan un puesto?

El siguiente cuento fue escrito por un cubano que llegó a Miami en 1959, en la primera ola de refugiados. ¿Qué factores le ayudaron a este grupo a adaptarse? (Si usted no los recuerda, vea la página 45.)

3-17 Observación y predicción. Mire el título y el dibujo, y échele una mirada rápida *(skim through)* al primer párrafo. En su opinión, ¿de qué trata el cuento? Describa el tema principal en una frase.

Y ahora, lea el cuento para comprobar (¡o mejorar!) su predicción.

Ay, papi, no seas coca-colero°

LUIS FERNÁNDEZ CAUBÍ

1 En aquellos primeros días de exilio, un buen amigo de la infancia, Abelardo Fernández Angelino, me abrió las puertas de
5 la producción en este mercado afluente y capitalista de Estados Unidos. Me llevó a una oficina donde no tardaron° dos minutos en darme mi Social Security y de
10 allí fuimos a una embotelladora° de Coca-Cola situada en el Noroeste, donde me esperaba un trabajo de auxiliar° en un camión. —*Come on, Al* —dijo el
15 capataz°— *This is an office man, he will never make it in the field.*— Pero Abelardito,

ahora convertido en Al, insistió: *"Don't worry, I'll help him out."*
20 Y me dieron el puesto.

Y con el puesto me dieron un uniforme color tierra° con un anuncio de la Coca-Cola a la altura del corazón y me mon-
25 taron en un camión lleno de unos cilindros metálicos duros y fríos. Para centenares° de personas significarían una pausa refrescante; a mí se me con-
30 virtieron en callos° en las manos, dolores en la espalda,° martirio en los pies y trece benditos° dólares en el bolsillo° vacío. Era 1961. Todo el mundo hablaba de

35 los ingenios° y las riquezas que tuvieron en Cuba. Yo, por mi parte, tenía el puesto de auxiliar del camión conseguido por Abelardito, a regalo y honor dis-
40 pensado por la vida.

Sucede que yo no había tenido otro ingenio° en Cuba que el muy poco que quiso Dios ponerme en la cabeza. Pero, sí
45 tenía una práctica profesional de abogado que me permitía y me obligaba a andar siempre vestido de cuello y corbata° y con trajes finos.

50 En fin, volviendo al tema, que cuando llegué a mi casa,

Coca-Cola man línea 8 **no**... *they did not delay* 10 *bottling plant* 13 *assistant-loader* 15 *foreman* 22 *earth-colored* 27 *cientos* 30 *calluses* 31 *back* 32 *blessed* 33 *pocket* 35 *literally, sugar mills* 42 **ingenio** *here means wit* 48 **cuello**... *collar and tie*

entrada la tarde, con mi traje
color tierra, mis manos adolori-
das, el lumbago a millón,° la
55 satisfacción de haberle
demostrado al capataz que *"I
could do it"* y los trece dólares
bailándome en el bolsillo, me
recibió mi hija de cuatro años.
60 En cuanto me vio, empezó a
llorar como una desesperada al
tiempo que me decía,"Ay, papi,
papi, yo no quiero que tú seas°
coca-colero".
65 Me estremeció.° Pensé que
la había impresionado el
contraste entre el traje fino y el
uniforme color tierra y comencé
a consolarla.Yo tenía que traba-
70 jar, estaba feliz con mi camión,
los cilindros no eran tan
pesados... trataba de convencerla
mientras, desde el fondo del
alma, le deseaba las siete plagas°
75 a Kruschev, a Castro y a todos los
jefes políticos que en el mundo
han sido. Mis esfuerzos no
tuvieron éxito. Mi tesorito°
seguía llorando al tiempo que

80 repetía:"Papi, papi, yo no quiero
que tú seas coca-colero".
Pero, en la vida todo pasa,
hasta el llanto.° Y cuando se
recuperó de las lágrimas, con los
85 ojitos brillosos y las mejillas
mojadas,° me dijo:"Ay, papi, yo
quiero que tú seas coca-colero;yo
quiero que tú seas pepsi-colero".

Y, no obstante° el lumbago,
90 los callos y la fatiga, por primera
vez desde mi llegada a Miami
pude disfrutar de una
refrescante carcajada.°

—de *Diario de las Américas*, un
periódico en español publicado
en Miami.

54 **a...** *going strong* 63 **que...** *that you be* 65 **Me...** *It shook me.* 74 **las...** *the seven biblical plagues* 78 **Mi...** *my little treasure*
(i.e., sweetheart) 83 *llorar* 86 **mejillas...** *wet cheeks* 89 **no...** *in spite of* 93 *hearty laugh*

Después de leer

3-18 Preguntas. Trabajando solo(a) o con otra persona, conteste lo siguiente.

1. En el cuento de Fernández Caubí, ¿por qué creía el capataz que el autor no podía hacer el trabajo?
2. ¿Cuál era su profesión cuando vivía en Cuba? ¿Por qué no podía hacer el mismo trabajo en Estados Unidos?
3. ¿Cómo estaba el narrador cuando llegó a su casa por la noche?
4. ¿Cuál fue la reacción de su hija?
5. ¿Cómo interpretó el padre esta reacción? ¿Qué le dijo a su hija para consolarla?
6. ¿Cómo supo el padre que su hija estaba adaptándose a la nueva sociedad?

Aprender mejor:
¡Conecte las imágenes con las palabras! Mire el dibujo y trate de pensar en tres adjetivos en español para describir a la niña y otros tres para describir a su papá.

3-19 Vocabulario: -ero. En la historia, la niña inventó la palabra **coca-colero** porque en español es común usar la terminación **-ero** para designar a los individuos que realizan cierto acto repetidamente, que trabajan con ciertos productos o que desempeñan ciertos oficios. Escriba la palabra apropiada después de cada número y tradúzcala al inglés.

MODELO	El _____ remienda zapatos.	**zapatero** *shoemaker*

1. El _____ trae la leche.
2. El _____ trabaja en la carpintería.
3. El _____ trabaja en la ingeniería.
4. El _____ conduce camiones.
5. El _____ nos trae cartas.
6. El _____ hace viajes.
7. El _____ trabaja en la cocina.

3-20 Opiniones. Trabaje con un(a) compañero(a). Háganse las siguientes preguntas de forma alternada; use las formas de tú.

1. ¿Qué sabes de la situación actual de Cuba? ¿Y de la de Miami? ¿Te gustaría visitar alguno de estos dos lugares? ¿Por qué?
2. ¿Qué sabes de la cultura cubana? ¿Conoces la música del *Buena Vista Social Club* o de otro grupo de música cubana? ¿Has probado la comida cubana? Descríbela. (*Hint:* No, no he probado...)
3. ¿Crees que la mayoría de la gente está satisfecha con su profesión o trabajo, o no? ¿Por qué? Para ti: ¿qué cualidades son importantes en un trabajo?

3-21 Usted es un(a) refugiado(a): Actividad de visualización.

Trabajando con dos o tres compañeros(as), imaginen la siguiente situación y contesten las preguntas.

Es un día típico. Ustedes están en casa escuchando la radio. De repente *(Suddenly)* oyen un anuncio que explica que esta mañana hubo un golpe de estado *(coup d'etat)*. Ahora un grupo fascista está en el poder y controla las fuerzas armadas de su país. Este grupo quiere exterminar a todas las personas de ascendencia X *(X descent)*. Ustedes son de este origen y comprenden que tienen que salir del país inmediatamente o si no, van a morir. El anuncio explica que hay algunos vuelos especiales que van a salir del aeropuerto en tres horas.

1. Ustedes no tienen coche y todos los taxis están ocupados. ¿Dónde está el aeropuerto en su ciudad? ¿Cómo van a llegar allí?
2. Cada persona puede llevar una sola maleta *(suitcase)*. Además de ropa, ¿qué otras cosas van a llevar ustedes?
3. No pueden ir a los bancos porque hay policías vigilándolos. ¿Cómo van a obtener el dinero para comprar el pasaje?
4. Luego, ustedes llegan a un nuevo país que es de una cultura muy diferente a la suya. ¿Qué ven? ¿Qué cosas son diferentes? ¿Cómo se sienten ustedes: cómodos o incómodos? ¿Por qué?

5. ¿Qué tienen que hacer primero en este nuevo país? ¿En qué piensan? ¿Creen ustedes que van a tener éxito aquí o no? ¿Por qué?

Don Gregorio

A escribir paso por paso

Siga los siguientes pasos para escribir un párrafo en español sobre la selección del capítulo que más le gustó. Siga los siguientes pasos de organización y revisión.

Paso 1: ¿Qué selección le gustó más? Repásela. Vuelva sobre *(Go over)* esta selección rápidamente.

Paso 2: Utilice el siguiente modelo para terminar la primera frase (oración) del párrafo:
Me gustó [nombre de la selección] *porque...*

Paso 3: Escriba cuatro frases con ejemplos de los detalles o las razones por las que *(the reasons why...)* le gustó particularmente esa selección.

Paso 4: Repase (5–10 minutos) las palabras y expresiones señaladas en el **Enfoque del tema** e intente utilizar algunas en sus oraciones.

Paso 5: En una última frase u oración, resuma *(summarize)* y dé fin *(give closure)* a su párrafo utilizando uno de los siguientes modelos:

- En fin (En resumen), esta selección es interesante porque...
- En resumen (En fin), lo interesante de esta selección es... (es que + *full sentence...*).

Paso 6: Invente un título atractivo, original o cómico para su párrafo.

Paso 7: Intercambie el borrador *(draft)* de su composición con el de otro(a) compañero(a), quien le servirá de editor(a). Revise la composición de su compañero(a) utilizando las siguientes pautas *(guidelines)* de corrección:

- formación correcta de los verbos
- concordancia *(agreement)* de los adjetivos y de los artículos con los sustantivos
- uso correcto de **ser** y **estar**

Paso 8: Revise su párrafo incorporando las indicaciones de su compañero(a) editor(a), si usted está de acuerdo con ellas.

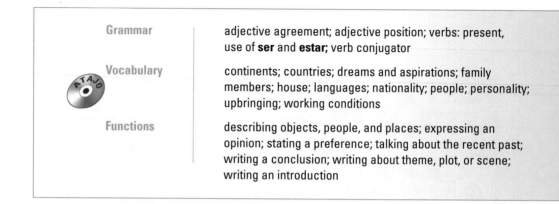

Grammar	adjective agreement; adjective position; verbs: present, use of **ser** and **estar;** verb conjugator
Vocabulary	continents; countries; dreams and aspirations; family members; house; languages; nationality; people; personality; upbringing; working conditions
Functions	describing objects, people, and places; expressing an opinion; stating a preference; talking about the recent past; writing a conclusion; writing about theme, plot, or scene; writing an introduction

Voice your choice! Visit **http://voices.thomsoncustom.com** to select additional readings relevant to this chapter's theme.

Amor y amistad

Mi casamiento, Pilar Sala

Tracks 3 & 9

EL ARTE, ESPEJO DE LA VIDA

El matrimonio perfecto

Mucha gente recuerda el día de su boda como el día más feliz de su vida. Se celebra de diversas maneras, pero en todas las culturas el casamiento es un momento importante que debe ser de pura alegría. En el cuadro *Mi casamiento*, en la página 57, la artista contemporánea argentina Pilar Sala usa un estilo naíf (sencillo e inocente) para evocar el tema de las bodas. Haga las siguientes actividades.

Observemos. Trabaje solo(a) o con un(a) compañero(a). Observe bien el cuadro de Pilar Sala y llene la siguiente tabla.

Aspecto	Descripción
personas, animales	Los novios están en un carro. ¿Cómo están vestidos? ¿Adónde irán? ¿Para qué? Y los vecinos, ¿son viejos o jóvenes? ¿Cómo están vestidos? ¿Y el caballo?
actividades	¿Qué hacen los novios? ¿Qué hacen los vecinos? ¿Y los niños?
colores	__amarillo __anaranjado __azul __blanco __gris __marrón __morado __negro __rojo __rosa __verde
elementos de la naturaleza	__árboles __flores __hojas __lluvia __luna __luz del sol __océano __nieve __nubes __relámpagos __río __sombras

Analicemos y discutamos. Trabaje con un(a) compañero(a). Háganse las siguientes preguntas; usen las formas de **tú.** Luego, compartan sus respuestas con las de otros compañeros.

1. ¿Qué emociones te comunican los colores y los elementos de la naturaleza que aparecen en el cuadro? ¿Qué representan?
2. ¿Cómo se ve la participación de la comunidad en el casamiento?
3. ¿Es importante celebrar una boda? ¿Crees que un matrimonio tendrá mayor probabilidad de durar después de una gran celebración? Explica.
4. ¿Qué opinas de la legalización del matrimonio de parejas gays y lesbianas en España, Canadá y varios otros países? ¿Por qué parece ser tan importante celebrar bodas que sean reconocidas oficialmente? ¿Crees que esto será común en el mundo entero algún día?
5. Para ti, ¿En qué consistiría el casamiento ideal? ¿Dónde tendría lugar? ¿Cuándo? ¿A cuántas personas invitarías? ¿Qué tipo de comida y actividades tendrías?

Busquemos. Trabajando solo(a) o con otra persona, busque información en Internet (o en la biblioteca) sobre uno de los siguientes temas y prepare un informe *(report)* o cartel *(poster)* que va a compartir con la clase.

Aprender mejor:
No se olvide de apuntar las fuentes *(sources)* mientras *(while)* hace investigaciones.

Tema 1: La vida y obra de Pilar Sala. ¿Quién es, de dónde es, cómo es su obra y por qué le gusta (o no le gusta) a usted su pintura?

Tema 2: Una pintura de otro(a) pintor(a) de Latinoamérica o de España sobre el tema del amor, sobre una boda o sobre una persona muy hermosa. Descríbala, explique por qué cree usted que se pintó el cuadro y comparta las emociones que le suscita.

Grammar	verb conjugator; verbs: compound tenses (present perfect); verbs: preterit; verbs: imperfect
Vocabulary	arts; emotions: positive; emotions: negative; personality
Phrases	describing people; describing objects; expressing an opinion

VOCABULARIO

preliminar

Estudie estas palabras y expresiones para usarlas en todo el capítulo.

VERBOS ÚTILES

abrazar(se)	poner los brazos alrededor de alguien como muestra *(show)* de cariño (por ejemplo: "El niño **abrazó** a su madre"; "El niño y la madre **se abrazaron**".)
besar, un beso	tocar con los labios para mostrar cariño, amor, saludo o reverencia; acción de besar (por ejemplo: "María **besó** a su marido antes de salir".)
cambiar	transformar, alterar, variar, modificar
convivir	vivir juntos
coquetear, flirtear	conversar con una persona con la intención de enamorarla
elegir	escoger, seleccionar
romper (con)	terminar una relación romántica (con alguien)

COSAS Y CONCEPTOS

la belleza	conjunto de cualidades físicas de persona u objeto que inspira admiración; cualidad de ser bello(a); hermosura
el cambio	transformación, alteración, variación, modificación

el derecho (a)	circunstancia de poder hacer algo por justicia (por ejemplo: **el derecho a** vivir en paz; **el derecho a** la libre expresión)
el flechazo	amor a primera vista (literalmente, el resultado de la flecha *[arrow]* que lanza *[throws]* Cupido, dios romano del amor)
el flirteo	acción de flirtear o coquetear
la igualdad	cualidad de ser igual; circunstancias en que hay justicia para todos
el matrimonio	(dos significados) (1) unión legal o religiosa de dos personas casadas; (2) los dos esposos o cónyuges (el esposo y la esposa)
el novio, la novia	(dos significados) (1) persona que se casa; (2) persona que mantiene relaciones amorosas con alguien
la pareja	(dos significados) (1) dos personas con una conexión romántica, un par de personas; (2) una de estas personas, el compañero o la compañera de otra persona con relaciones sentimentales; *partner*
la simpatía	cognado falso (pues no quiere decir *sympathy*) que a veces se traduce al inglés como *nice*, pero que quiere decir mucho más: un hombre **simpático** o una mujer **simpática** conquista a la gente con sus palabras y acciones

EXPRESIONES COMUNES

cada vez más (menos)	en aumento progresivo (en disminución progresiva)
la media naranja	el amor de tu vida, tu compañero(a) del alma
muy amable	agradable, cordial; frase que se utiliza para expresar agradecimiento
las uniones de hecho	las relaciones estables entre dos personas que viven juntas sin estar casadas
los matrimonios a prueba	las uniones de hecho cuando la pareja tiene la intención de casarse después

¿Qué te parece el chiste? Con otra persona, mire el dibujo humorístico. A veces los humoristas usan a los niños en sus creaciones para mostrar actitudes o tendencias presentes en la sociedad. ¿Qué factor se presenta aquí como el más importante para el amor o la amistad? ¿Qué opinas de esto? ¿Es cierto? ¿Es cómico?

—De acuerdo, mañana vengo a buscarte a las dos de la tarde, más o menos... y no es necesario que te vistas muy elegante... ¡basta con que lleves suficiente dinero!

Ⓛ ENGUA Y CULTURA

Amor, cariño, sexo y admiración

amar *to love (often in a spiritual way)*
querer (ie) *to love; to feel affection for; to want*
chistes verdes historias humorísticas que se refieren al sexo; *dirty jokes*

En español hay dos maneras de decir "*I love you*": **te quiero** y **te amo.** El verbo **querer** es la forma más común y se usa para expresar el amor y cariño que sentimos por nuestros hijos, esposos, amigos, amantes, parientes y hasta *(even)* por nuestros perros o gatos. No se usa, por ejemplo, en una oración dirigida a Dios ni en el himno nacional de la patria *(homeland)*. En estos casos, se usa **amar,** un verbo más espiritual que también se puede usar con sentido romántico para expresar un amor profundo.

La tendencia puritana de ver lo sexual como algo sucio no es tan común en español, y las historias que en inglés se llaman "*dirty jokes*" en español se llaman **chistes verdes** *(green jokes)*. "*A dirty old man*" es **un viejo verde** *(a green old man)*. Verde es el color asociado con la naturaleza y la vitalidad, y quizás por eso se asocie con el amor erótico.

La jerga *(slang)* española tiene muchas expresiones pintorescas *(colorful)* de admiración. Algunas de estas expresiones se derivan del antiguo machismo que ya no es tan acentuado como antes. Por ejemplo, en México para decir que algo es "*great*" o "*awesome*," se puede decir **es padre** *(it's father)*, **es muy padre** *(it's very father)* o **es padrísimo** *(it's the fatherest!)*.

PRÁCTICA

4-1 Antónimos. Dé antónimos del **Vocabulario preliminar** o de **Lengua y cultura** para las siguientes palabras o expresiones.

1. cada vez menos
2. la desigualdad
3. un chiste inocente
4. desagradable, grosero
5. la persona más incompatible que pueda usted imaginar
6. ¡Es horrible!
7. el divorcio

4-2 Sinónimos. Dé sinónimos del **Vocabulario preliminar** o de **Lengua y cultura** para las siguientes palabras o expresiones.

1. amor a privera vista
2. modificación
3. coquetear
4. la hermosura
5. los dos esposos
6. escoger, seleccionar

4-3 Completar la frase. Empareje *(Match)* las palabras de la columna de la derecha con las oraciones incompletas de la columna de la izquierda.

1. Ricardo les cae bien a todos. ¡Que chico más _____!
2. Los abuelos se enojarán porque Juan y Julia quieren _____ y no están casados.
3. Los señores Pérez cumplirán 25 años de _____ mañana.
4. ¡Te _____, Armando, para toda la vida!
5. Karina ayuda mucho a María ahora que está enferma; ellas tienen una _____.
6. Pablo y Paulina eran una _____ muchos años antes de casarse...
7. ...Pablo y Paulina viven juntos y piensan casarse en dos años. Tienen un _____.
8. _____ mucho, Carolina. Siempre he pensado que eres muy guapa y lista.
9. Finalmente he encontrado a la mujer perfecta para mí. Ella es mi _____.
10. _____ mucho a mis tíos porque son muy buenos conmigo.

a. quiero
b. pareja
c. me gustas
d. convivir
e. amistad verdadera
f. matrimonio a prueba
g. matrimonio
h. media naranja
i. amo
j. simpático

Ⓔ NFOQUE DEL TEMA

Los altibajos° de las relaciones humanas

Dime con quién andas° y te diré quien eres. Este antiguo refrán español subraya la importancia de la amistad como una forma de identificación personal porque las personas con quienes "andamos" de algún modo nos reflejan a nosotros mismos. Se ha dicho que en las culturas anglosajonas la mayoría de la gente busca su identidad sobre todo en el trabajo, oficio° o profesión, mientras que en las culturas latinas hay más tendencia a buscar la identidad en el grupo de los parientes y amigos. De hecho°, el sistema de compadrazgo (Véase el capítulo 2, página 25) extiende el círculo de la familia y crea un nuevo grado de intimidad: los compadres y las comadres, es decir: amigos y amigas muy especiales que son "de confianza°". La costumbre de saludarse y despedirse con un beso o abrazo permite más contacto físico (sin ninguna implicación sexual) entre los amigos, y son demostraciones de afecto que ayudan a evitar el sentido de intensa soledad y aislamiento° que experimentan° muchos norteamericanos. (Véase el capítulo 8, página 141.)

¿Una amistad incondicional?

La verdad es que en todas las culturas la amistad es un valor estimado y deseado. Cada día aparecen más libros, películas y programas de tele que tratan el tema de la amistad, y en particular la búsqueda de "un amigo (o una amiga) incondicional". ¿Existe tal relación, una amistad absoluta entre dos personas que sean capaces de "hacer cualquier cosa°", cueste lo que cueste°, la una por la otra? ¿O es la amistad siempre condicional? Casi todo el mundo ha tenido la experiencia de ser traicionado(a)° por un amigo o una amiga. Por cierto, hay otro refrán antiguo que nos aconseja° estar en guardia contra los amigos falsos: *Al amigo que no es cierto, con un ojo cerrado y el otro abierto.*

La búsqueda de la *media naranja*

Por supuesto, hay otro tema muy actual y a la vez eterno que también se representa en las obras artísiticas de ahora y de siempre: la búsqueda de la media naranja. Este tema es *tan viejo como andar a pie,* como dicen los latinos, pero hoy se nos presenta con ciertas novedades. (1) Además de los medios tradicionales como la familia, las fiestas, la escuela y la iglesia, muchos jóvenes acuden a servicios especiales de Internet, a las reuniones de "encuentros rápidos°" o a las líneas telefónicas de encuentros. (2) Muchos

Estas jóvenes colombianas valoran su amistad.

---

ups and downs

Dime... *Tell me who you "hang out with," literally "with whom you walk"*

trade
De... En realidad

de... *trustworthy*

alienación / sienten

cualquier... *anything /*
cueste lo... no importa el costo / *betrayed* / da el consejo de

encuentros... *speed dating*

príncipe... *Prince Charming, literally, blue prince* / *make a commitment* / cualidades de **exigir,** forma del subjuntivo

individuos escogen la vida de soltero(a). Algunos de ellos simplemente concluyen que no existe el príncipe azul° ni la mujer ideal, así que es mejor no comprometerse°. (3) Un gran número de parejas deciden convivir sin casarse. Ciertos estudios sugieren que la mayoría de las mujeres llevan una lista de rasgos° deseados en su pareja, mientras que los hombres generalmente sólo buscan una mujer hermosa que no exija° demasiado y que los deje cómodamente en paz...

Mayor aceptación de la diversidad

modos... estilos de vida

Actualmente existe en muchos países (pero no en todos) una actitud más abierta que en el pasado con respecto a la diversidad. Hay más tolerancia y aceptación de diferentes puntos de vista y modos de vivir.° No se discrimina tanto a los divorciados, a los gays, a las lesbianas, a las madres solteras ni a las uniones de hecho. En el año 2000, la Comunidad de Navarra, España, aprobó una ley que permite a los homosexuales la adopción de niños, y recientemente se ha aprobado el matrimonio de personas del mismo sexo en todo el país.

se... *fall in love* / **buen...** *good catch* / conexiones

Sí, los tiempos cambian, pero las necesidades básicas permanecen. Algunas personas se enamoran° de un flechazo, y otras buscan un buen partido° de manera racional y cuidadosa. Pero muy pocos eligen llevar una vida solitaria sin los lazos° del amor ni de la amistad.

PRÁCTICA

Aprender mejor:
Analizar los elementos con que se componen las palabras nos ayuda a aprender nuevas palabras.

4-4 Equivalencias útiles. Vamos a ver (en la actividad 4-15, en la página 72) que a veces las raíces *(roots)* nos ayudan a aprender nuevas palabras. También las terminaciones *(endings)* nos pueden ayudar. Algunas de las terminaciones en inglés son similares a terminaciones en español. Por ejemplo, muchas veces la terminación **-dad** en español = **-ty** o **-cy** en inglés. Llene los espacios en blanco con palabras que aparecen en el **Enfoque** del tema.

> **MODELO** *Si todo un grupo tiene la misma opinión, decimos en inglés que hay unity; en español decimos que hay* __unidad__ .

1. Cuando mucha gente vive en un sitio común, en inglés decimos *a community,* y en español una _____.
2. Si hay diversos grupos, decimos *diversity* en inglés y en español, la _____.
3. "Me identifico con varios factores" y decimos en inglés que esto me da *my identity,* que en español es mi _____.
4. Si tenemos una relación íntima, en inglés se dice que hay *intimacy,* y en español que hay _____.
5. En inglés las cosas más necesarias son *basic necessities,* que se traduce al español como las _____ básicas.
6. Algo nuevo se llama *a novelty* en inglés; en español es una _____.

4-5 Comprensión. Complete las oraciones, subrayando *(underlining)* la opción apropiada según lo que dice en el Enfoque del tema.

> **MODELO** *Hay un antiguo refrán español: Dime con quién (hablas, comes, (andas) y te diré quien eres.*

1. En las culturas latinas hay la costumbre de saludarse y despedirse con un (beso, palabra, movimiento de la cabeza).
2. Un amigo incondicional es uno que (nos presta dinero cuando lo necesitamos, haría cualquier cosa por nosotros, está siempre en guardia para evitar insultos).
3. Una novedad de nuestros tiempos es buscar a la media naranja en (la iglesia, las fiestas, Internet).
4. Algunos estudios sugieren que la mayoría de las mujeres busca (un hombre que tenga ciertas cualidades, un "príncipe azul" muy guapo y rico, una pareja que las deje en paz).
5. En comparación con los tiempos pasados, en España ahora hay mucha más (discriminación, aceptación, indiferencia) con respecto a los grupos que tienen diferentes puntos de vista o modos de vivir.

4-6 ¿En qué consiste la amistad? Trabajen en un grupo. Lean en voz alta las siguientes citas *(quotes)* de autores conocidos y decidan si están de acuerdo o no con ellas. Pongan el signo "+" o el signo "–" delante de cada cita para indicar la opinión del grupo. Después, escojan una cita que les parezca especialmente acertada *(on the mark),* y preparen juntos un dibujo o gráfico para ilustrarla. (Por supuesto, el dibujo no necesita ser profesional. Se puede usar simples figuras, como las que hacen los niños.) Luego, muéstrenle el dibujo a la clase y expliquen cómo representa el mensaje de la cita.

1. _____ "El amor nace de un flechazo; la amistad del intercambio frecuente y prolongado." Octavio Paz, poeta y escritor mexicano, ganador del Premio Nobel (1914–1998)
2. _____ "Hay una teoría infalible sobre la amistad; siempre hay que saber qué se puede esperar *(expect)* de cada amigo." Carmen Posadas, autora uruguaya, más famosa por sus libros para niños (1953–)
3. _____ "Sólo los tontos tienen muchas amistades. El mayor número de amigos marca el grado máximo en el dinamómetro *(dynamometer)* de la estupidez." Pío Baroja, novelista español (1872–1956)
4. _____ "La buena y verdadera amistad no debe ser sospechosa en nada." Miguel de Cervantes Saavedra, escritor español, autor de *El ingenioso hidalgo don Quijote de la Mancha* (Véase el capítulo 7, página 121) (1547–1616)

4-7 La batalla de los sexos. La clase se divide en dos grupos: el grupo A representa a las mujeres, y el grupo B representa a los hombres.

Paso 1. Los dos grupos tienen que hacer una lista de las malas acciones del otro sexo que contribuyen al fracaso del matrimonio o de la amistad. Por ejemplo:

(El grupo **A**) Los hombres trabajan demasiado… los hombres quieren esposas súper bellas, como modelos… los hombres no ayudan con el trabajo de la casa…

(El grupo **B**) Las mujeres hablan todo el tiempo… las mujeres no tienen un sentido del humor… las mujeres no ganan mucho dinero…

Paso 2. Después de hacer las listas, los dos grupos se sientan de frente el uno al otro. Empieza el grupo **A:** Uno de sus miembros propone una frase. Luego, alguien del grupo **B** tiene que responder, diciendo "¡Mentira! Eso no es cierto" o "Sí, eso es cierto, pero… (y dar una explicación). Luego le toca a *(it's the turn of)* algún miembro del grupo **B** y, así, el juego continúa. Después, el(la) professor(a) avisa cuando hay que terminar y la clase decide quiénes han ganado o si es un empate (tie).

SELECCIÓN 1

Antes de leer

La tecnología de la generación actual ha cambiado mucho las reglas del flirteo y la manera de buscar pareja que existían en las generaciones pasadas. El siguiente cuento de la joven y talentosa autora paraguaya Lucía Scosceria trata precisamente este tema. Está escrito en un formato original, con la primera parte a manera de e-mail y la segunda, a partir de la línea 121, a manera de narración. El cuento contiene algunas sorpresas para los lectores perceptivos.

Aprender mejor:
Para comprender la situación al principio de un cuento, pregúntese: ¿Quiénes son los personajes y qué quieren hacer?

4-8 Identificación de la situación. Generalmente, la estructura de un cuento es así: A. situación, B. complicaciones, C. clímax (punto culminante de la acción) y D. desenlace o final (resolución). Lea los primeros dos e-mails del cuento para comprender la situación. Luego, trabajando solo(a) o con otra persona, llene el cuadro.

Primer e-mail: **La situación inicial: Los personajes y sus circunstancias**

1. Los nombres de las dos personas que se escriben: _____ _____

2. Las dos direcciones de e-mail de estas personas: _____ _____

3. La persona que mandó el primer e-mail eligió a su destinatario *(person to send it to)* porque esta persona… _____ _____

4. ¿Qué cosas parecen tener en común estos dos personajes?

    1. _____
    2. _____
    3. _____
    4. _____

¿Otras cosas?

4-9 Adivinar el significado de palabras en contexto. Trabaje solo(a) o con otra persona. Lea las siguientes frases del cuento y trate de adivinar *(guess)* el sentido de las palabras en negrilla. Usando el contexto, escoja la definición más apropiada.

Aprender mejor:
Practique el arte de adivinar el significado de las palabras desconocidas y así usted ampliará su vocabulario.

1. Parece que somos **principiantes** ambos en este asunto *(subject)* de la informática.
   a. personas nobles que son hijos de reyes
   b. personas que empiezan a hacer algo
   c. personas que casi son expertos

2. Además, me gustan mucho las morenas *(brunettes)*, espero que no te **molestes** con esto.
   a. sientas ofendida
   b. sientas emocionada
   c. sientas aburrida

3. [Soñé que] te di un beso. Y me dejó **con ganas de** dártelo personalmente.
   a. con poco incentivo para
   b. con un deseo fuerte de
   c. con vergüenza de

4. [Hablando de su esposa…] Su sobrina Alicia la necesita para cortar unas telas *(pieces of fabric)*. Mi mujer es **modista**…
   a. una persona muy modesta y humilde
   b. una modelo que se viste de manera elegante
   c. una mujer que hace vestidos para otras mujeres

5. [Ella] … se despide con una sonrisa y una estela *(vapor)* de perfume que casi **marchita** los geranios…
   a. hace crecer
   b. da vigor
   c. mata o debilita

6. Pero lo que sí me extraña (sorprende)… es la enorme **vincha** roja que rodea sus lacios cabellos…
   a. camisa de mangas largas
   b. decoración para el pelo (cabello)
   c. sombrero

7. … sacude sus cabellos como queriendo **desechar** una idea que no quiere aceptar.
   a. excluir
   b. afirmar
   c. inventar

Lea el cuento para ver las sorpresas y complicaciones que pueden resultar de un primer e-mail.

Primer e-mail

LUCÍA SCOSCERIA

1   A: Gonz.2000.com
De: Gonz.2001.com
Asunto: ¿Quién eres?
Fecha: lunes 2 11.29 a.m.
5   Estimado amigo/a
Este es el primer e-mail que
envío en mi vida. ¿Y qué mejor
destinatario° que la persona que
tenía el nombre que elegí y me
10   rechazó el correo? Porque ya
existía. Y eres tú. ¿Podemos ser
amigos/as? Soy alta, morena° y
secretaria ejecutiva. Me gusta
leer, bailar tango y caminar bajo
15   la lluvia. Espero tu respuesta.
Adiós, Cristina

A: Gonz.2001.com
De: Gonz.2000.com
Asunto: ¿Quieres ser mi amiga?
20   Fecha: lunes 2 5.23 p.m.
Estimada amiga:
Encantado de conocerte. Parece
que somos principiantes ambos°
en este asunto de la Informática.°
25   Yo también escribo por primera
vez un e-mail. Feliz que me hayas
pedido° que seamos amigos.
¡Claro que sí! Además, me gustan
mucho las morenas, espero que
30   no te molestes con esto. Yo soy
alto, trigueño.° ¿Y puedes
creerlo? También me gusta leer,
caminar, aunque no precisamente bajo la lluvia. Y sí. Me
35   gusta bailar tango. Tengo 39 años
y estoy encantado de conocerte.
Agustín

A: Gonz.2000.com
De: Gonz.2001.com
40   Asunto: Tengo un nuevo amigo
Fecha: martes 3 11.37 a.m.
Estimado Agustín:
¡Qué coincidencia! Nos gustan
las mismas cosas. ¡Es increíble!
45   ¿Eres casado? Espero que no te
moleste° la pregunta. Es para
conocernos mejor.
Tu amiga: Cristina

A: Gonz.2001.com
50   De: Gonz.2000.com
Asunto: Soy soltero ¿Y tú?
Fecha: martes 3 4.48 p.m.
Querida Cristina:
Soy soltero, espero que tú
55   también. Así podremos salir
juntos un día de estos, a bailar
tango. Digo, si no tienes novio.
¿Cuándo es tu cumpleaños? Es

para saber cuando saludarte. Un
60   beso de tu amigo Agustín.

A: Gonz.2000.com
De: Gonz.2001.com
Asunto: También soy soltera
Fecha: miércoles 4 10.59 a.m.
65   Querido Agustín:
Soy soltera. Y me encantaría
conocerte y salir a bailar contigo. Mi cumpleaños es un 12 de
agosto, no te diré cuántos años
70   tengo, porque eso no se les
pregunta a las mujeres. Cuando
nos conozcamos tú me dirás
cuántos crees que tengo. Un
beso de Cristina.

75   A: Gonz.2001.com
De: Gonz.2000.com
Asunto: Soñé contigo
Fecha: miércoles 4 3.38 p.m.

---

línea 8 *person to send it to*   12 de pelo negro o castaño   23 los dos   24 computación   27 **que...** *that you've asked me*   31 *olive-skinned*
46 ofenda

Queridísima Cristina:

80 ¿Sabes que anoche soñé con-
tigo°? No quiero decirte qué
porque podrías enojarte. Pero te
di un beso. Y me dejó con ganas
de dártelo personalmente.

85 Espero no te enfades° con esto.
¿Nos vemos este sábado? Dime
dónde y ahí estaré. Un beso muy
apasionado de Agustín.

A: Gonz.2000.com
90 De: Gonz.2001.com
Asunto: Yo también soñé contigo
Fecha: jueves 5 9.37 a.m.
Querido Agustín:
¡Es increíble! Yo también soñé
95 contigo, así sin conocerte, pero
eras tú. Lo sé. Este sábado no
podré verme contigo. Sí puedo
mañana a la noche. Te espero en
la plaza "La Concordia" que está
100 frente a la Terminal de ómnibus.°
A las 19.30. Me pondré una vincha roja y tendré una blusa
blanca. Un beso.
Cristina.

105 De: 2001.com [*sic*]
A: 2000.com [*sic*]
Asunto: Nos veremos mañana
Fecha: jueves 5 3.49 p.m.
Queridísima y soñada Cristina:
110 Para que veas° lo importante que
eres para mí. Mañana a la noche

juega la selección° de fútbol y
no veré el partido (soy fanático
del fútbol) porque te prefiero a
115 ti. Estaré ahí. Yo llevaré una
camisa a cuadros° y un vaquero°
negro. Por las dudas, también
tendré un periódico doblado° en
las manos. Besos y te espera con
120 ansias°: Agustín.

María sale del baño envuelta
de una toalla azul.* Me sonríe.
Está muy amable. Me pregunta si
veré aquí el partido o iré a la casa
125 de Pedro. Iré a lo de Pedro. Ella
también saldrá, en unos minutos.
Su sobrina Alicia la necesita para
cortar unas telas. Mi mujer es
modista, bastante buena, pero no
130 tiene mucho trabajo, así que por
las mañanas sigue siendo secretaria. No me gusta, pero seguirá
hasta que tenga algo mejor, eso
es lo que dice ella.

135 Estoy impaciente por que
salga°. Debo ver a Cristina y ya
son cerca de las siete. María se
despide° con una sonrisa y una
estela de perfume que casi mar-
140 chita los geranios de las
planteras que están en el balcón.
Me da un beso y me dice que
volverá a eso de las diez. Con
una sonrisa agrega: Total, el
145 partido terminará a esa hora y
no me extrañarás°. Sí, tiene

razón. Pero lo que sí me extraña°
ahora mismo no es la blusa
blanca que tiene puesta° sino° la
150 enorme vincha roja que rodea
sus lacios cabellos que brillosos
caen dócilmente sobre sus
hombros.

Cuando va a salir, me mira
155 unos instantes y con voz baja,
casi inaudible me dice que me
queda muy bien° mi camisa a
cuadros°. Vacila unos instantes
y sacude° sus cabellos como
160 queriendo desechar una idea
que no quiere aceptar. Mira
insistentemente mi vaquero
negro.

Deja caer mansamente su
165 mirada en el diario° que tengo
doblado sobre el sofá. Creo que
se ruboriza°.

Yo no sé qué pensar. Me
siento algo intranquilo. Dice
170 adiós con la mano en alto y se
va. La miro desde la ventana.
Llega a la acera°, se saca la vincha roja y la deja en un gran
bote de basura°.

175 Tomo el periódico que tenía
doblado sobre el sofá y lo boto°
entre los desperdicios.° Y eso
que° hoy no lo leí.

---

81 **soñé...** *(I) dreamed of you* 85 enojes 100 autobús 110 **Para...** *(Subjunctive for projection into the future) So that you can see*
112 equipo compuesto de los mejores jugadores 116 **camisa...** *checkered shirt* 116 *pair of jeans* 118 *folded* 120 deseos de estar
contigo 136 **por...** *for her to leave* 138 **se...** *dice adiós* 146 **no...** *you won't miss me* 147 *parece extraño* 149 *(that she has) on*
149 *but rather* 157 **me...** *(it) really looks good on me* 158 **a...** *checkered* 159 *shakes* 165 periódico 167 *pone roja* 172 *sidewalk*
174 *garbage can* 176 tiro 177 *trash* 178 **Y...** *Even though*

---

* Aquí empieza la segunda parte del cuento, la que es narrada desde el punto de vista del
hombre que participó en la correspondencia por e-mail.

Después de leer

4-10 Comprensión: ¡Dime por qué! Trabaje con otra persona, alternándose, para explicar el "por qué" de las siguientes afirmaciones. Luego, compare sus respuestas con las del resto de la clase.

1. Al principio de la historia, Cristina escribe un e-mail a alguien que no conoce. ¿Por qué?
2. Agustín le pregunta a Cristina cuando es su cumpleaños. ¿Por qué (según él)?
3. Cristina no quiere decirle a Agustín cuántos años tiene. ¿Por qué?
4. Agustín le dice a Cristina que soñó con ella, pero no le dice qué soñó. ¿Por qué?
5. Agustín decide no ver el partido de fútból el viernes. ¿Por qué?
6. Cristina y Agustín pensaban que no iban a tener problema en identificarse cuando se fueran a la plaza "La Concordia". ¿Por qué?
7. Cristina y Agustín nunca se encuentran en la plaza "La Concordia". ¿Por qué?
8. Al final de la historia, el esposo de María tira su periódico en la basura. ¿Por qué?

4-11 Interpretaciones e inferencias. Este cuento deja algunos hechos abiertos a la interpretación. ¿Puede usted hacer el papel de detective para explicar los siguientes "misterios"?

1. Tanto "Cristina" como "Agustín" querían tener "Gonz.2000" como su dirección de e-mail. ¿Era esto una pura coincidencia, o hay otra explicación? (Pista *[Hint]*: Piense un momento en algunos apellidos comunes en la cultura latina.)
2. ¿Por qué no sospechó "Cristina" (María) que "Agustín" era su marido cuando él le dio su nombre, su descripción y su edad?
3. ¿Por qué no sospechó "Agustín" que "Cristina" era su esposa María cuando ella le dio su descripción y la fecha de su nacimiento?
4. ¿Qué coartada *(alibi)* pensaba usar "Agustín" para salir de la casa el viernes? ¿Y María?
5. Cada una de las dos personas soñaron con la otra una noche. ¿Cómo es posible eso? ¿Por qué es esto irónico?

Aprender mejor:
Representar papeles en otro idioma puede ayudarnos a guardar en nuestra memoria vocabulario y estructuras en un contexto natural.

4-12 ¿Es posible salvar este matrimonio? Trabaje con otras dos personas. Imaginen que María y su esposo deciden ir a terapia de pareja. Van a tres terapeutas diferentes y cada uno(a) les da un consejo *(piece of advice)* diferente. Escojan uno de los siguientes consejos y discútanlo en grupo. Después, hagan una breve representación dramática de lo que pasa en el consultorio del (de la) terapeuta. Cada persona hace el papel de uno de los personajes: María, su marido o el (la) terapeuta. Éste(a) da su consejo y luego, las otras personas del grupo reaccionan.

Terapeuta 1. "La culpa *(blame)* no es de ustedes. Es de la tecnología. El e-mail ofrece una gran tentación y es muy fácil mentir. Ustedes tienen que vender sus computadoras y no enviar más e-mails."

Terapeuta 2. "Piensen ustedes en su esposo y en su esposa. (Mirando a María) ¿Qué cualidades te gustan de él? (Mirando a su marido) ¿Y a ti, de ella? ¿Tienen ustedes muchas cualidades y gustos en común? ¿Pueden ser quizás la pareja ideal?"

Terapeuta 3. "Lo importante es aprender una lección de esta mala experiencia. ¿Qué descubriste de tu pareja? ¿Qué descubriste de ti mismo y de ti misma? ¿Piensas que quieres continuar ahora como antes? ¿Qué cambios quieren hacer en su relación con el otro o en sus vidas?"

4-13 Los e-mails del sábado (composición). Vamos a imaginar que María regresó tarde el viernes y encontró a su marido dormido. El día siguiente es sábado, y cuando se levanta, María ve que él ya se fue. Ella decide escribirle un e-mail. Por coincidencia, en el mismo momento él le manda a ella un e-mail desde su oficina. La mitad de la clase debe escribir el e-mail que le manda ella a él y la otra mitad el e-mail que le manda él a ella. (Puede usar "Agustín" como el nombre del marido o, si usted cree que ese nombre era falso, invente otro.) Siga el formato de e-mail que está en la historia (De: ..., A:..., Asunto: ..., Fecha: ...).

Aprender mejor:
Para empezar una carta o un e-mail, use el saludo formal **Estimado(a)...** o el saludo informal **Querido(a)....** Se puede terminar de manera formal con **Atentamente,** o de manera informal con **Tu amigo(a),** o de manera íntima con **Un beso, Un abrazo** o **Besos y abrazos.**

ATAJO		
Grammar	verbs: preterit; verbs: imperfect; verbs: future	
Vocabulary	emotions: positive; emotions: negative	
Phrases	expressing conditions; expressing intention; expressing irritation; talking about the recent past; writing a letter (informal)	

Ⓢ ELECCIÓN 2

Antes de leer

Más del 30 por ciento de las personas casadas que viven en Canadá rompen sus matrimonios. En Estados Unidos es más del 45 por ciento, y el número de divorcios va subiendo en casi todas partes del mundo. Como regla general, no hay tanto divorcio en los países hispanohablantes, en parte porque la mayoría de la gente es católica y su religión lo prohíbe. Sin embargo, cada día hay más divorcios, hasta en Chile, donde no los permitieron hasta el año 2004. El siguiente artículo habla de la situación en España, un país donde hay un divorcio cada 4,5 minutos.

4-14 Análisis de un gráfico. Mire el gráfico que muestra los cambios en España desde 1981, el año cuando el divorcio se legalizó, hasta 2002, y conteste las preguntas.

- ¿Cuáles son los dos tipos de ruptura (*breakups*) mostrados en el gráfico? ¿Cuál es el más común en España? ¿Cómo explica usted esto?
- Para usted, ¿sería mejor separarse de un(a) esposo(a) o divorciarse? ¿Por qué?
- ¿Por qué piensa usted que ha subido tanto la tasa (*rate*) de rupturas en los últimos años?

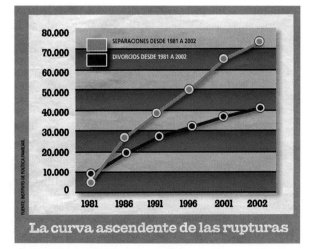

La curva ascendente de las rupturas

4-15 Estudio de palabras: la raíz (stem). En la actividad 4-4 trabajamos con las terminaciones de las palabras. Ahora trabajaremos con las raíces. Busque la raíz de cada una de las palabras en negrilla para encontrar la pista *(clue)* de su significado. Luego, escoja la definición correcta, *a* o *b*.

> **MODELO**   La **convivencia** amorosa se ha hecho más difícil en la actualidad.
> *[pista: La raíz es **vivir**.]*
> *a. la relación física exclusiva con tu pareja*
> *b. el vivir con tu amante bajo el mismo techo*
> *La respuesta correcta es b porque describe el estado de vivir "con" la otra persona.*

1. Así, las parejas de ahora… crean medidas *(measures)* de **autoprotección**.
   a. cariño mutuo
   b. defensa de sí mismo

2. **Previendo** la ruptura, ninguna de las dos partes se confiará *(will trust)* del todo…
   a. recordando las consecuencias de
   b. pensando antes en la posibilidad de

3. … muchas parejas nacen marcadas por un aire de **provisionalidad…**
   a. condición temporal
   b. tristeza prolongada

4. En ambos [el matrimonio a prueba y el divorcio] **subyace** una *ética (ethics)* individualista. [pista: raíz = **yacer** *(to be lying down)*]
   a. existe como base
   b. no existe para nada

5. … si [estos individuos] son **autosuficientes**, ¿por qué quieren convivir?
   a. egoístas y arrogantes
   b. completos sin otra persona

6. Durante siglos *(centuries)*, la relación de pareja se basó en una estructura **patriarcal.** [Pista: **patr-** → **padre; matr-** → **madre**]
   a. donde los hombres eran más importantes y tenían el poder
   b. donde cada persona le guardaba secretos a su pareja

Lea el artículo para aprender más sobre lo que pasa con los matrimonios en la España actual.

¿Es más difícil amarse° ahora?

JOSÉ ANTONIO MARINA

1 Según el Instituto de Política°
Familiar, este año hemos vuelto a
batir° el récord de rupturas en
España. ¿Por qué se complica
5 tanto el amor?

    La convivencia amorosa se
ha hecho más difícil en la actualidad, como indican las estadísti-
cas. No se trata de que se haya
10 perdido° la capacidad de amar,
sino° de dos motivos diferentes.
El primero: que se espera más
que nunca de las relaciones de
pareja. Y el segundo, que se nece-
15 sita inventar un nuevo tipo
de amor, y no se sabe cómo
hacerlo.

    Hasta hace poco, la felicidad
del hombre consistía en casarse
20 con una mujer que le diera°
hijos sanos y organizara bien la
casa. Y la de la mujer, en tener un
marido trabajador y que fuera°
buen padre. Pero se ha pro-
25 ducido un cambio trascendental:
ya no se piensa en vivir cómodamente, sino en lograr la plentitud°
emocional. Pero, al esperar más
del amor, también crecen las posi-
30 bilidades de fracasar.

Temor° al fracaso

Ahora, se piensa que la gran
oportunidad de ser felices es
una profunda relación amorosa.
35 Pero esta creencia no da estabili-

A veces la terapia de pareja ayuda a los matrimonios que tienen problemas.

dad a la pareja, sino que le hace
más frágil. Los jóvenes creen
que una relación dura lo que
dura,° y que es mejor no esperar
40 mucho de ella.

    Así, las parejas de ahora
tienen muy presente° que existe
la posibilidad de una separación,
lo que hace que se creen medi-
45 das de autoprotección. Y con ello,
aumenta° el riesgo de fracasar.
Previendo la ruptura, ninguna de
las dos partes se confiará del
todo°; prefieren dejar la puerta
50 abierta a otras posibilidades.

    Por eso, muchas parejas na-
cen marcadas por un aire de provisionalidad: por prudencia, conservan sus amistades de solteros°

55 y mantienen sus inversiones°
económicas al margen del
matrimonio.° Hasta se firman
contratos que especifican quien
se quedará con la casa o el
60 coche en caso de divorcio.

Una curiosa paradoja°

Se piensa que, cuando una pareja
se casa después de haber con-
vivido, ese matrimonio está
65 garantizado, porque ya se conocen íntimamente. Pero los
sociólogos comprobaron que los
cónyuges° que antes de casarse
habían vivido juntos tenían un
70 riesgo de separación de un 40 a
un 60% mayor que los que se

---

to love each other línea 1 *Policy* 3 **hemos…** *we have once again beaten* 10 **de…** *that (people) have lost* 11 *but rather* 20 **que…** *who would give him* 23 **que…** *who would be* 27 *fulfillment* 31 Miedo 39 **dura…** *lasts while it lasts* 42 *en su mente* 46 *sube* 49 **se…** *tendrá confianza totalmente* 54 **de…** *que tenían cuando eran solteros* 55 *investments* 57 **al…** *separadas y secretas* 61 *paradox* 68 *esposos*

casaban sin cohabitación previa. ¿Cuál es la causa?

75 Los expertos dicen que "en los dos casos, en el matrimonio a prueba y en el divorcio, existe un patrón de conducta° similar. En ambos subyace una ética individualista". La metáfora clásica 80 del matrimonio era "la media naranja": su éxito dependía de la cooperación de ambos.° Esta idea ha fracasado, y ahora

existen dos personas autosufi-85 cientes que quieren convivir, con lo que surge° la pregunta: si son autosuficientes, ¿por qué quieren convivir?

Y esa paradoja es hoy día la 90 segunda gran dificultad para el amor. Durante siglos, la relación de pareja se basó en una estructura patriarcal. Hasta 1975, el artículo 57 del Código Civil es-95 pañol decía: "El marido debe

proteger a la mujer, y ésta (debe) obedecer al marido". La explicación que la ley daba era: "Existe una potestad de 100 dirección° que la naturaleza, la religión y la historia atribuyen al marido". Afortunadamente, eso se acabó.° La liberación femenina ha servido para crear 105 relaciones de pareja basadas en la igualdad. Pero parece que no sabemos hacerlo bien.

---

77 **patrón...** modelo de actuar   82 los dos   86 aparece   100 **potestad...** *power to command*   103 **se...** terminó

Después de leer

4-16 Comprensión.   Complete las oraciones, subrayando (*underlining*) la opción apropiada según el artículo.

1. Hay más divorcios hoy porque se espera (más / menos) de las relaciones de pareja que antes.
2. Antes, la felicidad del hombre consistía en recibir dos cosas de su mujer: hijos (brillantes / sanos) y (una casa organizada / un buen salario).
3. Antes, la felicidad de la mujer consistía en tener un marido muy (atractivo / trabajador); tambien él tenía que ser buen (amante / padre).
4. Pero ahora es diferente. Actualmente, la expectativa de la gente es tener (más dinero en el hogar / una profunda relación amorosa).
5. Los matrimonios de hoy saben que existe la posibilidad de una ruptura y por eso conservan sus (nombres / amigos) de solteros.
6. También, ellos mantienen sus (sentimientos verdaderos / inversiones económicas) como secretos de su esposo o de su esposa.
7. Hasta firman contratos para (explicar su punto de vista / dividir las cosas que tienen) en caso de divorcio.
8. Según los expertos, los esposos que convivían antes de casarse tienen una probabilidad de separación mucho (mayor / menor) que los esposos que no convivían antes de casarse.
9. Según el autor, la estructura de la pareja cambió de como era en siglos pasados cuando el hombre era (dominante / cariñoso) y la mujer era (agresiva / obediente).
10. Él dice que este cambio es (bueno / malo), pero el problema es que no sabemos hacerlo bien y necesitamos (volver a la tradición del pasado / inventar un nuevo tipo de amor).

4-17 ¿Qué opinas tú? Discuta dos de los siguientes temas en un grupo, y esté preparado(a) para explicar su opinión después a la clase.

1. Las altas expectativas. ¿Qué esperaban los hombres cuando se casban en el pasado? ¿Y las mujeres? Según el artículo, ¿qué queremos hoy día? Para ti, ¿qué debemos esperar del matrimonio? ¿Hay diferencias hoy entre las expectativas de los hombres y las de las mujeres? ¿Existe todavía una "estructura patriarcal" o ha desaparecido por completo? Explica.

2. El temor al fracaso que causa el fracaso. ¿Estás de acuerdo con esta idea del artículo, o no? Explica. ¿Por qué hay tanto temor a la separación ahora? ¿Se debe evitar la separación? ¿Cómo es posible evitarla? ¿Es mejor no casarse y vivir como una pareja de hecho? ¿Por qué sí o no?

3. El riesgo de la convivencia. ¿Cómo puedes explicar que el vivir juntos antes del matrimonio aumente la probabilidad del divorcio? En tu propia experiencia, ¿qué factores ayudan a una pareja para seguir juntos? ¿Qué factores contribuyen a la ruptura? Haz dos listas.

4-18 ¡Vamos a la hechicera *(witch, sorceress)*!

Mire el anuncio *(ad)* de *Vanidades,* una revista que goza de amplia *(wide)* circulación por toda Latinoamérica. Trabaje con otra persona para contestar estas preguntas:

- ¿Qué diferentes servicios promete hacer la hechicera? Hagan una lista.
- ¿Qué tendrías que hacer para conseguir sus servicios? ¿Cuánto crees que costaría?
- ¿Tendrías confianza en esta manera de buscar el amor? ¿Por qué sí o no?
- ¿Has visto anuncios de gente con «habilidades psíquicas» en la prensa norteamericana? ¿en otros lugares? ¿Por qué son populares? ¿Crees que ayudan a muchas personas?
- Si no quieres buscar un hechizo *(magic spell)*, ¿cuál es el secreto para encontrar un amor fiel y verdadero?

A escribir: Paso por paso

¿Cómo serán el amor y la amistad del futuro? Durante toda la historia algunas personas han tratado de predecir el futuro. Profetas, magos, psíquicos y hasta (even) hechiceros han hecho sus pronósticos, a veces con éxito y otras veces no. Lo cierto es que vivimos en una época de cambios muy acelerados en los campos tecnológicos, en la ecología y en la globalización. Naturalmente, esto afecta la vida sentimental. Ahora le toca a usted hacer predicciones. Escoja uno de los siguientes temas y, con su brillante intuición (o sus artes mágicas) escriba un breve resumen de su visión del futuro.

1. Escoja uno de los siguientes **temas** (A o B).
2. Siga los pasos del plan de **organización** y de **revisión** que aparecen después de los temas.

Temas para despertar nuestra imaginación

A. El amor en el año 2050. (¿Cómo serán las bodas? ¿Qué cambios habrá en la manera del flirtear o en la búsqueda de un compañero o de una compañera? ¿Existirá todavía el matrimonio? ¿El divorcio? ¿Qué nuevas leyes protegerán a los niños? ¿Habrá una igualdad total entre hombres y mujeres? ...)

B. La amistad en el año 2050. (¿Seguirá la costumbre de salir con los amigos? ¿Adónde irán? ¿Qué harán para divertirse? ¿Habrá muchas ciber-amistades? ¿Qué cambios habrá a causa de nuevas tecnologías? ¿Podrá la gente tener más o menos confianza en sus amigos y amigas? ¿Habrá más o menos posibilidad de traición y de falsas amistades? ...)

Plan de organización y revisión

Paso 1: Lea bien el tema que usted ha escogido.

Paso 2: Piense en el tema. Escoja algunas de las preguntas para contestar.

Paso 3: Busque en el vocabulario y en el Enfoque del tema de este capítulo palabras y frases apropiadas y trate de usarlas.

Paso 4: Escriba una frase general sobre su idea o visión.

Paso 5: Dé por lo menos cuatro ejemplos para apoyar o ilustrar esta idea.

Paso 6: Lea lo que usted ha escrito y corrija los pequeños errores que encuentre.

Paso 7: Póngale un buen título a su composición.

Grammar	comparisons: adjectives, equality, inequality and irregular; verbs: future
Vocabulary	computers; leisure; languages; means of transportation; sports; stores and products
Phrases	describing: objects, people, places; talking about daily routines; films; habitual actions

ATAJO

4-19 ¿Amigos o enemigos? Trabaje con otra persona. Miren el chiste dibujado de *Turey el Taíno*. ¿Cómo interpretan ustedes el mensaje de este chiste? ¿Qué nos muestra de nuestra percepción de la amistad?

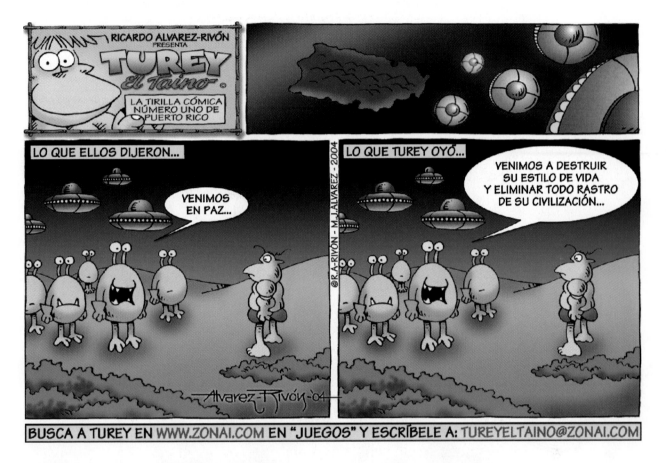

Voice your choice! Visit **http://voices.thomsoncustom.com** to select additional readings relevant to this chapter's theme.

Vivir y aprender

La gran Tenochtitlán, Diego Rivera

ⒺL ARTE, ESPEJO DE LA VIDA

Hay murales que enseñan la historia

Muchos mexicanos aprenden la historia de su país mirando los murales y frescos que decoran las paredes de sus museos y edificios públicos. Mire el fresco *La gran Tenochtitlán* de Diego Rivera en la página 78. Representa la capital de los aztecas, que existía en tiempos antiguos en el valle de México, donde hoy se sitúa la capital moderna: la Ciudad de México. ¡Imagine usted la sorpresa de los conquistadores españoles cuando llegaron en 1518 al "Nuevo Mundo" y encontraron una ciudad enorme (Tenochtitlán) con escuelas, templos, jardines, baños públicos, y faroles *(street lights)* de aceite!

Observemos. Trabajando solo(a) o con otra persona, observe bien el cuadro de Diego Rivera y llene el siguiente cuadro. Compare sus observaciones con las del resto de la clase.

> *¿Sabe usted...*
> *...quién es Frida Kahlo?*
> *...qué echan de menos los latinoamericanos cuando estudian en Estados Unidos?*
> *...qué pasa en el reality show* La Academia*?*
>
> *Las respuestas a éstas y otras preguntas interesantes se encuentran en este capítulo.*

Aspecto	Descripción
personas	¿Cuántas hay apróximadamente? _____ Escoja dos personas del dibujo. ¿Cómo están vestidas? _____ ¿Cuál podría ser la posición de cada una en su sociedad? _____
actividades	¿Qué hacen las dos personas que escogiste? persona 1 _____ persona 2 _____
colores predominantes	__amarillo __anaranjado __azul __blanco __gris __marrón __morado __negro __rojo __rosa __verde ¿Qué se ve en el fondo *(background)*? __soldados __pirámides __edificios modernos __autos __volcanes ¿Qué se siente en el ambiente? __aburrimiento __actividad __felicidad __orden __desorden __ respeto __resentimiento __concentración __soledad __tensión __cooperación

Aprender mejor:
Es bueno examinar los componentes de un cuadro para tratar de descubrir el mensaje del artista.

Analicemos y discutamos. Trabaje con un(a) compañero(a). Háganse las siguientes preguntas. Luego, compartan sus respuestas con las de otros compañeros.

1. En el cuadro, ¿dónde está Moctezuma, el emperador de los aztecas? ¿Qué hace?
2. Diego Rivera estaba casado con la pintora Frida Kahlo y la representó en este fresco como si fuera *(as if she were)* una princesa azteca. ¿Puedes encontrar la figura de Frida? ¿Hacia dónde mira? ¿Cómo es ella?
3. ¿Hay algo en el fresco que todavía exista?
4. ¿Es bueno que un artista trate de enseñar algo por medio de su arte? ¿Aprendes tú algo de la vida de los aztecas al mirar este fresco?
5. ¿Te gusta que los profesores usen pinturas, videos, PowerPoint, Internet, y otros medios para enseñar? ¿O es preferible que sólo usen libros? Explica.

Aprender mejor:
Información biográfica sobre los personajes que aparecen en un cuadro nos ayuda a apreciarlo.

Busquemos. Busque información en Internet (o en la biblioteca) sobre uno de los siguientes personajes históricos, y prepare un informe *(report)* o cartel *(poster)* sobre él para compartirlo con la clase: Moctezuma, Hernán Cortez, Diego Rivera, Frida Kahlo, Cuauhtémoc. Incluya los siguientes elementos: una representación (dibujada o de palabras) de cómo se veía, las fechas de nacimiento y de muerte, qué importancia tiene en la historia de México, algún dato especialmente interesante o sorprendente. (Describa éste último así: Es interesante [o sorprendente] que.... No olvide usar el subjuntivo después de esta frase.)

	Grammar	verbs: preterit, verbs: imperfect, verbs: subjunctive with *que*, verb conjugator
	Vocabulary	cultural periods and movements, people, personality
	Phrases	describing people, describing objects, expressing an opinion

VOCABULARIO
preliminar

Aprender mejor:
Use el contexto para adivinar el significado de nuevas palabras o, para los cognados, su semejanza *(similarity)* con palabras en inglés. Así ampliará usted su vocabulario.

Lea los siguientes párrafos y trate de entender por el contexto el significado de las palabras y expresiones en negrilla.

La vida universitaria

Después de **la secundaria** (grados 7, 8, 9) y **la preparatoria** (grados 10, 11), muchos jóvenes mexicanos[1] deciden continuar sus estudios en la universidad. A veces es necesario que primero **hagan el examen** de admisión. Si **sacan buenas notas** en este examen, pueden ingresar en la universidad. Cuando entran, tienen que pagar la **matrícula** y escoger una **facultad** (por ejemplo, **arquitectura, computación** [o **informática**], **farmacia, letras,** etc.). Luego, **siguen cursos** específicos. Las **materias** varían de acuerdo con la **especialización** deseada. Por ejemplo, los estudiantes que quieren ser abogados entran a la facultad de **derecho** y estudian leyes. Los que quieren ser **maestros de primaria** o **profesores de preparatoria** estudian metodología y **enseñanza.**

La vida estudiantil tiene sus **ventajas** y **desventajas.** Mucha gente recuerda sus años universitarios como la época más interesante y feliz de su vida. Algunos padres que tuvieron la oportunidad de ir a la universidad les dicen a sus hijos, cuando salen, "¡**Ojalá que goces** de esta maravillosa experiencia tanto como yo, a tu edad!" Pero no todo es glorioso. Hay que **hincar el codo** (estudiar mucho, literalmente, *bend the elbow*), asistir a las clases y **hacer los deberes (la tarea),** especialmente para los profesores **exigentes,** y por eso se necesita un ambiente tranquilo, sin **ruido.** Algunos estudiantes viven con el miedo constante de **fracasar** y se preguntan, *¿Vale la pena todo esto?* Sin embargo, para los estudiantes que **aprueban** todos los cursos de su programa, llega el día deseado: **se gradúan** y reciben su **título** universitario. Entonces, piensan, *¡Sí que valió la pena!*

[1] Aquí se describe el sistema pre-universitario de México. En ciertos otros países para traducir *high school* se usan liceo o escuela de segunda enseñanza.

ⓛENGUA Y CULTURA
Palabras engañosas

La palabra española competición es un cognado engañoso *(tricky, deceptive)* porque no hay una correspondencia exacta con la palabra en inglés, *competition*. En español se usa en plural, competiciones, con referencia a los deportes cuando los atletas se reúnen para competir en "competiciones deportivas". Pero la idea general en inglés de *competition* como "rivalidad entre varias personas" se traduce como competencia.

Otro cognado engañoso es **facultad.** Se usa para designar una de las divisiones de la universidad, por ejemplo, la facultad de ingeniería. Pero no se usa para traducir la palabra *faculty* en inglés cuando se refiere al conjunto de profesores que enseñan en un lugar; para este significado, se usa **el cuerpo docente** o **el profesorado.**

La palabra **secundaria** también les presenta problemas a los anglohablantes porque suena como *secondary*. Por lo tanto muchos creen que quiere decir *high school*, cuando en realidad en varios países, como México, significa *junior high* o *middle school*. En general, la palabra más usada como equivalente de *high school* es **la preparatoria** (a menudo abreviada como **la prepa**).

PRÁCTICA

5-1 La palabra precisa. Busque la palabra o frase apropiada del recuadro *(box)* para completar cada oración.

aprobar el curso   hacer un examen   derecho   seguir un curso
facultad   farmacia   fracasar en el curso   computación   maestros de primaria
matrícula   preparatoria   buenas notas   título   valió la pena

> **MODELO**   *Paco tuvo que hacer un examen de admisión para ingresar (gain admittance) a la universidad.*

1. Afortunadamente, él sacó _____ y pudo entrar.
2. Como no podía pagar la _____, consiguió un trabajo en la cafetería.
3. Paco quería estudiar leyes en la facultad de _____.
4. En esta _____, es necesario tener muy buena memoria.
5. Paco tenía miedo porque recordaba que en la _____ no podía concentrarse en las materias.
6. Se puso muy estresado (con mucho estrés) y pensaba que iba a _____.
7. ¡Pero, no! Pudo _____ sin problema y se graduó.
8. Sus padres estuvieron muy orgullosos cuando recibió su_____ universitario.

9. Un año más tarde, Paco se casó y fue con su esposa a Tahiti donde trabajan como _____, eseñando a niños.

10. Ahora, cuando mira la hermosa puesta del sol *(sunset)* sobre el océano, Paco piensa, ¡Sí que _____!

Quico

¿Qué le parece el chiste? Mire y lea el dibujo humorístico y conteste las preguntas. ¿Por qué cree la niña que no vale la pena hacer los deberes? ¿Está usted de acuerdo? Explique.

5-2 Antónimos. Dé el antónimo (palabra contraria) de las siguientes palabras. En algunos casos hay más de una posibilidad.

1. aprobar el curso
2. profesores fáciles
3. una ventaja

4. el silencio
5. la cooperación entre varias personas
6. estudiar muy poco

ⒺNFOQUE DEL TEMA
Dos estilos de vida estudiantes

Hay algunas diferencias notables entre la vida del estudiante latinoamericano y la del estudiante de Estados Unidos o de Canadá. Las siguientes ideas son generalizaciones sobre estas diferencias, y no pretenden describir los sistemas educativos de todos los países latinos.

El dinero

"Ser tan pobre como un estudiante" es una vieja expresión que todavía tiene validez en el mundo hispano. A los latinos les sorprende que tantos estudiantes norteamericanos tengan autos, celulares digitales y sistemas de DVDs costosos. Aunque en sus países la matrícula no es muy cara en las universidades del estado, el costo de vida es relativamente más alto y los salarios son más bajos. Además, es raro que un estudiante pueda conseguir un trabajo de medio tiempo° y préstamos,° como es costumbre en Estados Unidos o Canadá. Por otra parte, en todos los países del mundo, hay una clase alta de gente muy rica que representa un pequeño porcentaje de la población. En America Latina, por supuesto, este sector social manda a sus hijos a escuelas privadas muy caras y lujosas donde pueden obtener títulos que casi llevan consigo la garantía de un buen puesto después.

Aprender mejor:
Fíjese en *(Pay attention to)* las palabras sombreadas en el **Enfoque del tema** y trate de usarlas en los ejercicios porque están muy relacionadas con el tema del capítulo.

trabajo… *part-time job / loans*

La vivienda

La vivienda (el alojamiento) es otro aspecto diferente. En Estados Unidos y Canadá, es costumbre que muchos estudiantes asistan a universidades que están lejos de su casa y que vivan en residencias estudiantiles en el *campus* o recinto universitario. Este tipo de alojamiento no es común en la mayoría de las universidades latinas, aunque hay excepciones. (Véase la página 85.) En América Latina, los estudiantes acostumbran° vivir con su familia o con otros parientes.

tienen la costumbre de

La vida social y la política

Es evidente que los estudiantes norteamericanos tienen más independencia que los hispanos, pues pueden ir y venir con más libertad y disponen de más dinero. Muchas veces, su vida social se centra en clubes, juegos, deportes y fiestas privadas organizadas con el fin de pasarlo bien y olvidarse de las tensiones estudiantiles.

En general, los estudiantes latinos han estado más integrados a la vida social de su ciudad y de su país. Tradicionalmente desempeñan° un papel esencial en la política. Se reúnen en cafés para discutir los problemas del día, organizan campañas de ayuda en casos de desastres naturales (como inundaciones° o terremotos°) y participan en huelgas° de protesta o manifestaciones para exigir que el gobierno responda a ciertos cambios sociales. Hay un dicho° popular: "Los estudiantes son el único partido capaz de derrotar° a un gobierno que no gusta". Este interés político se puede atribuir a varios factores. Como los estudiantes viven con sus parientes y amigos de la niñez y generalmente piensan quedarse en el mismo lugar después de graduarse, les interesa lo que pasa allí. Además, la mayoría de las universidades están situadas en plena° ciudad; no están aisladas de los problemas urbanos.

hacen

floods / earthquakes
strikes
proverbio
vencer

el centro de la

Este tipo de activismo empezó a ocurrir en los recintos universitarios de EE.UU. durante los 1960s como reacción contra la conscripción militar para la guerra de Vietnam. Desde entonces es común que haya manifestaciones estudiantiles allí pero no llegan a tener el gran impacto en la política que tienen en América Latina.

El sistema escolar

En Latinoamérica el plan de estudios° de la preparatoria es más intenso y rígido que el norteamericano. Más tarde, en la universidad, todos los estudiantes que eligen la misma especialización siguen los mismos cursos; no pueden escoger materias optativas. En contraste con las facultades de Humanidades y Ciencias Sociales norteamericanas que en años recientes han aceptado nuevas disciplinas (como *African-American Studies, Women's Studies, Gender / Sexuality Studies*), las latinoamericanas se han mantenido más cerradas y tradicionales. En muchos países, al término de la preparatoria, los alumnos tienen que aprobar un examen difícil para entrar a la universidad. El puntaje° final determina la carrera. Si alguien no tiene suficiente puntaje para la carrera que desea, deberá repetir el examen o decidirse por una carrera diferente que requiera un puntaje mínimo más bajo.

plan... *curriculum*

score

Luego, los estudiantes se matriculan directamente en la facultad específica que han escogido (de comercio, derecho, medicina, ingeniería, letras, etc.). Ahí estudian cinco años, o más, hasta recibir su título profesional. Esto quiere decir que en Latinoamérica los estudiantes se especializan más temprano que los estudiantes norteamericanos.

pasan... verifican la asistencia
dar al profesor

los dos

Los métodos de enseñanza también son diferentes. En general, en las universidades hispanas las clases son más grandes, los profesores no pasan lista° y los estudiantes no tienen que entregar° tareas. Frecuentemente, la nota del curso depende exclusivamente de los exámenes finales que a veces son orales, por lo menos en parte.

Cambios importantes

Actualmente asisten a la universidad tantas mujeres como hombres e, inclusive, personas mayores, es decir de la tercera edad. Hay una gran preferencia, entre los estudiantes hispanos de ambos° sexos, por las ciencias aplicadas como la medicina, la farmacia, la ingeniería, las ciencias de computación y también por el comercio y la administración de empresas. Esta preferencia refleja un cambio importante, pues hace veinticinco años el derecho era uno de los campos más populares entre los hombres, y la mayoría de las mujeres se especializaban en educación, letras, lenguas o psicología.

PRÁCTICA

5-3 Comprensión de la lectura: ¿Norte o sur? Explique con qué grupo asocia usted cada una de las siguientes cosas: los estudiantes del sur (los latinoamericanos) o los del norte (los estadounidenses y los canadienses). Escriba *Sur* o *Norte* en los espacios en blanco.

1. _____ préstamos para estudiantes
2. _____ huelgas y manifestaciones de protesta frecuentes
3. _____ exámenes finales (con una parte oral) que determinan la nota del curso
4. _____ más independencia económica
5. _____ campañas de ayuda en caso de desastres naturales
6. _____ autos y celulares digitales
7. _____ una preferencia por las ciencias aplicadas
8. _____ vivir con los padres o parientes
9. _____ un plan de estudios más rígido e intensivo
10. _____ una vida social centrada en clubes, juegos, deportes y fiestas
11. _____ especializarse más temprano
12. _____ tener un trabajo de medio tiempo

5-4 El problema del alojamiento. Trabaje con un(a) compañero(a). Miren el trozo *(excerpt)* con fotos de un artículo sobre estudiantes mexicanos de la revista española *Quo*, y contesten las preguntas. Luego, comparen sus respuestas con las del resto de la clase.

1. ¿Cuáles son dos de las ciudades más caras para vivir en México? En Estados Unidos o Canadá, ¿cuáles serían?
2. ¿Qué ciudades se mencionan como muy baratas? ¿Qué diferencia hay entre ellas y las más caras, con respecto al precio de un apartamento con dos recámaras *(dormitorios)*?
3. ¿Cuáles son los tres gastos principales? ¿Sería lo mismo en Norteamérica en un departamento?
4. ¿Qué cuesta más: la alimentación (comida) o los productos para la higiene personal y para el hogar?
5. ¿Qué ventaja tienen las residencias de estudiantes? ¿Qué desventaja?

Alojamiento

Es uno de los aspectos que más cuesta, pero existen distintas opciones y algunas de ellas salen más baratas.

COMPARTIR CUARTO

Alquilar un departamento es la forma de alojamiento más independiente. Sin embargo, no es tan sencillo como puede parecer, por lo que conviene planificar los gastos para saber cuánto puede llegar a costar. Depende de:

PROVINCIA. Entre las ciudades más caras se encuentran las grandes urbes como Guadalajara y Monterrey. La renta media es de 2,000 pesos mensuales. En el otro extremo se encuentran ciudades como Tuxtla Gutiérrez y Villahermosa: el alquiler de un pequeño departamento (dos recámaras) en estas ciudades suele costar una media de 1,000 pesos.

SERVICIOS. La electricidad, el gas y el teléfono son los principales gastos periódicos con los que hay que contar en un departamento. Aunque son conceptos muy variables, como el servicio telefónico, los recibos suelen rondar los 70 pesos mensuales en cada caso.

ALIMENTACIÓN E HIGIENE. Por persona, el costo medio en comida ronda los 800 pesos al mes. Los productos de higiene personal y para el hogar pueden costar entre 300 y 500 pesos mensuales.

RESIDENCIA DE ESTUDIANTES

Muchas universidades —especialmente las privadas— ofrecen también servicios de dormitorio; la gran ventaja es que tienes acceso fácil a las instalaciones del campus, sin embargo, resulta más costoso.

5-5 Opiniones. Trabajen en un grupo, usando las siguientes preguntas. Traten de llegar a decisiones unánimes y léanlas a la clase.

1. ¿Qué deben hacer los jóvenes después de terminar sus estudios? ¿Por qué? Dé usted sus sugerencias, terminando esta frase: *Después de terminar sus estudios es bueno que los jóvenes... pero es malo que ellos...* (No olvide usar el subjuntivo en los verbos que siguen la expresión *Es bueno [malo] que....*)
   - viajar y ver el mundo
   - buscar un buen trabajo en su campo
   - continuar estudiando
   - pasar una temporada descansando o trabajando en un puesto sin muchas exigencias

2. ¿Qué modo de vida tiene más ventajas? ¿Por qué?
   - vivir solo(a)   • vivir con amigos   • vivir con los padres
   - vivir con otros parientes   • vivir con su esposo(a) o pareja

3. ¿Dónde es mejor vivir? ¿Por qué?
   - cerca de los parientes y amigos   • en una ciudad grande
   - en un pueblo o ciudad pequeña   • en el campo
   - en otro país o en una nueva región

Ⓢ ELECCIÓN 1

Antes de leer

En la siguiente entrevista, seis jóvenes latinoamericanos que asistieron a Saint Anselm's College, Nueva Hampshire, hablan de su experiencia como estudiantes en Estados Unidos. Expresan sus opiniones sobre el sistema académico estadounidense en comparación con el de Latinoamérica, sobre sus compañeros de clase, sobre su propia adaptación y sobre sus planes para el futuro. Estas opiniones son el resultado de experiencias muy personales y no representan una comparación definitiva entre los dos sistemas. Son sencillamente seis puntos de vista distintos y auténticos.

5-6 Análisis previo. Mire las preguntas de la entrevista y dé la siguiente información.

1. ¿Qué preguntas se refieren a las emociones y a la vida personal de los alumnos?
2. ¿Qué preguntas les piden que hagan una evaluación o crítica?
3. Recuerde que, por cortesía, a veces los latinos tienden a callar sus críticas o a expresarlas de manera indirecta. ¿Qué adverbio incluido en una de las preguntas les indica a los estudiantes que hablen de manera más directa?

Lea las entrevistas para ver qué opinan estos seis estudiantes.

Hablan los estudiantes

Las preguntas de la entrevista

A. ¿Qué diferencias ves entre los dos sistemas académicos?
B. ¿Te gusta que aquí te den opciones, o prefieres que te impongan un programa completo como en el sistema latinoamericano?
C. ¿Qué echas de menos? *(What do you miss?)*
D. Francamente, ¿qué piensas de los estudiantes norteamericanos?
E. ¿Es probable que vuelvas a tu país?

Las respuestas

Isabel M. Pérez

1. ISABEL M. PÉREZ
   de Ecuador, especialización: español y estudios latinoamericanos
   B. —Me gusta que me den opciones porque así uno puede seguir cursos que realmente le interesan. Yo creo que el sistema académico debe ser un proceso libre y debe dar la oportunidad de explorar diversos campos y de seguir varias materias. Esto no es posible en el sistema rígido latinoamericano en que generalmente hay que decidir la carrera que uno quiere seguir cuando uno está en el sexto grado. Por lo menos, así es

en Ecuador. Por eso los que estudiamos aquí somos muy afortunados ya que tenemos la libertad de escoger nuestra especialización mucho después, como en el segundo o tercer año universitario.

C. —Lo que más extraño son las playas de la costa de mi país y las Islas Galápagos. Además, extraño mucho a mi gente y no sólo a mis parientes. Es que todo es tan lindo y agradable allá: el clima, la geografía, la comida, la música y por supuesto la gente, tan generosa y amable y especial...

D. —Pienso que aquí hay mucha competencia. Los estudiantes norteamericanos compiten mucho entre sí. Son muy individualistas. En cambio, en el mundo hispano hay más compañerismo. Los estudiantes se ayudan unos a otros y es muy común verlos en grupo, estudiando o preparando alguna clase juntos.

E. —Es muy probable que en el futuro regrese al Ecuador. Quiero volver a mi país natal y tal vez enseñar allí algún día...

2. CEFERINO DUANA
de Argentina, especialización: historia y español

A. —Ambos sistemas tienen sus pros y sus contras, pero creo que el sistema latinoamericano es mucho más difícil. Aquí en Estados Unidos nos quejamos del trabajo que nos dan porque creemos que es mucho, pero en realidad no es nada, en comparación... En nuestros países, los estudiantes de secundaria siguen muchas más clases que los de aquí. Y los estudiantes universitarios casi no duermen porque se la pasan estudiando.

B. —Me gusta que me den opciones, pero siempre y cuando se mantengan ciertas normas. Por ejemplo, si uno escoge una especialidad dada, debería elegir materias para complementar o ampliar esa especialidad. Creo que es importante que sigamos un camino correcto y que los cursos optativos tengan un propósito. No es cuestión de tomar clases por tomarlas.

C. —En realidad, hace mucho que no vuelvo a mi país, pero creo que lo que más extraño son las fiestas, la vida nocturna, los bailes y parrandas de fin de semana, las amistades, la vida social en general...

E. —Para visitarlo, sí, por supuesto.

Ceferino Duana

3. NANCY AYAPÁN
de Guatemala, especialización: sociología

A. —Una diferencia significativa es que, en general, aquí en Estados Unidos hay más variedad y cantidad de cursos y carreras académicas para elegir. También hay mucho más interacción entre profesores y estudiantes, pero la calidad de la comunicación humana deja algo que desear. Yo extraño, por ejemplo, la calidez y el cariño de nuestros maestros y profesores. Reconozco que aquí los profesores son generalmente muy buenos y están siempre dispuestos a ayudar a sus estudiantes, pero simplemente no tienen ese no sé qué de calor humano que yo he notado en los de mi país, por ejemplo...

C. —En primer lugar, echo de menos el clima y extraño muchísimo a mis familiares. También echo de menos el modo de vida, la sencillez y el cariño de la gente de Guatemala que, aunque pobre, es un país unido, generoso y solidario con todos.

D. —Creo que algunos estudiantes norteamericanos se preocupan demasiado por lo material, por triunfar y por competir entre sí. Pero hay excepciones y yo me quedo con las excepciones: los amigos que he conocido aquí, cariñosos e interesados en aprender más sobre otras personas y otras culturas.

Nancy Ayapán

E. —Sí, es muy probable que vuelva. Tengo muchos primos que todavía no conozco porque hace mucho que no voy a mi país. Siento un gran cariño por mi tierra y por mi gente y sé que una parte importante de mi ser pertenece y pertenecerá siempre a Guatemala.

Yolanda A. Ruíz

4. YOLANDA A. RUÍZ
de Nicaragua, especialización: ciencias políticas y estudios latinoamericanos

A. —Una de las diferencias que noto entre los dos sistemas académicos es que en Latinoamérica los profesores se preocupan más por sus estudiantes como grupo o colectividad, mientras que aquí la relación entre profesores y estudiantes está más individualizada. Además, y probablemente debido al hecho de que en el sistema hispano hay un plan fijo de lo que se va a estudiar en cada nivel, creo que los estudiantes latinoamericanos tienen una visión más amplia del mundo. Sus conocimientos no se limitan a lo nacional sino que se interesan también por lo internacional, por lo que pasa más allá de sus propias fronteras.

B. —Personalmente me parece que el sistema de opciones es algo muy positivo porque permite que uno explore áreas de interés que pueden o no estar relacionadas con la carrera o especialización escogida. Creo que es bueno tener una visión general de todo, pero pienso que debe existir un equilibrio o balance entre la flexibilidad del sistema de opciones y la inflexibilidad del sistema que prevalece en el mundo hispano.

C. —Echo de menos a mis amigos y a mi familia. Pero también echo de menos el vivir en un país donde el color de la piel y las diferencias étnicas no definen a los individuos.

E. —¡Claro que sí! Nicaragua necesita a su juventud para seguir luchando. Con los conocimientos que estoy adquiriendo creo que puedo aportar mi granito de arena para que la tierra de Darío salga adelante como la hija del sol que es y siempre ha sido.

Eduardo Montesdeoca

5. EDUARDO MONTESDEOCA
de Ecuador, especialización: sociología y español

A. —Pienso que aquí en Estados Unidos hay más oportunidades y posibilidades para seguir estudios académicos. En general, el sistema latinoamericano es más elitista que el norteamericano. Si uno tiene dinero, en cualquier parte puede estudiar, pero si uno es pobre, es mucho más difícil completar la universidad en Latinoamérica que en este país. Aquí la ayuda del gobierno hace posible que uno pueda continuar y terminar sus estudios y de esa manera también contribuir algún día a mejorar la sociedad y al mundo en que vivimos.

B. —Me gusta el sistema de opciones de aquí. Yo creo que para que un estudiante salga bien en sus estudios, es importante que esté interesado en los cursos que sigue.

C. —Más que nada, extraño a mi familia. Es difícil estar en un lugar nuevo, lejos de nuestros seres queridos. Pero también extraño mucho la música, la comida, el cariño de la gente, en fin, echo de menos muchos aspectos de la cultura de mi país...

E. —Sí, aunque al mismo tiempo también quiero quedarme a vivir en Estados Unidos. Tal vez pueda conseguir algún trabajo que me permita vivir en ambos países: unos meses aquí y otros en Ecuador.

6. JULISSA VÁSQUEZ
  de República Dominicana, especialización: español

A. —Yo creo que el sistema latinoamericano es más rígido pero más completo que el norteamericano. En general los estudiantes de este país tienen conocimientos muy limitados de otros países y culturas. En Latinoamérica los programas son más intensos pero al mismo tiempo los estudiantes reciben una educación más humanística y cuando terminan sus estudios secundarios o universitarios, tienen una visión más amplia de la vida y del mundo.

C. —Echo de menos muchas cosas pero especialmente el sentido de familia que existe entre la gente latina.

D. —Pienso que el egocentrismo es un "ismo" que caracteriza a muchos estudiantes norteamericanos. Creen que no hay más lugar que los Estados Unidos y que este país es el centro del universo.

Julissa Vásquez

E. —Sí, pienso volver a mi país, pero sólo de visita, no para quedarme a vivir allí.

Después de leer

5-7 Comprensión. Diga si cada oración es verdadera (V) o falsa (F), según las entrevistas. Luego, corrija las oraciones falsas.

1. _____ Todos los entrevistados latinoamericanos siguen cursos en la misma universidad norteamericana.
2. _____ Todos los estudiantes tienen especializaciones en las humanidades.
3. _____ Los seis estudiantes son de la misma región de Latinoamérica.
4. _____ Es probable que la mayoría de estos estudiantes no vuelva a vivir en su país natal.

5-8 Análisis y opiniones. Trabaje con un(a) compañero(a) para contestar estas preguntas.

1. ¿Qué diferencias ven los estudiantes latinos entre el sistema de su país y el estadounidense? ¿Qué les gusta del sistema estadounidense? ¿Por qué?
2. ¿Qué diferencias ven entre los alumnos estadounidenses y los de sus países? ¿Tienen todos las mismas opiniones o hay contradicciones?
3. ¿Qué echan de menos estos estudiantes?
4. Imagina que algún día te mudas *(move)* a otro lugar. ¿Qué echarías de menos?
5. ¿Qué preferirías: una educación amplia y libre o una educación que te garantice un buen empleo? ¿Por qué?

5-9 El español en su vida. Entreviste a algún (alguna) estudiante latinoamericano(a) de su universidad (o de otra escuela), usando las preguntas de la página 86. ¿Son similares o diferentes sus respuestas?

Aprender mejor:
Sea valiente *(Be brave)* y busque oportunidades en su universidad, en su comunidad o en Internet de hablar español con hispanohablantes. Vale la pena hacerlo.

ⓢELECCIÓN 2

Antes de leer

La manera de aprender de los estudiantes y su modo de vivir es un tema que fascina a mucha gente. En México, este tema se transformó en un programa de televisión muy popular y comentado. Lea el siguiente artículo para enterarse de *(find out)* cómo ciertos alumnos mexicanos realizan *(carry out)* su aprendizaje *(learning experience, apprenticeship)* de manera muy pública y especial.

5-10 Modismos y frases comunes. Adivine el sentido de los modismos y las frases comunes tomados del artículo, y escriba la letra de la definición apropiada para cada uno.

1. En México hay muchos programas de reality TV *en tiempo estelar.*
   a. con famosas estrellas como actores
   b. durante las horas cuando más gente mira la TV
   c. que atraen grupos de aficionados ardientes

2. Los jóvenes en *La Academia* quieren *a toda costa* aprender a ser cantantes famosos.
   a. no importa el precio
   b. con muchas ganancias de dinero
   c. en todas partes del país

3. A través de este aprendizaje esperan *cumplir un sueño* y una meta *(goal).*
   a. comprar nuevos productos que necesitan
   b. poder dormir toda la noche sin interrupción
   c. alcanzar lo que más quieren en la vida

4. Existe la idea de que cualquier persona —con el aprendizaje adecuado— puede convertirse *de la noche a la mañana* en una gran estrella como Jennifer López o Marc Anthony.
   a. muy rápidamente
   b. con actividades nocturnas
   c. por medio de dos trabajos

5. Cada domingo los "estudiantes" *suben al escenario* delante de sus *fans.*
   a. presentan su espectáculo al público
   b. explican la historia de su vida
   c. escuchan críticas de los televidentes (las personas que ven televisión)

6. Para muchos mexicanos, estos jóvenes representan el sueño dorado de cada individuo que busca *abrirse camino.*
   a. salir de la casa de sus padres
   b. tener éxito en la vida
   c. ir de viaje

5-11 Buscar información clave. Lea el primer párrafo, y luego escoja las respuestas correctas para completar estas frases sobre *La Academia:*

Cada jóven que participa en el programa *La Academia* quiere ser la nueva estrella (del cine / de la música / de los deportes). El número de estudiantes que compiten es (8 / 12 / 18). El canal de televisión que promueve este programa es (Univisión / CBC / TV Azteca).

La Academia: El *reality* show mexicano

ARMANDO SÁNCHEZ LONA

Los concursantes de *La Academia*

1 ¿Cuál es la más original e irresistible moda° presente en la Televisión mexicana? No hay que pensarlo dos veces. Reality
5 TV se ha convertido en el género más aplaudido° del nuevo milenio, con programas en tiempo estelar tan desenfrenadamente° celebrados como
10 *Survivor, The Amazing Race, The Bachelor* y *The Apprentice,* todos ellos importados. En México, esta fascinación de *voyeurismo* se ha concentrado
15 en la vida estudiantil y en la viva° competencia entre jóvenes que quieren a todo costo aprender a ser la nueva estrella de la música popular. El resultado es
20 *La Academia,* un programa hecho en México que está batiendo° todos los récords de público. El show deja que los televidentes sigan de cerca° la
25 vida de 18 jóvenes —nueve mujeres y nueve hombres, mientras estudian día tras día en *La Academia,*
30 una especie° de universidad élite, totalmente aislada del
35 mundo normal. Según el sitio de web oficial, *La Academia* es
40 "un proyecto interactivo musical apto° para toda la familia que tiene como esencia
45 principal el compromiso,° la honestidad, el aprendizaje y el arduo trabajo de los 18 aspirantes a cumplir un sueño y una meta: ser el nuevo y gran lanzamiento°
50 musical de TV Azteca…"

El primer paso es escoger a los aspirantes a través de audiciones que se llevan a cabo° en diversas partes de México y
55 hasta en Estados Unidos. De hecho,° el tercer grupo (la *cuarta generación*) hizo sus audiciones en Veracruz, Guadalajara, Monterrey, Distrito Federal (Ciudad de México) y Los Angeles, Cali-
60 fornia. Como todo el mundo sabe que cualquiera que tenga

línea 2 *fashion, fad* 6 admirado 9 hasta el máximo grado, *wildly* 16 intensa 22 superando 24 **sigan…** observen con cuidado 30 tipo
42 apropiado 45 *commitment* (un cognado falso que no quiere decir *compromise*) 49 *featured artist* 53 **llevan…** hacen 56 **De…** En realidad

talento puede entrar a estas competencias, el programa llega a
65 representar las fantasías colectivas de nuestra sociedad. ¿No es maravilloso que la vecina de al lado,° tu hermano o hasta tu mismo o misma, que cualquier
70 persona pueda convertirse de la noche a la mañana en una gran estrella como Jennifer López, Cristina Aguilera o Marc Anthony?

Después, se lleva a los
75 jóvenes escogidos a *La Academia,* donde viven e hincan los codos por tres meses en materias como éstas: el canto, la coreografía, la actuación, el inglés, y
80 la psicología, a fin de prepararse lo mejor posible para la vida de un famoso (o de una famosa) cantante. Las cámaras les documentan cada palabra, gesto y
85 movimiento para los ojos de los ávidos televidentes, 24 horas al día, siete días a la semana. ¡Adiós, vida privada! Todo se ve: conversaciones, aventuras amorosas,
90 pleitos°, las rivalidades unos con otros y un sinfín° de otros pormenores° de índole personal.

Cada domingo, los "estudiantes" suben al escenario° a
95 cantar en vivo y en directo° delante de un gran público de *fans.*

Éstos llaman a un número telefónico especial para votar por su contrincante° favorito, y cada se-
100 mana se elimina a la persona que ha obtenido menos votos, ¡pobrecita! Así que, como todo reality show, este programa les ofrece al público el suspenso y
105 la oportunidad de intervenir en los resultados. Los mismos televidentes crean el triunfo o el fracaso de cada estudiante que compite.
110 *La Academia* ha producido un negocio lucrativo para su productora TV Azteca, una de las dos principales cadenas° nacionales de televisión. México es un país
115 con un enorme mercado potencial de millones de consumidores° que ven televisión con una fidelidad casi religiosa. Avisos de publicidad sobre *La Aca-*
120 *demia* aparecen en distintos momentos durante el día y los conciertos en los que compiten los estudiantes se anuncian en el noticiero como "noticias na-
125 cionales". Los televidentes pagan cuando llaman para votar, los aspirantes pagan por las audiciones, y el público paga para entrar a los conciertos. También, TV
130 Azteca vende compactos con la

música de los estudiantes y utiliza tanto el programa como los conciertos para promover y colocar° productos. Aun los estu-
135 diantes que no ganan se vuelven celebridades en México, apareciendo en funciones importantes y actuando en espectáculos con fines benéficos.° Clubes
140 de fans que apoyan a alumnos particulares han surgido° por toda la república, junto con ardientes debates en la red sobre cuál de los estudiantes es el más
145 talentoso, si *La Academia* es tan bueno como los shows importados, y otros temas relacionados. Para muchos mexicanos, estos jóvenes, con los altibajos que
150 sufren, representan el sueño dorado° de cada individuo que busca abrirse camino.

Un joven aficionado, Luis Fernández, expresa lo que siente
155 por su estudiante favorita en un sitio de web: "Para mí, Leticia es la mejor... de *La Academia,* ¡QUÉ MUJER! con un enorme talento, sensibilidad, humildad,
160 belleza, ecuanimidad, ¡en fin! tiene TODO para ser una gran estrella en nuestro aís.... ¡PRECIOSA! ¡LO MÁXIMO!"

---

68 **vecina...** *your next-door neighbor* 90 peleas, disputas 91 número muy grande 92 detalles insignificantes 94 **al...** *on stage*
95 **en...** *in live performance* 99 competidor(a), adversario 113 canales de televisión 117 *consumers* 134 **promover...** *promote and place*
139 **con...** *performed for charity* 141 aparecido 151 de oro

Después de Leer

5-12 Comprensión.

1. ¿Cómo se escogen a los estudiantes de *La Academia*?
2. ¿Por qué fascina este programa a muchos mexicanos?
3. ¿Qué materias estudian los alumnos? ¿Por cuánto tiempo?
4. ¿Qué ganan por su participación? ¿Le gustaría a usted participar? ¿Por qué sí o no?
5. ¿Cómo se beneficia el canal TV Azteca?
6. ¿Es bueno o malo que hagan programas como *La Academia*? ¿Qué opina usted?

5-13 Hacer un gráfico. Trabajando con otra persona, dibujen un gráfico sobre *La Academia*, parecido al que viene a continuación. Llenen el gráfico con detalles del artículo y traten de crear una representación más o menos completa, escribiendo detalles en los espacios en blanco (pero no necesariamente en todos). Luego, cada grupo de dos tiene que mostrar su dibujo y la clase votará por el gráfico que sea más lindo y completo. ¡Felicitaciones a los ganadores!

Aprender mejor:
Un gráfico nos puede ayudar a comprender cómo se relacionan los diferentes aspectos de un tema.

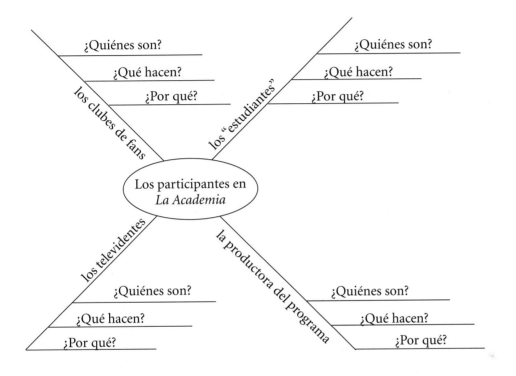

los clubes de fans
- ¿Quiénes son?
- ¿Qué hacen?
- ¿Por qué?

los "estudiantes"
- ¿Quiénes son?
- ¿Qué hacen?
- ¿Por qué?

Los participantes en *La Academia*

los televidentes
- ¿Quiénes son?
- ¿Qué hacen?
- ¿Por qué?

la productora del programa
- ¿Quiénes son?
- ¿Qué hacen?
- ¿Por qué?

EL PINGÜINO MARTÍN CONTEMPLA LA PUESTA DEL SOL, SU REALITY SHOW FAVORITO

¿Cuál es tu reality show favorito?

5-14 ¿Qué miras tú? Trabaje con otras personas en un círculo. Imagínense que están en un café y van a participar en una encuesta *(survey)* sobre la televisión. Una persona hace las preguntas y las otras contestan y toman notas. Usen el siguiente formato. Después, alguien de cada grupo leerá las respuestas a la clase.

Buenos días. Soy representante de la famosa revista _____ y quiero hacerles unas preguntas sobre la tele. (1) ¿Qué miras tú en la televisión? ¿Cuándo y por qué? (2) Para ti, ¿cuál es el programa más entretenido? ¿De qué se trata? (3) ¿Qué personajes de la tele tienen influencia sobre el público ahora? ¿Es para bien o para mal? ¿Por qué? (4) ¿Cuál es el peor programa? ¿Es malo que pongan programas como ése? Explica. (5) ¿Vale la pena mirar televisión o no? ¿Por qué?

Aprender mejor:
Use el subjuntivo en tareas escritas para practicar este aspecto importante de la lengua española.

5-15 A escribir paso a paso: La universidad (La televisión) del año 2025.

Usando su imaginación, "adelántese" *(move forward)* hacia el futuro y escriba una breve descripción. Siga los siguientes pasos.

Paso 1: Escoja uno de estos dos temas: (1) La universidad del año 2025 o (2) La televisión del año 2025.

Paso 2: Repase rápidamente el capítulo y haga una lista de palabras y frases relacionadas con su tema.

Paso 3: Piense en cómo van a ser las universidades (o los programas de la tele) del futuro, y haga una lista de los aspectos que serán diferentes en el futuro.

Paso 4: Primer párrafo: Empiece así: En el año 2025, es probable que la universidad (o la televisión)... Termine la frase, usando el subjuntivo del verbo (e.g., sea, tenga, etc.) para describir un aspecto nuevo o diferente del futuro. Luego, describa otros aspectos así: También es posible que..., Pero no es probable que....

Paso 5: Segundo párrafo: Describa lo que *no* va a haber en la universidad (o en la televisión) del futuro, usando frases como éstas: Creo que no... o Me parece que no... *(followed by the future tense).*

Paso 6: Tercer párrafo: Describa lo que usted desea para el futuro así: ¡Ojalá que...! *(followed by the subjunctive).*

Paso 7: Revise su composición y corrija los pequeños errores. Si tiene tiempo, trabaje con un(a) compañero(a). Miren juntos las dos composiciones, fijándose especialmente en las formas del subjuntivo. Inventen un buen título para cada composición.

Grammar	verbs: present, verbs: future, verbs: subjunctive with *que*, verb conjugator
Vocabulary	languages, leisure, materials, means of transportation, media: television & radio, professions, school: classrooms, school: grades, school: university, people, personality
Phrases	comparing and contrasting, comparing and distinguishing, describing people, describing objects, describing places, expressing an opinion

Mire este letrero *(sign)* auténtico de un parque de Sudamérica. ¿Qué nos muestra este letrero acerca de la importancia de la enseñanza? (**Boletería** quiere decir *ticket office*.)

Voice your choice! Visit **http://voices.thomsoncustom.com** to select additional readings relevant to this chapter's theme.

De viaje

Paseo a orilla del mar, Joaquín Sorolla y Bastida

EL ARTE, ESPEJO DE LA VIDA

El poder del paisaje

ck 53 & 6

Año tras año mucha gente regresa al mar a pasar las vacaciones en la playa. Para algunos, la atracción es irresistible. Mire la pintura *Paseo a orilla del mar* del pintor español Joaquín Sorolla (1863–1933), y haga los ejercicios.

Observemos. Observe bien el cuadro de Joaquín Sorolla y llene la siguiente tabla.

Aspecto	Descripción
personas	¿Cuántas? _____ Edad aproximada de la mujer que va primero: _____ y de la otra: _____ ¿Qué llevan en la mano? _____ _____ ¿Están vestidas de manera...? ___ sencilla ___ elegante A juzgar por *(Judging from)* las apariencias, es probable que ellas sean... ___ tímidas ___ sociables ___ reservadas ___ activas ___ perezosas ___ felices ___ tristes
actividades	¿Qué hacen las mujeres? _____ ¿Qué cree usted que harán después? _____
colores	___amarillo ___anaranjado ___azul ___blanco ___gris ___marrón ___morado ___negro ___rojo ___rosa ___verde
elementos de	___árboles ___arena ___espuma ___flores ___lluvia ___luna ___luz del sol ___océano
la naturaleza	___olas ___nubes ___relámpagos ___río ___sombras ___viento

Analicemos y discutamos. Trabaje con un(a) compañero(a). Háganse las siguientes preguntas; use las formas de **tú**. Luego, comparen sus respuestas con las de otros compañeros.

1. Piensa un momento en estas dos mujeres de fines del siglo XIX. Usa tu imaginación para tratar de entrar en su mundo. ¿Te parece que lo están pasando bien? ¿De qué estarán hablando? ¿Adónde crees que irán después?
2. ¿Te gusta el océano? ¿Le tienes miedo? Si alguien te dice: "Pasemos las vacaciones en la playa", ¿qué le respondes?
3. ¿Qué otro tipo de paisaje te impresiona: el desierto, las montañas, el centro de la ciudad...? Explica.

Busquemos. Algunos clasifican a Joaquín Sorolla como un pintor impresionista, y otros no. Pero todo el mundo lo describe como un pintor luminoso porque es famoso por sus efectos especiales de luz. Busque información sobre uno de los siguientes temas relacionados con Sorolla, y prepare un informe para entregar o compartir con la clase.

¿Sabe usted...

...qué pasa si sale a cenar en Madrid a las seis de la tarde?

...dónde puede contemplar los misteriosos Moai de Rapa Nui?

...qué intriga (conspiración) hay en la burocracia española, según Mariano José de Larra (1809–1837)?

Las respuestas a éstas y otras preguntas interesantes se encuentran en este capítulo.

Aprender mejor:
Es bueno observar y analizar los componentes (colores, figuras, elementos) de un cuadro para apreciar después su totalidad.

Aprender mejor:
Use preguntas cortas para extender una conversación, como ¿**Por qué? ¿Cuándo? ¿Dónde? ¿Qué harías? ¿Y después? ¿Por cuánto tiempo?**

Tema 1. El museo de Sorolla en Madrid

Tema 2. Su vida

Tema 3. Sus cuadros de niños pobres

Tema 4. Sus pinturas de la gente que sufre de locura

Tema 5. Sus pinturas del mar

Tema 6. La luminosidad en sus cuadros

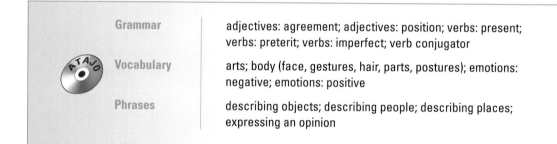

Grammar	adjectives: agreement; adjectives: position; verbs: present; verbs: preterit; verbs: imperfect; verb conjugator
Vocabulary	arts; body (face, gestures, hair, parts, postures); emotions: negative; emotions: positive
Phrases	describing objects; describing people; describing places; expressing an opinion

VOCABULARIO
preliminar

Estudie las palabras y expresiones en negrilla para usarlas en este capítulo.

EN EL HOTEL

el botones muchacho u hombre que ayuda con las maletas

de lujo, lujoso(a) elegante, de alta calidad, costoso(a)

el, la gerente persona que dirige a los empleados en el hotel

la habitación sencilla (doble) cuarto de dormir para una (dos) persona(s)

los huéspedes los clientes de un hotel

la llave pieza de metal (o tarjeta programada electrónicamente) que se usa para abrir la puerta de un cuarto

las maletas donde se lleva la ropa y otras pertenencias *(belongings)*; valijas

el piso cada una de las plantas de una casa o de un edificio

la recepción sala y mostrador *(counter, desk)* en un hotel donde se recibe a los clientes

el, la recepcionista la persona que trabaja en la recepción

PALABRAS ÚTILES

bronceado(a) de color bronce o tostado(a) por el sol

broncearse, tostarse ponerse color bronce o moreno(a) por tomar el sol

la gira excursión, tour

el, la guía persona que lleva un grupo turístico

la propina dinero extra que se da por un servicio

quedarse pasar tiempo, estar (en un lugar); permanecer

6-1 ¿Qué necesitamos?

1. Estamos en un hotel de lujo y no hay agua caliente. Necesitamos hablar con _____.
2. No podemos abrir la puerta porque está cerrada. Necesitamos la _____.
3. Estamos muy blancos y pálidos. Necesitamos ir a la playa para _____.
4. Estamos en el ascensor. Necesitamos saber en qué _____ salir.
5. El botones nos llevó tres maletas grandes al cuarto. Necesitamos darle una _____.

6-2 Sinónimos. Dé sinónimos de las siguientes palabras o expresiones.

1. un cuarto de dormir
2. tostarse
3. las valijas
4. elegante y costoso
5. los clientes de un hotel
6. bronceado(a)
7. la excursión
8. permanecer

LENGUA Y CULTURA

Palabras que cambian con el o la

Hay muchas palabras en español que se usan con **el** (**un**) o con **la** (**una**) para indicar el sexo de la persona mencionada. Por ejemplo, se puede decir "el juez" (*male judge*) o "la juez" (*female judge*), "el dentista" (*male dentist*) o "la dentista" (*female dentist*). También hay palabras que tienen dos significados totalmente diferentes según el género (*gender*), como "el cura" (*priest*) o "la cura" (*cure for an illness*). Así que, si usted tiene dolor de cabeza y dice simplemente, "Necesito cura", tenga cuidado. ¡Es posible que lo lleven a una iglesia en vez de una farmacia! Aquí está una lista de seis otras palabras de este tipo.

1. **el capital** fortuna, dinero; **la capital** ciudad principal, centro del gobierno de un estado
2. **el corte** acción o resultado de cortar, *cut*; **la corte** tribunal de justicia
3. **el (la) guía** persona que lleva un grupo turístico; **la guía** libro de indicaciones o de instrucciones, manual, como **la guía de teléfonos**
4. **el modelo** prototipo, objeto que representa alguna cosa en pequeña escala; **la modelo** mujer que exhibe ropa en las casas de modas

5. **el (la) policía** agente responsable de mantener el orden; **la policía** conjunto de los agentes responsables de mantener el orden
6. **el (la) turista** viajero(a) que pasea por un país por diversión o recreo; **la turista** nombre común usado para designar el mal de estómago que sufren muchos gringos cuando visitan México, también conocido como "la venganza de Moctezuma".

Aprender mejor:
Repase vocabulario con un juego o con pequeñas tarjetas que tienen palabras en español escritas de un lado y la ilustración o traducción escrita del otro. Cuando usted viaje a un país de habla española, recordará esas palabras.

6-3 Martita y Alejandro usan *el* y *la*. Martita y Alejandro, dos uruguayos recién casados, están pasando su luna de miel *(honeymoon)* en México. Alejandro está manejando un coche alquilado y hay mucho tráfico.

Escoja la palabra correcta entre los paréntesis.

1. —Oye, Alejandro, más despacio, hombre. Hay (un / una) policía muy alto y gordo que nos mira con mala intención. Estamos en (el / la) capital y aquí (el / la) policía no tiene una reputación muy buena.
2. —No te preocupes, mi tesoro. ¡Todo está bajo control! Pero, busca en (el / la) guía que compramos ayer a ver si hay un mapa de esta *bendita* ciudad... Me hace gran falta (un / una) corte de pelo.
3. —Cálmate, mi amor. Si sigues a tan alta velocidad, en vez de (un / una) corte de pelo, nos van a llevar a (el / la) corte para pagar una multa de tránsito *(traffic fine)*. Mira, querido, a la derecha... ¡modelos!
4. —¿Dónde? ¡Me encantan (los / las) modelos! ¡Son tan altas y guapas!
5. —¿De veras? Qué interesante. Yo me refiero a (los / las) modelos de la reconstrucción que están haciendo aquí delante del museo.
6. —Oh, disculpa, querida. ¿Sabes qué me pasa? Me siento muy mal... Creo que tengo (el / la) turista como cualquier gringo. Vamos a buscar una farmacia y les pido que me recomienden (un / una) cura para este problema delicado, ¿de acuerdo?

6-4 ¡Agarre *(Catch)* la palabra!

Paso 1. La clase repasa *(reviews)* el Vocabulario preliminar y Lengua y cultura. El (la) profesor(a) [o un generoso voluntario] escribe todas las palabras (sin las definiciones) en la pizarra.

Paso 2. Los estudiantes sugieren diez palabras más que estén relacionadas con el tema de los viajes, El (la) profesor(a) también las anota en la pizarra.

Paso 3. Todo el mundo se sienta en un círculo y el (la) profesor(a) toma una pelota de tenis en la mano.

Paso 4. El (La) profesor(a) escoge una palabra de la lista, la usa en una frase y le tira la pelota a uno de los estudiantes. Éste(a) tiene que (1) inventar una buena frase en que usa la próxima palabra de la lista y (2) tirar la pelota a otro(a) estudiante. Y así el juego continúa. ¿Cuántas veces seguidas es posible tirar la pelota? (Si algún estudiante no puede inventar la frase, le pasa la pelota a otra persona, quien debe, a su vez *(in turn)*, inventar la frase. Luego, esta persona tira la pelota y el juego continúa.)

ⓔNFOQUE DEL TEMA

Cuatro consejos para el viajero norteamericano

Madrid, 7 de junio, a las seis de la tarde: los señores Smith llegan a un hotel, llenos de ilusiones.

—Buenas tardes, señor. Me llamo Lucas Smith. Tenemos dos cuartos reservados a mi nombre.

—Buenas tardes, señor Smith —le responde el recepcionista—. A ver... Lamento decirle que no tenemos reservaciones a su nombre y que el hotel está completo.

—¡Pero no es posible! Hace dos meses que hicimos las reservaciones por carta para el 7 de junio.

—Dispense.° ¿Es posible que ustedes sean los Smith que tenían dos cuartos reservados para el primero de junio?

Se trataba de un malentendido,° pues el número 7, cuando se escribe a mano en España y en Latinoamérica, lleva una pequeña línea horizontal, así: 7̄. A los españoles, el *siete* norteamericano, que no tiene la línea, les había parecido el número *uno:* 1.

Malentendidos como éste les pasan con frecuencia a los viajeros pues, al cruzar una frontera, se entra a otra cultura con costumbres, idiomas y modos de vivir diferentes. A continuación se presentan unos consejos para el viajero norteamericano sobre algunas diferencias que éste puede encontrar en España o en Latinoamérica.

° Perdone

° *misunderstanding*

Consejo 1: Tenga cuidado° con los pisos, las fechas y las direcciones°

En los hoteles y otros edificios hispanos, la planta baja° no se considera como el primer piso. Para ir al piso uno, hay que subir la escalera,° después vienen el piso dos, tres, y así sucesivamente. Esto quiere decir que el piso que se llama *cinco* en Estados Unidos y Canadá es el piso *cuatro* en España y Latinoamérica (como también en Francia y muchos otros países europeos).

La fecha *August 7, 2009* es en español *7 de agosto de 2009* y, por lo tanto,° se abrevia *7/8/09* (con el día en primer lugar) y no *8/7/09,* como en Estados Unidos. Para evitar un malentendido, escriba el nombre del mes con letras en los cheques de viajero o en otros documentos.

Otra pequeña diferencia es que las direcciones se dan con la calle o avenida primero y el número después, al revés del orden norteamericano: 119 José Antonio Avenue se escribe Avenida José Antonio 119.

° *Be careful*
° *addresses* (un cognado falso)
° **planta...** *main floor*

° *stairs*

el próximo espectaculo:
21:30

° *por esta razón*

Consejo 2: Infórmese sobre el sistema métrico

Recuerde que en los países hispanos se usa el sistema métrico (Véase el cuadro).
Entonces, si lee que en la Costa del Sol en verano la temperatura varía entre 37 y 42

CONVERSIŌNES

MEDIDAS PARA COMBUSTIBLES

litros	=	U.S. gal.	litros	=	U.S. gal. »
5	=	1.3	30	=	7.8
10	=	2.6	35	=	9.1
15	=	3.9	40	=	10.4
20	=	5.2	45	=	11.7
25	=	6.5	50	=	13.0

» galón americano

PRESIÓN DE NEUMATICOS

kg/cm²	lb/sq. in.	kg/cm²	lb/sq. in.
0.7	10	1.5	21
0.8	12	1.6	23
1.1	15	1.7	24
1.3	18	1.8	26
1.4	20	1.9	27

KILÓMETROS EN MILLAS

1 kilómetro = 0.62 milla

km	10	20	30	40	50	60	70
millas	6	12	19	25	31	37	44

km	80	90	100	110	120	130
millas	50	56	62	68	75	81

MILLAS EN KILÓMETROS

1 milla = 1.609 kilómetros

millas	10	20	30	40	50
km	16	32	48	64	80

millas	60	70	80	90	100
km	97	113	129	145	161

CONVERSIÓN DE PESOS

El número en el medio corresponde a
ambos kilos y libras, por ejemplo

1 kilo = 2.20 libras, y 1 libra = 0.45 kilos
1 kilo = 2.20 libras, y 1 libra = 0.45 kilos

Kilos		Libras
0.45	1	2.205
0.90	2	4.405
1.35	3	6.614
1.80	4	8.818
2.25	5	11.203
2.70	6	13.227
3.15	7	15.432
3.60	8	17.636
4.05	9	19.840
4.50	10	22.045
6.75	15	33.068
9.00	20	44.889
11.25	25	55.113
22.50	50	110.225
33.75	75	165.338
45.00	100	220.450

página 44   BIENVENIDOS   noviembre 18

TEMPERATURA

Para convertir grados centígrados en
Fareheit multiplique los centígrados por
1.8 y sume 32.
Para convertir grados Farenheit en centígrados reste 32 de los Farenheit y divi-
dalo por 1.8.

TABLAS DE CONVERSÍON

Para cambiar centímetros en pulgadas
multiplique por .39
Para cambiar pulgadas en centímetros
multiplique por 2.54
12 pulgadas (inches / in.) = 1 pie (foot/ft.)
3 pies = 1 yarda (yd.)

PULGADAS Y CENTÍMETROS

	in	feet	yards
1 mm	0,039	0,003	0,001
1 cm	0,39	0,03	0,01
1 dm	3,94	0,32	0,10
1 m	39,40	3.28	1,09

	mm	cm	m
1 in.	25,4	2,54	0,025
1 ft.	304,8	30,48	0,304
1 yd.	914,4	91,44	0,914

32 metros = 35 yardas
12 inches (in.) (pulgadas) = 1 foot (Ft.) (pie)
3 feet = 1 yard (yd.) (yarda)
1 centímetro = 0,39 in.
1 metro = 39,37 in.
10 metros = 32,81 ft.
1 pulgada = 2,54 cm.
1 pié = 30,5 cm.
1 yarda = 0,91 m.

ESTA ES SU TALLA

SEÑORAS
Vestidos / Trajes

Americana	10	12	14	16	18	20
Europea	38	40	42	44	46	48

Medias

Americano	8	8½	9	9½	10	10½
Europea	0	1	2	3	4	5

Zapatos

Americano	6	7	8	9
Europea	36	38	38½	40

CABALLEROS
Trajes/Abrigos

Americana	36	38	40	42	44
Europea	46	48	50	52	54

Camisas

Americana	14	15	16	17	18
Europea	36	38	41	43	45

Zapatos

Americana	5	6	7	8	8½
Europea	38	39½	40½	42	42½
Americana	9	9½	10	11	
Europea	43	43½	44	45	

¿Puede usted hacer las conversiones? Una chica de Estados Unidos usa talla 12 de vestido y 8
de zapatos. ¿Qué tallas debe buscar en España? Un niño pesa 50 kilos. ¿Cuántas libras pesa? Un
español usa talla 46 en trajes. ¿Qué talla debe buscar en Estados Unidos o Canadá?

grados centígrados (o Celsius), no lleve abrigo; mejor: ¡traiga un traje de baño! La distancia se mide en kilómetros, la gasolina en litros y las frutas en gramos o kilos. Si piensa viajar en auto, consiga primero unas tablas de conversión. (Naturalmente, esto no es problema para los canadienses.)

Consejo 3: Estudie el reloj de veinticuatro horas

Reviva su habilidad matemática de restar,° pues en España y en algunos países latinoamericanos se usa el reloj de veinticuatro horas. Por ejemplo, los billetes para un espectáculo o concierto pueden indicar que empieza a las 20:30 horas. ¿Qué hora será? Es fácil: simplemente reste doce a la hora indicada y usted obtiene las ocho y media.

subtracting (numbers)

Consejo 4: Aprenda los horarios° del país y sígalos

schedules

También, el ritmo de la vida hispana es diferente del ritmo de la vida norteamericana. En España y Latinoamérica la comida principal es la del mediodía, que generalmente se sirve a la una o a las dos de la tarde. La cena es más ligera° y se sirve entre las ocho y las nueve. (En Madrid, suele ser ¡a las diez!) Por eso, si llega a un restaurante a las seis de la tarde, es posible que lo encuentre cerrado. En muchos países el desayuno es simple: unas tostadas° con café con leche o chocolate caliente.

pequeña

pieces of toast

Como la comida principal es al mediodía, es común que toda la familia se reúna para comer. Muchos lugares cierran a la una y media o a las dos—oficinas, comercios, tiendas, escuelas—para que padres, madres e hijos vuelvan a casa a comer "en familia". Esto crea cuatro horas pico° en vez de dos. Muchos negocios vuelven a abrir desde las cuatro hasta las siete u ocho de la noche.

de tránsito intenso (Se dice **horas punta** *en algunas partes.)*

¿Qué puede hacer el viajero para adaptarse y no sufrir un choque cultural? Hay un antiguo refrán que dice "Cuando a Roma fueres, haz lo que vieres".° Si a usted le resulta difícil esperar hasta las nueve para cenar, imite a los hispanos, que tienen la costumbre de merendar.° Un buen momento para hacerlo es a la hora del paseo, las seis o siete de la tarde. Siéntese en un café, tome una merienda, y observe a la gente que pasea por la calle.

Cuando... *"When in Rome, do as the Romans do."*
to have an afternoon snack

Los hispanos tienden° a dividir el día en dos partes: la mañana para trabajar y hacer los mandados° urgentes; la tarde para hacer cosas de menos importancia. Haga usted lo mismo. Si necesita ir al banco o al correo, vaya por la mañana. Si busca algo que hacer al mediodía, recuerde que muchos negocios cierran, pero los cafés, las tiendas de recuerdos y ciertos lugares turísticos están abiertos. Todo es cuestión de acostumbrarse. ¡Vivan las diferencias!

tienen la tendencia
errands

PRÁCTICA

6-5 Explícame, ¡por favor! Trabaje con un(a) compañero(a); use las formas de **tú**. Una persona lee la primera frase y dice, *¡Explícame, por favor!* La otra persona tiene que explicarle la frase en español. Luego, le toca a él (o a ella) leer la frase..., y así continúan.

Aprender mejor:
Para explicar las frases, use gestos, muecas *(facial expressions)*, ejemplos y pantomima. Las lenguas romances son expresivas.

1. un malentendido
2. el sistema métrico
3. el choque cultural
4. las horas pico (o las horas punta)
5. el reloj de 24 horas
6. el ritmo de la vida hispana

6-6 Preguntas.

1. ¿Qué sorpresa esperaba a los señores Smith en Madrid?
2. ¿Qué número tendría en España el piso ocho de un hotel de Estados Unidos? ¿Por qué?
3. ¿Qué diferencia hay entre el español y el inglés en la manera de escribir una dirección?
4. En un banco en Venezuela, usted recibe un documento con fecha de 12/1/06. ¿Cuál es la fecha?
5. Si usted lee que en julio en Buenos Aires hace 31°, ¿qué ropa va a incluir en su equipaje para un viaje a Argentina? ¿Por qué?
6. Si aparece "14:30" en los billetes que usted tiene para la corrida de toros en Lima, ¿a qué hora tiene usted que estar allí?
7. ¿De qué manera es diferente el horario español o hispanoamericano del horario de Estados Unidos?
8. ¿Qué cosas puede hacer un norteamericano para adaptarse al ritmo hispano?

6-7 ¿Cuál es su talla? Trabaje con un(a) compañero(a); use las formas de **tú**. Miren el cuadro *(chart)* "Conversiones" de la página 102 y contesten las preguntas.

1. Una muchacha de Chicago usa talla 12 de vestido. ¿Qué talla debe buscar en España?
2. Una canadiense usa talla 8 1/2 de zapato. ¿Qué talla necesita en zapatos españoles?
3. Un estadounidense usa camisetas de talla 16. ¿Qué talla debe buscar en Barcelona?
4. Un español usa talla 50 en abrigos. ¿Qué talla necesita en Estados Unidos o Canadá?

6-8 Cómo evitar peligros. El siguiente dibujo humorístico *(cartoon)*, hecho por el dibujante chileno Jimmy Scott, muestra que en un viaje a veces es necesario reaccionar rápidamente. Trabaje con dos o más compañeros. Rápidamente, entre todos, inventen tres reglas para evitar riesgos durante las vacaciones. ¿Quiénes tendrán las ideas más "brillantes"?

6-9 ¡Adivine dónde estamos!

Trabaje con dos, tres o cuatro compañeros.

Paso 1. Escojan un país, una región o una ciudad de habla española (Si quieren, pueden buscar inspiración en el mapa que está al principio del libro).

Paso 2. Preparen una "escena" *(short skit)* sobre algunos turistas que están de visita en ese lugar.

Paso 3. Escriban el diálogo en español y asegúrense de incluir pistas *(clues)* sobre la identidad del lugar, sin nombrarlo.

Paso 4. Una persona puede hacer el papel de turista, otra el papel de ciudadano del lugar, y otra puede representar un animal u objeto típico del país. Los animales y objetos también pueden identificarse o responderles (en español) a los turistas. Si lo desean, pueden hacer más de un papel.

Paso 5. El resto de la clase tratará de adivinar en qué lugar pasa *(ocurre)* la acción y deberá llenar el siguiente formulario para cada grupo:
Grupo # ___ : La acción pasa en _____ (lugar). Las pistas *(clues)* que me ayudaron a adivinarlo son: _____

Paso 6. Al final, ¡aplausos para todos los actores!

Aprender mejor:
Cuando usted haga un papel en español, no tenga miedo de identificarse con el personaje que representa y exagerar un poco.

ⓢ ELECCIÓN 1

Antes de leer

En el siguiente artículo, tomado de una revista española, se describen cinco destinos diferentes, algunos dentro y otros fuera de España. ¿Qué busca usted cuando va de vacaciones?

- ¿un descanso o la oportunidad de practicar deportes?
- ¿precios baratos o un ambiente de lujo?
- ¿un paisaje exótico o una buena selección de clubes nocturnos?

Las respuestas a estas preguntas dependen de cada persona y de sus gustos.

6-10 La palabra precisa. La autora del artículo utiliza algunas palabras muy precisas para describir los lugares turísticos. Busque en la lista la palabra que define el significado expresado en cada palabra o frase que aparece entre comillas *(in quotation marks)*, y escríbala entre los paréntesis proporcionados *(provided)*.

austral   enigmáticas
deslumbrar   inmensas
desnudo   seductora

> **MODELO**　　*una opción "que atrae mucho" (seductora)*

1. un paisaje "simple y sin adornos" (_____) de tierra árida
2. playas "de gran extensión" (_____) de arena blanca
3. una opción "que seduce con su belleza" (_____)
4. hasta su vértice más "al sur" (_____)
5. se sale a "sorprender y provocar la admiración" (_____) al personal
6. se trata de cabezas "muy misteriosas" (_____)

Aprender mejor:
Antes de leer un artículo, debe fijarse en su estructura (título, subtítulos) y hacer inferencias sobre el contenido para poder leer más activamente.

6-11 Buscar detalles y hacer inferencias. Dedique un minuto a mirar el título, los subtítulos y las fotos. Luego, conteste estas preguntas:

1. ¿Dónde están los cinco destinos? (Búsquelos en los mapas que hay al principio del libro.)
2. ¿Cuáles no están dentro del territorio español? ¿Cuáles son islas?

Lea el artículo para saber algo más sobre el turismo español.

Destinos para todos los gustos

ÚRSULA GARCÍA SCHEIBLE

1 Para disfrutar de unas buenas vacaciones, he aquí° unas sugerencias para todo tipo de viajeros.

5 **Barato: FUERTEVENTURA**

Que no se preocupe el que ande con el presupuesto justo,° que no es el *camping* en Albacete su única oportunidad. Una opción
10 muy seductora puede ser Fuerteventura, una de las siete islas tropicales (en el archipiélago de las Canarias) que posee España. Su principal encanto es-
15 triba° en su paisaje desnudo de tierra árida, con multitud de volcanes extinguidos, y sus inmensas playas de arena blanca. Solitarias calas° en el sur, zonas
20 rocosas apropiadas para la pesca° submarina, y el Parque Natural de las Dunas en el norte.
    Un destino de lujo al alcance de cualquiera.°

25 **Exótico: TIERRA DEL FUEGO**

Cuando en el hemisferio norte aprietan los calores estivales,° el sur tirita.° Tierra del Fuego es el fin del mundo y para llegar hay
30 que descender por el cono sur (en Sudamérica) hasta su vértice más austral. La capital de la isla es Ushuaia y puede estar seguro, Ud. no encontrará ciudad
35 situada más al sur en todo el

El campeonato internacional de windsurf y kiteboarding tiene lugar todos los años en Fuerteventura, Isla de las Canarias.

Letrero de la estación de trenes en Tierra del Fuego, Argentina

línea 2 **He...** Aquí están 7 **presupuesto...** *tight budget* 15 está basada 19 *inlets* 21 *fishing* 24 **al...** posible para toda persona 27 de verano 28 *shivers*

globo. La población se encuentra a orillas del canal de Beagle y a sus espaldas° se hallan las últimas estribaciones° de la

40 cordillera de los Andes. Y muy cerca, el valle de Tierra Mayor, un lugar ideal para practicar el esquí de fondo.°

Marchoso°: IBIZA

45 Ibiza (isla española en el mar Mediterráneo) sigue siendo el santuario del culto al cuerpo, del desenfado° y del hedonismo,° donde nacen todas las modas

50 veraniegas° que luego imitan en todo el resto de España, donde se duerme por la mañana, se toma el sol después del mediodía y se sale a deslumbrar al personal por

55 la noche. Noche que dura más que en ningún otro lugar, con unos horarios de restaurantes, bares y discotecas tan amplios como la sofisticación de quienes

60 los frecuentan.

Tranquilo: MIJAS

Para turismo tranquilo, el último grito: las curas de talasoterapia.
Quienes° de verdad nece-

65 siten y quieran descansar, pueden encontrar en estos centros la solución para unos días de paz. Nada más relajante que pasar unas vacaciones en Mijas,

70 (en el sur de España) por ejemplo en el hotel Byblos, de lujo, donde además de dos campos de golf de 18 hoyos, cinco pistas de tenis, gimnasio y equitación°

75 muy cerca, se ofrecen extensos

Las calles de Ibiza en el verano

programas de salud basados en la consabida° talasoterapia, tratamiento que utiliza las aguas y elemen-

80 tos marinos.

Yuppie: ISLA DE PASCUA

Un paraíso para el ejecutivo joven y estresado, que busca un sitio tran-

85 quilo y diferente, con un toque de cultura. En tres palabras: Isla de Pascua.° A 3.790 kilómetros de la costa chilena, justo al sur

90 del trópico de Capricornio, se encuentra esta pequeña isla adornada por un volcán extinguido en cada extremo. Hasta

95 "Rapa Nui", como le llamaban los aborígenes,°

Una calle empinada de Mijas, España

---

38 **a...** por detrás 39 extensiones 43 **de...** nórdico *(cross-country)* 44 *cool, in fashion* 48 diversión sin inhibiciones 48 filosofía que considera el placer como el principal objetivo de la vida 50 del verano 64 *Those who* 74 *horseback riding* 77 bien conocida 87 **Isla...** *Easter Island* 96 gente indígena que vivía allí

han llegado estudiosos de todo el mundo para contemplar más de 600 *moai*. Se trata de enig-
100 máticas cabezas de piedra de hasta nueve metros de altura. Una de ellas, erigida en la playa de Anekena, ha sido restaurada y una placa recuerda la visita de la
105 expedición Kon Tiki, de Thor Heyerdahl, en 1955.

de Cambio 16, *una revista española*

Hay más de 600 moai en la Isla de Pascua, Chile. Nadie sabe quiénes los construyeron ni por qué.

Después de leer

6-12 ¿Dónde están las atracciones? ¿En cuál (o cuáles) de los lugares mencionados en el artículo encontraría usted las siguientes atracciones? ¿Qué atracciones le interesarían más? ¿Por qué?

1. bares, discotecas y clubes nocturnos abiertos hasta muy tarde
2. volcanes extinguidos
3. un tratamiento de salud que utiliza las aguas del mar
4. las últimas modas en la ropa
5. playas
6. inmensas cabezas de piedra
7. un clima frío durante el verano europeo
8. campos de golf y pistas de tenis
9. una buena oportunidad para hacer pesca submarina
10. el lugar ideal para practicar esquí de fondo (nórdico)

6-13 Un viaje de sueños. Trabajando con dos o más compañeros, escojan uno de los cinco destinos mencionados en el artículo. Imaginen que ustedes van a pasar un fin de semana en ese lugar. Llenen el horario, explicando qué harán cada día (1) por la mañana, (2) por la tarde y (3) por la noche. Luego, una persona del grupo le leerá el horario a la clase. Use el **Vocabulario suplementario** de la página 110.

Viaje a _____; horario de actividades		
	por la mañana	por la tarde	por la noche
sábado		
domingo		

V O C A B U L A R I O

suplementario

alquilar *(to rent)* **un auto, una camioneta**
   (van), **un bote, una moto**
caminar, hacer una caminata
   (to hike)
dar un paseo
explorar

hacer buceo con tubo *(snorkeling)*
hacer buceo con tanques *(scuba)*
hacer camping
ir de compras
llevar una merienda o picnic
subir *(to climb, to go up)*
escalar una montaña
   (subir hasta su cumbre)

6-14 Entrevista sobre los viajes.

Paso 1. Trabaje con un(a) compañero(a), entrevistándose uno al otro con las siguientes preguntas; usen la forma de **tú**. Tome apuntes sobre las respuestas de su compañero(a).

> **MODELO**   *¿Has viajado...? —He viajado... Mi compañero(a) ha viajado...*

1. ¿Has viajado mucho o poco en comparación con otras personas de tu edad? (¿Por qué? ¿Adónde has ido? ¿Has visitado Europa? ¿Latinoamérica? ¿Asia? ¿África? ¿otras partes del mundo?)
2. ¿Has tenido la oportunidad de hablar en otro idioma en algún país? ¿En cuál país? (Describe ese viaje. ¿Qué países de habla hispana has visitado? ¿Qué hiciste allí?)
3. ¿Qué viaje te gustaría hacer algún día? ¿Adónde? (¿Por qué? ¿Qué te gustaría hacer allí? ¿Cuál sería el viaje de tus sueños?)

Paso 2. Después de terminar las dos entrevistas, dibujen un gráfico de Venn en un papel (parecido al que aparece a continuación) y úsenlo para comparar sus respuestas. Escriban sus nombres sobre cada uno de los círculos. Luego, pongan los números de las respuestas similares en el espacio donde los dos círculos se cruzan, y los números de las respuestas muy diferentes en el círculo indicado. Al lado de cada número, escriba un breve resumen de la respuesta. Después, muéstrenle sus gráficos a la clase, o entréguenselos a su profesor(a).

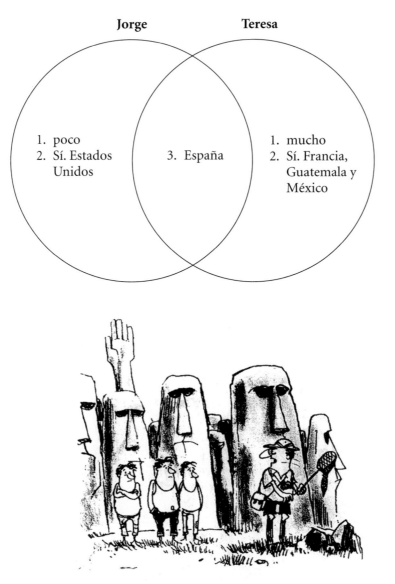

Jorge   **Teresa**

1. poco
2. Sí. Estados Unidos

3. España

1. mucho
2. Sí. Francia, Guatemala y México

¿ Quién me trató de idiota ?
Who called me an idiot ?

6-15 Las cosas que pasan en un viaje. Mire el dibujo humorístico y, trabajando con un(a) compañero(a), contesten estas preguntas.

1. ¿Por qué está enojado el coleccionista de mariposas (el hombre que tiene la red en la mano)?
2. ¿Qué pasó?
3. ¿Qué te parece? (¿Absurdo? ¿Muy raro? ¿Cómico?) ¿Cómo lo explicas?
4. ¿Qué incidente absurdo, raro o cómico has vivido tú durante un viaje?

ⓢELECCIÓN 2

Antes de leer

El siguiente artículo fue escrito por uno de los grandes escritores clásicos de España, Mariano José de Larra (1809–1837). Larra era un periodista muy popular del siglo XIX que escribió numerosos "artículos de costumbres". Tal como algunos periodistas actuales —Dave Barry, por ejemplo— Larra usaba la ironía y la exageración para satirizar a la sociedad de su tiempo. Naturalmente, aunque es de mal gusto que critiquemos a otro pueblo, criticar al nuestro es un verdadero deporte. Los españoles apreciaban mucho esas descripciones humorísticas que mostraban sus defectos en una forma muy exagerada.

En el artículo, monsieur Sans-délai *(Mr. Without-Delay)*, un hombre de negocios francés, llega a España en un viaje de negocios; allí se encuentra con costumbres muy diferentes y una burocracia impenetrable.

A pesar de la brevedad de su vida, Mariano José de Larra es uno de los mejores ensayistas (autores de ensayos) de la lengua española. En Internet o en la biblioteca, investigue uno de los siguientes temas sobre este gran escritor clásico: su vida, los títulos de algunas de sus obras, sus opiniones sobre la sociedad de su época, su sentido de humor, sus relaciones con amigos o familiares. Comparta los datos que encuentre con la clase.

6-17 ¡Al grano! Mire el título y el dibujo, y lea rápidamente las líneas 1–25 de la Parte I para ir al grano (captar el punto esencial). Después, conteste estas preguntas:

1. ¿Cuáles eran los dos estereotipos (ideas rígidas) que tenían los extranjeros de los españoles? ¿Qué estereotipos tienen algunos extranjeros de los norteamericanos?
2. ¿Por qué empieza a reírse el narrador en la línea 22?
3. ¿Qué cree usted que va a decir el resto del artículo? ¿Qué defectos de la sociedad va a mostrar y criticar Larra?

Vuelva al principio y lea toda la **Parte I** con más atención.

Vuelva usted mañana[1]

MARIANO JOSÉ DE LARRA

Parte I

Hace unos días se presentó en mi casa un extranjero de éstos que tienen siempre   1
de nuestro país una idea exagerada; o creen que los hombres aquí son todavía los
espléndidos caballeros° de hace dos siglos, o que son aún tribus nómadas.   *knights or gentlemen*

    Este extranjero que se presentó en mi casa estaba provisto de competentes
cartas de recomendación para mí. Asuntos° intrincados de familia, reclamaciones y   5   Cuestiones
proyectos vastos concebidos en París de invertir aquí una gran cantidad de dinero en
alguna especulación industrial, eran los motivos que lo conducían a nuestra patria.

    Me aseguró° formalmente que pensaba permanecer aquí muy poco tiempo. Me   garantizó
pareció el extranjero digno de alguna consideración y trabé° pronto amistad con él.   empecé

    —Mire —le dije—, monsieur Sans-délai —que así se llamaba—; usted viene de-   10
cidido a pasar quince días, y a solventar° en ellos sus asuntos.   resolver

    —Ciertamente —me contestó—. Quince días, y es mucho. Mañana por la
mañana buscamos un genealogista para mis asuntos de familia; por la tarde revuelve
sus libros, busca mis ascendientes, y por la noche ya sé quién soy.

    En cuanto° a mis reclamaciones de propiedades, pasado mañana° las presentaré   15   **En...** Con respecto /
y al tercer día, se juzga el caso y soy dueño° de lo mío. En cuanto a mis especula-   **pasado...** el día después
ciones, en que pienso invertir mi capital, al cuarto día ya presentaré mis proposi-   de mañana / *owner*
ciones. Serán buenas o malas, y admitidas o rechazadas en el acto,° y son cinco días.   **en...** inmediatamente
En el sexto, séptimo y octavo, hago una gira por Madrid para ver los sitios impor-
tantes; descanso el noveno; el décimo tomo mi asiento en la diligencia,° y me   20   *stagecoach*
vuelvo a mi casa; aún me sobran° de los quince, cinco días.   quedan sin usar

    Al llegar aquí monsieur Sans-délai, traté de reprimir una carcajada° que me an-   risa violenta
daba retozando° en el cuerpo.   moviendo

    —Permítame, monsieur Sans-délai —le dije con una suave sonrisa—, permítame
que lo invite a comer para el día en que lleve quince meses de estancia en Madrid.   25

    —¿Cómo?

    —Dentro de quince meses usted estará aquí todavía.

    —¿Usted se burla° de mí?   **Usted...** *Are you making fun*

    —No, por cierto.

    —¿No me podré marchar cuando quiera? ¡Cierto que la idea es graciosa°!   30   cómica

    —Recuerde que usted no está en su país, activo y trabajador. Le aseguro que en
los quince días usted no podrá hablar a una sola de las personas cuya° cooperación   *whose*
necesita.

    —¡Hipérboles! Yo les comunicaré a todos mi actividad.

    —Todos le comunicarán su inercia.   35

    Supe que no estaba el señor de Sans-délai muy dispuesto a dejarse convencer
sino por la experiencia, y callé.

---

[1] *Las observaciones de Larra sobre la gente de España no aplican hoy día, pues este mundo burocrático
y lento pertenece al pasado.*

Salió el sol
desconcertado

dijo... *he said we should*
   return

señor

corrida de toros

su forma final

tailor / chaqueta formal

ready-made
a... *to change the brim*

cartas breves

por... *in order not to have*
   to lift

Amaneció° el día siguiente, y salimos ambos a buscar un genealogista. Lo encontramos por fin, y el buen señor, aturdido° de ver nuestra precipitación, declaró
40 francamente que necesitaba tomarse algún tiempo. Insistimos, y por mucho favor
nos dijo que nos diéramos una vuelta° por allí dentro de unos días. Sonreí y nos
marchamos.

Pasaron tres días; fuimos.

—Vuelva usted mañana —nos respondió la criada— porque el señor no se ha
45 levantado todavía.

—Vuelva usted mañana —nos dijo al siguiente día— porque el amo° acaba de
salir.

—Vuelva usted mañana —nos respondió al otro— porque el amo está durmiendo la siesta.

50 —Vuelva usted mañana —nos respondió el lunes siguiente— porque hoy ha
ido a los toros.°

¿Qué día, a qué hora se ve a un español? Lo vimos por fin, y vuelva usted mañana
—nos dijo— porque se me ha olvidado. Vuelva usted mañana, porque no está en
limpio.°
55 A los quince días ya estuvo; pero mi amigo le había pedido una noticia del
apellido *Diez,* y él había entendido *Díaz,* y la noticia no servía.

No paró aquí. Un sastre° tardó veinte días en hacerle un frac,° que le había
mandado llevarle en veinticuatro horas; el zapatero le obligó con su tardanza a comprar botas hechas°; y el sombrerero, a quien le había enviado su sombrero a variar el
60 ala,° le tuvo dos días con la cabeza al aire y sin salir de casa.

Sus conocidos y amigos no le asistían a una sola cita, ni avisaban cuando faltaban ni respondían a sus esquelas.° ¡Qué formalidad y qué exactitud!

—¿Qué le parece esta tierra, monsieur Sans-délai? —le dije.

—Me parece que son hombres singulares...

65 —Pues así son todos. No comerán por no llevar° la comida a la boca.

Comprensión

6-18 Leer con precisión. Busque los siguientes puntos en la lectura. Luego, diga si cada frase es verdadera o falsa, y corrija las frases falsas.

1. _____ El extranjero que se presentó en la casa del narrador venía por primera vez a España y tenía una idea muy exacta del país.

2. _____ El señor Sans-délai estaba en España para hacer investigaciones sobre sus antepasados, reclamar propiedades y quizás invertir su dinero.

3. _____ El señor Sans-délai estaba tan ocupado con sus asuntos que no pensaba hacer turismo.

4. _____ El sastre, el zapatero y el sombrerero eran competentes y puntuales.

6-19 Preguntas.

1. ¿Para cuándo invita el narrador al señor Sans-délai? ¿Qué piensa el francés de esta invitación?

2. ¿Qué le decía la criada del genealogista cada vez que el señor Sans-délai trataba de verlo? ¿Qué cosas importantes hacía este hombre para no poder trabajar?

3. ¿Qué pasó después de quince días?

4. ¿Qué problemas ha tenido usted como viajero(a) en otros países?

6-20 Sinónimos. Reemplace las palabras en negrilla con sinónimos del cuento.

1. Algunos creen que los hombres aquí son todavía los **magníficos** caballeros de hace dos siglos.

2. Asuntos **complicados** de familia eran uno de los motivos que lo conducían a España.

3. Pensaba **quedarse** aquí muy poco tiempo.

4. Por la tarde, según el señor francés, el genealogista buscaría a sus **antepasados.**

5. Sus proposiciones serían admitidas o **repudiadas** en el acto.

6-21 Predicción. En la Parte II el señor Sans-délai va a presentar una proposición.

¿Qué cree usted que va a pasar con esta proposición? ¿Qué hará el señor Sans-délai después?

Ahora, lea la Parte II para ver si su predicción llega a cumplirse.

Aprender mejor:
Debemos tratar de predecir la acción de un cuento porque luego el deseo de saber si tenemos razón nos mantiene alerta mientras leemos.

Parte II

Después de muchos días, monsieur Sans-délai presentó una excelente proposición de mejoras para cierto negocio.

A los cuatro días volvimos a saber el éxito de nuestra proposición.

—Vuelva usted mañana —nos dijo el portero—. El oficial de la mesa° no ha venido hoy.

—Grandes negocios habrán cargado sobre él° —dije yo.

Nos fuimos a dar un paseo, y nos encontramos ¡qué casualidad!° al oficial de la mesa en el Retiro,° ocupadísimo en dar una vuelta con su señora al hermoso sol de los inviernos claros de Madrid. Martes era el día siguiente, y nos dijo el portero:

—Vuelva usted mañana, porque el señor oficial de la mesa no da audiencia hoy.

Durante dos meses llenamos formularios y fuimos diariamente a la oficina hasta que un día el secretario nos anunció que en realidad nuestra proposición no correspondía a aquella sección. Era preciso rectificar este pequeño error. Así tuvimos que empezar desde el principio otra vez, escribir una nueva proposición y enviarla a otra oficina.

Por último, después de cerca de medio año de subir y bajar, y de *volver* siempre mañana, la proposición salió con una notita al margen que decía: "A pesar de° la justicia y utilidad del plan, negada".

—¡Ah, ah, monsieur Sans-délai! —exclamé, riéndome a carcajadas—, éste es nuestro negocio.

Pero monsieur de Sans-délai se enojó.° —¿Para esto he hecho yo un viaje tan largo? ¿Y vengo a darles dinero? ¿Y vengo con un plan para mejorar sus negocios? Preciso° es que la intriga más enredada° se haya inventado para oponerse a mi proyecto.

—¿Intriga, monsieur Sans-délai? No hay hombre capaz de seguir dos horas una intriga. La pereza° es la verdadera intriga. Ésa es la gran causa oculta: es más fácil negar las cosas que enterarse° de ellas.

—Me marcho, señor —me dijo—; en este país no hay tiempo para hacer nada. Y monsieur Sans-délai volvió a su país.

¿Tendrá razón, perezoso lector° (si es que has llegado ya a esto que estoy escribiendo), tendrá razón el buen monsieur Sans-délai si habla mal de nosotros y de nuestra pereza? Dejemos esta cuestión para mañana, porque ya estarás cansado de leer hoy. Si mañana u otro día no tienes, como sueles, pereza de volver a la librería, pereza de sacar tu bolsillo° y pereza de abrir los ojos para hojear° los folletos° que tengo que darte, te contaré cómo a mí mismo me ha sucedido muchas veces perder

oficial... *officer in charge*   70

habrán... estarán ocupándolo / qué... *what a coincidence* / gran parque de Madrid   75

A... *In spite of*

irritó

Necesario / complicada   90

indolencia
informarse

reader   95

purse / mirar / panfletos

de pereza más de una conquista amorosa; abandonar más de una pretensión° empezada y las esperanzas de más de un empleo. Te confesaré que no hay negocio que pueda hacer hoy que no deje para mañana. Te diré que me levanto a las once, y duermo siesta; que paso haciendo el quinto pie° de una mesa de un café, hablando o roncando,° como buen idiota, las siete y las ocho horas seguidas. Te añadiré que cuando cierran el café, me arrastro° lentamente a mi tertulia diaria (porque de pereza no tengo más de una); que muchas noches no ceno de pereza, y de pereza no me acuesto. En fin, lector de mi alma, concluyo por hoy confesándote que hace más de tres meses que tengo, como la primera entre mis apuntaciones, el título de este artículo que llamé: *Vuelva usted mañana;* que todas las noches y muchas tardes he querido durante este tiempo escribir algo en él, y todas las noches apagaba° mi luz diciéndome a mí mismo; "*¡Eh, mañana lo escribiré!*" Da gracias a que llegó por fin este mañana, que no es del todo malo; pero, ¡ay de aquel mañana que no ha de° llegar jamás!

proyecto

105 **haciendo...** *being the fifth leg / snoring*
me... *I drag myself*

110

I turned off

ha... *va a*

Después de leer

6-22 Comprensión de la lectura: Leer con precisión. Busque los siguientes puntos en la lectura. Luego, diga si cada frase es verdadera o falsa, y corrija las frases falsas.

1. _____ El oficial de la mesa estaba tan ocupado con asuntos importantes que era difícil verlo.
2. _____ El señor Sans-délai tuvo que escribir una nueva proposición porque la primera estaba mal escrita.
3. _____ El autor le explicó al señor Sans-délai que la causa de sus problemas en España era una intriga.
4. _____ Finalmente, el señor Sans-délai volvió a Francia sin invertir su dinero.

6-23 Preguntas.

1. Después de seis meses, ¿fue aceptada o rechazada la proposición del señor Sans-délai?
   ¿Qué razones le dio la burocracia española para explicar su decisión?
   ¿Qué piensa usted de estas razones?
2. En la última parte del artículo, ¿cómo nos insulta Larra a nosotros, los lectores? Según su opinión, ¿por qué hace esto?
3. ¿Qué ejemplos de su propia pereza describe el autor al final de su artículo? ¿Por qué cree usted que él lo termina así?
4. ¿Es usted perezoso(a) a veces? ¿Qué ejemplo puede dar de su propia pereza?

Aprender mejor: Preste atención a cómo se derivan ciertas palabras de otras en español: (patrones *[patterns]* de formación). Así podrá expandir muchísimo su vocabulario.

6-24 Vocabulario: Convertir adjetivos en sustantivos. Ciertos adjetivos que terminan en **-al** o en **-il** pueden convertirse en sustantivos, agregándoles la terminación **-idad.** Convierta los siguientes adjetivos en sustantivos, según el modelo.

MODELO	*hostil* hostilidad

1. casual _____   **4.** formal _____
2. fatal _____   **5.** fácil _____
3. útil _____   **6.** normal _____

6-25 Y tú, ¿qué opinas? Trabaje con dos o tres personas. Luego, compare sus opiniones con las de otro grupo.

1. ¿Qué impresión nos da Larra de la burocracia española del siglo diecinueve? ¿Les parece a ustedes que su descripción corresponde sólo a ese país y a esa época? ¿O es típica de todas las burocracias del mundo? ¿Qué experiencias frustrantes han tenido ustedes con la burocracia? Expliquen.

2. ¿Creen que Larra exagera mucho? ¿Por qué? ¿Qué libros, películas o programas de la tele hay que critiquen la sociedad de manera cómica y satírica? ¿Qué les parecen estos programas?

3. En su opinión, ¿qué podríamos señalar hoy como el mayor defecto de la sociedad en la que nosotros vivimos? ¿O hay varios defectos principales?

Unos letreros (signs) en Toledo, España

6-26 Casa museo de El Greco. Trabaje con un(a) compañero(a) y sigan estos pasos.

Paso 1. Fíjense en la foto de algunos letreros *(street signs)* que se tomó en Toledo, España, una ciudad medieval que atrae a muchos turistas todos los años.

1. ¿Qué tipo de lugares están indicados en los letreros color de rosa? ¿Que indican los letreros de abajo que están en azul y rojo?
2. ¿Por qué es chistosa la foto? ¿Qué cosas querría comunicar el fotógrafo al sacar esta foto?

Paso 2. Imagínense que son turistas en la ciudad de Toledo. Ustedes van en un coche alquilado, llegan al final de una calle y ven esos letreros. ¿Cómo se sienten? ¿Qué dicen? ¿Qué hacen?

A escribir: Paso por paso

Un incidente memorable. Siga los siguientes pasos para estimular su imaginación y contar en español un incidente memorable que pasó durante alguno de sus viajes. Tome apuntes al contestar las preguntas de cada paso.

> **Aprender mejor:** Seguir una serie de breves pasos para escribir una composición hace que el proceso sea más fácil y menos intimidante.

Paso 1: Cuando estamos en un lugar que no conocemos bien, es común que nos perdamos o que tengamos dificultades con reglas, costumbres o burocracias que son diferentes. Piense en un viaje que haya hecho en el cual sintió emociones similares a las de la actividad anterior (la 6-26) por algún problema o malentendido (si no ha viajado mucho, utilice la imaginación e invente un incidente). Complete esta frase y utilísela como la primera oración de su historia, llenando los espacios en blanco.

Quiero contar un incidente _____ (extraño, cómico, absurdo, etcétera) que me pasó una vez cuando estaba en _____ hace _____ (tres años, cinco meses, etcétera).

Paso 2: Conteste estas preguntas en español: ¿Qué detalles son los que hacen memorable este incidente? ¿Dónde y cuándo ocurrió? ¿Qué personas estaban con usted? ¿Qué pasó y por qué? ¿Cómo se sentía usted?

Paso 3: Mire las respuestas que usted ha escrito y póngalas en un orden lógico para contar la historia. Cambie las frases para que tengan sentido *(so that they make sense).*

Paso 4: Considerando lo que escribió en los pasos 1, 2 y 3, identifique: ¿cuál es el punto central que usted desea comunicar al narrar este incidente? (Por ejemplo, puede ser algo chistoso, una regla para viajeros, una lección que usted aprendió o una observación sobre la naturaleza humana…). Repase lo que escribió para asegurarse de que todo se relaciona con el punto central que identificó en el paso 2.

Paso 5: Busque una foto o un dibujo de una revista para ilustrar su historia.

Paso 6: Lea su trabajo rápidamente y fíjese en el uso de los dos tiempos pasados, recordando que se usa el pretérito para narrar acciones completas y el imperfecto para describir.

Paso 7: Trabaje con un(a) compañero(a). Miren juntos las dos narraciones. Revise la concordancia *(agreement)* entre adjetivos y sustantivos *(nouns)* y entre sujetos y verbos, y el uso de los verbos. Corrijan los errores.

Paso 8: Piense en una frase interesante, bonita o divertida (como "Vuelva usted mañana" de Larra) y escríbala al principio, como título. Entregue *(Hand in)* su composición junto con los borradores *(rough copies)* de todos los pasos.

Grammar	adjectives: agreement; adjectives: position; comparisons: adjectives; comparisons: equality, . . .inequality; comparisons: irregular; verbs: present; verbs: preterit; verbs: imperfect; verb conjugator
Vocabulary	automobile; city; clothing; emotions: negative; emotions: positive; direction and distance; metric system and measurements; temperature
Phrases	asking and giving directions; asking for help; asking in a store; describing objects (people, places, weather); planning a vacation; talking about past events

Voice your choice! Visit **http://voices.thomsoncustom.com** to select additional readings relevant to this chapter's theme.

Gustos y preferencias

Personajes, perro, sol, Joan Miró

L ARTE, ESPEJO DE LA VIDA

En busca de una realidad más completa

¿Sabe usted...

...qué le ponen a las palomitas [popcorn] los mexicanos?

...cuál era la santa misión de don Quijote?

...por qué son extrañas las pinturas de Remedios Varo?

Las respuestas a éstas y otras preguntas interesantes se encuentran en este capítulo.

Aprender mejor:
Si no comprende de inmediato un cuadro, mire sus componentes (colores, figuras, elementos) y trate de sentir las emociones que el artista nos quiere comunicar.

A veces una pintura comunica un estado de ánimo *(mood)* o conjunto de emociones más que una escena física. Mire el cuadro *Personajes, perro, sol* del pintor surrealista catalán Joan Miró (1893–1983) de la página 121. Para los surrealistas, los objetos exteriores son sólo una parte de la experiencia humana. Otra parte está formada por los pensamientos y las emociones del observador, y también por los impulsos de su subconsciente. Muchas veces, estos artistas tratan de asombrar *(amaze)* a los observadores. Miró y sus compañeros querían representar una realidad más completa que la normal, una "superrealidad".

Observemos. Observe bien el cuadro de Joan Miró, piense en su título y llene el siguiente cuadro.

Aspecto	Descripción
figuras	¿Cuántas? _____ ¿Son personas o animales? _____
	¿Qué hacen ?_____
objetos	¿Que objetos ve usted? _____
colores	__amarillo __anaranjado __azul __blanco __gris __marrón __morado __negro __rojo __rosa __verde
elementos de la naturaleza	__árbol __estrella __flores __luna __ sol __océano __nubes
emociones	¿Qué sentimientos o emociones cree usted que el pintor quiere provocar? _____

Analicemos y discutamos. Trabaje con un(a) compañero(a). Háganse las siguientes preguntas. Luego, comparen sus respuestas con las de otros compañeros.

1. ¿Qué le parecen los colores del cuadro? ¿Por qué cree usted que Miró usó colores primarios sobre un fondo *(background)* de color pastel?
2. Para usted, ¿cómo es la pintura: alegre o triste? ¿Por qué?
3. ¿Cree que es de día o de noche? ¿Por qué?
4. Muchas veces los surrealistas juegan con el observador y hacen trucos *(tricks)*. ¿Qué hay de raro o extraño en esta escena?
5. Este cuadro sigue siendo muy popular. Todos los años se compran miles de reproducciones de él. ¿Cómo explica usted que le guste a tanta gente?
6. ¿Qué ve usted en esta pintura de Miró?

Busquemos. Busque información en la biblioteca o en Internet sobre uno de los siguientes temas y prepare un informe sobre él para compartir con la clase: (1) La vida de Joan Miró, (2) el surrealismo, (3) otra pintura de Miró que le guste a usted.

VOCABULARIO

preliminar

Estudie las palabras y expresiones en negrilla para usarlas en este capítulo.

COSAS Y CONCEPTOS

la apariencia	aspecto exterior de las personas o de las cosas
la cirugía plástica	práctica médica de hacer operaciones para mejorar el aspecto físico de alguien
el cuadro	representación, pintura *(picture)*
el estilo	manera de expresarse, carácter original de un artista o de una época
el gasto	cantidad de dinero pagado por algo, consumo
el gusto	preferencia; placer
la inclinación	afición, propensión, tendencia
la moda	preferencia que predomina en cierta época y determina el uso
la pintura	obra o representación pintada, cuadro
el sabor	sensación producida en la lengua o la boca, **sabor a limón**

ACCIONES

asombrar	causar admiración y extrañeza
encantar	agradar, gustar mucho, fascinar
diseñar	inventar la forma de algo
gastar	emplear, consumir, utilizar el dinero para comprar algo

DESCRIPCIONES

afortunado(a)	favorecido(a) por la suerte, dichoso(a)
complacido(a)	satisfecho(a), contento(a)
de buen (mal) gusto	con (sin) gracia y elegancia
de moda	en conformidad con el gusto o estilo que predomina en cierto momento
desdichado(a)	desgraciado(a), infortunado, afligido(a) de la mala suerte
disgustado(a)	desconcertado(a), molesto(a), frustrado(a)
extraño(a)	poco usual, sorprendente
raro(a)	poco usual, no muy común
semejante	similar, parecido(a)

PRÁCTICA

7-1 Antónimos. Dé antónimos (palabras contrarias) de las siguientes palabras.

1. aversión
2. usual, común
3. repugnar
4. complacido
5. diferente
6. recibir dinero
7. esencia, espíritu interior
8. afortunado

7-2 Sinónimos. Dé sinónimos (palabras similares) de las siguientes palabras.

1. parecido
2. agradar
3. con gracia y elegancia
4. aspecto exterior
5. pintura
6. raro

ⒺNFOQUE DEL TEMA
¿Por qué nos gusta lo que nos gusta?

proverbio

No... Nevertheless

Hay un refrán° que dice "Para los gustos hay los colores, para el jardín las flores". En otras palabras, la enorme variedad de preferencias individuales es característica de la condición humana. No obstante,° hay ciertos factores que podemos examinar para entender mejor nuestros gustos y costumbres.

La influencia de los genes

twins

Separados desde su nacimiento, unos gemelos° idénticos se encontraron nuevamente cuando ya tenían más de treinta años y descubrieron que eran muy parecidos, no sólo en apariencia sino también en sus inclinaciones. A los dos les encantaban los mismos compositores de música y les molestaban los mismos hábitos en sus compañeros.

brand
pasta... *toothpaste*

¡Hasta usaban la misma marca° —una muy rara y difícil de obtener— de pasta dentífrica°!

verdadera

Es sorprendente que estos gemelos tengan gustos tan semejantes porque crecieron en ambientes muy distintos y durante más de treinta años no tuvieron ningún contacto.

Esta historia verídica° formaba parte de una investigación científica que mostraba características semejantes en muchos casos de gemelos idénticos. La conclusión es obvia: es muy probable que la genética determine, en parte, nuestros gustos.

La influencia cultural: costumbres y cambios

educación que se recibe en la familia / sea urchins
rabbit / young goat

popcorn
spicy

Naturalmente, la crianza° y la cultura también nos influyen mucho. A los chilenos les encanta comer erizos,° y muchos madrileños celebran la Nochebuena, comiendo conejo,° pescado, o cabrito,° en vez de pavo. Al mismo tiempo, la costumbre estadounidense y canadiense de comer carne de vaca le repugna a mucha gente de la India, y las palomitas° con mantequilla les parecen horribles a los europeos (que les ponen azúcar) y también a los mexicanos (que les ponen salsa picante°).

Además de la comida, hay muchos otros factores influenciados por la cultura, como el estilo de las casas, los libros que se leen, y los cuadros que se escogen para adornar los edificios públicos. Cada sociedad tiene actitudes y costumbres distintas.

Nuevas tendencias: la moda y la busca de la perfección

autoridad

Nunca antes existió una influencia tan fuerte y determinante sobre el comportamiento de los seres humanos como ocurre hoy día con la publicidad. Debido a la penetración de medios de comunicación tales como la radio, la televisión, Internet, los periódicos, las revistas y los letreros, la moda "multinacional" ha llegado a ejercer un tipo de imperio° sobre los gustos de la gente en muchas partes del mundo. Si la moda de este año impone el uso de los colores oscuros, entonces millones de personas dejan atrás los trajes verdes y rojos. Todas se visten de negro para "estar a la moda", y usan el mismo corte de pelo y a veces hasta° llevan el nombre del diseñador en su camisa. Y se sienten libres y originales. ¿Es real esta libertad o es una ilusión? Lo cierto es que la moda se ha convertido en un gran negocio con ganancias de miles de millones de dólares cada año.

even

Muchas mujeres gastan cantidades de tiempo y dinero tratando de mejorar su apariencia. Compran todo tipo de maquillaje,° siguen dietas y toman pastillas para adelgazar.° Además, un gran número se somete a la cirugía plástica en busca de la belleza perfecta. Pero, ¡que no se rían los hombres! Actualmente, ellos también compran productos para corregir la calvicie° o teñirse el pelo, usan lentes de contacto y toman pastillas para adelgazar. Y cada día más, un gran número de ellos recurre a los cirujanos plásticos.

productos cosméticos
hacerse más flacas

falta de pelo

Como el péndulo de los gustos oscila y cada reacción produce su contrarreacción, es posible que este imperio comercial se acabe,° como muchos imperios del pasado, y la gente rechace las modas dictadas por la publicidad y vuelva al gusto por lo natural y la diversidad.

termine

¿TE GUSTA? ME LO HICE EL OTRO DÍA. ES LO ÚLTIMO EN BODY PIERCING.

¿Y TE DUELE?

A VECES.

AAAAAAA

¿Qué le parecen a usted los piercing? ¿Son lindos o feos? ¿Están de moda? ¿Los usa usted? ¿Por qué sí o por qué no?

El "no sé qué" individual

A pesar de las muchas investigaciones sobre el tema, no hay ninguna fórmula científica que pueda explicar del todo nuestros gustos y costumbres. Dentro de cada individuo queda siempre un *no sé qué* muy personal que determina algunas de sus preferencias.

En fin, la genética, la crianza, la cultura y la sociedad de consumo° son importantes pero, combinados, estos factores dan un resultado inexplicable: el gusto personal y único de cada ser humano.°

de... consumer

ser... *human being*

—Lo siento, pero no estoy programado para amarte.

PRÁCTICA

7-3 Identificación de la idea principal. Escriba en una o dos oraciones la idea principal del ensayo.

_____   _____

_____   _____

7-4 Preguntas.

1. ¿Por qué es sorprendente que los gemelos descritos en el ensayo tengan gustos muy semejantes? ¿Qué conclusión podemos sacar de casos como éste?
2. ¿Qué comida extraña para nosotros les encanta a los chilenos? ¿Qué comen muchos españoles para la cena de Nochebuena? ¿A usted le gustaría probar uno de estos platos?
3. ¿Qué comidas típicamente norteamericanas les repugnan a ciertas personas de otras culturas? ¿Conoce usted una comida que le guste a todo el mundo?
4. ¿Qué medios de comunicación influyen en nuestras decisiones cuando compramos ropa? ¿Cuál de ellos le parece que tiene mayor influencia? ¿Por qué?
5. ¿Somos libres cuando escogemos la ropa y otros productos? ¿O somos manipulados? ¿Qué opina usted?
6. Algunos han sugerido que se invente "la cirugía estética del alma". Opinan que damos demasiada importancia a la belleza externa en vez de a las cualidades de carácter de una persona. ¿Es cierto? ¿Qué cualidades le gustaría ver en otras personas?

7-5 Gustos y disgustos. Trabaje con un(a) compañero(a), haciéndose el uno al otro las siguientes preguntas. Luego, escriba una breve descripción de los gustos de su compañero(a) para compartirla con toda la clase.

1. ¿Te gusta la mantequilla de cacahuate *(peanut butter)*? ¿La carne? ¿La fruta? ¿Siempre comes palomitas con mantequilla cuando vas al cine? ¿Cuál es tu comida favorita? ¿Qué comida te disgusta totalmente? ¿Te gusta experimentar con nuevas comidas o siempre comes lo mismo?
2. ¿Qué colores están de moda este año? ¿Cuáles no están de moda? ¿Eres un(a) "esclavo(a) de la moda"? ¿Te importa la ropa? ¿Qué te parece la ropa masculina? ¿Es monótona? ¿Por qué las mujeres usan ropa de colores y estilos más diversos? ¿Son más conformistas los hombres? ¿o más tímidos? ¿o más perezosos?
3. ¿Tienes algunos gustos raros o extraños? ¿Qué te gusta hacer para relajarte? ¿A qué lugar en el mundo te gustaría ir ahora mismo?

7-6 Breves debates. Con un grupo, discuta los siguientes puntos de vista hasta llegar a un consenso (acuerdo unánime). Digan sí o no sobre cada punto y expliquen brevemente por qué. Después, comparen sus opiniones con las de otras personas de la clase.

1. La cirugía plástica es muy peligrosa y puede ocasionar la muerte.
2. Las mujeres son más bellas y atractivas cuando no usan maquillaje.
3. Los hombres calvos *(bald)* son sexy, así que las operaciones de implante de pelo son ridículas.
4. Cada persona tiene derecho a tener el cuerpo y la cara que quiera.
5. Una compañía puede controlar el tipo de ropa que usan sus empleados.

ⓈELECCIÓN 1

Antes de leer

Uno de los placeres de aprender una segunda lengua es leer la literatura de otra cultura en su lengua original. La siguiente selección es de uno de los libros más populares de la literatura mundial, una obra que se ha traducido a muchos idiomas. Su autor español, Miguel de Cervantes (1547–1616), lo empezó a la edad de 56 años cuando estaba en prisión por no poder pagar sus deudas *(debts)* y sin embargo, esta famosa novela refleja un irresistible sentido del humor y una profunda compasión por la humanidad. (Para saber más sobre este libro, mire el capítulo 12, p. 226.) Vale la pena leer una selección de este libro tan querido y popular, y para hacerlo usted necesita prepararse primero con una introducción, y luego con un poco de ayuda lingüística.

Introducción a Don Quijote de la Mancha

Un hombre pasaba todos sus días y noches haciendo algo que le encantaba. Era tan fuerte su afición a esta actividad que poco a poco le trastornó el cerebro y lo volvió loco.... Parece ser la típica historia de una adicción, ¿verdad? Pero, no es así. Se trata de un viejo hidalgo° que vivió en la Mancha, una región pobre y atrasada° de España, en el siglo XVI, ¡muchos años antes de que se inventara° el concepto de la adicción! Y este hombre no pasaba su tiempo tomando drogas ni jugando por dinero, sino que se dedicaba, corazón y alma, a leer los "libros de caballerías°" un tipo de novela que estaba muy de moda en esa época. Leyó tanto el señor que perdió la capacidad de separar la realidad de la fantasía. Miraba a las personas comunes que estaban a su alrededor° y las veía transformadas en los personajes típicos de sus novelas. Con el recuerdo de una labradora° del pueblo de Toboso, inventó la visión de su amada, una dama bella y refinada que vivía sólo en su imaginación: *Dulcinea del Toboso*. Su caballo viejo y decrépito, lo veía como un animal fuerte y espléndido, y le dio el nombre de *Rocinante*. Él mismo cambió su nombre por uno que le parecía noble y elegante: *don Quijote de la Mancha*. Creía tener una santa misión: ejercer el oficio° de caballero andante° y transformar el mundo, "deshaciendo fuerzas°" y "socorriendo° a los débiles, los miserables y los desdichados". Finalmente, convenció a su vecino humilde y sencillo, *Sancho Panza*, que lo acompañara° como su escudero° con la promesa de que algún día lo iba a nombrar gobernador de una isla. Así salieron los dos al mundo a buscar aventuras: caballero y escudero... y así empezó una de las más famosas novelas de la historia moderna.

hombre de sangre noble (originalmente, hijo + de + algo) / *backwards* / **antes...** *before they invented* / **libros...** *chivalry novels (about Medieval knights)*

a... que estaban en contacto con él / mujer que hace trabajo físico

ejercer... practicar la profesión **caballero...** *knight errant* / **deshaciendo...** corrigiendo injusticias / ayudando / **que...** *that he should accompany him* / *squire*, sirviente de un caballero

7-7 Preguntas sobre la Introducción.

1. ¿Quién es don Quijote? ¿Dónde y cuándo se supone que vivió?
2. ¿Cómo se volvió loco, y por qué? ¿Cree usted que realmente es posible volverse loco por leer demasiado? ¿Qué otras adicciones pueden hacer que alguien se vuelva loco? Explique.
3. ¿Cómo son Dulcinea y Rocinante en realidad? ¿Cómo son en la imaginación de don Quijote?

4. ¿Cuál es la santa misión de don Quijote? ¿Qué le parece esta idea?

5. ¿Quién es Sancho Panza? ¿Por qué aceptó la invitación de don Quijote?

7-8 Preparación linguística para leer el texto.

Miguel de Cervantes murió en 1616, el mismo año que Shakespeare. Por eso, hay algunas palabras y estructuras en el texto que no son comunes hoy. Lea las siguientes listas con comentarios, y llene los espacios en blanco.

Palabras

1. **alzar** levantar, *to lift* Alzó sus ojos y vio a su amigo.

2. **bellaco** sinvergüenza, *scoundrel* Esos muchachos hacen muchas maldades; son _____.

3. **castigar** *to punish* Hicieron mal y el juez *(judge)* los _____.

4. **desdichas** infortunios, desgracias Ella ha sufrido muchas _____. Es desdichada.

5. **pecado, pecador** *sin, sinner* Ha hecho muchos _____; es un gran _____.

6. **rogar (ue)** pedir, *to beg* Yo te _____ que me hagas este favor.

7. **socorrer** ayudar Mi abuela siempre _____ a los pobres y miserables.

8. **os, vuestro(a)** *you, your* (forma del plural usada en España): _____ han castigado por _____ culpas. *(They have punished all of you for your faults.)*

Estructuras

En los tiempos de Cervantes era común ligar *(to attach)* los pronombres al final de los verbos. Siga el primer ejemplo y escriba las palabras en el estilo de hoy.

1. **avínole bien** Le avino bien *(It came out well to him)* que él tenía la escopeta *(gun)*.

2. **Dígolo porque...** _____ porque... *(I say it because . . .)*

3. **Entristecióse mucho Sancho.** _____ *(Sancho became very sad.* Hay que notar que muchas veces el sujeto sigue el verbo en español.)

4. **Respondióle la guarda.** _____ la guarda. *(The guard responded to him.* Hay que notar que se usa "la guarda" en la novela aun cuando se refiere a un hombre, pero en el español moderno se dice "el guarda".)

El Quijote transformando el mundo

Don Quijote de la Mancha (Fragmento)*

MIGUEL DE CERVANTES

El episodio de los galeotes *(galley slaves)*   1
De la libertad que dio don Quijote a muchos desdichados...

Parte 1

...don Quijote alzó los ojos y vio que por el camino... venían hasta doce hombres
a pie, ensartados... en una gran cadena° de hierro por los cuellos, y todos con   5 **Ensartados...** *tied together*
esposas° a las manos; venían... con ellos dos hombres de a caballo y dos de a pie; los   *by a thick chain*
de a caballo con escopetas°..., y los de a pie con dardos° y espadas°, y que así como   *handcuffs / guns* / lanzas /
Sancho Panza los vio, dijo: "Esta es cadena de galeotes: gente forzada° del rey, que va   *swords / drafted* (also can
a las galeras."   mean: *forced*)

"¿Cómo gente forzada?", preguntó don Quijote. "¿Es posible que el rey haga   10
fuerza a ninguna gente°?"   *anyone*

"No digo eso", respondió Sancho, "sino que es gente que por sus delitos° va   crímenes
condenada a servir al rey en las galeras, de por fuerza°."   **de...** *by force*

"En resolución°", replicó don Quijote, "... esta gente... van de por fuerza y no de   **En...** *At any rate*
su voluntad.°"   15   libre deseo

"Así es", dijo Sancho.

"Pues de esa manera", dijo su amo,° "aquí encaja° la ejecución de mi oficio: *master* / es necesaria
deshacer fuerzas y socorrer... a los miserables."

...Llegó en esto° la cadena de los galeotes, y don Quijote... pidió a los que iban   **en...** en este momento
en su guarda fuesen servidos de° informarle y decirle la causa, o causas, por qué   20   **fuesen...** *that they would be*
llevaban aquella gente de aquella manera.   *so kind as to*

Una de las guardas... respondió que eran galeotes... y que no había más que
decir...

"Con todo eso", replicó don Quijote, "querría saber de cada uno de ellos, en
particular, la causa de su desgracia"...   25

...llegó a la cadena y al primero le preguntó que por qué pecados iba de tan
mala guisa°; él le respondió que por enamorado° iba de aquella manera.   condición / **por...** *because of*
                                                                                             being in love /
"¿Por eso no más?", replicó don Quijote...   *your grace*, forma original de
"No son los amores como los que vuestra merced° piensa", dijo el galeote; "que   usted / **canasta...** *basket*
los míos fueron que quise tanto a una canasta... atestada° de ropa blanca, que la   30   *full* / **la...** *I hugged it*
abracé° conmigo..."

Lo mismo preguntó don Quijote al segundo, el cual no respondió palabra,
según iba de triste y melancólico; mas respondió por él el primero, y dijo:

Aprender mejor:
Conviene leer las obras clásicas dos veces: la primera vez, rápidamente, sólo para captar la acción, los personajes y la idea general; la segunda vez, viendo con cuidado las notas en el margen y tratando de comprender mejor los detalles.

---

*   El nombre completo de la novela de Cervantes es *El ingenioso hidalgo don Quijote de la Mancha*.
    Reproducimos aquí este fragmento, usando el texto preparado por The Cervantes Project, con el permiso de su gentil director, el Dr. Eduardo Urbina de Texas A&M University. El fragmento ha sido abreviado por razones pedagógicas, pero no se ha adaptado ni alterado.

por... *for being a canary*

35 "Este, señor, va por canario°; digo, por músico y cantor."

"Pues ¿cómo?", repitió don Quijote, "¿por músicos... van también a galeras?"

dolor

"Sí, señor", respondió el galeote; "que no hay peor cosa que cantar en el ansia.°"...

"No lo entiendo", dijo don Quijote.

Mas una de las guardas le dijo: "Señor caballero: cantar en el ansia se dice, entre

tortura

40 esta gente..., confesar en el tormento.° A este pecador le dieron tormento y confesó su delito, que era ... ser ladrón de bestias....

[Don Quijote], pasando al tercero, preguntó lo que a los otros; el cual... respondió y dijo:

por... *because I lacked*

"Yo voy por cinco años... por faltarme diez ducados.°"

monedas de oro / si... *if at*
that time I would have
had / hubiera... *I would*

45 ...Dígolo porque, si a su tiempo tuviera yo° esos... ducados... hubiera untado con ellos la péndola del escribano°..., de manera que hoy me viera° en mitad de la plaza... y no en este camino... pero Dios es grande: paciencia, y basta."

have greased the pen of
the recording secretary
(used [them] as a bribe) /
hoy... *I would find myself*

Después de leer

7-9 Comprensión de la Parte 1: Conexiones. Conecte los personajes con sus ideas, acciones o condiciones. Se puede usar el nombre de un personaje más de una vez y no se usan todos los nombres.

A. Don Quijote

B. el galeote "enamorado"

C. el galeote "músico"

D. el galeote a quien le faltaban 10 ducados

E. los guardas que iban a caballo

F. los guardas que iban a pie una canasta de ropa

G. Sancho Panza

H. todos los galeotes

I. uno de los guardas

1. _____ estaban atados de una gran cadena en los cuellos

2. _____ dijo que los galeotes tenían que servir al rey en las galeras

3. _____ no le gustaba la idea de gente forzada contra su voluntad

4. _____ tenían escopetas

5. _____ quería deshacer injusticias y ayudar a los miserables

6. _____ cometió el crimen de robar

7. _____ explicó lo que quiere decir "cantar en el ansia"

8. _____ confesó su crimen durante la tortura

9. _____ quería pagar un soborno *(bribe)* para conseguir la libertad

7-10 Intercambio de ideas. Trabaje con otra persona, haciéndose uno al otro las siguientes preguntas. Si hay tiempo, inventen más preguntas.

1. ¿Qué piensas de los galeotes con quienes habla don Quijote? ¿Qué crímenes comitieron? ¿Son criminales o son inocentes? ¿Crees que debían ir a las galeras a servir al rey o no? ¿Por qué?

2. ¿Qué piensas de las prisiones de nuestros tiempos? ¿Crees que todos los prisioneros son culpables o hay algunos que sean inocentes? ¿Qué crímenes son los más comunes hoy? ¿Preferirías tú estar en una de las prisiones de hoy o ir a las galeras?

3. ¿Cómo son diferentes la reacción de don Quijote y la de Sancho Panza ante los galeotes? ¿Hay personas como don Quijote ahora? ¿y como Sancho? ¿Cuál eres tú: un Quijote o un Sancho? ¿O crees que hay un poco de cada uno de ellos en todo el mundo?

4. Miguel de Cervantes escribió la primera mitad de su libro cuando estaba en prisión. ¿Crees tú que por eso hay un poco de empatía con los prisioneros en su descripción de los galeotes? Explica.

> **Aprender mejor:**
> Para conseguir más fluidez en español, trate de inventar breves preguntas personales para extender la conversación, por ejemplo, ¿Qué opinas de.... en general?, ¿Realmente crees eso?, ¿Por qué?, ¿Qué otras ideas tienes?

Parte II

(Después de hablar con dos otros galeotes, don Quijote vio a un hombre muy diferente.)

Tras° todos éstos venía un hombre de muy buen parecer, de edad de treinta años, ...Venía diferentemente atado° que los demás,° porque traía una cadena al pie, tan grande, que se la liaba° por todo el cuerpo, y dos argollas° a la garganta... Preguntó don Quijote que cómo iba aquel hombre con tantas prisiones° más que los otros.

Respondióle la guarda: porque tenía aquél solo más delitos que todos los otros juntos...

"¿Qué delitos puede tener?", dijo don Quijote, ..."

"Va por diez años", replicó la guarda, "que es como muerte civil..."

"Señor comisario°", dijo entonces el galeote, "váyase poco a poco°..."

"Hable con menos tono°", replicó el comisario, "señor ladrón"...

...Respondió [el galeote]; "Señor caballero, si tiene algo que darnos, dénoslo ya, y vaya con Dios, que ya enfada° con tanto querer saber vidas ajenas°; y si la mía quiere saber, sepa que yo soy Ginés de Pasamonte, cuya vida está escrita por estos pulgares.°"

"Dice verdad", dijo el comisario; "que él mismo ha escrito su historia... y deja empeñado° el libro en la cárcel° en doscientos reales.°"...

"Hábil pareces", dijo don Quijote.

"Y desdichado, respondió Ginés, "porque siempre las desdichas persiguen al buen ingenio.°"

"Persiguen a los bellacos", dijo el comisario.

"Ya le he dicho, señor comisario", respondió Pasamonte, "que se vaya poco a poco...."

Alzó la vara° en alto el comisario para dar° a Pasamonte... mas don Quijote se puso en medio y le rogó que no le maltratase°... y, volviéndose a todos los de la cadena, dijo:

..."Hermanos carísimos,° he sacado en limpio° que, aunque os han castigado por vuestras culpas,° las penas que vais a padecer° no os dan mucho gusto, y que vais a ellas... muy contra vuestra voluntad, y que podría ser que el poco ánimo° que aquél tuvo en el tormento, la falta de dineros de éste... y, finalmente, el torcido juicio del juez,° hubiese sido° causa... de no haber salido con la justicia...Todo lo cual°...

Glosses (right margin):

50 *Coming after*
tied up / otros
se... *it was wrapped* / *metal collars* / cadenas

55

jefe de policía / **váyase...**
60 *take it easy* / arrogancia

irrita / de otras personas

thumbs (con mis propias
65 manos)
consigned / prisión / monedas

talento

70

club / *hit*
que... *that he not hurt him*
75

muy queridos / **he...** *he comprendido* /
faltas / sufrir / resistencia
torcido... *twisted judgment of the judge* / **hubiese...**
80

me está diciendo, persuadiendo y aun forzando, que muestre con vosotros... el
voto° que... hice de favorecer a los... opresos.°.... Quiero rogar a estos señores
guardianes y comisario sean servidos de desataros° y dejaros ir en paz;... porque me
parece duro caso° hacer esclavos° a los que Dios y naturaleza hizo libres".

"¡Donosa majadería°!" respondió el comisario... como si tuviéramos° autoridad
para soltarlos, o él la tuviera° para mandárnoslo". ¡Váyase vuestra merced, señor, ...
su camino adelante... y no ande buscando tres pies al gato°!"

"¡Vos sois el gato y el rato y el bellaco!", respondió don Quijote.

Y, diciendo y haciendo, arremetió con él° tan presto°, que... dio con él en el
suelo,°... y avínole bien,° que éste era el de la escopeta. Las demás guardas
quedaron atónitas° y suspensas... pero, volviendo sobre sí,° pusieron mano a sus
espadas... y arremetieron a don Quijote, que con mucho sosiego° los aguardaba; y
sin duda lo pasara mal° si los galeotes, viendo la ocasión que se les ofrecía de alcanzar libertad, no la procuraran, procurando romper la cadena°...

Fue la revuelta° de manera que las guardas, ya por acudir° a los galeotes...,
ya por acometer a don Quijote... no hicieron cosa que fuese de provecho.°

Ayudó Sancho... a la soltura° de Ginés de Pasamonte, que fue el primero que
saltó... libre... y, arremetiendo al comisario caído, le quitó la espada y la escopeta,
con la cual, apuntando° al uno y señalando al otro... no quedó guarda en todo el
campo, porque se fueron huyendo,° así de la escopeta de Pasamonte como de las
muchas pedradas° que los... galeotes les tiraban.

Entristecióse mucho Sancho de este suceso,° porque se le representó que los
que iban huyendo habían de° dar noticia del caso a la Santa Hermandad°..., y así se
lo dijo a su amo, y le rogó que luego de allí se partiesen°...

"Bien está eso", dijo don Quijote; "pero yo sé lo que ahora conviene°...."

Y llamando a todos los galeotes..., así les dijo:

"... uno de los pecados que más a Dios ofende es la ingratitud. Dígolo porque ya
habéis visto, señores, ... el que de mí habéis recibido, en pago del cual°... es mi
voluntad, que, cargados de° esa cadena..., os pongáis en camino y vais a la ciudad
del Toboso, y allí os presentéis ante la señora Dulcinea del Toboso..."

Respondió por todos Ginés de Pasamonte, y dijo:

"Lo que vuestra merced nos manda, señor y libertador nuestro, es imposible de toda imposibilidad cumplirlo, porque no podemos ir juntos por los caminos, sino solos y divididos, y cada uno, por su parte... por no ser hallado° de la Santa Hermandad...."

110 encontrado

"Pues, ¡voto a tal,°" dijo don Quijote, ya puesto en cólera,° "don hijo de la puta,° don Ginesillo de Paropillo, ... que habéis de° ir vos solo, rabo entre piernas,° con toda la cadena a cuestas°!"

Pasamonte, que no era nada bien sufrido,° estando ya enterado° que don Quijote no era muy cuerdo°..., hizo del ojo° a los compañeros, y, apartándose..., comenzaron a llover° tantas piedras sobre don Quijote, que no se daba manos a cubrirse con la rodela,° y el pobre de Rocinante no hacía más caso de la espuela° que si fuera° hecho de bronce. Sancho se puso tras su asno,° y con él se defendía...

115

Solos quedaron jumento° y Rocinante, Sancho y don Quijote; el jumento, cabizbajo° y pensativo...; Rocinante, tendido° junto a su amo, Sancho... temeroso de la Santa Hermandad; don Quijote, mohinísimo° de verse tan malparado° por los mismos a quien tanto bien había hecho.

120

voto... *Confound it!* / un estado de agitación / palabra vulgar por *prostituta* / **habéis...** tiene que / **rabo...** *tail between your legs* / **a...** *on your back* / paciente / informado / *sane* / **hizo...** *winked* / tirar / *saddle* / *spur* / **que...** *than if she were* / burro / burro / con la cabeza para abajo / extendido / muy disgustado / *badly treated*

Después de leer

7-11 Comprensión de la Parte 2: ¡Dígame por qué! Lean las siguientes descripciones de lo que pasa en la historia y altérnense *(take turns)* explicando por qué.

1. Llega un galeote que parece ser muy diferente de todos los otros. ¿Por qué?
2. Este galeote se llama Ginés de Pasamonte y don Quijote se interesa much en él. ¿Por qué?
3. El comisario se enoja con Pasamonte y trata de golpearlo con su vara. ¿Por qué?
4. Don Quijote les da un discurso *(speech)* a los galeotes y a las guardas, pero el comisario se enoja e insulta a don Quijote. ¿Por qué?
5. Don Quijote empieza a luchar con el comisario y no lo pasa mal. ¿Por qué?
6. Sancho se pone muy triste y tiene miedo. ¿Por qué?
7. Don Quijote quiere que los galeotes lleven la cadena y vayan a visitar a Dulcinea en Toboso, pero Pasamonte dice que no es posible. ¿Por qué?
8. Al final, don Quijote y Sancho están muy mal. ¿Por qué?

7-12 Análisis del texto. Hable con otras personas sobre *uno* de los siguientes aspectos y, juntos, preparen una explicación para leerla a la clase.

1. El personaje Ginés de Pasamonte. Un retrato *(portrait)* de él, físico, moral y psicológico. ¿Es amable? ¿Es cruel? Escojan cinco adjetivos particulares para describirlo. ¿Qué sabemos de su vida? ¿de sus talentos? ¿de su actitud? ¿Cómo es su modo de hablar? ¿Cómo son sus talentos, sus acciones? ¿Creen ustedes que él parece real o muy exagerado?

2. El discurso de don Quijote. ¿De qué habla don Quijote en su discurso a los galeotes y a los guardas? ¿Cuántos argumentos diferentes presenta a favor de su petición? Hagan una lista. ¿Les parecen los argumentos de un loco, o no? ¿Por qué?¿Creen ustedes que estos argumentos podrían presentarse hoy en contra de nuestro sistema de justicia o no? Expliquen.

3. El episodio en su totalidad. Piensen un momento en todo el episodio de los galeotes (Partes 1 & 2): en su título, en la situación, en la acción. ¿Qué imagen de la sociedad española de aquellos tiempos vemos? ¿Qué diferentes tipos de personas aparecen? ¿Qué observamos de las costumbres? ¿Hay alguna crítica social? Traten de escribir lo que ustedes consideran "el mensaje" de este episodio en dos o tres oraciones.

7-13 Inventar un diálogo: don Quijote en el mundo de hoy. Imagine una escena de hoy en un centro comercial, en una universidad, un cine o cualquier otro lugar. De alguna forma mágica, don Quijote y su fiel escudero han llegado a nuestros tiempos y ven lo que pasa ahora. Escriba la conversación entre don Quijote y Sancho Panza.

7-14 Busquemos. Trabajando solo(a) o con otro(s), busque información sobre uno de los siguientes temas para compartirla con la clase.

Tema 1. Los nombres. ¿Sabe usted qué significa *Panza* en español y por qué le viene bien a Sancho? Los nombres que Cervantes ha escogido tienen significados, y muchas veces son cómicos. ¿Qué significarán los otros nombres?

Tema 2. Los libros de caballerías. ¿Cómo son estos libros que volvieron loco a nuestro héroe? Uno de los más famosos es *Amadís de Gaula.* ¿Qué tipo de libro es? ¿Está de moda hoy día este tipo de libro? ¿Qué pensaba de estos libros Cervantes, y por qué decidió escribir su gran obra?

Tema 3. El Museo iconográfico de don Quijote en Guanajuato. ¿Por qué existe este lindo y famoso museo en el centro de México? ¿Qué obras de arte contiene y qué tiene que ver con Cervantes? Otra vez, la historia se relaciona con una prisión, con una horrible prisión de la Segunda Guerra Mundial, pero sin embargo, es una historia de triunfo y sobrevivencia.

Tema 4. La censura en los tiempos de Cervantes. Miguel de Cervantes vivió en la España de la Inquisición, víctima de la censura. ¿Cómo era posible que presentara crítica social y de las políticas del gobierno? ¿O es que no hay crítica social? Pero, entonces, ¿cómo explica usted la frase "el torcido juicio del juez"?

Tema 5. La asombrosa vida de Miguel de Cervantes. Su vida era como una novela, o quizás como una película de aventuras de nuestros tiempos: celebridad, guerra, secuestro *(kidnapping)*, prisión, pobreza, viajes, la pérdida de un brazo.... No fue una vida sin incidentes.

ELECCIÓN 2

Antes de leer

La historia del arte se caracteriza por una constante alternancia entre el realismo y la fantasía. Afortunadamente para ella, la pintora Remedios Varo nació en una época cuando el movimiento surrealista estaba de moda porque Remedios tenía, desde muy joven, un gusto por lo insólito (lo raro y extraordinario).

7-15 Preguntas de preparación.

1. ¿Qué sabe usted del surrealismo? (Véase el cuadro de Miró de la página 121 y el de Dalí de la página 203.) ¿Le gustan algunos cuadros surrealistas o prefiere siempre cuadros realistas?
2. ¿Qué tipo de arte le encanta a usted? ¿Qué pintores le interesan? ¿Por qué?
3. ¿Cree que hay más pintoras o más pintores? ¿Por qué?

7-16 Vocabulario: Sinónimos en contexto. Escoja el mejor sinónimo para cada adjetivo en negrilla, tomado del artículo.

1. _____ una de las artistas más **destacadas**
   a. desafortunadas   b. distinguidas   c. desconocidas

2. _____ su creación de un mundo **fantasmagórico**
   a. irreal   b. agradable   c. hermosísimo

3. _____ Una vida poco **convencional**
   a. ocupada   b. feliz   c. conformista

4. _____ llevar una vida **bohemia**
   a. común   b. libre   c. tranquila

5. _____ las formas **híbridas** de Hierónimo Bosch
   a. combinadas   b. enormes   c. húmedas

6. _____ reacciones **inesperadas**
   a. fuertes   b. normales   c. sorprendentes

7. _____ poderes **regenerativos**
   a. falsos   b. prohibidos   c. restaurativos

Lea el artículo para aprender algo más sobre la vida y obra de una española "insólita".

Aprender mejor:
Cuando usted quiere adivinar el significado de una palabra en español, mire el contexto y busque palabras más pequeñas dentro de la palabra o semejanzas (*similarities*) con palabras inglesas.

Un gusto por lo insólito: Vida y obra de Remedios Varo (1908–1963)

IVÁN H. JIMÉNEZ WILLIAMS

1 Hay personas que nacen con una inclinación particular y definida. Éste es el caso de Remedios Varo, una de las artis-
5 tas más destacadas del siglo XX debido a su creación de un mundo fantasmagórico y, a la vez, coherente, en que aparecen seres° raros y objetos aluci-
10 nantes.° Tanto en su vida como en su obra esta artista española demostró un gusto por lo insól-ito. Desde muy joven rechazó las convenciones de su tiempo que
15 dictaban para la mujer una vida restringida.° Afortunadamente para ella, el surrealismo, un movimiento artístico de su época, esposaba° una visión de
20 mundo que compaginaba° bien con sus gustos y talentos. Los surrealistas buscaban desdoblar° la máscara interna y liberar el subconsciente. Intentaban reve-
25 lar la esencia escondida detrás de las apariencias de las cosas por medio de extrañas imá-genes. Por ende,° Remedios en-contró en el surrealismo un ve-
30 hículo para expresar los anhelos° de su espíritu.

Una vida poco convencional

Remedios Varo se educó en un convento, como era la costum-
35 bre en esos tiempos.
   Sin embargo, mientras la mayoría de sus compañeras bus-caban casarse y tener hijos, Remedios fue a estudiar arte en la
40 prestigiosa Academia de San Fernando en Madrid.* En 1930, se casó con un compañero de clase, el pintor Gerardo Lizarraga, y juntos se fueron a llevar una vida
45 bohemia en Barcelona. Durante esta época Remedios tuvo relaciones extramaritales. Final-mente optó por separarse y empezar una relación con el
50 poeta surrealista Gerardo Péret. Con Lizarraga no hubo proble-mas de celos° y Remedios logró mantener con él una íntima amistad por el resto de su vida,
55 un patrón° que se repitió después con otros amantes.
   En 1937, la Guerra Civil Española obligó a Remedios y Péret a trasladarse° a París donde
60 participaron en la intensa vida intelectual, social, política y artística del círculo surrealista de

La artista Remedios Varo

André Breton. Al empezar la ocu-pación Nazi de París en 1940, la
65 pareja se escapó rumbo° a Méx-ico. Allí Remedios halló un am-biente propicio° a su obra y tem-peramento. Al igual que otros surrealistas, le parecía que la
70 sociedad mexicana, contraria a las de los países desarrollados, no reprimía° el subconsciente.

línea 9 *creatures* 10 *that provoke hallucinations* 16 limitada 19 apoyaba 20 se combinaba 22 descubrir 28 **Por...** Como resultado
31 profundos deseos 52 *jealousy* 55 *pattern* 59 cambiar de lugar 65 en un viaje 67 apropiado 72 **no...** *did not repress*

---

* En estos tiempos también estaban en la Academia varios jóvenes que con el tiempo alcanzarían la fama, entre ellos el pintor Salvador Dalí, el director de cine Luis Buñuel y el poeta y dramaturgo Federico García Lorca.

Desde 1947 a 1949 la artista vivió en Venezuela donde la
75 belleza de los llanos° dejaría una huella° profunda en su obra. Al regreso a México se separó de Péret y se casó con Walter Gruen, un exiliado austríaco que
80 le dió estabilidad emocional y financiera en su trabajo artístico. La obra de Remedios adquirió fama y tuvo éxito en varias exposiciones dentro y fuera de
85 México. En 1963, a la edad de 53 años, la artista murió de un inesperado ataque cardíaco.

Una obra deslumbrante° de temas extraños y estilos
90 **múltiples**

El arte de Remedios Varo es una fusión de estilos en que se encuentran influencias tan variadas como el surrealismo, el arte
95 precolombino, el barroco colonial, las figuras alargadas de El Greco, los extraños seres volantes° de Francisco Goya y las formas híbridas° del pintor flamenco
100 Jerónimo Bosch.[†] Su mayor producción muestra mundos poblados de imágenes fantásticas en que se yuxtaponen° lo orgánico y lo inorgánico, lo natural y lo tec-
105 nológico, lo animal y lo vegetal para sorprender al observador y producir en él reacciones inesperado. En su arte se ve reflejada su creencia en la magia y en las

110 fuerzas místicas, además de un suave sentido del humor.

El cuadro *Tailleur pour dames°* es un comentario irónico y humorístico del
115 mundo de la alta moda en el que los hombres diseñan el estilo de ropa que las mujeres se ponen. El sastre le muestra a una cliente su idea de unos estilos "prácti-
120 cos". Un vestido lleva en la espalda un bote para que, al llegar cerca del agua, la mujer que lo usa simplemente se eche de espaldas° y empiece a navegar.°
125 Otro vestido es para asistir a los cocteles° y viene con un pañuelo° de tela° mágica que se convierte en asiento.° El tercer vestido es para las viudas: negro,
130 cerrado y con un bolsillo° especial para llevar veneno.° Como un toque° cómico, la cara del sastre está hecha de tijeras.° Pero, ¿qué significarán las dos
135 repeticiones transparentes de la cliente? Esta pregunta está abierta a distintas interpretaciones.

Remedios Varo rec-
140 hazaba las imágenes de la mujer impuestas° por los surrealistas, como Dalí y Bellmer, porque representaban a la mu-
145 jer como un bello objeto pasivo para satisfacer los deseos de los hombres. En cambio,

ella pintaba mujeres activas que,
150 al tener acceso a poderes misteriosos, metafísicos y regenerativos, se esfuerzan por ir más allá de° lo racional. Más aún, muchas de sus protagonistas son autorre-
155 tratos.° En su pintura *Armonía,°* por ejemplo, una artista se debate entre la ciencia y el arte en una tentativa° a revelar el orden interno en un mundo de
160 fantasía. Remedios misma° aparece como una compositora° que crea música de un sinfín° de posibilidades simbolizadas por cajones° llenos de diversos obje-
165 tos. Varias figuras fantasmagóricas le extienden la mano desde paredes que se derrumban°: una verdadera inspiración mística.

Estatura importante

170 Remedios Varo es una artista de estatura importante.° Aunque no llegó a recibir el reconocimiento° de sus colegas

Sastre para damas, Remedios Varo

---

75 *grassy plains* 76 *impresión* 88 *dazzling* 97 *flying* 99 *compuestas de partes distintas* 103 **en...** *in which are juxtaposed* 113 Sastre *[tailor]* para mujeres (véase esta página) 124 **se...** *should throw herself on her back* 124 **a...** *to sail* 126 *cocktail parties* 127 *scarf* 127 *cloth* 128 *a place to sit down* 130 *pocket* 131 *poison* 132 *touch* 133 *scissors* 141 *imposed* 153 **más...** *beyond* 155 *self-portraits;* (Véase la página 226) 155 *Harmony* 158 *attempt* 160 *herself* 161 *composer* 162 *número infinito* 164 *drawers* 167 **paredes...** *walls that are breaking apart* 171 **estatura...** *gran importancia* 173 *recognition*

[†] Jerónimo Bosch fue un pintor holandés de gran imaginación que nació en el siglo XV. Su pintura más conocida es *El jardín de las delicias.*

175 masculinos en estudios críticos de la época, sus pinturas han tenido un gran impacto en las artes plásticas y cada día atraen más atención. A las mujeres de 180 hoy que gozan de los beneficios obtenidos por los movimientos a favor de la igualdad, Remedios Varo les puede servir de inspiración.

185 Y a todo el mundo —hombres y mujeres— esta artista insólita nos invita a contemplar el mundo íntimo de una conciencia femenina y creadora.

Después de leer

7-17 Comprensión: Completar el resumen biográfico. Llene los espacios en blanco con palabras apropiadas para completar el resumen de la vida de Remedios Varo.

Remedios Varo nació en España en 1908 y se educó en un 1. _____. Sin embargo, desde muy joven ella rechazó las 2. _____ de su tiempo. Por suerte, un movimiento artístico llamado 3. _____ proponía una filosofía que estaba muy de acuerdo con sus gustos. Después de estudiar arte en Madrid, la joven artista se casó con un compañero de clase y se escapó con él a llevar una vida 4. _____ en Barcelona. Luego, la joven artista empezó una relación con el poeta francés Péret, y juntos se fueron a 5. _____ a participar en el círculo de los surrealistas. La ocupación Nazi en 1940 los obligó a partir para 6. _____. Más tarde, Remedios se mudó otra vez y vivió en 7. _____ donde fue influída por la belleza natural. Regresó a México y se casó con Walter Gruen, quien le dio 8. _____ en su trabajo artístico. En 1963, a la edad de 53 años, la artista murió de un ataque 9. _____.

7-18 Preguntas.

1. ¿Cómo son las figuras, objetos e imágenes que aparecen en el arte de Remedios Varo?
2. ¿Qué querían hacer los surrealistas con su arte? ¿Por qué no estarían contentos con producir pinturas realistas?
3. ¿Qué pintores y culturas influyeron en el arte de Remedios Varo?
4. ¿Qué imágenes de la mujer rechazaba la artista? ¿Cómo pintaba ella a las mujeres?

7-19 Opiniones. Trabaje con otra persona para hacer un breve informe sobre uno de estos temas. Después, lea su informe a un grupo o a la clase.

1. La vida amorosa de Remedios. ¿Por qué podemos decir que era diferente de la norma? ¿Cree Ud. que muchas personas podrían vivir como ella? Explique.
2. La representación del mundo de la moda en el cuadro *Tailleur pour dames* (*Sastre para damas,* página 137). ¿Qué imágenes raras tiene? ¿Cómo interpretan ustedes las repeticiones transparentes de la cliente? ¿Qué mensaje tendría Remedios para las mujeres de hoy?

3. La visión de una artista en el cuadro *Armonía,* página 136. ¿Cómo es la vida y el trabajo de la artista, según Remedios? ¿Qué pasa en el cuadro? ¿Qué hay de raro y extraño? ¿Cuál es su interpretación de esta escena?

7-20 Busquemos. Busque información en Internet o en la biblioteca sobre uno de estos temas en el arte de Remedios Varo y compártala con la clase.

Tema 1. Los viajes mágicos. En una bella pintura, *La huida (The Escape),* Remedios se pintó a sí misma acompañada de Gerardo, su primer marido, en el momento en que se escaparon de sus familias para vivir en Barcelona. El cuadro muestra a los dos jóvenes mientras viajan en un tipo de transporte extraño. Busque éste u otro cuadro de Varo con el tema de los viajes y descríbalo.

Tema 2. Los animales. Para Remedios Varo, los animales no eran simplemente mascotas, sino una fuente de inspiración. Los presenta en múltiples contextos y transformaciones, especialmente ciertos animales. Busque algunos de sus cuadros con animales, y haga una lista con los títulos, una descripción y el tipo de animal que se ve ilustrado.

Tema 3. La ciencia (y las actividades científicas). A la artista le fascinaba la ciencia pero su actitud al respecto era un poco ambigua. Busque los cuadros de Varo que representan temas científicos. Haga una lista con los títulos, una descripción y el nombre de la ciencia particular que está representada en cada cuadro.

Tema 4. El humor. Remedios pintó muchos cuadros humorísticos que se burlan levemente de temas tan diversos como la cirugía plástica (que justamente empezaba en los años 1930) o la filosofía del Determinismo. Busque algunos cuadros humorísticos o los que tengan detalles cómicos y descríbalos.

A escribir: paso por paso

7-21 Sobre mis preferencias. Piense un momento en sí mismo (o en sí misma). ¿Cómo es usted? ¿Qué gustos tiene? ¿Qué preferencias? Siga los siguientes pasos para descubrir más sobre su personalidad, escribiendo una descripción de sus gustos y preferencias.

Paso 1: Escoja uno de estos dos temas (A o B) y escriba respuestas a las preguntas que lo acompañan.
A. Mis gustos literarios. ¿Qué pienso yo de los libros en general? ¿Qué tipos de libros están de moda ahora en nuestra sociedad? ¿Cuáles me gustan y cuáles no? ¿Por qué?
B. Mis preferencias artísticas. ¿Qué pienso yo del arte en general? ¿Qué importancia tiene en nuesta sociedad? ¿Qué tipo de arte prefiero? ¿Qué arte no me gusta?

Paso 2: Use un gráfico de araña. Este tipo de gráfico se usa para generar ideas, imágenes y reacciones relacionadas a un tema, en este caso al tema de los libros o del arte. Dibuje un gráfico de araña en su cuaderno. Si hay tiempo en clase, haga una "lluvia de cerebros" *(brainstorming)* durante cinco minutos con dos o tres compañeros que han escogido el mismo tema. Si no hay tiempo, trabaje solo(a). Llene por lo menos tres líneas con ideas del paso 1. Luego, trate de poner cerca de estas ideas, ejemplos de libros o de obras artísticas relacionados con ellas. (Véase el gráfico en el Capítulo Cinco, Selección 2.)

Paso 3: Repase rápidamente el capítulo, buscando palabras y frases que puedan ser útiles para sus ideas. Agréguenlas *(Add them)* al gráfico de araña.

Paso 4: Mire sus notas y su gráfico. Ahora, escriba una buena oración para comenzar su descripción, explicando su opinión general respecto a los libros o al arte.

Paso 5: Para practicar el uso del subjuntivo, trate de incorporar en su descripción dos o tres de estas frases:

(Tema A): *Me gusta cualquier libro que..., No me gusta en absoluto ningún libro que...., Siempre busco un libro que..., Trato de evitar los libros que..., Me gustan los libros de ciencia ficción [históricos, detectivescos] con tal de que...)*

(Tema B): *Me gusta cualquier cuadro que..., No me gusta en absoluto ningún cuadro que...., Siempre busco una exposición de arte que...., Trato de evitar los museos de arte que..., Me gustan los museos [exposiciones] de arte con tal de que...)*

Aprender mejor:
Trate de usar el subjuntivo cuando escribe en español para adquirir un poco de habilidad con estas formas más sofisticadas; con práctica usted podrá usarlas también en la conversación.

Paso 6: Lea lo que usted ha escrito. Ponga las frases en orden si es necesario. Verifique si están bien estos puntos: 1) las formas de los verbos, especialmente las formas del subjuntivo, 2) el verbo *gustar* usado con los pronombres indirectos, 3) la concordancia de los adjetivos y de los artículos con los sustantivos.

Paso 7: Invente un buen título y entregue todas sus notas, su gráfico de araña y su composición.

Grammar	verbs: subjunctive in relative clauses, with conjunction, with que
Vocabulary	colors, emotions: negative, positive
Phrases	describing people, objects; expressing an opinion; expressing intention, irritation; writing about characters

Voice your choice! Visit **http://voices.thomsoncustom.com** to select additional readings relevant to this chapter's theme.

Dimensiones culturales

El trueque, José García Chibbaro

ⒺL ARTE, ESPEJO DE LA VIDA

¿Cómo nos influyen nuestras raíces?

Los pueblos latinoamericanos nacieron de la fusión de tres grupos: los indígenas, los africanos, y los europeos. La mezcla se produjo con violencia y con amor, por medio de un proceso que la historia ha llamado *La Conquista*. En realidad, fue una invasión de los españoles y otros europeos que empezó en el siglo XV y duró siglos. El pintor contemporáneo de Chile José García Chibbaro (se pronuncia Kíbaro), descendiente por parte de su padre de una familia de origen español, los García, está consciente de esta mezcla. Su gusto por el arte clásico, atribuido a la sangre greco-italiana de su madre, y una sensibilidad extraordinaria lo han llevado a crear una serie de cuadros sobre La Conquista. Mire la pintura *El trueque (Barter, Exchange)* en la página 141.

Observemos. Observe bien la pintura de José García Chibbaro y llene el siguiente cuadro.

Aspecto	Descripción
hombres	¿Cuántos? _____ ¿Edad aproximada? _____
	¿Parecidos o diferentes? _____
	¿Quién será el señor con sombrero? _____
	¿Quién será el señor sin sombrero? _____
actividades	¿Qué hacen? _____
colores	__amarillo __ anaranjado __azul __blanco __gris __marrón __morado
	__negro __rojo __rosa __verde
	¿Qué se ve en el fondo *(background)*?
	__jungla __pirámides __edificios modernos __autos __volcanes altos
ambiente	En su opinión, ¿qué se siente en el ambiente?
	__aburrimiento __tensión __miedo __odio __interés __respeto __amor
	__resentimiento __ curiosidad __concentración __tristeza __cooperación

Analicemos y discutamos. Trabaje con un(a) compañero(a). Háganse las siguientes preguntas. Luego, compartan sus respuestas con las de otros compañeros.

1. ¿Qué ve el indígena en el espejo? ¿Cómo interpretas esto?
2. ¿Crees que el español también se mira en un espejo? Si es así, ¿qué ve él?
3. Parece que los dos hombres se miran el uno al otro. ¿En qué estarán pensando? Invente algunos pensamientos para el indígena y otros para el español.
4. El título *El trueque* sugiere un intercambio entre dos hombres de culturas muy diferentes, y posiblemente una transformación. ¿Qué ganará cada hombre en el trueque? ¿Es probable que también pierdan algo? Explica. ¿Crees que ellos serán transformados por el trueque?
5. ¿Es necesario que comprendamos nuestras raíces para comprendernos a nosotros mismos? ¿O es mejor empezar de nuevo, sin pensar mucho en el pasado? ¿Por qué?

6. Para usted, ¿cuál es el tema de este cuadro? ¿Tiene que ver con el colonialismo? ¿con la aceptación de nuestra identidad? ¿con las ventajas y desventajas de la mezcla de culturas? ¿Qué mensaje nos querrá comunicar García Chibbaro?

Busquemos. Busque información en Internet (o en la biblioteca) sobre la historia y la cultura de uno de los siguientes grupos: los afroamericanos que viven en un país de habla española, los aztecas, los incas, los indígenas que viven en un país de habla española, los mayas. Trate de contestar estas preguntas: ¿Cómo era este grupo en el pasado? ¿Cuál es su situación hoy? Prepare un breve informe para compartirlo con la clase.

Grammar	verbs: present, preterit, imperfect; verb conjugator
Vocabulary	clothing; cultural periods and movements; food; people; professions; religions
Phrases	describing people; describing objects; expressing an opinion

VOCABULARIO

preliminar

Estudie las palabras y expresiones para usarlas en este capítulo.

UN MERCADO DE ARTESANÍA

las joyas
la cerámica
un beso / Se besan.
un abrazo / Se abrazan.
un apretón de manos / Se dan la mano.
un tejido / tejer
el artesano
un bordado / bordar
la artesana

Aprender mejor:
Las ilustraciones le facilitan el proceso de la memorización a mucha gente; extienda usted su vocabulario, usando tarjetas *(cards)* con palabras escritas de un lado y dibujos del otro.

ALGUNAS ACCIONES

callar guardar silencio, no decir nada
callado(a) silencioso(a)

engañar hacer creer algo que es falso
el engaño fraude

VERBOS QUE EXPRESAN ESTADOS O CAMBIOS DE CONDICIÓN

darse cuenta de comprender

enfadarse, enojarse irritarse, ponerse en estado de cólera: *María no es paciente; se enoja fácilmente.*

equivocarse cometer un error: *Perdone, nos equivocamos.*

hacerse convertirse en: *Se hizo mecánico* (antes no era mecánico).

llegar a ser (implica un proceso): *Con el tiempo llegó a ser popular.*

ponerse (implica algo que pasa sin el esfuerzo de uno): *Me puse feliz (deprimido, enfermo).*

RAZAS Y CULTURAS

desarrollarse crecer, progresar: *El país se desarrolló económicamente.*

el desarrollo crecimiento

destacarse distinguirse, sobresalir: *Esa niña se destaca por su habilidad musical.*

el, la esclavo(a) persona que es propiedad de otra

la esclavitud condición de esclavo(a)

el, la indígena originario(a) del lugar

el, la indio(a) nombre dado por los europeos a los indígenas de las Américas

el, la mestizo(a) persona nacido(a) de padres de grupos étnicos diferentes, particularmente de indígena y europeo(a)

la mezcla combinación de cosas diferentes

el prejuicio actitud negativa hacia personas de cierta clase o raza, o de ciertas ideas o creencias

ⓁENGUA Y CULTURA

Palabras que sugieren imágenes diferentes

A veces por razones culturales es difícil traducir ciertas palabras o expresiones de un idioma a otro. Una palabra puede evocar imágenes o ideas muy diferentes, según la cultura. Por ejemplo, en la siguiente frase el verbo **despedirse** parece bien claro.

Tengo que **despedirme de** mis tíos antes de que se vayan.	*I have to say good-bye to my aunt and uncle before they leave.*

En realidad, según la costumbre hispana, es muy probable que las personas se besen y abracen al despedirse. Las palabras que se dicen forman sólo una parte de la acción de despedirse. En las culturas anglosajonas, por otra parte, despedirse es "*to say good-bye*", o sea, es verbal: unas pocas palabras de despedida sin contacto físico. Aquí se ve la dificultad que existe a veces en la traducción de un idioma a otro.

De manera semejante, la palabra **saludar** no quiere decir simplemente "*to say hello*"; sugiere un beso, un abrazo o un apretón de manos en la cultura latina, aún entre amigos o parientes que se ven todos los días. Para ti, ¿qué significa la palabra **saludar**? ¿Depende de la situación y de las personas?

PRÁCTICA

8-1 Antónimos. Dé antónimos (palabras o expresiones contrarias) de las siguientes palabras o expresiones. Use palabras del **Vocabulario preliminar** y de **Lengua y cultura**.

1. saludar
2. mantenerse tranquilo(a)
3. un negocio limpio y honrado
4. opinión justa, basada en la realidad
5. tener razón
6. hablador(a)
7. la decadencia
8. la libertad

8-2 Palabras relacionadas. Complete las frases con una palabra relacionada con la palabra en negrilla.

1. La mujer **tejió** por cuatro horas y el resultado fue un lindo _____ de colores brillantes.
2. Los **esclavos** hicieron la mayor parte del trabajo de las plantaciones; por eso la _____ fue un factor importante en la economía de las regiones agrícolas.
3. Los candidatos _____ a los votantes con falsas promesas, pero después de varios **engaños** de ese tipo, la gente se volvió cínica.
4. Bajo el gobierno del buen rey, la nación **se desarrolló** económicamente y las artes también estuvieron en pleno _____ .
5. El niño _____ con gran concentración y después le regaló su **bordado** a su abuela.
6. **Se besaron** largamente y ese _____ fue el comienzo de un gran amor.
7. Los soldados _____ de pueblo y esta **equivocación** les costó la vida.
8. De pequeña le decían que las niñas debían **callar** siempre, así que ahora María es una adulta muy _____ .

Aprender mejor:
Un buen método de ampliar su vocabulario en español es hacer listas de *familias de palabras* (varias palabras formadas de la misma raíz) y repasarlas de vez en cuando.

8-3 DESCRIPCIÓN ESPONTÁNEA: En el mercado de artesanías. Mire el dibujo de la página 143. ¿Qué pasa en el dibujo? Escriba por lo menos cinco oraciones para contestar esta pregunta, usando el mayor número posible de las palabras y expresiones del Vocabulario preliminar. Luego, compare su descripción con las de otros compañeros.

ⒺNFOQUE DEL TEMA

La cultura latinoamericana

suele... usualmente es

Aprender mejor:
Fíjese en las palabras señaladas en el **Enfoque del tema** y trate de usarlas en los ejercicios porque están muy relacionadas con el tema del capítulo.

sword

evidencia

estudio científico de las
  enfermedades contagiosas /
  *common cold / measles /
  sneeze*
los primeros habitantes de
  España y Portugal

gradaciones

luces
iluminaban

En algunas culturas la gente suele ser° habladora y en otras, más callada. Estas diferencias pueden engañarnos. Un niño inglés que viajaba por España con su padre le preguntó un día, "Papá, ¿por qué todo el mundo está enojado?" Su padre se rió y respondió que la gente no estaba enojada. Es simplemente que los españoles hablan mucho, y con las manos, y dejan que los demás vean sus sentimientos.

Al tratar de las diferencias culturales, es importante darse cuenta de la tendencia universal al etnocentrismo, es decir, la inclinación de una persona a creer que su propia cultura es el único modelo para interpretar las otras y es, en cierto modo, superior a todas. En realidad, esa creencia es un prejuicio y, como todos los prejuicios, está basada en la falta de conocimiento.

Nadie sabe exactamente por qué existen las diferencias culturales, pero en parte se deben a la historia particular de cada cultura. A continuación se describe algunos de los grupos étnicos que han influido en el desarrollo de la cultura hispanoamericana.

De indígenas, españoles y mestizos

En el siglo XVI, el español llegó a las Américas con la espada,° la cruz y (sin saberlo) ¡el microbio! Éste último resultó ser el arma más decisiva de todas. Las crónicas nos cuentan que los soldados españoles se sorprendían con la facilidad de sus victorias y las tomaban como prueba° de que Dios apoyaba su conquista. Más tarde los ingleses usaron el alto número de muertes indígenas para justificar sus ataques contra el imperio español, diciendo que los españoles mataban por crueldad. Ahora, gracias a los avances de la epidemiología,° sabemos la verdad. Millones de indios murieron simplemente porque les faltaba inmunidad a enfermedades europeas, como el catarro° y el sarampión.° El estornudo° mataba más que la espada.

Según la historia, España se formó de la mezcla de muchas razas y culturas: iberos,° celtas, romanos, visigodos, judíos y árabes. Al llegar a las Américas, los conquistadores se encontraron con las culturas indígenas y de esa mezcla se originó un nuevo grupo importante: los mestizos. La unión entre John Rolfe y la indígena Pocahontas fue un caso excepcional en las colonias británicas, con su tradición de separación de razas. En las colonias españolas, el mestizaje fue la norma.

Cuando los españoles llegaron a las Américas, había más de 400 grupos indígenas en diversos niveles° de desarrollo. Tres de ellos eran civilizaciones avanzadas. En la región de los Andes estaba el vasto imperio de los incas, que tenía una impresionante organización social y espléndidas fortalezas. En el valle de México se encontraba la civilización guerrera de los aztecas, con su magnífica capital Tenochtitlán, que tenía enormes baños públicos, bibliotecas y escuelas, hospitales y faroles° de aceite que alumbraban° las calles. (Véase la página 78 para una representación artística y más información.)

La civilización que se destacó más por sus conocimientos abstractos fue la maya, que se había desarrollado en Centroamérica y en la península de Yucatán durante los años 300–900 d.C. y que en el siglo XVI casi había desaparecido. Los mayas descubrieron el concepto del cero antes que los europeos, usaban un calendario mucho más exacto y sabían más sobre astronomía.

Por otra parte, tanto en América como en Europa, existían costumbres de enorme crueldad. El canibalismo y los sacrificios humanos de los aztecas horrorizaban a los españoles. Pero la esclavitud y la guerra les parecían normales. Sin embargo, para los indios, la guerra era casi una ceremonia. No luchaban durante la noche y abandonaban la batalla al caer su jefe° o al llegar la estación de plantar el maíz. En fin, las sociedades de ambos mundos eran una mezcla de civilización y barbarie.° Los indígenas han contribuido a la cultura moderna en muchos campos: los tejidos y bordados, la joyería, la música, los medicamentos y, más que nada, la comida. Los indios americanos descubrieron y desarrollaron un gran número de cultivos que hoy parecen indispensables: la papa, el maíz, la batata,° el tomate, el aguacate,° ciertas clases de chiles, frijoles° y calabazas°; además de ciertos "vicios modernos": el chocolate, el tabaco y el chicle.°

al... cuando su jefe caía
crueldad

sweet potato / avocado / beans
squashes / chewing gum

La presencia africana

Personas de herencia africana han estado presentes en América desde la llegada de los primeros europeos. Estaban con Balboa cuando descubrió el Pacífico, con Cortés cuando conquistó el imperio azteca, con de Soto en la Florida y con Pizarro en Perú. En aquellos tiempos, la mayoría de ellos eran esclavos.

Un grupo musical celebra Carnaval en Santiago de Cuba.

Como la esclavitud de los africanos ya existía en Europa en menor escala,° los colonos de las Américas decidieron importar esclavos de África para trabajar en los campos y las minas. Así nació una de las instituciones más crueles de la historia humana: la esclavitud en las plantaciones. El comercio de esclavos llegó a ser un negocio muy lucrativo.

En general, los esclavos tuvieron mejor trato en las colonias españolas que en las inglesas. Primero, los países católicos promulgaron leyes sobre el trato de los esclavos. Segundo, los sacerdotes° les enseñaron a leer para convertirlos al catolicismo y se opusieron a la separación de las familias. Tercero, existía la posibilidad de liberarse. Los colonos españoles y portugueses tomaban mancebas° de origen africano, pero tenían la costumbre de liberar a los hijos nacidos de esta unión y también, a veces, a las madres. Así se formó la clase de afrohispanos libres que, durante la época colonial y de la independencia, llegaron a ocupar algunas posiciones de importancia en la sociedad.

en... con poca magnitud

ministros de la iglesia católica

concubinas

Lo cierto es que en todas partes la esclavitud producía gran sufrimiento e injusticia.

Por fin, en las dos primeras décadas del siglo XIX, la mayoría de las colonias españolas, al obtener su independencia, abolieron° la esclavitud. Pero la esclavitud continuó hasta fines del siglo en las colonias que no se habían independizado de España, como Cuba y Puerto Rico.

prohibieron

Los afrohispanos han contribuido a la cultura moderna en muchos campos: las artes, el diseño, las modas, los deportes, la literatura y, sobre todo, la música. En Latinoamérica, la música afroamericana ha producido el famoso ritmo latino, además de innumerables bailes y danzas. Internacionalmente, el *jazz,* los *blues,* los *Negro spirituals* y la salsa han tenido gran influencia.

La diversidad de Latinoamérica

Los españoles, indígenas, mestizos y afrohispanos constituyen sólo una parte de la población latinoamericana. Hay latinoamericanos de origen alemán, árabe, chino, francés, inglés, japonés, italiano, polaco, de la India y de muchos otros países que contribuyen a la diversidad y riqueza cultural que tiene actualmente América Latina.

PRÁCTICA

8-4 Preguntas.

1. ¿Por qué se equivocó el niño inglés en España?
2. ¿En qué regiones o ciudades de Estados Unidos o de Canadá tiene la gente fama de ser muy callada? ¿muy habladora? ¿Qué otras diferencias hay entre las regiones de esos países?
3. ¿Qué es el etnocentrismo? ¿Existe esta actitud o creencia en la sociedad donde usted vive? Explique.
4. ¿Qué razas y culturas se han mezclado en España durante su larga historia?
5. ¿Qué nuevo grupo apareció muy pronto en las colonias españolas?
6. ¿Cómo han contribuido las culturas indígenas de las Américas a la cultura del mundo?
7. ¿Cómo han contribuido las personas de origen africano?

8-5 Desmentir los mitos y creencias falsas. Mucha gente tiene ideas falsas sobre los indígenas, negros y españoles, por falta de conocimiento de la historia. Trabaje con un(a) compañero(a) y altérnense *(take turns),* leyendo los siguientes mitos y explicando por qué son **falsos.**

1. En el siglo XVI, la cultura europea estaba más desarrollada que las culturas indígenas de las Américas en todos aspectos.
2. Los españoles eran más crueles que los ingleses durante la colonización, y la prueba de esto es el alto número de indígenas que murieron.
3. Los indígenas americanos eran intelectualmente inferiores a los europeos y no tenían ninguna aptitud para las ciencias abstractas.
4. Durante la colonización, los ingleses trataron mejor a los negros que los latinos, y los liberaron de la esclavitud mucho antes.
5. Los blancos tienen más derecho a llamarse americanos que los afroamericanos porque llegaron primero e hicieron el duro trabajo de la exploración.

8-6 De razas y culturas. Discuta usted las siguientes cuestiones con dos o tres compañeros y esté preparado(a) para dar a la clase un resumen de sus opiniones.

1. ¿Por qué se puede decir que en el siglo XVI las sociedades de ambos mundos, Europa y América, eran una mezcla de "civilización y barbarie"? ¿Creen ustedes que nuestra sociedad también tiene esta mezcla? Expliquen.

2. ¿Dónde existe la esclavitud en el mundo actual? ¿Por qué? ¿Qué se necesita, realmente, para ser libre?

Regiones/Autonomías

1) Galicia	10) Murcia
2) Asturias	11) Andalucía
3) Cantabria	12) Extremadura
4) País Vasco	13) Castilla-La Mancha
5) Navarra	14) Madrid
6) La Rioja	15) Castilla-León
7) Aragón	16) Canarias
8) Cataluña	17) Baleares
9) Valencia	

España, un país de gran diversidad

8-7 Busquemos.

Aunque se habla mucho de la diversidad cultural de Latinoamérica, no hay que olvidarse que España también es un país de gran diversidad. Por ejemplo en Madrid, la capital, se pueden ver canales de televisión en cuatro "lenguas" además del castellano —catalán, euskadi (del País Vasco), gallego y valenciano. Mire el mapa de España y escoja una de las regiones, o "patrias chicas". Busque información sobre esta región en Internet o en la biblioteca y prepare un breve informe para la clase.

ⓈELECCIÓN 1

Antes de leer

Las diferencias de idioma tienden a separar una cultura de otra. Pero también hay diferencias en las costumbres que pueden causar malentendidos. En el siguiente ensayo, el escritor argentino Naldo Lombardi describe algunas de las diferencias culturales que ha observado al vivir en países hispanos, en Estados Unidos y en Canadá.

8-8 Vocabulario: Verbos y sustantivos. Escriba el sustantivo apropiado, siguiendo cada modelo. Luego, invente una frase en español, usando la palabra de manera apropiada.

1. saludar, un saludo, besar _____ _____

2. abusar, un abuso, abrazar _____ _____

3. partir, una partida, despedir _____ _____

4. contar, un cuento, encontrar _____ _____

8-9 Inferencias y análisis. Mire rápidamente el título, la foto y las líneas 1–59 y conteste estas preguntas:

1. ¿Qué costumbres cree usted que el autor describe en su artículo?

2. ¿De qué culturas habla? ¿Con cuál comienza? ¿En qué línea cambia y empieza a hablar de la otra cultura?

3. ¿Qué querrá decir el título? (Quizás lo comprenda mejor después de leer el ensayo.) Ahora, lea el artículo para saber algo más sobre las diferencias culturales entre las dos Américas.

—Adiós: "Goodbye, goodbye, goodbye"

NALDO LOMBARDI

1   Cuando recuerdo aquello de que "Al país que fueres, haz lo que vieres",° pienso en las conductas que dan forma a los códigos de

5   comportamiento de las diferentes sociedades. La distancia es uno de los parámetros que importan. Siempre existe una magnitud mensurable° entre *yo*

10   y *el otro*.

     En la América del Norte, por ejemplo, la separación entre dos personas debe reservar un territorio intermedio que será algo

15   así como de° un metro. Invadir esa frontera es convertirse en intruso.

     Porque está prohibido tocar, como si cada uno conservara°

20   las manos y la piel° para sí mismo, o para momentos

línea 3 *"In whatever country you go to, do what you see."* 9 que se puede medir 15 **algo...** *aproximadamente* 19 **como...** *as if everyone had to keep* 20 *skin*

especiales y ése fuera todo su
destino. Lo demás se hace a
fuerza de° palabras, de gestos y
25 de sonrisas. Para el norteamericano, el contacto corporal sin
trabas° pertenece al sexo y sus
vecindades.° En el sexo se con-
centra toda la sensualidad, in-
30 cluso la que podría escapar aquí
y allá en un abrazo, en una mano
que se demora° sobre el hombro, en un beso fugaz° y sin
razones. Pero no es así. La gente
35 se cede mutuamente el paso°
con reverencias en las que la
cortesía y el horror al contacto
cuentan por igual. En una sala de
espera, el recién llegado tratará
40 de sentarse discretamente aparte
para que su vecino esté lo más
alejado° posible. Si dos personas
se abrazan, es porque no se han
visto desde la Guerra de los
45 Treinta Años.

Cuando apenas habían em-
pezado las experiencias de "sensibilización grupal",° fui a una
conferencia en la que el psicó-
50 logo inglés Cooper enfatizó la
necesidad de que las gentes se
tocaran e invitó al público a que
lo hiciera° allí mismo, sin de-
moras. Entonces no lo entendí
55 del todo porque eso ocurría en
Buenos Aires, una ciudad cuyos
habitantes tienen poco reparo°
en tocarse, saludarse con un
beso o pegarse.°
60 La despedida que tiene lugar
luego de una reunión de amigos
es un ejemplo claro al respecto.
Un norteamericano va a decir
mil veces adiós antes de irse:

65 prolongará el momento con
cumplidos,° lo condimentará
con bromas°; se demorará. Nadie
va a tocar a nadie, pero van a
70 envolverse en una atmósfera cor-
dial. En el resto de América, una
despedida es más breve. Un
hombre estrecha la mano de los
hombres, las mujeres besan a las
75 mujeres; entre hombres y mujeres suceden ambas cosas. El
momento de la despedida es
más preciso, el juego es "te toco
y me voy".

80 Tal vez para una persona de
cultura estrictamente norteamericana, resulte novedoso° saber
que las normas de urbanidad°
usadas por los pueblos latinos al
llegar o partir incluyen cosas
85 como éstas:

—los parientes se besan
todos entre sí,° incluso los hombres (hermanos, tío-sobrino, los
primos no tanto);

90 —los amigos
varones° no se besan
pero se abrazan o se pal-
motean°; las amigas se
besan siempre;

95 —entre amigos de
diferente sexo, especial-
mente los jóvenes
pertenecientes a las
clases media y alta, se be-
100 san. Hacerlo se considera
"mundano", elegante;

—a un niño se lo
besa repetidamente.

Hay diferentes ma-
105 neras de besar, y ninguna
de ellas incluye el beso
boca a boca. En la

América del Sur, se besa una sola
vez; generalmente es el hombre
110 quien lo hace y la mujer se limita
a ofrecer su mejilla.° En la Europa latina, especialmente en
Francia, se besa dos veces, en
ambas mejillas; los bretones°
115 besan cuatro veces.

Pero no hay que equivo-
carse. La frialdad de los norteamericanos y la comunicabilidad
de los latinos son simplemente
120 emergentes° de patrones° sociales. En Norteamérica, *el otro* es
alguien que puede enrolarse en
el anonimato. En la exageración,
se lo deja demasiado solo, demasi-
125 ado *otro*. El respeto por la intimidad ajena° hace que cada uno
viva dentro de un grupo muy
reducido; los que no pertenecen
al grupo gozan o sufren un ais-
130 lamiento° que puede resultar
excesivo. En el resto de América,
el vecino es siempre objeto

En Latinoamérica, "el momento de la despedida es
mas preciso".

---

24 **a...** por medio de 27 obstáculos 28 acciones relacionadas 32 descansa 33 rápido 35 **se...** *step out of each other's way* 42 lejos
48 **sensibilización...** terapia en grupo 53 **a...** *to do it* 57 dificultad 59 *smacking each other* 66 muestras de cortesía 67 chistes 81 algo
nuevo 82 **normas...** reglas de cortesía 87 **entre...** unos a otros 91 hombres 93 **se...** *they pat each other* 111 *cheek* 114 habitantes de Bretaña
120 manifestaciones 120 *patterns* 126 de otros 130 separación extrema

curioso, a veces interesante. Con diversas intensidades, se trata de 135 penetrar en su vida.

'Ni tan peludo, ni tan pelado'° aconseja el dicho que apunta al término medio.° Pero este término medio no va a ser 140 posible mientras existan los temores al contacto, o sus abusos, en cada una de las culturas; mientras un norteamericano vea con pánico que el ascensor se va 145 llenando de gente y que alguien ¡ay! lo puede rozar° (por lo que se aplasta° contra la pared); o mientras el latino no tenga reparos° en golpear a la puerta 150 de su vecino, palmearlo° sin motivo y preguntar, '¿Qué está cocinando?' Mientras eso ocurra, los unos seguirán peludos y los otros pelados.

---

137 **Ni...** *"Neither so hairy nor so bald"* 138 **al...** a la moderación 146 tocar 147 **por...** *for which reason he flattens himself* 149 dificultades 150 *pat him*

Después de leer

8-10 Comprensión de la lectura: Leer con precisión. Escoja la mejor manera de terminar las siguientes frases.

1. Según el señor Lombardi, la distancia que un norteamericano mantiene entre sí mismo y otras personas es más o menos de (60 centímetros / un metro / dos metros).
2. En Estados Unidos está casi prohibido tocar a otra persona cuando no existen relaciones (de cortesía / amistosas / sexuales).
3. El autor no entendió la insistencia del psicólogo inglés para que las gentes se tocaran porque los argentinos (no tienen miedo al contacto corporal / no creen en la "sensibilización grupal" / no estudian psicología).
4. Una diferencia (sugerida en el título) entre la despedida norteamericana y la latina es que ésta (incluye más bromas / no consiste en besos y abrazos / es más breve).

8-11 Opiniones. Con un(a) compañero(a), decidan cuándo son apropiados (y cuando no lo son).... Después, comparen sus ideas con las de otros.

los besos
los abrazos
el dar la mano
el regateo *(bargaining)*
la conversación con gente desconocida
los gestos insultantes o las palabrotas (malas palabras)
la discusión de temas 'delicados' como la religión, el sexo o la política

8-12 Discusión de temas.

1. Por medio de la pantomima, usando algunos voluntarios del grupo, muestren el "horror al contacto" del típico norteamericano en una sala de espera. ¿En qué otros lugares observa usted este fenómeno?

2. ¿Qué hacen los hispanos al saludarse y despedirse? ¿Qué pasa en nuestra sociedad en las mismas circunstancias? Usando voluntarios de la clase, muestre el contraste por medio de dos representaciones.

3. ¿Cómo consideran al **otro** (al vecino) en Norteamérica? ¿Qué consecuencia negativa tiene esta actitud a veces?

4. ¿Cómo consideran al vecino (al **otro**) en el resto de América? ¿Qué consecuencia negativa puede tener esta actitud?

5. A juzgar por el refrán que se menciona al final, ¿cuál de las dos actitudes prefiere el autor? ¿Está usted de acuerdo o no? ¿Por qué?

Ⓢ ELECCIÓN 2

Dos poemas afroamericanos

Los dos poemas que siguen son bellos ejemplos de la poesía afroamericana de habla española. El primer poema es del poeta cubano Nicolás Guillén; el segundo, del poeta puertorriqueño Tato Laviera.

Poema 1

Antes de leer

8-13 Búsqueda rápida de información (Poema 1).

En el primer poema, el poeta mulato habla de sus dos abuelos, uno negro y el otro blanco, a quienes él ve como "sombras" de su imaginación. Mire el título, la ilustración y las líneas 1–24. Además de su color, el poeta presenta varias diferencias entre las dos figuras. Describa a los dos abuelos, con respecto a los siguientes puntos:

	El abuelo negro	El abuelo blanco
1. su apariencia	_____	_____
2. dónde están	_____	_____
3. qué dicen	_____	_____

Recuerde usted que el lenguaje poético es muy conciso: evoca imágenes con pocas palabras. Por eso es necesario leer el poema **por lo menos dos veces**. Ahora, lea el poema y verá qué pasa, en la imaginación del poeta, entre sus dos abuelos.

Balada de los dos abuelos

NICOLÁS GUILLÉN

1 Sombras que sólo yo veo,
me escoltan° mis dos abuelos.
Lanza con punta de hueso,
tambor de cuero° y madera:
5 mi abuelo negro.
Gorguera° en el cuello ancho,
gris armadura guerrera:
mi abuelo blanco.

África de selvas° húmedas
10 y de gordos gongos sordos°
—¡Me muero!
(Dice mi abuelo negro).
Aguaprieta° de caimanes,°
verdes mañanas de cocos°
15 —¡Me canso!
(Dice mi abuelo blanco).
Oh velas° de amargo° viento,
galeón ardiendo° en oro...
—¡Me muero!
20 (Dice mi abuelo negro).

Oh costas de cuello virgen
engañadas de abalorios[1]...
—¡Me canso!
(Dice mi abuelo blanco).
25 ¡Oh puro sol repujado,°
preso en el aro° del trópico;
oh luna redonda y limpia
sobre el sueño de los monos°!
¡Qué de° barcos, qué de barcos!
30 ¡Qué de negros, qué de negros!
¡Qué largo fulgor° de cañas°!
¡Qué látigo° el del negrero°!
Piedra de llanto° y de sangre,
venas y ojos entreabiertos,
35 y madrugadas° vacías,
y atardeceres de ingenio,°
y una gran voz, fuerte voz
despedazando° el silencio.
¡Qué de barcos, qué de barcos,
40 qué de negros!
Sombras que sólo yo veo,

me escoltan mis dos abuelos.
Don Federico me grita,
y Taita° Facundo calla;
45 los dos en la noche sueñan,
y andan, andan.
Yo los junto.°

—¡Federico!
50 —¡Facundo! Los dos se abrazan.
Los dos suspiran.°
Los dos las fuertes cabezas alzan°;
los dos del mismo tamaño,°
bajo las estrellas altas;
55 los dos del mismo tamaño,
ansia° negra y ansia blanca,
los dos del mismo tamaño
gritan, sueñan, lloran, cantan.
Sueñan, lloran, cantan.
60 Lloran, cantan.
¡Cantan!

Aprender mejor:
Como la poesía afroamericana
es muy musical y tiene un ritmo
marcado, es conveniente leer
el poema en voz alta para
apreciar su belleza sonora.

línea 2 acompañan 4 piel de animal 6 *gorget (throat piece of suit of armor)* 9 junglas 10 **gongos...** *muted gongs* 13 agua oscura
13 *alligators* 14 *coconuts* 17 *sails* 17 *bitter* 18 *burning* 25 *embossed* 26 **preso...** *caught in the ring* 28 *monkeys* 29 **¡Qué...** *How many!*
31 esplendor 31 *sugar cane* 32 *a whip* 32 *slaver* 33 tristeza intensa 35 comienzos del día 36 **de...** *at the sugar mill* 38 rompiendo con
violencia 44 "padre" o "abuelo" en africano 47 mezclo, combino 51 *sigh* 52 levantan 53 dimensión 56 intenso deseo

[1] Aquí hay una referencia a los indígenas que muchas veces eran engañados por los europeos que les regalaban abalorios (*glass beads*).

Después de leer

8-14 Comprensión de la lectura: Leer con precisión. Busque los siguientes puntos en el poema. Luego, diga si cada frase es verdadera o falsa y corrija las frases falsas.

1. _____Uno de los abuelos del poeta era un esclavo africano y el otro era un conquistador europeo.

2. _____Su abuelo blanco llevó una vida muy fácil pero su abuelo negro sufrió mucho.

3. _____El poeta recuerda que sus abuelos eran buenos amigos cuando estaban vivos y que una vez se abrazaron.

8-15 Preguntas. Trabaje con un(a) compañero(a). Altérnense, haciendo y contestando estas preguntas.

1. La **onomatopeya,**[1] una técnica usada por muchos poetas, es la imitación de un sonido con las mismas palabras que lo expresan. En los versos 9–11 del poema, ¿pueden encontrar una frase de tres palabras que demuestre esta técnica? ¿Qué efecto produce? ¿Conoces otras palabras o frases que tengan onomatopeya? ¿Qué palabras españolas te gustan por su sonido?

2. En tu opinión, ¿cuál de sus dos abuelos le importa más al poeta? Explica. ¿Cómo son tus abuelos y abuelas? ¿Hay uno que te importe más que los otros? ¿Por qué?

3. ¿Cómo interpretas el final del poema?

8-16 Vocabulario: Identificar definiciones. Escriba la palabra apropiada para cada definición.

1. _____ fruto de un árbol de la familia de las palmas
2. _____ alba, principio del día
3. _____ cuerda que se usa para golpear o castigar a personas o animales
4. ____ pequeña cuenta de vidrio que se usaba para comprar objetos a los indígenas
5. _____ instrumento musical de percusión
6. _____ efusión de lágrimas y lamentos
7. _____ último período de la tarde
8. _____ reptil que vive en los ríos de América, parecido al cocodrilo
9. ____ animal que vive en los árboles y se caracteriza por su parecido con el ser humano

Poema 2

Antes de leer

8-17 Búsqueda rápida de información.

El título del segundo poema es *Negrito,* un término cariñoso en español (como *darling* o *honey*) que se usa en muchos países para cualquier persona querida, sea o

---

1 Los siguientes verbos son ejemplos de *onomatopeya* en inglés: *crackle, zoom, whine.*

no de tez (piel) morena. El poeta puertorriqueño describe a un joven que llega de Puerto Rico a Nueva York para visitar a su tía. Usando nombres diferentes, la tía le da tres veces el mismo consejo: que evite a la gente negra. Lea rápidamente el poema, mire la ilustración y describa cómo el joven le responde a su tía cada vez.

Respuesta del joven a su tía
1. primera vez   _____
2. segunda vez   _____
3. tercera vez   _____

Lea el poema por lo menos dos veces y busque los contrastes que el poeta ve entre Nueva York y Puerto Rico.

Negrito

TATO LAVIERA

de *AmeRícan*, Arte Público Press

1   el negrito
    vino a Nueva York
    vio milagros°
    en sus ojos
5   su tía le pidió
    un abrazo y le dijo,
    "no te juntes con
    los prietos,° negrito."
    el negrito
10 se rascó los piojos°
    y le dijo,
    "pero titi, pero titi,
    los prietos son negrito."
    su tía le agarró°
15 la mano y le dijo,
    "no te juntes con
    los molletos,° negrito."
    el negrito
    se miró sus manos

20 y le dijo,
    "pero titi, pero titi,
    así no es puerto rico."
    su tía le pidió
    un besito y le dijo,
25 "si los cocolos° te molestan,
    corres; si te agarran, baila°.
    hazme caso,° hazme caso,
    negrito."
    el negrito
30 bajó la cabeza
    nueva york lo saludó,
    nueva york lo saludó,
    y le dijo,
    "confusión"
35 nueva york lo saludó,
    y le dijo,
    "confusión."

---

línea 3 cosas que parecían mágicas   8 **los...** las personas de piel oscura   10 **se...** *scratched himself (slang)*   14 tomó   17 *fuzzy-heads*
25 personas negras de la islas británicas del caribe   26 corre *(slang)*   27 **hazme...** préstame atención

Después de leer

8-18 Preguntas.

1. En su opinión, ¿qué eran los 'milagros' que vio el negrito en Nueva York?
2. ¿Por qué cree usted que la tía le aconseja a su sobrino que evite a los negros?
3. De las dos personas, ¿cuál parece tener más miedo: el niño o su tía?
4. ¿Qué lección está aprendiendo el niño ahora?
5. ¿Cree usted que podemos cambiar las lecciones aprendidas en la niñez, o no? Explique.

8-19 ¿Qué opinas tú? Entreviste a un(a) compañero(a) con las siguientes preguntas. Compare sus respuestas con otros estudiantes después.

1. ¿Qué opinas de Nueva York? ¿Qué emociones asocias con esa ciudad?
2. ¿Ha cambiado tu imagen de Nueva York después de los ataques de terrorismo del 11 de septiembre de 2001? ¿Te gustaría vivir allí, o no? ¿Por qué?
3. En tu opinión, ¿por qué hay menos prejuicio y discriminación en algunos lugares que en otros?
4. ¿Es posible que una persona tenga prejuicios contra la gente de su mismo grupo étnico? ¿Por qué sí o no?
5. ¿Crees que ahora hay más o menos prejuicios que en tiempos de tus abuelos? ¿Son diferentes los prejuicios ahora? Explica.

8-20 A escribir. Escriba una composición en primera persona (usando la forma de **yo**) de 200–300 palabras, siguiendo estos pasos.

Aprender mejor:
Escribir en primera persona (usando el *yo*) en español mejora su capacidad para conversar correctamente.

Paso 1: Escoja una de estas opciones:
A. Un poema (o una descripción poética) sobre uno(a) de sus abuelos (o abuelas).
B. Un fragmento *(excerpt)* tomado del diario de alguien que acaba de tener un problema por la diferencia entre dos culturas, algo así como las situaciones que se describen en "Adiós: 'Goodbye, goodbye, goodbye'" o en "Negrito."

Paso 2: Repase rápidamente el capítulo y haga una lista de palabras y frases relacionadas con su tema.

Paso 3: Piense en qué puntos son los más importantes y en qué emociones o reacciones quiere comunicar.

Paso 4: **Primera estrofa (stanza) del poema.** Empiece así: *Recuerdo a mi abuelo(a)....* Luego, describa a esta persona y mencione sus cualidades singulares (buenas o malas).

Primer párrafo del diario: Empiece así: *Hoy ha sido un día horrible (fantástico) porque....* Escoja uno de estos adjetivos y explique por qué el día ha sido así.

Paso 5: **Segunda estrofa o segundo párrafo:** Describa la rutina diaria de su abuelo(a) o de su propia rutina de ese día notable, usando verbos reflexivos como *despertarse, desayunarse, ducharse,* etcétera.

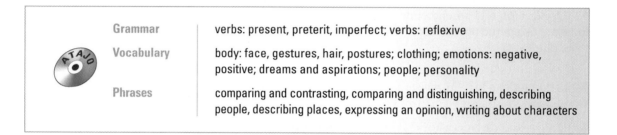

Paso 6: **Tercera estrofa o tercer párrafo:** Empiece así: *Ahora me doy cuenta de que...* Hable sobre alguna lección o nueva idea que usted acaba de comprender respecto a su abuelo(a), a la cultura o a las relaciones humanas.

Paso 7: Invente un buen título para su obra.

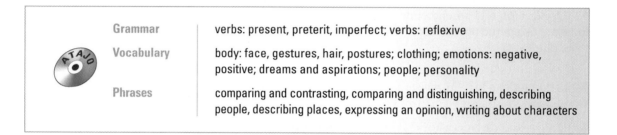

Grammar	verbs: present, preterit, imperfect; verbs: reflexive
Vocabulary	body: face, gestures, hair, postures; clothing; emotions: negative, positive; dreams and aspirations; people; personality
Phrases	comparing and contrasting, comparing and distinguishing, describing people, describing places, expressing an opinion, writing about characters

Aprender mejor:
Imagine que el hombre indígena habla con un adivino (*fortune-teller*) y ve el futuro. ¿Qué le diría entonces al conquistador?

—Pregunta si nos vamos a quedar mucho tiempo.

Voice your choice! Visit **http://voices.thomsoncustom.com** to select additional readings relevant to this chapter's theme.

Un planeta para todos

Ni arriba ni abajo, Nicolás García Uriburu

Track 11

ⒺL ARTE, ESPEJO DE LA VIDA

La tierra es una obra de arte

El pintor y activista argentino Nicolás García Uriburu es un ardiente defensor de la tierra. Por más de 40 años ha utilizado su arte en actos de protesta contra la deforestación y la toxicidad del agua. A veces utiliza la naturaleza misma para expresarse. En 1968 tiñó *(dyed)* de color verde brillante toda la superficie del Gran Canal de Venecia para llamar la atención sobre su contaminación. Luego hizo coloraciones semejantes en masas de agua tóxicas en Tokio, Nueva York, París, Buenos Aires y otras ciudades. Mire el cuadro de Uriburu, *Ni arriba ni abajo,* en la página 159 y conteste estas preguntas.

Observemos. Trabajando solo(a) o con otra persona, observe bien la pintura y llene el siguiente cuadro, contestando las preguntas. Compare sus observaciones con las del resto de la clase.

Aspecto	Descripción
objetos principales	¿Qué representan los dos objetos principales en el cuadro? ¿Los reconoce usted? ¿Qué son?
ubicación *(placement)*	¿Cuál es la diferencia entre esta presentación y la manera como normalmente se representan estos objetos en un mapa?
fondo *(background)*	¿Qué representan los tres objetos anaranjados en la foto?
colores predominantes	__amarillo __anaranjado __azul __blanco __gris __marrón __morado __negro __rojo __rosa __verde

Analicemos y discutamos. Trabaje con un(a) compañero(a). Háganse las siguientes preguntas. Luego, compartan sus respuestas con las de otros compañeros.

1. Para ti, ¿qué quiere decir el título del cuadro? ¿Cómo explicas la extraña ubicación de los dos continentes?
2. Si los tres objetos anaranjados representan una balanza *(scale)*, ¿por qué crees que las dos Américas están en una balanza?
3. ¿Qué tendrá que ver con la ecología la relación entre estos dos continentes? ¿Sería mejor para nuestro planeta si América del Norte y América del Sur fueran más parecidas? ¿Cómo? ¿Por qué?
4. ¿Qué te parecen los colores del cuadro? ¿Por qué el pintor escogería estos colores y no otros? ¿O es simplemente una cuestión de gusto personal?
5. ¿Es posible cambiar la sociedad por medio del arte?
6. ¿Te gusta este cuadro de García Uriburu o no? ¿Por qué? Para ti, ¿qué significa?

Busquemos. Busque información en Internet (o en la biblioteca) sobre una de las siguientes personas: Nicolás García Uriburu (el pintor de *Ni arriba ni abajo*) o Federico García Lorca (el autor del poema de la página 166). Trate de contestar estas preguntas: ¿Qué importancia tenía la naturaleza en la obra de este hombre? ¿Cómo se llama una de las obras de estos artistas que le parezca a usted muy interesante o importante y de qué trata? ¿Cómo es (fue) su vida? Prepare un breve informe escrito sobre estas preguntas.

O, si prefiere, prepare una exposición oral para presentarla a la clase. Sobre Uriburu, usted puede mostrar una foto de uno de los cuadros y explicárselo a la clase, dándoles también su propia interpretación. Sobre Federico García Lorca, puede escoger un poema de él que le guste, y recitárselo a la clase, explicándole qué significa para usted.

VOCABULARIO

preliminar

Estudie las palabras y expresiones en negrilla para usarlas en este capítulo.

LA ECOLOGÍA

el agua potable agua que se puede beber

el bosque terreno poblado de árboles

impedir (i) dificultar, hacer difícil o imposible (por ejemplo: Hay que impedir que desaparezcan los bosques.)

la madera parte del árbol que se usa como material de construcción

el medio ambiente mundo natural que rodea a las personas

los países en desarrollo países que todavía no tienen un alto nivel económico

los recursos naturales elementos de la naturaleza que representan la riqueza natural, como el petróleo, los minerales o los ríos

la selva bosque tropical

tomar medidas dar los pasos necesarios para lograr un objetivo

PROBLEMAS Y PELIGROS

la basura (los desperdicios) materias que se eliminan, se tiran, se echan

contaminar hacer que algo se vuelva impuro

la contaminación condición de estar contaminado

la deforestación pérdida o reducción de los bosques

deteriorarse empeorarse, arruinarse

el deterioro daño, detrimento; proceso de empeorarse

escasear faltar, ser insuficiente

la escasez falta, insuficiencia de algo

la extinción de especies desaparición de muchas clases de animales y plantas

los incendios forestales fuegos en los bosques

la inundación acción de cubrir un sitio de agua (generalmente causada por crecimientos o desbordamientos de ríos o lluvia intensa)

el terremoto movimiento brusco y violento de la tierra, temblor

la tormenta tempestad, vientos violentos acompañados de lluvia o nieve y, a veces, de truenos y relámpagos

	Grammar	verbs: present, preterit, imperfect; verb conjugator
	Vocabulary	arts, cultural periods and movements; emotions: negative, positive; people; personality
	Phrases	describing people, describing objects, expressing an opinion

PRÁCTICA

9-1 Antónimos. Dé antónimos de las siguientes palabras o frases.

1. abundar
2. facilitar
3. purificar
4. mejorarse
5. los países industrializados
6. el agua contaminada
7. la evolución de nuevas especies
8. la expansión de los bosques
9. materias naturales de gran valor

9-2 Causa y efecto. Escriba la letra de la descripción apropiada para cada palabra o frase de la primera columna.

1. _____ los desperdicios
2. _____ los incendios forestales
3. _____ las inundaciones
4. _____ los terremotos
5. _____ las tormentas

a. agitan violentamente la tierra y causan muerte y destrucción
b. traen lluvias y vientos fuertes, truenos y relámpagos
c. destruyen muchos árboles y contaminan el aire
d. se acumulan en depósitos y contaminan el agua y la tierra
e. ocurren después de lluvias prolongadas

ⒺNFOQUE DEL TEMA

¿Cómo podemos salvar la tierra?

Hace veinte años todo el mundo hablaba de la necesidad de conservar la selva amazónica porque, según decían, funcionaba como *los pulmones° de la tierra.* Ahora nadie dice eso. Ahí, todos los años hay fuego y humo,° los animales huyen,° y mueren muchos árboles y plantas. Hoy, más bien° la selva amazónica funciona... ¡como una chimenea! Según el diario *Clarín:* "El nivel° de deforestación de la selva amazónica creció de manera alarmante en 2004 y se convirtió en uno de los peores que se hayan registrado.... Los nuevos datos sorprendieron a los ambientalistas° locales, un año después de que el gobierno brasileño anunciara un paquete de medidas por 140 millones de dólares para reducir la destrucción."* El problema parece ser que los esfuerzos del gobierno no pueden nada contra los agricultores de soya, las empresas madereras° y los ganaderos.° Estos talan° los árboles y queman la selva. Los intereses creados° ganan siempre que se trata de una decisión entre el medio ambiente, por un lado, y la economía y el empleo por el otro.

órganos humanos de la respiración / *smoke /* escapan / **más...** *rather*
level

ecólogos

de exportar madera / rancheros que crian vacas / cortan / **intereses...** *vested interests*

Los grandes problemas ecológicos

Pero no se trata solamente de la deforestación. Dondequiera que se mire° se ven señales de una grave crisis ecológica: el deterioro de la capa de ozono, la escasez de agua potable, la progresiva contaminación del aire en las ciudades de los países en desarrollo, la extinción de muchas especies de animales y plantas. Además, en años recientes, las alteraciones de la temperatura (que parecen ser resultado del progresivo calentamiento° del planeta) han afectado a grandes regiones del mundo. Como consecuencia, ha habido sequías,° inundaciones, y tor-

Dondequiera... *Wherever you may look*

Se han establecido reservas naturales para el ecoturismo en varios países latinoamericanos.

heating up

largos períodos sin lluvia

mentas en alto número. Por supuesto, estos problemas están conectados con la política y con los tratados económicos y tienen una estrecha° relación con nuestro uso y abuso del medio ambiente.

close

En busca de soluciones

Ante una situación tan amenazadora,° la tendencia de mucha gente es "escapar" buscando refugio en las pequeñas diversiones de todos los días, esperando que, de alguna manera, las circunstancias mejoren por sí solas. La actitud es la de "no quiero verlo"

threatening

---

* De *Información del diario Clarín* de B. A. Argentina (19 de mayo 2005) y Noticias AOL, México.

step

recycling

batteries

hectares, 1 hectare = 2.5 acres

dinero

a... al 50 por ciento

porque, como dice el proverbio, "Ojos que no ven, corazón que no siente." El primer paso,° como en toda situación, es darse cuenta del problema. Desgraciadamente, el segundo paso, que es el de encontrar soluciones, es más difícil. Cada vez hay más programas de reciclaje° y más interés en el transporte público. En muchas partes se está experimentando con la idea de reemplazar la gasolina con otras formas de energía, como la electricidad o el gas natural, sobre todo para los autobuses. Mucha gente, preocupada por la ecología, compra autos eléctricos o los nuevos autos *híbridos,* que usan pilas° eléctricas y menos gasolina.

También se han establecido reservas naturales para el ecoturismo en varios países latinoamericanos. Un ejemplo es la reserva Tambopata-Candamo, situada en un remoto valle amazónico de Perú. Ésta es un área de 1,5 millones de hectáreas° que contiene muchos de los pájaros más raros y exóticos del mundo. Clasificada como parque por el gobierno, la reserva es una fuente de ingresos° importantes para Perú. Es de esperar que reservas como ésta puedan detener un poco la progresiva desaparición de las especies raras.

La interdependencia entre el norte y el sur

Como Latinoamérica constituye el "depósito" para la humanidad de muchos recursos naturales y, al mismo tiempo, un lugar que sufre un alto grado de contaminación, es fácil que los norteamericanos y canadienses piensen en el deterioro ecológico como "un problema de ellos". Pero la realidad no es tan sencilla. El ciudadano de un país industrializado consume cada año algo así como 17,5 veces más en recursos naturales que el ciudadano de un país en desarrollo, y genera muchísima más basura como resultado. Si los pueblos industrializados redujeran su consumo a la mitad,° muchos de los malos efectos de la contaminación desaparecerían.

La palabra **ecología** se origina de dos palabras griegas: **eco** viene de *oikos,* que quiere decir "lugar donde vives", y **logía** es de *logos,* que quiere decir "estudio de".

Así, la ecología es el estudio de nuestro hogar, el lugar donde todos vivimos. Para salvar la tierra es necesario que todas las regiones del mundo se den cuenta de esta realidad y adopten una nueva actitud, menos nacionalista y más cooperativa, para el futuro.

PRÁCTICA

9-3 ¡Dime por qué! Altérnense usted y un(a) compañero(a), una persona leyendo la idea y la otra explicando por qué es así. Estén preparados después para presentarle sus explicaciones a la clase o a otra pareja.

1. Ahora nadie habla de la selva amazónica como *los pulmones de la tierra.* ¡Dime por qué!
2. En años recientes han ocurrido tormentas, inundaciones y sequías en alto número. ¡Dime por qué!
3. Mucha gente compra los autos híbridos o eléctricos. ¡Dime por qué!
4. En Latinoamérica, se han establecido reservas naturales para el ecoturismo. ¡Dime por qué!
5. El deterioro del medio ambiente no es solamente un problema de los países en desarrollo. ¡Dime por qué!

9-4 Preguntas.

1. ¿Qué pasó un año después de que el gobierno brasileño anunció un paquete de medidas para reducir la destrucción de la selva?
2. ¿Quiénes son los "intereses creados" que causan la deforestación? ¿Por qué siempre ganan contra los defensores del medio ambiente?
3. ¿Qué otros problemas ecológicos hay? ¿Qué consecuencias traen?
4. ¿Qué pasaría si los pueblos industrializados redujeran su consumo al 50 por ciento?
5. ¿Cuál es el origen de la palabra "ecología"?
6. ¿Le gustaría a usted manejar un auto eléctrico, o no? ¿Por qué?

9-5 Prioridades y posibles soluciones.
Reúnanse en grupos y discutan estas preguntas. Una vez terminada la discusión, escriban en la pizarra (en columnas designadas para cada grupo) las conclusiones a las que llegaron y compárenlas con las de los otros compañeros. ¿Hay conclusiones comunes? ¿Hay conclusiones muy diferentes? ¿Cuáles son las mejores ideas? (Aplausos, ¡por favor!)

Adoro la naturaleza. Aquí voy a construir una casa con cuatro garages, con aire acondicionado; voy a traer un bote con motor para recorrer el lago. ¡Oh, la naturaleza!

Norví

1. **El dibujo humorístico.** Miren el dibujo. ¿Qué problemas representa?
2. **La contaminación del aire.** Para ustedes, ¿qué se puede hacer para limpiar el aire? ¿Prohibir el uso de la gasolina? ¿O subirle el precio de este combustible? ¿Qué medidas se podrían tomar para hacer que más gente comprara coches eléctricos o híbridos?
3. **El transporte público.** En el lugar donde ustedes viven, ¿hay buenas opciones para las personas que no quieran usar su auto? Por ejemplo, ¿hay un metro eficiente, limpio y barato? ¿Qué tal es el servicio de autobuses? ¿Cómo se podría mejorar el transporte público para que lo usara más gente?
4. **El deterioro de la capa de ozono.** ¿Por qué es tan alarmante este deterioro? En español se dice: *Problemas graves, remedios fuertes.* ¿Qué remedios fuertes pueden sugerir ustedes para resolver este problema? Los aviones contribuyen enormemente al deterioro. ¿Creen que el gobierno debe limitar el número de vuelos al año por individuo? ¿o agregar impuestos *(taxes)* muy altos a los boletos de avión? ¿Qué les parecen estas ideas?

9-6 Nuestra identificación con la naturaleza.

¿Ha hablado usted alguna vez con una montaña, una flor, un animal o un árbol? Muchos poemas y canciones celebran la fascinación de ciertas personas por algún aspecto del mundo natural, cómo se identifican con la naturaleza y cómo le expresan sus pensamientos. Así es el caso del siguiente poema de Federico García Lorca (1898–1936), quien fue y es uno de los poetas y dramaturgos más conocidos y admirados de España. Trabaje con un(a) compañero(a) y lean el poema en voz alta. Luego, escriban juntos las respuestas a las preguntas que siguen y comparen sus respuestas con las del resto de la clase.

In memoriam

Agosto de 1920

FEDERICO GARCÍA LORCA

black poplar tree	1 Dulce chopo,°
	dulce chopo,
	te has puesto
	de oro.
	5 Ayer estabas verde,
	un verde loco
	de pájaros
	gloriosos.
cut down and dejected	Hoy estás abatido°
	10 bajo el cielo de agosto
	como yo bajo el cielo
	de mi espíritu rojo.
prisionera	La fragancia cautiva°
	de tu tronco
	15 vendrá a mi corazón.
campo lleno de hierbas y flores	¡Rudo abuelo del prado°!
	Nosotros
	nos hemos puesto
	de oro.

Aprender mejor:
La poesía es un poco como la música: hay que oírla. Recite el poema en voz alta para apreciarlo más.

9-7 Preguntas.

1. ¿Cómo muestra el poeta el cariño que siente por el chopo?
2. ¿Qué cambios se mencionan en el poema?
3. ¿Para ustedes, ¿qué representan los tres colores (oro, verde, rojo) mencionados en el poema?
4. ¿Qué llega del tronco del árbol al corazón del poeta?
5. La poesía puede tener diferentes interpretaciones. En su opinión, ¿por qué se identifica el poeta con el chopo? ¿Qué tipo de comunicación ocurre entre el árbol y él: consuelo, ayuda, inspiración, terapia? Expliquen.

Liniers

¿A quiénes les habla el pingüino? ¿Por qué los insulta? ¿Está usted de acuerdo con él, o no? ¿Por qué?

ⓈELECCIÓN 1

Antes de leer

Este cuento es de Guinea Ecuatorial, el único país africano donde el español es el idioma oficial.* Se encuentra en el Oeste del continente en la Ensenada *(Bay)* de Biafra entre Camerún y Gabón. Población aproximada: medio millón. Guinea Ecuatorial fue una colonia de España hasta 1968, cuando se independizó. Para bien o para mal, tiene una abundancia de riquezas naturales, especialmente: la madera, el cacao, la pesca *(fishing)* y el petróleo; la explotación de estos recursos es un negocio muy grande. El siguiente cuento, publicado en Internet bajo el nombre Toásiyé Alma Africana, parece ser una simple fábula: la historia de un pescador *(fisherman)* que pescó un pez muy especial. Pero, por detrás de esta apariencia sencilla, hay un significado más profundo y personal. ¿Qué podemos aprender de este cuento? ¿algo sobre ese país tan poco conocido, sobre la globalización o sobre la naturaleza humana?

La Catedral de Malabo, Guinea Ecuatorial

9-8 Comprender los "casi cognados". En el cuento que usted va a leer, hay cognados fáciles de comprender (como *lamentar, escapar, mansión, palacio*) para un angloha-blante. Hay otras palabras que son "casi cognados" porque son parecidas a palabras inglesas pero la conexión no es tan obvia. Escoja el significado correcto para los siguientes "casi cognados" tomados del cuento.

---

* Aunque el español es la lengua oficial, en Guinea Ecuatorial se hablan también varios otros idiomas, entre ellos: el francés, el fang, el bubi y la "lengua pichi" (una mezcla de español, inglés y bantú).

1. _____ la **minúscula** cabaña (bonita / mediocre / pequeña)

2. _____ el pez **agonizaba** (se aburría / se despertaba / se moría)

3. _____ el pescador sentía **angustia** (alegría / tristeza / vergüenza)

4. _____ fue una **maravilla,** una cosa... (normal y común / horrible y aterrador / extraña y fantástica)

5. _____ dijo: "he **cumplido** con los rituales..." (aprendido un poco / hecho lo necesario / olvidado completamente)

6. _____ tengo el poder de **concederte...** (darte / destruirte / robarte)

7. _____ el pescador quería **comprobar** si era cierto... (confirmar / insistir / negar)

8. _____ él fue **percibiendo** que todo era diferente... (acostumbrando / comprendiendo / dudando)

9. _____ su mujer se **enfureció...** (entristeció / puso furiosa / volvió fuerte)

10. _____ "... nos **rendirán homenaje.**" (darán honores / ofrecerán hospitalidad / van a rechazar)

9-9 Hacer Inferencias sobre el contenido. Con un(a) compañero(a), miren el título y la ilustración, y lean en voz alta el **epígrafe** (la breve nota que a veces aparece al principio de un escrito, *epigraph*) de "El pescador y el pez". Luego, traten de inferir el contenido, escribiendo **Cierto** o **Falso** delante de las siguientes descripciones del cuento. Para cada oración que ustedes marquen como falsa, expliquen por qué.

1. _____ La acción tiene lugar *(takes place)* en una ciudad muy grande.

2. _____ Es una historia clásica que fue escrita hace muchos años.

3. _____ Es probable que haya un elemento mágico en el cuento.

4. _____ Es probable que el cuento tenga muchos personajes principales y un argumento *(plot)* complicado.

El Pescador y el pez
TOÁSIYÉ ALMA AFRICANA

1 Alguien de la familia me contó este cuento bubí.° Todos los cuentos se deben empezar de esta manera. El recitador dice
5 ¡Ahíííí! y los oyentes° contestan ¡Mbéééé! (Las palabras sólo tienen un significado mágico.) ¡AHÍÍÍ! ¡MBÉÉÉ!
       Hace mucho tiempo vivía
10 en un pueblo cercano un

pescador. Este pescador, como la mayoría de los pescadores, era muy pobre, tanto que apenas° tenía para comer y poco más.
15 Hacía tiempo que vivía con su esposa en una destartalada° y minúscula cabaña que carecía de comodidades.° Esta situación provocaba contínuas peleas con
20 su esposa. Una mañana estaba el

pescador en su cayuco° lamentando su triste situación tras haber pescado° un solo pez en toda la mañana, cuando sorpresi-
25 vamente el mencionado pez que agonizaba dentro del cayuco empezó a gritar: ¡Pescadooor, pescadoor!
       El hombre se volvió apenas
30 sorprendido pues la angustia no

línea 2 un idioma local 5 los que oyen (o escuchan) 13 *scarcely* 16 *ramshackle* 18 **carecía...** no tenía cosas para vivir bien 21 dugout canoe 23 ***tras...*** *after having caught*

le dejaba percibir° la maravilla que supone oír a un pez hablar°:

—¿Qué te pasa? Ya he cumplido con los rituales, no
35 debes quejarte más.

El pez dijo:

—¡Pescador, suéltame° por favor; yo tengo el poder de concederte lo que quieras,
40 pero suéltame y déjame volver a mi casa!

—¿De veras me concederás lo que quiera? —dijo el pescador.

—Sí, sí, pero suéltame ya°!
45 —le dice el pez..

—Muy bien, —dijo el pescador. Quiero que me concedas una casa decente con muebles y útiles° de cocina para
50 mi esposa.

—Está bien, concedido,° pero suéltame ya, —dijo el pez.

El pescador sin embargo no se fiaba del° pez por lo que° lo
55 dejó en una piscina de roca natural cerca de la orilla° de donde no podría escapar diciendo:

—Te soltaré cuando compruebe° que lo que dices
60 es cierto.

El pescador fue corriendo a su casa felicitándose° por su inteligencia y a medida que subía la loma° que llevaba a su
65 hogar fue percibiendo que su vieja cabaña era toda una casa bien cimentada° y maravillosamente construida. La mujer del pescador salió a recibirle con los
70 brazos abiertos y le dijo:

—¡Mira todo lo que tenemos, en la cocina hay ollas° y una mesa! Entonces el pescador le
75 relató cómo habían obtenido todas esas cosas; al oír la historia la mujer se enfureció:

—Tú eres estúpido,
80 —le dijo— ¡corre, ve y pídele al pez más cosas antes de que se escape, pídele una mansión y criados de servicio. Tú
85 serás un gran señor° y yo una gran señora,° pídele mucho dinero, corre! El pescador corrió a la playa y encontró al pez que le saludó:
90 —Hola pescador, ¿ya has comprobado que lo que te dije es cierto?

El pescador le dijo: —Si bueno, pero la verdad es que
95 me equivoqué,° en realidad quise decir que lo que quiero es una mansión, o mejor dicho,° un palacio con sirvientes y quiero que mi mujer y yo
100 seamos grandes señores muy reconocidos.°

—Está bien, dijo el pez, que empezaba a enfadarse,° pero suéltame ya.
105 El pescador dijo: —Lo haré cuando compruebe que lo que dices es cierto.

Y efectivamente era cierto, tenían una gran mansión y la
110 gente les rendía pleitesía.° Sin

embargo la esposa del pescador había pensado pedir algo más y cuando llegó el pescador le dijo:

—Escucha, ese pez hará lo
115 que queramos, pídele algo más, pídele ser Dios. Yo seré Bisila° y tú Dios, todos los espíritus nos rendirán homenaje y tendremos infinitos poderes. ¡Ah! y no le
120 sueltes aún, tal vez se me ocurra° algo más.

El pescador corrió a la playa pero con tan mala fortuna que la marea° había subido inundando°
125 la piscina de piedra y el pez había escapado no sin antes lanzar un conjuro°; no sólo el pescador sería tan miserable como antes sino que ningún
130 pescador sería jamás rico.

Moraleja°: Peces, petróleo, madera— todo es lo mismo.°

---

31 comprender 32 **que...** *that suggests you are hearing a fish talk* 37 *let me go* 44 ahora 49 utensilios 51 *granted* 54 **no...** no tenía confianza en el 54 **por...** *for which reason (and because of that)* 56 playa *(shore)* 59 confirme 62 *congratulating himself* 64 *hill* 67 fortalecida con cimento 73 *cooking pots* 85 **gran...** *great lord* 86 **gran...** *great lady* 95 **me...** hice un error 97 **mejor...** *rather (that is to say)* 101 famosos 103 enojarse 110 **les...** los trataba con mucho respeto 116 una santa (Bisila es el nombre en la lengua bubi de la Virgen de la Macarena) 120 **se...** (yo) vaya a pensar en 124 *tide* 124 *flooding* 127 **no...** *not without first yelling out a curse (magic spell)* 131 *Moral (of the story)* 132 **lo...** *the same thing*

9-10 Comprensión: Resumen de la acción. Llene los espacios en blanco con palabras apropiadas para completar este resumen de la acción del cuento.

1. Una mañana un pescador estaba en su _____ cuando ocurrió una _____:

2. El _____ que había pescado por la mañana ¡empezó a _____!

3. Le dijo: —pescador, ¡_____, por favor! Tengo el poder de _____ lo que quieras.

4. Entonces el pescador le pidió varias cosas: una _____ decente y útiles de _____.

5. El pescador lo dejó en una _____ de roca natural en la playa y fue a su casa para _____ si lo que decía el pez era cierto.

6. El pescador fue a su hogar y vio que la vieja _____ era ahora una casa maravillosamente _____.

7. Pero su esposa no estaba contenta; ella le dijo: —Tú eres _____—. Luego, dijo que quería una _____ y criados de servicio.

8. El pescador regresó a la playa y esta vez le pidió al pez un _____ con sirvientes. También quería que él y su mujer fueran grandes _____ muy reconocidos.

9. El pez lo hizo, pero la esposa del pescador todavía no estaba satisfecha. Ahora quería que su esposo fuera _____ y que ella fuera la santa Bisila y que los dos tuvieran _____ infinitos.

10. Una vez más, el pescador regresó a la playa, pero vio que el pez había escapado después de lanzar un _____: que el pescador sería muy pobre otra vez y ningún pescador sería jamás _____.

 9-11 ¿Cuál es la pregunta? Es importante saber qué pasó en un cuento, pero también es importante comprender *por qué* pasó así. Trabaje con un(a) compañero(a). Miren las siguientes respuestas e inventen una pregunta que empieza con *¿Por qué?* *(Why?)* para cada respuesta que empieza con *porque (because)*.

> **MODELO**   *... porque usaba su canoa para pescar.*
>   *Pregunta: ¿Por qué estaba en su canoa el pescador?*

1. ... porque eran pobres y vivían en una minúscula cabaña.

   Pregunta: _____

2. ... porque el pez le dijo al pescador que podría concederle lo que quisiera.

   Pregunta: _____

3. ... porque quería comprobar si lo que decía el pez era cierto.

   Pregunta: _____

4. ... porque no importa cuánto tuviera, ella siempre quería más.

   Pregunta: _____

5. ... porque el pez lanzó un conjuro antes de escapar.

   Pregunta: _____

9-12 Análisis dirigido. La clase se divide en cuatro o más grupos y cada grupo escoge *uno* de los siguientes temas relacionados con "El pescador y el pez" y prepara un informe. (Si hay más de cuatro grupos, dos grupos pueden trabajar sobre un mismo tema.) Después de diez minutos, cada grupo presentará su informe a la clase y contestará preguntas si las hay.

1. **Interpretación alegórica.** Una **alegoría** es una historia en la que los objetos, incidentes y personajes tienen otro significado o simbolismo. Generalmente, estos elementos simbolizan ideas abstractas o tendencias generales de la sociedad o de la naturaleza humana. Para ustedes: ¿qué representa el pez en el cuento? ¿el pescador? ¿su esposa? ¿la casa? ¿Qué les parece el final? ¿Preferirían que el cuento acabara bien, felices todos los personajes, o no? ¿Por qué?

2. **Los siete pecados capitales.** Algunos creen que los conflictos humanos tienen sus raíces en los sietes pecados capitales *(the seven deadly sins).* Éstos son los siguientes: 1. Soberbia (Arrogancia), 2. Avaricia *(Greed),* 3. Lujuria *(Lust, Lechery),* 4. Ira (Cólera, *Anger),* 5. Gula (Glotonería), 6. Envidia, 7. Pereza. Si aplicamos esta idea al cuento, ¿cuál de los siete pecados es la raíz del problema en este cuento? ¿O piensan ustedes que hay más de uno que cause el desastre para el pescador y su esposa? Expliquen con ejemplos específicos del cuento.

3. **La moraleja: ¿qué quiere decir?** Por lo general, en una fábula hay animales que hablan como personas, un poco de magia, y una moraleja al final que presenta una lección práctica. Pero la moraleja al final de este cuento es un poco diferente. ¿Cuál es la lección que se espera que aprenda el lector? ¿Qué tiene que ver el cuento con la moraleja? ¿Y qué les parece el conjuro que lanza el pez al final? ¿Creen ustedes en el poder de los conjuros, o no? ¿Por qué?

4. **Inferencias económicas y políticas.** Aunque no se mencionan directamente la economía ni la política de Guinea Ecuatorial, si ustedes leen el cuento atentamente, pueden hacer inferencias sobre estos temas. ¿Qué creen ustedes que pasa con las riquezas originadas por la exportación del petróleo y de la madera? ¿A quiénes traen beneficio?¿Es probable que haya mucha pobreza? ¿Les parece que el gobierno administra el país con justicia? Justifiquen sus respuestas a estas preguntas con citas *(quotations)* del cuento.

9-13 De la boca del pez. Cuente la historia desde el punto de vista del pez, usando el título, "El pez y el pescador".

Busquemos. Investigue uno de los siguientes temas relacionados con Guinea Ecuatorial y traiga algunos datos para compartirlos con la clase, de manera informal:

Tema 1. el agua: ¿Es potable? ¿Hay problemas de contaminación?

Tema 2. el cacao: ¿Es un producto importante? ¿Cómo afecta el cultivo del cacao a los bosques y al medio ambiente en general?

Tema 3. el gobierno: ¿Es realmente corrupto el gobierno? ¿Llevan los gobernantes un estilo de vida sencillo o extravagante? ¿Para qué compran muchas armas?

Tema 4. la historia: ¿Qué ha pasado después de la independencia en 1968? ¿Ha subido o bajado el nivel de la economía? ¿Cuántos gobiernos ha habido?

Tema 5. la madera: ¿Es una industria importante? ¿Se están destruyendo bosques de maderas preciosas? ¿Quiénes controlan el negocio de la madera?

Tema 6. la pesca: ¿Hay muchos pescadores? ¿Viven bien o mal? ¿Qué problemas tienen?

Tema 7. el petróleo: ¿Cuándo empezó el boom del petróleo en el país? ¿Cuánto dinero se gana con la venta de este producto? ¿La explotación del petroleo está en manos de gente local o de compañías multinacionales?

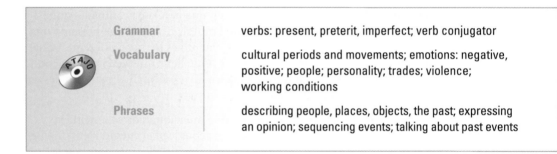

Grammar	verbs: present, preterit, imperfect; verb conjugator
Vocabulary	cultural periods and movements; emotions: negative, positive; people; personality; trades; violence; working conditions
Phrases	describing people, places, objects, the past; expressing an opinion; sequencing events; talking about past events

ⓈELECCIÓN 2

Antes de leer

En las naciones pobres, la mayoría de los desperdicios humanos se tiran directamente a las aguas más cercanas. Como consecuencia, unas 25 mil personas mueren diariamente en los países en desarrollo a causa del agua contaminada. ¿Por qué no hacen nada los gobiernos de estas naciones para remediar esta trágica situación?

El siguiente cuento nos presenta una respuesta a esta pregunta. El autor es Gregorio López y Fuentes (1895–1966), un escritor popular mexicano que escribió sobre la ecología mucho antes de que el tema se pusiera de moda. López y Fuentes, periodista y novelista, es conocido por sus narraciones sobre el ambiente rural y también por su uso de la ironía.

Aprender mejor:
Como López y Fuentes es conocido por su uso de la ironía, esté atento(a) mientras usted lea el cuento para ver si lo que pasa en el fondo *(behind the scenes)* es diferente de lo que cuenta el narrador.

9-14 Vocabulario: Sinónimos en contexto. Reemplace las palabras en negrilla con sinónimos tomados de las líneas 1–46 del cuento.

1. El aire tenía mal olor porque muy cerca pasaba el río y sus aguas estaban sólo un poco **purificadas.**
2. Todos sabían del noble **propósito** de la comisión: **luchar contra** el alcoholismo que constituye la **destrucción** del individuo.
3. Un regidor **tiraba** cohetes (de fuegos artificiales) al aire para que se **informaran** de la visita hasta en los ranchos más **lejanos.**
4. Los vecinos **llegaban** en gran número y **con apuro,** para ganar un **lugar** cerca de la plataforma destinada a **los gobernantes.**

9-15 Hacer inferencias. Mire el título, el dibujo y las líneas 1–46 del cuento.

Conteste las preguntas y escoja la opción que complete cada inferencia de manera correcta.

1. ¿Por qué estaba tan malo el aire del pueblo?

Inferencia: Es probable que en el pasado el pueblo haya recibido (mucha / poca) atención por parte del gobierno.

2. ¿Cuál era el "noble objetivo" de la comisión del gobierno?

Inferencia: La actitud de los representantes del gobierno hacia la gente del pueblo se caracterizaba por (un gran respeto / un aire de superioridad).

Lea el cuento para descubrir qué tiene que pasar para que el gobierno federal comprenda las verdaderas necesidades de un pueblo.

Noble campaña

GREGORIO LÓPEZ Y FUENTES

vistió... puso la ropa más
  elegante / **De...** Si pudieran
  haberlo hecho
tenía mal olor
parte del río / desperdicios

impresos... panfletos
  distribuidos / falta de
  progreso

la misión de la comisión
bebida alcohólica hecha del
  maguey
fuegos artificiales

terminar / Dijo también

planta carnosa *(succulent)*
  que se usa para hacer el
pulque / plataforma

emborracharse *(to get
  drunk)*

broche... the best for last
  *(literally, "gold clasp [or
  fastener] from the saying
  "cerrar con broche de
  oro.")* / taverna / oficial /
  banquete / grupo
bank

fertilizante

1 El pueblo se vistió de domingo° en honor de la comisión venida de la capital de la
República: manta morena, banderas, flores, música. De haberse podido,° hasta se hubiera purificado el aire, pero eso no estaba en las manos del Presidente Municipal. El
aire olía° así porque a los ojos de la población pasa el río, un poco clarificado ya: es el
5 caudal° que sale de la ciudad, los detritos° de la urbe, las llamadas aguas negras...

Desde que llegó la comisión, más aún, desde que se anunció su visita, se supo
del noble objeto de ella: combatir el alcoholismo, el vino que, según los impresos
repartidos° profusamente entonces, constituye la ruina del individuo, la miseria de
la familia y el atraso° de la patria.

Otros muchos lugares habían sido visitados ya por la misma comisión y en todos ellos se había hecho un completo convencimiento. Pero en aquel pueblo el
cometido° resultaba mucho más urgente, pues la región, gran productora de
pulque,° arrojaba, según decían los oradores, un mayor coeficiente de viciosos.

Dos bandas de música de viento recorrieron las calles, convocando a un festival
15 en la plaza. El alcalde iba y venía dando órdenes. Un regidor lanzaba cohetes° a la altura, para que se enteraran del llamado hasta en los ranchos distantes. Los vecinos
acudían en gran número y de prisa, para ganar un sitio cerca de la plataforma destinada a las visitas y a las autoridades.

El programa abrió con una canción de moda. Siguió el discurso del jefe de la
20 comisión antialcohólica, quien, conceptuosamente, dijo de los propósitos del Gobierno: acabar° con el alcoholismo. Agregó° que el progreso es posible únicamente
entre los pueblos amigos del agua, y expuso el plan de estudio, plan basado naturalmente en la Economía, que es el pedestal de todos los problemas sociales: industri-
alizar el maguey° para dar distinto uso a las extensas tierras destinadas al pulque.

25 Fue muy aplaudido. En todas las caras se leía el convencimiento.

Después fue a la tribuna° una señorita declamadora, quien recitó un bellísimo
poema, cantando la virtud del agua en sus diversos estados físicos...

¡Oh, el hogar donde no se conoce el vino! ¡Si hay que embriagarse,° pues, a embriagarse, pero con ideales!

30 Los aplausos se prolongaron por varios minutos. El Presidente Municipal —
broche de oro°—agradeció a los comisionados su visita y, como prueba de adhesión
a la campaña antialcohólica —dijo enfáticamente— no había ni un solo borracho, ni
una pulquería° abierta, en todo el pueblo...

A la hora de los abrazos, con motivo de tan palpable resultado, el funcionario°
35 dijo a los ilustres visitantes que les tenía preparado un humilde ágape.° Fue el
mismo Presidente Municipal quien guió a la comitiva° hacia el sitio del banquete,
una huerta de su propiedad situada a la orilla° del río. A tiempo que llegaban, él
daba la explicación de la fertilidad de sus campos: el paso de las aguas tan ricas en
limo, en abono° maravilloso y propicio a la verdura.

40 No pocos de los visitantes, en cuanto se acercaban al sitio del banquete, hacían
notar que el mal olor sospechado desde antes en todo el pueblo, iba acentuándose en
forma casi insoportable...

—Es del río —explicaban algunos vecinos—. Son las mismas aguas que vienen desde la ciudad, son las aguas negras, sólo que por aquí ya van un poco clarificadas.

—¿Y qué agua toman aquí?   45

—Pues, quien la toma, la toma del río, señor... No hay otra.

Un gesto de asco° se ahondó en las caras de los invitados.   repugnancia

—¿No se muere la gente a causa de alguna infección?

—Algunos... Algunos...

—¿Habrá aquí mucha tifoidea?   50

—A lo mejor°: sólo que tal vez la conocen con otro nombre, señor...   A... Probablemente

Las mesas, en hilera,° estaban instaladas sobre el pasto,° bajo los árboles, cerca   línea / yerba
del río.

—¿Y esa agua de los botellones° puestos en el centro de las mesas, es del río?   botellas grandes

—No hay de otra, señor... Como ustedes, los de la campaña antialcohólica, sólo   55
toman agua... Pero también hemos traído pulque... Perdón, y no lo tomen como una
ofensa, después de cuanto° hemos dicho contra la bebida...Aquí no hay otra cosa...   todo lo que

A pesar de todo, se comió con mucho apetito. A la hora de los brindis,° el jefe   *toasts*
de la comisión expresó su valioso hallazgo°: —¡Nuestra campaña antialcohólica   **valioso...** brillante
necesita algo más efectivo que las manifestaciones y que los discursos: necesitamos   60   descubrimiento
introducir el agua potable a todos los pueblos que no la tienen...!

Todos felicitaron al autor de tan brillante idea, y al terminar la comida, los botel-
lones del agua permanecían intactos, y vacíos° los de pulque...   empty

Después de leer

9-16 Recapitulación del argumento. Complete las siguientes frases para hacer una recapitulación del argumento (*plot*) del cuento.

1. La gente del pueblo preparó un gran festival en la plaza para recibir a...
2. En su discurso público, el jefe de la comisión dijo que...
3. Luego, una señorita recitó un poema sobre...
4. El funcionario invitó a los visitantes a...
5. El lugar tenía un olor desagradable porque...
6. Todos tomaron pulque durante la comida y dejaron intactas las botellas de agua porque...
7. A la hora de los brindis, el jefe de la comisión expresó su "brillante idea", que era...

9-17 Identificación de la idea principal. Escriba en una o dos oraciones la idea principal del cuento:

_____

_____

9-18 Opiniones. Hágale las siguientes preguntas a un(a) compañero(a) para saber qué opina del cuento, y luego conteste las preguntas que él o ella le hace a usted. Usen las formas de **tú**. Después, comparen sus respuestas con las de otro grupo o de la clase.

1. ¿Qué características típicas de las comisiones oficiales ves en el cuento?
2. Los oficiales de la comisión llegan al pueblo para educar a sus habitantes. Pero, en realidad, ¿quiénes enseñan a quiénes? Explica.
3. ¿Qué opinas de la "brillante idea" del jefe de la comisión? ¿Fue realmente una sorpresa para la gente del pueblo, o no? ¿Cómo lo sabes?
4. ¿Crees que el cuento es cómico o trágico? ¿Por qué?
5. ¿Qué problemas hay en el lugar donde tú vives que no reciben atención por parte del gobierno? Si tú tuvieras poder, ¿qué harías para solucionar esos problemas?

9-19 ¿Qué tiene que ver un gato con la ecología? Muchos creen que lo que se necesita para salvar el planeta es que todos nosotros hagamos una serie de pequeños cambios en nuestro estilo de vida. Mire el siguiente anuncio y conteste estas preguntas:

1. ¿Qué tiene que ver un gato con botellas para la leche?
2. ¿Qué cambio nos recomienda este anuncio?

Luego, trabaje con un(a) compañero(a) para ver cuántas diferentes terminaciones pueden inventar para esta frase:

Sería positivo para la ecología si todos nosotros ...

9-20 A escribir: A propósito de *(with respect to)* **la naturaleza.** Escriba una composición de una página, siguiendo estos pasos.

Paso 1: Escoja una de estas opciones:

A. Un poema o monólogo, dirigido a un animal, a una planta, al océano, a una montaña o a algún otro elemento o aspecto de la naturaleza que le importe mucho. Imite el estilo de *In memoriam* (página 166).

B. Una carta al señor que se ve en el dibujo humorístico por Norvi (página 165), explicándole cómo debiera cambiar su vida para expresar su amor por la naturaleza.

Paso 2: Repase rápidamente el capítulo y haga una lista de palabras y frases relacionadas con su tema.

Paso 3: Piense en qué puntos son los más importantes y en qué emociones o reacciones quiere usted comunicar.

Paso 4: Primera estrofa (stanza) del poema: Empiece así: Oh, ___, si yo fuera tú... Luego, describa lo que (*what*) usted haría (y cómo se sentiría) si fuera ese animal (o planta, etc.).

Primer párrafo de la carta: Empiece así: *Estimado amigo, si realmente quisiera conservar el medio ambiente, usted no...* Luego, describa las cosas que él obviamente ha hecho que no son buenas para el medio ambiente.

Paso 5: Segunda estrofa: Empiece así: *Si yo tuviera poderes infinitos...* Describa los cambios benéficos que haría para el mundo natural si usted fuera todopoderoso(a).

Segundo párrafo: Empiece así: *Sí, señor, si realmente amara la naturaleza, usted...* Describa las buenas acciones que debiera hacer ese señor para crear un impacto positivo en la ecología.

Paso 6: Invente un buen título para su obra.

Aprender mejor:
Utilizar las formas del imperfecto de subjuntivo por escrito es un paso necesario de preparación para que usted las use luego en la conversación.

Grammar	verbs: present; verbs: *if* clauses; si; subjunctive agreement; verb conjugator
Vocabulary	animals, birds, fish, insects, wild; emotions: negative, positive; dreams and aspirations; plants: flowers, gardens and gardening, trees; poetry
Phrases	describing objects, people, places; expressing a wish or desire, an opinion, hopes and aspirations

Voice your choice! Visit **http://voices.thomsoncustom.com** to select additional readings relevant to this chapter's theme.

La imagen y los negocios

La familia del presidente, Fernando Botero

EL ARTE, ESPEJO DE LA VIDA

Track 4

Los gordos mandan

El pintor colombiano Fernando Botero es conocido internacionalmente por sus humorísticos cuadros poblados de figuras gordas de aspecto infantil. Sus pinturas de gran colorido se han usado muchas veces en la propaganda comercial. Mire la pintura de Botero, *La familia del presidente*.

Observemos. Observe bien la pintura de Fernando Botero y llene el siguiente cuadro.

Aspecto	Descripción
Figuras	¿Cuántas personas hay? _____ Botero mismo aparece en el fondo *(background)* de la pintura. ¿Qué hace? _____ Uno de los hombres representa al presidente de Colombia, con su sombrero y sus anteojos. ¿Quiénes son las otras personas? __su amante __su esposa __su hija __su mamá __un médico __un militar __un obispo *(bishop)* __un piloto ¿Cuántos animales hay? _____ ¿Cuáles son? _____
objetos	__avión __bolsa __cayado *(shepherd's crook, staff)* __medallas *(medals)* __muñeca *(doll)* __pistola __pluma *(pen)* __rosario __silla
colores	__amarillo __anaranjado __azul __blanco __gris __marrón __morado __negro __rojo __rosa __verde *fondo* ¿Qué elemento geográfico (típico de Colombia) se ve en el fondo *(background)*? __árboles __cataratas __flores __lagos __volcanes *atmósfera* ¿Cómo se podría describir la *atmósfera* del cuadro? __alegre __cordial __confusa __formal __rígida __seria __tensa __tranquila

Analicemos e interpretemos. Trabaje con un(a) compañero(a). Háganse las siguientes preguntas. Luego, compartan sus respuestas con las de otros compañeros.

1. ¿Quiénes son los dos hombres que están al lado del presidente? ¿Por qué están en este cuadro que se llama *La familia del presidente*? ¿Crees que su presencia es buena o mala para el pueblo? ¿Por qué?
2. Si tú quisieras empezar un negocio en el país representado en el cuadro, ¿con quiénes hablarías? ¿Crees que todo el mundo tendría las mismas oportunidades, o no? Explica.
3. ¿Cuál de las dos mujeres adultas es la esposa del presidente? ¿Quién será la otra? ¿Cómo lo sabes?
4. ¿Qué opinas de los dos animales domésticos? ¿Son mascotas *(pets)* normales? ¿Te parecen raros? En tu opinión, ¿qué simbolizan?
5. Piensa un momento en la imagen de este grupo pintado por Botero. ¿Qué tipo de gobierno está representado aquí? ¿Te parece un gobierno de libertad o de represión? Explica.

6. ¿Qué piensas de estas figuras gordas de aspecto infantil? ¿Por qué las pintó así Botero? Sólo el artista sabe por qué usa su estilo particular, pero podemos pensar en interpretaciones posibles. ¿Será una representación irónica o satírica? ¿Querrá sugerir que estas personas poderosas no son tan inocentes como parecen? A veces los artistas critican la sociedad por medio del humor. En tu opinión, ¿hay crítica social en este cuadro? Explica.

Busquemos. Busque información en Internet (o en la biblioteca) sobre uno de los siguientes temas: (1) la vida de Fernando Botero, (2) otra obra de Botero, (3) uno de los presidentes colombianos de los últimos 20 años, (4) el presidente actual de Colombia y su familia. Prepare un breve informe escrito sobre el tema y compártalo con la clase. Trate de encontrar algún dato insólito o curioso, o una ilustración llamativa *(eye-catching)*, para hacer más interesante su informe.

Grammar	verbs: present, preterit, imperfect, present perfect
Vocabulary	arts; cultural periods and movements; people; personality; violence; working conditions
Phrases	describing objects, people, places, the past; expressing an opinion; writing about characters

VOCABULARIO

preliminar

Estudie las palabras y expresiones en negrilla para usarlas en este capítulo.

el anuncio comercial aviso de publicidad

bajar descender, disminuir, decrecer, reducir

el (la) comerciante hombre (mujer) de negocios, negociante

el (la) consumidor(a) persona que compra o consume productos

discreto(a) reservado(a), moderado(a) en sus palabras y acciones

el don de gentes habilidad de tratar a la gente, carisma

el (la) dueño(a) propietario, persona que posee algo

la ganancia lo que se gana, provecho

la imagen representación de una persona o cosa

la marca nombre de la compañía que fabrica o distribuye un producto

la mercadotecnia estudio de los mercados y de cómo promocionar y vender productos

la meta objetivo de una acción, propósito

los modales manera de portarse en la sociedad (siempre usada en plural)

los negocios transacción o actividad comercial (generalmente usada en plural)

la plata dinero (en Latinoamérica)

la propaganda (comercial) publicidad empleada para vender un producto

reconocer darse cuenta de qué es una persona o cosa, identificar

la seguridad condición de estar seguro (libre de todo daño o peligro) el sueldo salario

subir ascender, aumentar, crecer, elevarse

ⓁENGUA Y CULTURA

Cognados engañosos

La gran mayoría de los cognados quieren decir casi lo mismo en inglés y en español, pero recuerde que hay excepciones, los "cognados engañosos".

Es muy común, por ejemplo, decir que alguien es **bien educado.** Como esto se pronuncia con un tono de admiración, es fácil que el anglohablante se equivoque pensando que se habla de alguien que ha estudiado mucho y con provecho *(a well-educated person)*. Pero no es así. Una persona bien educada es una persona que ha sido criada bien por su familia y que tiene buenos modales. La **buena educación** quiere decir *good upbringing*.

Otro ejemplo es la palabra **simpatía,** que no quiere decir *sympathy,* sino esa mágica cualidad tan admirada en las culturas hispanas: la combinación de don de gentes, interés en los demás y entusiasmo. La persona que tiene esta cualidad es **simpática,** palabra para la que no existe en inglés ninguna traducción exacta (y por eso muchas veces se traduce, de manera inadecuada, como *nice*). Pero no es necesario tener una definición porque la simpatía es algo que uno siente y a la persona simpática ¡se le perdona todo!

PRÁCTICA

10-1 Sinónimos. Dé sinónimos de la lista del **Vocabulario preliminar** para las siguientes palabras o expresiones.

1. el salario
2. prudente
3. el objetivo
4. el propietario
5. el dinero
6. aumentar
7. el provecho
8. decrecer
9. el aviso comercial
10. la publicidad
11. la conducta social
12. una situación sin peligro

10-2 Rimas. Llene los siguientes espacios en blanco con palabras de la lista del **Vocabulario preliminar** que completen el sentido y la rima.

> **MODELO** *No te conviene la extravagancia / si quieres sacar alguna ganancia.*

1. No debes ser descortés ni insultante / si trabajas como _____.
2. Cuando tú entras, cuando tú sales, / siempre muestra tus buenos _____.
3. La persona que quiere alcanzar una meta / tiene que ser sabia y _____.
4. Si compras una cosa muy barata, / a largo plazo pierdes _____.
5. Desde tu ventana o desde tu veranda / puedes ver la _____.

ⒺNFOQUE DEL TEMA
Entre la imagen y la realidad

tool

los... las otras personas
Image Consultants
de Buenos Aires, Argentina

improvement
ropa

asesoria... image consulting /
grupo de clientes / **sin...**
nonprofit
modificación... *makeover*

campos

ya... no longer / inocente /
engaños / *TV*

máquinas... *weight machines*

logran

"La imagen personal es la herramienta° más poderosa que tenemos para poder proyectar y comunicar nuestra personalidad, nuestras capacidades y nuestro estilo a los demás°."

Así empieza un anuncio de *Cornejo & Estebecorena, Asesora en Imagen,*° un negocio bonaerense° que ofrece cursos en Imagen y Liderazgo. Según dicen, los cursos son dirigidos por profesionales que provienen de la psicología, la mercadotecnia y las ciencias sociales; tienen como meta el mejoramiento° de detalles como el tono de voz, los modales, y la vestimenta° de sus clientes. El anuncio insiste en que "no sólo políticos y estrellas del espectáculo utilizan los servicios de asesoría de imagen°". Su clientela° incluye también organizaciones sin fines de lucro,° compañías que buscan definir su imagen corporativa, gente de negocios y personas comunes y corrientes que necesitan un cambio.

Aunque no abundan las personas que quieran pagar por una modificación total° de su imagen personal, no cabe duda de que la imagen es importante en muchas esferas°: en la política, en las artes, en la vida social, en los negocios. A continuación vamos a examinar algunos de los usos y abusos de las imágenes, y cómo nos influyen.

La manipulación de las imágenes en la propaganda

El ejemplo más obvio del poder de la imágen es la propaganda comercial. Hoy día la gente ya no° es ingenua.° Se da cuenta de los trucos° usados en los anuncios. El público reconoce que se manipulan las imágenes en la tele° para hacer aparecer ciertas cosas más grandes, jugosas o bellas de lo que son en realidad. Sabe también que la combinación de imágenes puede sugerir asociaciones que son totalmente falsas. Es probable que las personas musculosas, que se ven montadas en las máquinas de pesas,° tengan cuerpos perfectos por razones que no tienen nada que ver con los productos mostrados en el anuncio. Sin embargo, la manipulación y las falsas asociaciones de la propaganda alcanzan° las metas por las que se inventaron: venden productos. Son eficaces.

Liniers

¿Por qué está esperando el hombre con sus brazos levantados? ¿Qué falsas asociaciones (por no decir "mentiras") ha visto usted en la propaganda comercial?

La colocación de productos°

Cada día es más común la colocación de productos en películas, en programas de la tele e inclusive° en libros. En esta práctica también resalta° la vinculación entre la imagen y un producto. A veces el producto se introduce de manera directa, otras veces de manera más sutil.° Estás en el cine mirando una película de acción. En la pantalla° se ve una escena de gran emoción: los malvados persiguen al guapo y varonil° héroe que los evita con maravillosa astucia. De repente la cámara se enfoca en las zapatillas° del héroe y ¿qué muestran? ¡la marca! ¿Qué asociación se establece en este breve instante? Pues: *los hombres activos, guapos y varoniles llevan tal marca de zapatillas.* Y si el espectador se comprara la misma marca, él también sería un hombre guapo, varonil y activo.... Naturalmente, esta idea no es lógica. Pero la imagen positiva y el nombre de la marca quedan grabados° juntos en la mente de los espectadores.

La imagen del "buen" comerciante en Latinoamérica

El uso de las imágenes no se limita a la propaganda y a la colocación de productos. En los negocios la regla número uno es que tú vendes a ti mismo, de ahí la importancia de la imagen personal. ¿Cómo es la imagen del perfecto hombre o de la perfecta mujer de negocios? Bueno, eso depende de las circunstancias y también de la cultura.

En Latinoamérica, por ejemplo, el negociante perfecto es, ante todo, una persona bien educada, sociable y de modales intachables.° Tiene don de gentes y conoce el arte de la conversación. Su objetivo es cultivar una relación personal con su cliente. Una vez que lo conoce, por ejemplo, nunca va a hablarle a boca de jarro° de los negocios. Siempre le preguntará primero por su familia.

En general, los comerciantes latinos son más formales y discretos que los de Estados Unidos y Canadá, tanto en la ropa como en la etiqueta. Hay que llevar cuello y corbata° aún cuando hace calor. Los pequeños detalles, como el cuidado de las uñas,° o la presentación de una elegante tarjeta de negocios no pasan desapercibidos.° No está bien visto° conversar sobre temas controvertidos° como el de la política. Es mucho mejor comenzar con temas livianos, tales como los deportes, o los bellos monumentos de la región.

Es imprescindible° que el buen negociante se haya preparado con anticipación, informándose de las costumbres locales. Lleva pequeños obsequios,° como flores o perfume para las mujeres, licores o juegos para los hombres. Sabe que en México no se regalan flores amarillas ni en Brasil flores moradas porque allá simbolizan la muerte.

Cada pueblo está orgulloso de sus tradiciones particulares. El comerciante bien informado comprende que sería un grandísimo error considerar a todos los latinoamericanos como si fueran cortados de la misma tela.° Hay muchas culturas. No obstante, en general, los latinos son cálidos y tolerantes. No exigen la perfección. A fin de cuentas, lo que aprecian más en otra persona es **la simpatía.**

La... *Product Placement*

even / es evidente

indirecta / *screen*
muy masculino
zapatos para el deporte

registrados

impecables

a... *right off the bat*

cuello... *shirt and tie, (literally, collar and tie)* / *fingernails* / sin ser notados / considerado / polémicos

absolutamente necesario

regalos

cortados... exactamente lo mismo, *(literally, cut from the same cloth)*

PRÁCTICA

10-3 Preguntas.

1. ¿Cuáles son algunos de los trucos que se emplean en la propaganda comercial?
2. ¿Qué falsas asociaciones están insinuadas en los anuncios?
3. ¿Qué productos ha visto usted "colocados"? ¿Dónde? ¿Qué piensa usted de esta práctica?
4. ¿Cuál es el objetivo del buen negociante en Latinoamérica? ¿De qué habla?
5. ¿Cómo es su imagen? ¿Qué hace? ¿Qué no hace?
6. ¿Por qué sería un grandísimo error tratar a todos los latinoamericanos de la misma manera?

10-4 ¡Explícame este tema! Trabaje con un(a) compañero(a) para explicar los siguientes temas: una persona explica el tema y la otra persona le hace las preguntas entre paréntesis *y otras que inventa.* Altérnense en los dos papeles *(roles).*

1. El uso de una *Asesora en imagen* (¿Quiénes usan una compañía de este tipo? ¿Por qué? ¿Qué cursos ofrecen? ¿Quiénes enseñan los cursos?)
2. La colocación de productos (¿Dónde los colocan? ¿Quiénes lo hacen? ¿Qué productos colocan? ¿Cómo? ¿Por qué?)
3. La importancia de la buena educación para un o una negociante en América Latina (¿Qué quieren decir con esta expresión? ¿En qué consiste? ¿Cómo es la persona "bien educada? ¿De qué habla? ¿Cómo trata a la gente? ¿Cómo es la persona "mal educada"?)

10-5 Opiniones. Trabaje con otras personas, haciendo y contestando estas preguntas. Luego, comparen sus respuestas con las de otros grupos.

1. ¿Qué anuncios de la tele te gustan? ¿Cuáles no te gustan? ¿Por qué? ¿Tienes un anuncio favorito? ¿Cuál es el anuncio de la tele actual más ingenioso? ¿Cuál es el más divertido y cómico?
2. En tu opinión, ¿cómo sería la imagen del negociante perfecto en Estados Unidos o en Canadá? ¿Habría diferencias en la imagen?
3. ¿Si tuvieras la oportunidad, irías como cliente al negocio de *Asesora en imagen*? ¿Qué aspecto de tu apariencia, personalidad o comportamiento te gustaría cambiar? ¿O es que eres perfecto(a)? Explica.
4. Es imposible ser una persona honesta y sincera y al mismo tiempo ser un buen negociante. ¿Verdad o mentira? ¿Por qué?

10-6 Traiga y explique.

Busque un anuncio en español y tráigalo a la clase. (Lo puede encontrar en Internet, o copiarlo de revistas o periódicos hispanos en la biblioteca.) Trabaje en grupo con dos o más personas. Cada persona muestra su anuncio y explica en español los métodos que se emplean para vender el producto. Luego, el grupo decide cuáles de los anuncios son eficaces y cuáles no.

ⓢ ELECCIÓN 1

Antes de leer

El lanzamiento de un nuevo producto es un momento emocionante para toda la gente que haya trabajado en él. En el caso del coche YCC se trataba de un producto muy especial. El fabricante (Volvo) había invertido una gran cantidad de tiempo y dinero en estudios de mercadotecnia para llevar a cabo un diseño a la vez "muscular y elegante." ¿Por qué? Examine la foto, el título y el epígrafe (nota preliminar) del artículo que sigue, y trate de contestar estas preguntas:

> *¿Para qué sector del mercado fue diseñado el Volvo YCC?*
> *¿Por qué se puede decir que es único y diferente,*
> *y que rompe las tradiciones del pasado?*

10-7 Identificación de las partes del auto. Aprenda los términos automovilísticos que se usan en el artículo. Mire bien cada palabra en negrilla y escriba su letra delante de la definición apropiada.

a. **acelerador**   **1.** _____ cosa que sirve para sentarse
b. **asiento**   **2.** _____ pieza circular que dirige los movimientos de un vehículo
c. **cinturón**   **3.** _____ sistema de frenos, mecanismo que detiene el movimiento
d. **frenado**   **4.** _____ pedal que hace subir o bajar la velocidad
e. **volante**   **5.** _____ cinto de tela que sujeta a la persona de manera segura

10-8 Adivinar el significado en el contexto. Lea los siguientes fragmentos del artículo y adivine los significados de las frases en itálica, usando los contextos como pistas *(clues)*. Escriba la letra de la opción correcta en cada espacio en blanco.

1. _____ Berta Benz... se levantó *de madrugada* y se puso al volante *(behind the wheel)* ...
   a. muy temprano
   b. por la noche
   c. rápidamente

2. _____ ... de un triciclo con motor cuya *(whose)* potencia... le permitía alcanzar 16 kilómetros por hora. *En llano*, claro.
   a. Con muchos amigos para acompañarla
   b. Dentro de un enorme edificio
   c. Por un camino sin subidas y bajadas

3. _____ ¿Y qué fabricante *(auto maker)* *en su sano juicio* no querría...?
   a. antes de ver un nuevo producto
   b. con un cerebro que funcionara bien
   c. de una ciudad grande y famosa

4. _____ Sin embargo, *a la hora* de elegir un coche, las mujeres...
   a. en el momento
   b. para tener el tiempo
   c. por la calle

5. (Este modelo) está repleto de soluciones para tener *a mano*... todo lo que necesitaremos en el coche....
   a. abajo
   b. cerca
   c. lejos

6. (un sistema)... que permite... *ponerlo en marcha* con sólo pisar el acelerador.
   a. ascender por el camino
   b. bajar la velocidad
   c. comenzar el movimiento

Hay que notar que el siguiente artículo es de una revista española y por lo tanto ciertos términos son difrerentes de las palabras comunmente empleadas en otras partes. Por ejemplo, en Latinoamérica se habla de *manejar* un vehículo, mientras que en España se usa *conducir*. Además, generalmente, en México se dice *carro*, en Sudamérica *auto*, y en España: *coche*. Lea el artículo para saber más sobre las cualidades sorprendentes de un coche muy original.

Lo que quieren las mujeres... en un coche

ANA PÉREZ

1 **Práctico, seguro y de diseño vanguardista° Así es el primer coche pensado por y para mujeres**

5 Corría° el año 1888 y Berta Benz, esposa de Karl Benz —el padre del automóvil— se levantó de madrugada y se puso al volante del invento de su marido: un tri-
10 ciclo con motor cuya° potencia° de 0,88 CV le permitía alcanzar 16 kilómetros por hora. En llano, claro. Recorrió° 120 kilómetros y tardó 15 horas. Se escribía así la
15 historia del primer viaje largo a los mandos° de un automóvil, y la protagonista era una mujer. Como esta pionera, un grupo de mujeres que trabajan para Volvo

El Volvo YCC, diseñado por y para mujeres

20 decidió hace un año proponer la creación de un automóvil pen-

sado por y destinado a las mujeres; el *YCC —Your Concept*

línea 2 muy avanzada 5 Era 10 *whose* 10 fuerza 13 Cubrió la distancia de 16 **a...** bajo el control

Car—. No en balde°, sólo en
25 España contamos con° más de
ocho millones de conductoras°
—el 36,96% del total—. ¿Y qué
fabricante° en su sano juicio no
querría seducir a tan jugoso
30 segmento°? De hecho,° (la
revista) *Motors* publicó un
estudio en el que aseguraba° que
las mujeres influyen en más del
80% de las decisiones de
35 adquisición de vehículos nuevos,
y compran directamente el 44%.
Sin embargo, "a la hora de elegir
un coche, las mujeres y los
hombres no tienen las mismas
40 prioridades. Se dice que, si se
satisfacen las expectativas de las
mujeres, se superan° las de los
hombres," asegura Eva-Lissa
Andersson, Directora de
45 Proyectos de Volvo. ¿Cuáles son
estas expectativas?

Pensando en todo

En primer lugar, un coche debería hacernos la vida más fácil,
50 no más complicada. Esta es una
de las máximas° de las que
parte° el equipo creativo del
Volvo *YCC*. Así podríamos decir
que este modelo va más allá de°
55 lo práctico. Esto es: está repleto°
de soluciones para tener a mano,
sin estorbar° mientras conduci-
mos, todo lo que necesitaremos
en el coche —el bolso,° el

Las creadoras del Volvo YCC

60 móvil,° etc.—, sus puertas son
del tipo alas de gaviota,° y el
volante y el asiento del conductor se mueven, para facilitar la
entrada y salida del coche.
65 Además el *YCC* permite variar la
altura de conducción°; alta, para
quien prefiera tener una visión
dominante de la carretera, o
baja, para una conducción mas
70 deportiva. Otra máxima del concepto del *YCC* es la seguridad.
Así, tanto la posición del asiento
como la del cinturón se ajusta
automáticamente según la altura
75 del conductor, y dispone de° la
última tecnología en sistemas

eléctronicos de seguridad —
estabilidad y frenado—. Además,
incorpora un motor de bajas
80 emisiones, potente —215 CV—
y bajo consumo. Todo, gracias a
sistemas como el *ISG* —Generador de Arranque° Integrado—,
que permite apagar° el motor en
85 atascos° y semáforos° y ponerlo
en marcha con sólo pisar° el
acelerador. Y es que estas chicas
han pensado en todo, y el resultado es un coche que cualquiera
90 —hombres y mujeres— querrían
tener. ¿O no?

De la revista española *Quo*

---

24 **en...** en vano *(in vain)* 25 **contamos...** *we can count on* 26 mujeres que conducen 28 *manufacturer* 30 **tan...** un grupo de consumidores
tan grande 30 **De.** En realidad 32 afirmaba 42 **se...** exceden, pasan 51 normas, reglas 52 empieza 54 **más...** *even farther than* 55 lleno
57 presentar obstáculo 59 *purse* 60 cellular (en España) 61 **tipo...** *gull-wing style (opening upwards)* 66 **altura...** *driving height*
75 **dispone...** tiene 83 *Start-up* 84 extinguir 85 *traffic jams* 85 *traffic lights* 86 tocar con el pie

Despues de leer

10-9 Cierto o falso. Lea las siguientes descripciones del coche YCC y ponga **Cierto** delante de las que son verdaderas y **Falso** delante de las que no lo son. Corrija las frases falsas.

1. _____ El primer viaje largo en automóvil fue hecho en 1888 por Karl Benz.
2. _____ Este viaje fue de 16 kilómetros y duró 15 horas.
3. _____ El YCC fue diseñado para mujeres por un grupo de famosos ingenieros de Volvo.
4. _____ En España hay más de 8 millones de mujeres que conducen automóviles.
5. _____ En el YCC hay lugares especiales para poner varias cosas cerca del conductor.
6. _____ Las puertas de este coche se abren para arriba como si fueran alas de una gaviota.
7. _____ Tanto el asiento como el volante se mueven automáticamente cuando alguien entra o sale del coche.
8. _____ Si el conductor quiere un estilo más deportivo, puede subir la altura de conducción.
9. _____ La posición del asiento y la del cinturón se ajustan automáticamente según la altura del conductor.
10. _____ Un aspecto ecológico del coche YCC es su motor de bajo consumo y de bajas emisiones.

10-10 Hechos y opiniones.

1. ¿Qué aspectos del YCC harían la vida más fácil para su dueño o dueña? ¿Cuál de estos le gusta más a usted? ¿Cuál le gusta menos? ¿Por qué?
2. ¿Qué aspectos del coche contribuyen a la seguridad? ¿Son importantes o no? ¿Por qué?
3. ¿Por qué se puede decir que el motor tiene cualidades ecológicas? ¿Sería también económico? Explique.
4. ¿Qué es el ISG (Generador de Arranque Integrado) y por qué se usa? ¿Lo usaría usted?
5. Según el artículo, "a la hora de elegir un coche, las mujeres y los hombres no tienen las mismas prioridades." ¿Está de acuerdo con esta opinión o no? ¿Por qué? ¿Cómo sería un coche diseñado por hombres y para hombres?

10-11 Y tú al volante, ¿qué te parece? Trabaje con un compañero(a) alternándose en los papeles *(roles)*. Imagine que alguien le ha regalado a uno de ustedes un coche YCC y que la otra persona es su amigo(a) que le hace preguntas después.

1. ¿Qué piensas de las puertas "tipo alas de gaviota"? ¿Te gustan o crees que son horribles? Explica.
2. ¿Qué cosas llevas siempre contigo que necesitas tener a mano? ¿Encuentras un lugar para ellas en tu nuevo coche?
3. ¿Cómo vas a usar tu YCC, con alta o baja conducción? ¿Por qué?
4. ¿Te gustan los ajustes automáticos del volante y del asiento y de la posición del cinturón de seguridad? ¿O preferirías ajustar estas cosas manualmente?

5. Hasta el momento, ¿qué te parece tu coche? ¿Estás contento(a) con él? ¿Qué característica te gusta más? ¿Cuál no te gusta? (¿O cuáles?)

6. Si pudieras cambiar un aspecto de tu coche, ¿qué cambiarías? ¿Por qué?

10-12 Prioridades. Trabajando con otro(s), tome cinco minutos para considerar los siguientes aspectos o características de un coche. Luego, póngalos en orden de importancia para usted desde el número 1 (el más importante) hasta el número 6 (el menos importante.) Compare su lista con las del resto de la clase.

Aspectos o características de un coche

_____ **apariencia** (diseño, color, silueta atractivos)

_____ **comodidad** (fácil de entrar y salir, conducción cómoda, un lugar para todo)

_____ **economía** (bajo consumo de gasolina, bajo costo de mantenimiento)

_____ **factor ecológico** (bajas emisiones, poco impacto en el medio ambiente)

_____ **potencia del motor** (poderoso y eficaz, acceleración rápida)

_____ **seguridad** (buenos cinturones, alta tecnología de frenado y estabilidad)

Busquemos. Busque información en Internet (o en la biblioteca) sobre uno de los siguientes temas: (1) el coche Volvo YCC, (2) otro coche que tenga un diseño especial o interesante, (3) la diferencia entre lo que desean los hombres y lo que desean las mujeres en un coche. Prepare un breve informe sobre el tema y compártalo con la clase.

Mire el dibujo humorístico de *Turey,* el Taíno. ¿Cuál de los dos tipos de canoa tendrán que comprar Turey y su mujer? ¿Por qué? ¿Cómo trata de manipularlos el vendedor?

⒮ELECCIÓN 2

Antes de leer

Sergio Vodanovic nació en Yugoslavia en 1926, y su familia se trasladó a Chile cuando era niño. Allí se ha destacado como uno de los dramaturgos más importantes del país, además de director y crítico de teatro y de cine. Sus obras tienen un mensaje social y político que muchas veces critica las prácticas e instituciones de una sociedad muy clasista. En la siguiente pieza dramática, Vodanovic examina las actitudes y los prejuicios que apoyan el sistema de las clases sociales a través de un personaje común de la sociedad latinoamericana. Este personaje tiene diferentes nombres según la región. En Colombia se llama la **criada,** en México la **muchacha,** en Argentina y en Uruguay la **mucama** y en Chile la **empleada.** (Actualmente, se ha puesto de moda el término *asistenta* en España y en muchas partes de Latinoamérica.) Por lo general, es una mujer de clase baja que hace el trabajo doméstico en las casas de gente de clase media o alta. Está representada por el uniforme que lleva: el delantal blanco.

10-13 Vocabulario: Sinónimos en contexto. Lea las siguientes frases tomadas de la lectura y escoja el sinónimo apropiado (que está usado en el texto) para cada palabra en negrilla.

1. La señora **lleva** traje de baño y, sobre él, un blusón de toalla blanca.
   a. manda   b. toma   c. hace   d. usa

2. El esposo de la señora dice que quiere que el niño **haga algo útil** durante las vacaciones.
   a. extienda   b. aproveche   c. disfrute   d. resista

3. La señora dice: «Si te traje a la playa es para que **cuidaras** a Alvarito y no para que te pusieras a leer».
   a. hablaras   b. enseñaras   c. comprendieras   d. vigilaras

4. «En la casa tienes de todo: comida, una buena **habitación,** delantales limpios...»
   a. pieza   b. educación   c. mesa   d. carpa

5. «¡Y esos trajes de baño **alquilados** en la playa!»
   a. arrendados   b. regalados   c. robados   d. comprados

10-14 Lectura de las acotaciones *(stage directions).* La lectura de una pieza dramática es un poco diferente de la lectura de un cuento.

Una obra de teatro es todo diálogo junto con acotaciones que explican a los actores cómo tienen que moverse en escena. Éstas nos ayudan a visualizar la acción. Haga una lectura rápida de las acotaciones (que están escritas en letra diferente) de la primera parte y busque las respuestas a las siguientes preguntas:

1. ¿Qué saca la empleada de una bolsa?
2. ¿Adónde mira la empleada cuando la señora le pregunta si piensa en casarse?
3. ¿Quién "lanza una carcajada *(a loud laugh)*" y por qué?

4. ¿Adónde mira la empleada cuando la señora le habla de los trajes arrendados?

5. ¿Qué inferencias podemos hacer sobre los personajes, juzgando por sus acciones?

Ahora, lea la primera parte de la pieza para ver el "experimento social" que va a ocurrir. La obra empieza en una playa tranquila donde están sentadas una señora de la clase alta y su empleada (sirvienta).

El delantal° blanco

apron

SERGIO VODANOVIC

Primera parte[1]

La playa   1

Al fondo, una carpa.°   tent

Frente a ella, sentadas a su sombra, la SEÑORA *y la* EMPLEADA.

La SEÑORA *usa traje de baño y, sobre él, usa un blusón° de toalla blanca.*   blusa larga

Su tez° está tostada. La EMPLEADA *viste su uniforme blanco. La* SEÑORA *es una*   5   cara

mujer de treinta años, pelo claro, rostro atrayente aunque algo duro. La

EMPLEADA *tiene veinte años, tez blanca, pelo negro, rostro plácido y agradable.*

LA SEÑORA	*(Gritando hacia su pequeño hijo, a quien no se ve y que se supone está a la orilla del mar, justamente, al borde del escenario.)* ¡Alvarito! ¡Alvarito! ¡No le tire arena a la niñita! ¡No le deshaga el castillo° a 10 la niñita! Juegue con ella... Sí, mi hijito... juegue...
LA EMPLEADA	Es tan peleador...
LA SEÑORA	Salió al° padre... Es inútil corregirlo. Tiene una personalidad dominante que le viene de su padre, de su abuelo, de su abuela... ¡sobre todo de su abuela! 15
LA EMPLEADA	¿Vendrá el caballero° mañana?

sand castle

Salió... Es igual a su

gentleman, i.e., your husband

1   Esta es la lectura más larga de este libro y se debe usar como práctica de la lectura extendida. Las divisiones de "Primera parte" y "Segunda parte" no existen en el original; están aquí con el fin de facilitar la lectura para los estudiantes.

Se... *She shrugs her shoulders listlessly*	LA SEÑORA	*(Se encoge de hombros con desgano.°)* ¡No sé! Ya estamos en marzo, todas mis amigas han regresado y Álvaro me tiene todavía aburriéndome en la playa. Él dice que quiere que el niño aproveche las

20 vacaciones, pero para mí que es él quien está aprovechando. *(Se saca el blusón y se tiende° a tomar sol.)* ¡Sol! ¡Sol! Tres meses tomando sol. Estoy intoxicada de sol.

(Mirando inspectivamente a la EMPLEADA). ¿Qué haces tú para no quemarte?°

25 LA EMPLEADA   He salido tan poco de la casa...

LA SEÑORA   ¿Y qué querías? Viniste a trabajar, no a veranear.° Estás recibiendo sueldo, ¿no?

LA EMPLEADA   Sí, señora. Yo sólo contestaba su pregunta.

LA EMPLEADA saca de una bolsa una revista de historietas fotografiadas° y prin-
30 *cipia a leer.*

LA SEÑORA   ¿Qué haces?

LA EMPLEADA   Leo esta revista.

LA SEÑORA   ¿La compraste tú?

LA EMPLEADA   Sí, señora.

35 LA SEÑORA   No se te paga tan mal, entonces, si puedes comprarte tus revistas ¿eh?

LA EMPLEADA no contesta y vuelve a mirar la revista.

LA SEÑORA   ¡Claro! Tú leyendo y que Alvarito reviente, que se ahogue°...

LA EMPLEADA   Pero si está jugando con la niñita...

LA SEÑORA   Si te traje a la playa es para que vigilaras a Alvarito y no para que te
40 pusieras a leer.

LA EMPLEADA deja la revista y se incorpora° para ir donde está Alvarito.

LA SEÑORA   ¡No! Lo puedes vigilar desde aquí. Quédate a mi lado, pero observa al niño. ¿Sabes? Me gusta venir contigo a la playa.

LA EMPLEADA   ¿Por qué?

45 LA SEÑORA   Bueno... no sé... Será por lo mismo que me gusta venir en el auto, aunque la casa esté a dos cuadras.° Me gusta que vean el auto. Todos los días, hay alguien que se para al lado de él y lo mira y comenta. No cualquiera° tiene un auto como el de nosotros... Dime... ¿Cómo es tu casa?

50 LA EMPLEADA   Yo no tengo casa.

LA SEÑORA   Debes haber tenido padres... ¿Eres del campo?

LA EMPLEADA   Sí.

LA SEÑORA   Y tuviste ganas de conocer la ciudad, ¿ah?

LA EMPLEADA   No. Me gustaba allá.

55 LA SEÑORA   ¿Por qué te viniste, entonces?

LA EMPLEADA   Tenía que trabajar.

LA SEÑORA   No me vengas con° ese cuento. Conozco la vida de los inquilinos° en el campo. Lo pasan bien. Les regalan una cuadra° para que cultiven. Tienen alimentos gratis y hasta les sobra para vender. Algunos tienen
60 hasta sus vaquitas... ¿Tus padres tenían vacas?

LA EMPLEADA   Sí, señora. Una.

LA SEÑORA   ¿Ves? ¿Qué más quieren? ¡Alvarito! ¡No se meta tan allá que puede venir una ola! ¿Qué edad tienes?

Margin glosses:

Se... *She shrugs her shoulders listlessly*

acuesta

ponerte tostada

pasar vacaciones

revista... tipo de revista que usa fotos y diálogos para contar historias de amor

que... *let Alvarito be blown apart, let him drown (sarcastically)*

levanta

a... *two blocks away*

No... *Not just anybody*

No... *Don't give me / renters*
lote pequeño de tierra

LA EMPLEADA	¿Yo?	
LA SEÑORA	A ti te estoy hablando. No estoy loca para hablar sola.	65

LA EMPLEADA   Ando en° los veintiuno...   **Ando...** Tengo más o menos

LA SEÑORA   ¡Veintiuno! A los veintiuno yo me casé. ¿No has pensado en casarte?

LA EMPLEADA baja la vista° y no contesta.   los ojos

LA SEÑORA   ¡Las cosas que se me ocurre preguntar! ¿Para qué querrías casarte? En la casa tienes de todo: comida, una buena pieza, delantales limpios...Y si te casaras...¿Qué es lo que tendrías? Te llenarías de chiquillos,° no más.   (70)   niños pequeños

LA EMPLEADA   *(Como para sí.)* Me gustaría casarme...

LA SEÑORA   ¡Tonterías! Cosas que se te ocurren por leer historias de amor en las revistas baratas...Acuérdate de esto: los príncipes azules° ya no existen.   **príncipes...** *fairy tale princes* / novio (en Chile)
Cuando mis padres no me aceptaban un pololo° porque no tenía (75) plata, yo me indignaba, pero llegó Álvaro con sus industrias y sus fundos° y no quedaron contentos hasta que lo casaron conmigo. A mí   haciendas
no me gustaba porque era gordo y tenía la costumbre de sorberse los mocos,° pero después en el matrimonio, uno se acostumbra a todo.Y   **sorberse...** *sniffing*
llega a la conclusión que todo da lo mismo,° salvo° la plata. Sin la (80)   **da...** es igual / excepto
plata no somos nada.Yo tengo plata, tú no tienes. Esa es toda la diferencia entre nosotras.
¿No te parece?

LA EMPLEADA   Sí, pero...

LA SEÑORA   ¡Ah! Lo crees ¿eh? Pero es mentira. Hay algo que es más importante (85) que la plata: la clase. Eso no se compra. Se tiene o no se tiene. Álvaro no tiene clase.Yo sí la tengo.Y podría vivir en una pocilga° y todos se   *pigpen*
darían cuenta de que soy alguien.Te das cuenta ¿verdad?

LA EMPLEADA   Sí, señora.

LA SEÑORA   A ver... Pásame esta revista. *(LA EMPLEADIA lo hace. LA SEÑORA la hojea.°* (90)   **la...** *leafs through it*
Mira algo y lanza una carcajada.°) ¿Y esto lees tú?   risa grande

LA EMPLEADA   Me entretengo, señora.

LA SEÑORA   ¡Qué ridículo! ¡Qué ridículo! Mira a este roto° vestido de smoking.°   hombre de baja clase (en Chile) / *tuxedo*
Cualquiera se da cuenta que está tan incómodo en él como un hipopótamo con faja°... *(Vuelve a mirar en la revista.)* ¡Y es el (95)   *girdle*
conde° de Lamarquina! ¡El conde de Lamarquina! A ver... ¿Qué es lo   *Count*
que dice el conde? *(Leyendo.)* "Hija, mía, no permitiré jamás que te cases con Roberto. Él es un plebeyo.° Recuerda que por nuestras ve-   hombre que no es de la aristocracia
nas corre sangre azul." ¿Y ésta es la hija del conde?

LA EMPLEADA   Sí. Se llama María. Es una niña sencilla y buena. Está enamorada de (100) Roberto, que es el jardinero del castillo. El conde no lo permite. Pero... ¿sabe? Yo creo que todo va a terminar bien. Porque en el número° an-   *issue*
terior Roberto le dijo a María que no había conocido a sus padres y cuando no se conoce a los padres, es seguro que ellos son gente aristócrata que perdieron al niño de chico o lo secuestraron°... (105)   **lo...** *they kidnapped him*

LA SEÑORA   ¿Y tú crees todo eso?

LA EMPLEADA   Es bonito, señora.

LA SEÑORA   ¿Qué es tan bonito?

LA EMPLEADA   Que lleguen a pasar cosas así. Que un día cualquiera,° uno sepa que   **un...** *one fine day*
es otra persona, que en vez de ser pobre, se es rica; que en vez de ser (110) nadie, se es alguien, así como dice usted...

earrings

| | LA SEÑORA | Pero no te das cuenta que no puede ser... Mira a la hija...¿Me has visto a mí alguna vez usando unos aros° así? ¿Has visto a alguna de mis amigas con una cosa tan espantosa? ¿No te das cuenta que una mujer así no puede ser aristócrata?...¿A ver? ¿Sale fotografiado aquí el jardinero? |

115

LA EMPLEADA   Sí. En los cuadros del final. *(Le muestra en la revista. LA SEÑORA ríe encantada.)*

they steal away

LA SEÑORA   ¿Y éste crees tú que puede ser un hijo de aristócrata? ¿Con esa nariz? ¿Con ese pelo? Mira...Imagínate que mañana me rapten° a Alvarito.

120   ¿Crees tú que va a dejar por eso de tener su aire de distinción?

LA EMPLEADA   ¡Mire, señora! Alvarito le botó el castillo de arena a la niñita de una patada.°

le... *knocked down her*
sand castle with one kick

LA SEÑORA   ¿Ves? Tiene cuatro años y ya sabe lo que es mandar, lo que es no importarle los demás.° Eso no se aprende. Viene en la sangre.

lo... *what it means not to*
care about other people   **125**   LA EMPLEADA   *(Incorporándose.)* Voy a ir a buscarlo.

LA SEÑORA   Déjalo. Se está divirtiendo.

LA EMPLEADA se desabrocha el primer botón de su delantal.

	LA SEÑORA	¿Tienes calor?
calentando	LA EMPLEADA	El sol está picando° fuerte.
130	LA SEÑORA	¿No tienes traje de baño?
	LA EMPLEADA	No.
	LA SEÑORA	¿No te has puesto nunca traje de baño?
	LA EMPLEADA	¡Ah, sí!
	LA SEÑORA	¿Cuándo?
135	LA EMPLEADA	Antes de emplearme. A veces, los domingos, hacíamos excursiones a la playa.
	LA SEÑORA	¿Y se bañaban?

We used to rent

LA EMPLEADA   En la playa grande de Cartagena. Arrendábamos° trajes de baño y pasábamos todo el día en la playa. Llevábamos de comer y...

140   LA SEÑORA   *(Divertida).* ¿Arrendaban trajes de baño?

LA EMPLEADA   Sí. Hay una señora que arrienda en la misma playa.

LA SEÑORA   Una vez con Álvaro, nos detuvimos en Cartagena y miramos a la playa. ¡Era tan gracioso! ¡Y esos trajes de baño arrendados! Unos eran tan grandes que hacían bolsas° por todos los lados y otros quedaban tan

bulges
con... *with their butts*   **145**   chicos que las mujeres andaban con el traste afuera.° ¿De cuáles
hanging out   arrendabas tú? ¿De los grandes o de los chicos?

LA EMPLEADA mira al suelo.

LA SEÑORA   Debe ser curioso...Mirar el mundo desde un traje de baño arrendado...o con uniforme de empleada como el que usas tú...Algo pare-

150   cido le debe suceder a esta gente que se fotografía para estas historietas: se ponen smoking o un traje de baile y debe ser diferente la forma cómo miran a los demás, cómo se sienten ellos mismos... Cuando yo me puse mi primer par de medias,° el mundo entero cam-

stockings

bió para mí. Los demás eran diferentes; yo era diferente y el único cam-

155   bio efectivo era que tenía puesto un par de medias...Dime...¿Cómo se ve el mundo cuando se está vestida con un delantal blanco?

LA EMPLEADA   *(Tímidamente.)* Igual...La arena tiene el mismo color...las nubes son iguales...Supongo.

LA SEÑORA	Pero no... Es diferente. Mira. Yo con este traje de baño, con este blusón de toalla, sé que estoy en "mi lugar," que esto me pertenece°... 160 En cambio tú, vestida como empleada sabes que la playa no es tu lugar, que eres diferente... Y eso, eso te debe hacer ver todo distinto.
LA EMPLEADA	No sé.
LA SEÑORA	Mira. Se me ha ocurrido algo. Préstame° tu delantal.
LA EMPLEADA	¿Cómo? 165
LA SEÑORA	Préstame tu delantal.
LA EMPLEADA	Pero... ¿Para qué?
LA SEÑORA	Quiero ver cómo se ve el mundo, qué apariencia tiene la playa cuando se la ve encerrada° en un delantal de empleada.
LA EMPLEADA	¿Ahora? 170
LA SEÑORA	Sí, ahora.
LA EMPLEADA	Pero es que... No tengo vestido debajo.
LA SEÑORA	*(Tirándole el blusón.)* Toma... Ponte esto.
LA EMPLEADA	Voy a quedar en calzones°...
LA SEÑORA	Es lo suficientemente largo como para cubrirte. *(Se levanta y obliga* 175 *a levantarse a la* EMPLEADA.*)* Ya. Métete en la carpa y cámbiate.° *(Prácticamente obliga a la* EMPLEADA *a entrar a la carpa y luego lanza al interior de ella el blusón de toalla. Se dirige al primer plano° y le habla a su hijo.)*
LA SEÑORA	Alvarito, métase un poco al agua. Mójese las patitas siquiera°... ¡Eso es! 180 ¿Ves que es rica el agüita? *(Se vuelve hacia la carpa y habla hacia dentro de ella.)* ¿Estás lista? *(Entra a la carpa.)*

me... belongs to me

Lend me

cubierta

Voy... *I'll be left in my underwear*
change your clothes

al... *to the front of the stage*

Mójese... *Get your tootsies wet at least*

Después de leer (primera parte)

10-15 Comprensión de la lectura: La caracterización. En una pieza dramática, el autor nos muestra el carácter de sus personajes por medio de palabras y acciones. Termine las siguientes frases sobre los personajes.

1. Vemos que la señora es esnob cuando...
2. Se nota que la señora es materialista y cínica cuando...
3. Es evidente que la señora tiene prejuicios porque...
4. Se puede ver que la empleada es inocente e idealista porque...
5. La señora parece cruel cuando...

10-16 Preguntas. Trabaje con un(a) compañero(a), haciendo y contestando las siguientes preguntas.

1. ¿Por qué se casó la señora? ¿Qué podemos inferir sobre su matrimonio?
2. ¿Crees que la señora está criando bien o mal a su hijo? Explica.
3. ¿De qué trata la historia de la revista? ¿Por qué le gusta a la empleada? ¿Por qué le parece ridícula a la señora?
4. ¿Quién crees que es más feliz: la señora o la empleada? ¿Por qué?
5. ¿Por qué quiere la señora intercambiar ropa con su empleada?

10-17 El comportamiento y la ropa. Trabaje en grupo con dos o tres personas.

Piensen un momento en la relación que hay entre la ropa que llevamos y nuestras acciones. Hagan una lista de ejemplos para ilustrar los siguientes puntos: (1) las diferencias entre las acciones de una persona vestida con traje formal y la misma persona vestida de jeans y camiseta, (2) cómo la gente trata de manera diferente a una persona bien vestida y a una persona mal vestida, (3) cómo el público trata a los empleados que llevan el uniforme de una de las grandes cadenas de comida chatarra *(junk food)* o de tiendas de todo uso, (4) cómo los transeuntes *(passers-by)* reaccionan ante las personas sin casa que viven en la calle cuando tienen problemas. Después, comparen su lista con las de otros grupos.

Antes de leer (segunda parte)

10-18 Hacer inferencias de las acotaciones. En la segunda parte de esta lectura, las acciones son tan importantes como las palabras para transmitir el mensaje del autor de la obra. Busque en las acotaciones las respuestas a las siguientes preguntas:

1. ¿Qué hace la señora ahora, vestida de empleada, que no hubiera hecho antes?
2. ¿Qué hace la empleada ahora, vestida de señora, que no hubiera hecho antes?
3. ¿Qué inferencias podemos hacer sobre las diferencias que existen entre las dos mujeres?

Lea la segunda parte de la pieza para saber qué otros cambios ocurrirán en el comportamiento de las dos mujeres.

Segunda parte

1   *Después de un instante, sale la* EMPLEADA *vestida con el blusón de toalla. Se ha prendido° el pelo hacia atrás y su aspecto ya difiere algo de la tímida muchacha que conocemos. Con delicadeza se tiende de bruces° sobre la arena. Sale la* SEÑORA *abotonándose° aún su delantal blanco. Se va a sentar delante de la*
5   EMPLEADA *Pero vuelve un poco más atrás.*

> LA SEÑORA   No. Adelante no. Una empleada en la playa se sienta siempre un poco más atrás que su patrona.° *(Se sienta y mira, divertida, en todas direcciones.)*

LA EMPLEADA *cambia de postura. LA* SEÑORA *toma la revista de la* EMPLEADA *y prin-*
10   *cipia a leerla. Al principio, hay una sonrisa irónica en sus labios que desaparece luego al interesarse por la lectura. LA* EMPLEADA, *con naturalidad, toma de la bolsa de playa de la* SEÑORA *un frasco° de aceite bronceador° y principia a extenderlo con lentitud por sus piernas. LA* SEÑORA *la ve. Intenta una reacción reprobatoria, pero queda desconcertada.*
15   LA SEÑORA   ¿Qué haces?

LA EMPLEADA *no contesta. LA* SEÑORA *opta por seguir la lectura, vigilando de vez en vez con la vista lo que hace la* EMPLEADA. *Ésta ahora se ha sentado y se mira detenidamente las uñas.°*

Glosses (left margin):

tied
facing down
buttoning up

señora

*botella / **aceite...** suntan oil*

fingernails

LA SEÑORA	¿Por qué te miras las uñas?	
LA EMPLEADA	Tengo que arreglármelas.°	20

get them fixed up

LA SEÑORA	Nunca te había visto antes mirarte las uñas.
LA EMPLEADA	No se me había ocurrido.
LA SEÑORA	Este delantal acalora.
LA EMPLEADA	Son los mejores y los más durables.
LA SEÑORA	Lo sé. Yo los compré.

25

LA EMPLEADA	Le queda bien.°

Le... *It fits you well*

LA SEÑORA   *(Divertida.)* Y tú no te ves nada de mal° con esa tenida.° *(Se ríe.)* Cualquiera se equivocaría. Más de un jovencito te podría hacer la corte° ... ¡Sería como para contarlo!°

nada... *bad at all / outfit*

te... *could try to court you /* **Sería...** *It would make a good story*

LA EMPLEADA   Alvarito se está metiendo muy adentro. Vaya a vigilarlo.   30

LA SEÑORA   *(Se levanta inmediatamente y se adelanta.)* ¡Alvarito! ¡Alvarito! No se vaya tan adentro...Puede venir una ola. *(Recapacita° de pronto y se vuelve desconcertada hacia la* EMPLEADA.*)*

She reconsiders

LA SEÑORA	¿Por qué no fuiste tú?	
LA EMPLEADA	¿Adónde?	35
LA SEÑORA	¿Por qué me dijiste que yo fuera a vigilar a Alvarito?	
LA EMPLEADA	*(Con naturalidad.)* Usted lleva el delantal blanco.	
LA SEÑORA	Te gusta el juego, ¿eh?	

Una pelota de goma, impulsada por un niño que juega cerca, ha caído a los pies de la EMPLEADA. *Ella la mira y no hace ningún movimiento. Luego mira a la* SEÑORA. 40 *Esta, instintivamente, se dirige a la pelota y la tira en la dirección en que vino.* LA EMPLEADA *busca en la bolsa de playa° de la* SEÑORA *y se pone sus anteojos para el sol.*

bolsa... *beach bag*

LA SEÑORA	*(Molesta.°)* ¿Quién te ha autorizado para que uses mis anteojos?	*Irritada*
LA EMPLEADA	¿Cómo se ve la playa vestida con un delantal blanco?	45
LA SEÑORA	Es gracioso.° ¿Y tú? ¿Cómo ves la playa ahora?	*divertido*
LA EMPLEADA	Es gracioso.	
LA SEÑORA	*(Molesta.)* ¿Dónde está la gracia?	
LA EMPLEADA	En que no hay diferencia.	
LA SEÑORA	¿Cómo?	50

LA EMPLEADA   Usted con el delantal blanco es la empleada; yo con este blusón y los anteojos oscuros soy la señora.

LA SEÑORA   ¿Cómo?... ¿Cómo te atreves° a decir eso?

Como... *How dare you*

LA EMPLEADA   ¿Se habría molestado en recoger la pelota si no estuviese vestida de empleada?   55

LA SEÑORA	Estamos jugando.	
LA EMPLEADA	¿Cuándo?	
LA SEÑORA	Ahora.	
LA EMPLEADA	¿Y antes?	
LA SEÑORA	¿Antes?	60
LA EMPLEADA	Sí. Cuando yo estaba vestida de empleada...	
LA SEÑORA	Eso no es juego. Es la realidad.	
LA EMPLEADA	¿Por qué?	
LA SEÑORA	Porque sí.°	*Because it is*

LA EMPLEADA   Un juego... un juego más largo... como el "pacoladrón°". A unos les   65 corresponde ser "pacos," a otros "ladrones."

cops and robbers

se... *are becoming insolent*		LA SEÑORA
		LA EMPLEADA
hablando con la forma de tú		LA SEÑORA
	70	LA EMPLEADA
		LA SEÑORA
		LA EMPLEADA
terminó		LA SEÑORA
		LA EMPLEADA
	75	LA SEÑORA
Step back		LA EMPLEADA
		LA SEÑORA
		LA SEÑORA
		LA EMPLEADA
fire	80	LA SEÑORA

LA SEÑORA *(Indignada.)* ¡Usted se está insolentando°!

LA EMPLEADA ¡No me grites! ¡La insolente eres tú!

LA SEÑORA ¿Qué significa eso? ¿Usted me está tuteando°?

70 LA EMPLEADA ¿Y acaso tú no me tratas de tú?

LA SEÑORA ¿Yo?

LA EMPLEADA Sí.

LA SEÑORA ¡Basta ya! ¡Se acabó° este juego!

LA EMPLEADA ¡A mí me gusta!

75 LA SEÑORA ¡Se acabó! *(Se acerca violentamente a la EMPLEADA.)*

LA EMPLEADA *(Firme.)* ¡Retírese!°

LA SEÑORA se detiene sorprendida.

LA SEÑORA ¿Te has vuelto loca?

LA EMPLEADA Me he vuelto señora.

80 LA SEÑORA Te puedo despedir° en cualquier momento.

LA EMPLEADA *(Explota en grandes carcajadas, como si lo que hubiera oído fuera el chiste más gracioso que jamás ha escuchado.)*

LA SEÑORA ¿Pero de que te ríes?

LA EMPLEADA *(Sin dejar de reír.)* ¡Es tan ridículo!

85 LA SEÑORA ¿Qué? ¿Qué es tan ridículo?

LA EMPLEADA Que me despida... ¡Vestida así! ¿Dónde se ha visto a una empleada despedir a su patrona?

Take off

LA SEÑORA ¡Sácate° esos anteojos! ¡Sácate el blusón! ¡Son míos!

LA EMPLEADA ¡Vaya a ver al niño!

90 LA SEÑORA Se acabó el juego, te he dicho. O me devuelves mis cosas o te las saco.

LA EMPLEADA ¡Cuidado! No estamos solas en la playa.

LA SEÑORA ¿Y qué hay con eso? ¿Crees que por estar vestida con un uniforme blanco no van a reconocer quién es la empleada y quién la señora?

No... *Don't raise your voice to me*

LA EMPLEADA *(Serena.)* No me levante la voz.°

a... *by brute force*

LA SEÑORA exasperada se lanza sobre la EMPLEADA y trata de sacarle el blusón a 95 *viva fuerza.°*

mujer con sangre india en la prisión

LA SEÑORA *(Mientras forcejea.)* ¡China°! ¡Ya te voy a enseñar quién soy! ¿Qué te has creído? ¡Te voy a meter presa°!

*Un grupo de bañistas° han acudido al ver la riña.° DOS JÓVENES, una MUCHACHA
y un SEÑOR de edad madura y de apariencia muy distinguida. Antes que puedan
intervenir, la EMPLEADA ya ha dominado la situación manteniendo bien sujeta a*   100
*la SEÑORA contra la arena. Ésta sigue gritando ad libitum° expresiones como:
"rota cochina°"...."ya te la vas a ver con° mi marido"...."te voy a mandar presa"...
"esto es el colmo°", etcétera, etcétera.*

bathers / pelea

ad... *sin control*
*filthy scum / **ya...** now you'll
have to answer to / límite*

UN JOVEN	¿Qué sucede?
EL OTRO JOVEN	¿Es un ataque?
LA JOVENCITA	Se volvió loca.
UN JOVEN	Puede que sea efecto de una insolación.°
EL OTRO JOVEN	¿Podemos ayudarla?
LA EMPLEADA	Sí. Por favor. Llévensela.° Hay una posta° por aquí cerca...
EL OTRO JOVEN	Yo soy estudiante de medicina. Le pondremos una inyección para que se duerma por un buen tiempo.
LA SEÑORA	¡Imbéciles! ¡Yo soy la patrona! Me llamo Patricia Hurtado, mi marido es Álvaro Jiménez, el político...
LA JOVENCITA	*(Riéndose.)* Cree ser la señora.
UN JOVEN	Está loca.
EL OTRO JOVEN	Un ataque de histeria.
UN JOVEN	Llevémosla.
LA EMPLEADA	Yo no los acompaño... Tengo que cuidar a mi hijito... Está ahí bañándose...
LA SEÑORA	¡Es una mentirosa! ¡Nos cambiamos de vestido sólo por jugar! ¡Ni siquiera tiene traje de baño! ¡Debajo del blusón está en calzones! ¡Mírenla!
EL OTRO JOVEN	*(Haciéndole un gesto al joven)* ¡Vamos! Tú la tomas por los pies y yo por los brazos.
LA JOVENCITA	¡Qué risa! ¡Dice que está en calzones!

105

sunstroke

*Take her away / first-aid
station*

110

115

120

125

*Los dos JÓVENES toman a la señora y se la llevan, mientras ésta se resiste y sigue
gritando.*

LA SEÑORA	¡Suéltenme! ¡Yo no estoy loca! ¡Es ella! ¡Llamen a Alvarito! ¡Él me reconocerá!

*Mutis° de los dos JÓVENES llevando en peso° a la SEÑORA. LA EMPLEADA se tiende so-
bre la arena, como si nada hubiera sucedido, aprontándose° para un prolongado baño de sol.*

130

*Exit / **en...** in the air
preparándose*

EL CABALLERO DISTINGUIDO	¿Está bien, señora? ¿Puedo serle útil en algo?
LA EMPLEADA	*(Mira inspectivamente al SEÑOR DISTINGUIDO y sonríe con amabilidad.)* Gracias. Estoy bien.
EL CABALLERO DISTINGUIDO	Es el símbolo de nuestro tiempo. Nadie parece darse cuenta, pero a cada rato, en cada momento sucede algo así.
LA EMPLEADA	¿Qué?
EL CABALLERO DISTINGUIDO	La subversión del orden establecido. Los viejos quieren ser jóvenes; los jóvenes quieren ser viejos; los pobres quieren ser ricos y los ricos quieren ser pobres. Sí, señora. Asómbrese usted.° También hay ricos que quieren ser po- bres. Mi nuera° va todas las tardes a tejer con mujeres de

135

140

Asómbrese... *Be amazed*
daughter-in-law

slums, (literally, mushroom 145
    towns)

	poblaciones callampas.° ¡Y le gusta hacerlo! *(Transi-ción).* ¿Hace mucho tiempo que está con usted?
LA EMPLEADA	¿Quién?
EL CABALLERO DISTINGUIDO	Su empleada.
LA EMPLEADA	Poco más de un año.
150 EL CABALLERO DISTINGUIDO	¡Y así le paga a usted! ¡Queriéndose hacer pasar por una señora! ¡Como si no se reconociera a primera vista quién es quién! *(Transición.)* ¿Sabe usted por qué suceden estas cosas?
LA EMPLEADA	¿Por qué?
155 EL CABALLERO DISTINGUIDO	*(Con aire misterioso.)* El comunismo...
LA EMPLEADA	¡Ah!
EL CABALLERO DISTINGUIDO	*(Tranquilizador.)* Pero no nos inquietemos. El orden está restablecido. Al final, siempre el orden se restablece... Es un hecho... Sobre eso no hay discusión...

160

mi... *my daily jog*

sedative

165

(Transición.) Ahora, con permiso, señora. Voy a hacer mi *footing* diario.° Es muy conveniente a mi edad. Para la circulación ¿sabe? Y usted quede tranquila. El sol es el mejor sedante.° *(Ceremoniosamente.)* A sus órdenes, señora. Y no sea muy dura con su empleada, después que se haya tranquilizado... Después de todo... Tal vez tengamos algo de culpa nosotros mismos... ¿Quién puede decirlo? *(El caballero distinguido hace mutis.)*

LA EMPLEADA cambia de posición. Se tiende de espaldas para recibir sol en la cara.
170 *De pronto se acuerda de Alvarito. Mira hacia donde él está.*

LA EMPLEADA	¡Alvarito! ¡Cuidado con sentarse en esa roca! Eso es, corra por la arenita... Eso es, mi hijito...

cariño
curtain

(Y mientras la EMPLEADA mira con ternura° y delectación maternal cómo Alvar-ito juega a la orilla del mar se cierra lentamente el telón.°)

Después de leer (segunda parte)

10-19 Comprensión de la lectura (segunda parte): Leer con precisión. Busque los siguientes puntos en la lectura. Luego diga si cada frase es verdadera o falsa, y corrija las frases falsas.

1. _____ La señora cree que su empleada se ve vulgar y ridícula al vestirse con la nueva ropa.
2. _____ La señora se indigna porque la empleada le dice que hay una gran diferencia entre el "juego" y la realidad.
3. _____ La empleada se ríe cuando la señora le dice que va a despedirla.

4. _____ La señora ataca a la empleada y la domina fácilmente.

5. _____ Los otros bañistas no creen la historia de la señora porque ella lleva el delantal blanco.

10-20 Preguntas (segunda parte).

1. ¿Cómo reacciona cada mujer al "juego"?
2. ¿En qué momento deja la señora de tutear a su empleada? ¿Qué hace la empleada entonces? ¿Cómo se podría traducir esta parte de la pieza al inglés?
3. ¿Qué hacen los otros bañistas para ayudar a la empleada?
4. ¿Quién regresa para hablar con la empleada y por qué? ¿Cómo interpreta él lo que ha pasado?

10-21 Opiniones. Entreviste a un(a) compañero(a) con estas preguntas:

1. Para ti, ¿cuál es el mensaje central de la pieza? ¿Te parece que el propósito del autor era divertir o enseñar? Explica.
2. ¿Cómo se notan las diferencias de clase en nuestra sociedad? ¿Según la profesión o el tipo de trabajo? ¿Según el barrio donde uno vive? ¿Qué ropa y objetos resprentan prestigio y respeto y, por lo contrario, cuáles provocan desprecio en la gente? Explica.

10-22 A escribir: El acto final.

Siga los pasos que vienen a continuación para escribir un escena final _(last scene)_ para la pieza _El delantal blanco_, primero trabajando solo(a) y luego en grupo.

Paso 1: Cada estudiante solo(a): Repase los ejercicios y notas que usted tiene sobre _El delantal blanco_.

Paso 2: Imagine una escena final para la pieza. Descríbala en borrador _(rough draft)_, explicando qué les pasa a cada uno de los tres personajes: a la empleada, a la señora y a Alvarito (y a otros personajes si quiere, como el esposo de la señora que podría regresar en cualquier momento o al caballero distinguido).

Paso 3: Pónganse en grupos de tres, cuatro o cinco, y que cada uno en su turno lea su versión del acto final.

Paso 4: Hagan una lluvia de ideas _(brainstorm)_ y decidan por medio de una votación cuál de las versiones es la mejor.

Paso 5: Decidan qué lapso de tiempo quieren poner, por ejemplo: dos semanas (o seis meses o cinco años) más tarde.

Paso 6: Ahora escriban juntos el diálogo para este acto final, cada persona haciendo su propia copia del guión _(script)_. Deben incluirse acotaciones _(stage directions)_ que serán leídas por un(a) narrador(a).

Paso 7: Juntos piensen en un buen título para su obra. Escríbalo después de las palabras _El acto final:_ _____ al comienzo de su guión.

Paso 8: Presenten su acto final como una lectura dramática para la clase, con cada persona del grupo leyendo un papel diferente.

Aprender mejor:
En el mundo de hoy hay muchos contextos donde es deseable "escribir en grupo", por ejemplo: hacer propuestas de negocios _(business plans)_, preparar solicitudes para obtener becas _(grants)_, componer informes, anuncios, guiones, canciones o folletos. Esta forma de escribir puede ser muy creativa porque combina los talentos de varios cerebros.

Grammar	verbs: present, preterit, imperfect; verbs: reflexive
Vocabulary	body: face, gestures, hair, postures; clothing; emotions: negative, positive; dreams and aspirations; people; personality
Phrases	comparing and contrasting; comparing and distinguishing; describing people; describing places; expressing an opinion; writing about characters

Voice your choice! Visit **http://voices.thomsoncustom.com** to select additional readings relevant to this chapter's theme.

¡Adiós, distancias!

El enigma de Hitler, Salvador Dalí

Track 8

ⒺL ARTE, ESPEJO DE LA VIDA

¿Está progresando la sociedad?

¿Sabe usted...
...cómo se dice
computadora en
España?
...cuál es la peor conse-
cuencia de Internet?
...según Isabel Allende,
¿cómo sería la vida en
un país que no tuviera
acceso a la teconología
moderna?

Las respuestas a éstas y
otras preguntas intere-
santes se encuentran en
este capítulo.

Salvador Dalí (1904–1989) fue uno de los artistas españoles más famosos y polémicos del siglo XX. Era surrealista (Véase las páginas 122 y 135) y por lo tanto trataba de representar una "superrealidad" que combinara el mundo exterior con el mundo interior del ser humano. Dalí dijo que su método consistía en provocar en sí mismo un estado de delirio y paranoia para liberar del subconsciente imágenes extraordinarias sin la intervención de los procesos racionales. Mire usted el cuadro *El enigma de Hitler* en la página 203. Dalí lo pintó en 1937 cuando el teléfono empezaba a ser popular. En este año tuvo lugar la Conferencia de Munich en la que los líderes de Inglaterra y Francia le dejaron a Hitler la opción de invadir el territorio que más tarde sería Checoslovaquia. Parece que el pintor nos está preguntando si la tecnología realmente significa progreso cuando no impide las agresiones de un gobierno tan siniestro como el régimen nazi.

Observemos. Observe bien la pintura de Salvador Dalí, y llene el siguiente cuadro.

Aspecto	Descripción
figuras	¿Qué figura ve usted detrás del enorme paraguas? _____
	¿Es hombre o mujer? _____ ¿Qué representará? _____ _____
	¿Qué hacen los dos murciélagos *(bats)*? _____
	¿Qué pueden representar estos animales nocturnos? _____
objetos	el teléfono: ¿Dónde está? _____ ¿En qué condiciones está? _____ el paraguas: ¿Dónde está? _____ el plato: ¿Qué contiene? _____
colores	___amarillo ___anaranjado ___azul ___blanco ___gris ___marrón ___morado ___negro ___rojo ___rosa ___verde
elementos de la naturaleza	___árboles ___estrellas ___flores ___luna ___océano ___nubes ___playa ___sol
emociones	¿Qué sentimientos o emociones cree usted que el pintor quiere provocar con este paisaje y con estos colores? ___alegría ___cólera ___inquietud ___miedo ___tranquilidad ___tristeza

Aprender mejor:
Si usted no comprende de inmediato un cuadro, mire el año en el que se pintó y piense en el contexto histórico.

Analicemos y discutamos. Trabaje con un(a) compañero(a). Háganse las siguientes preguntas y formen juntos una interpretación del cuadro. Luego, compartan sus ideas con las de otros compañeros.

1. Para ti, ¿qué representa el teléfono suspendido en el ramo? ¿Por qué está roto? ¿Por qué le cuelga una gota de líquido?

2. Qué pueden significar los frijoles en el plato? ¿Y la foto de Hitler?

3. ¿Cómo interpretas el título? ¿Qué tendrá que ver un teléfono con Hitler? ¿Representará una falta de comunicación? ¿un grito de "¡Socorro!" que nadie escucha? ¿o el fracaso del progreso?

4. Algunos creen que el paraguas representa a Chamberlain, el primer ministro inglés que negoció con Hitler por teléfono sin darse cuenta de las verdaderas intenciones de éste. Si aceptas esta interpretación, ¿qué mensaje político ves en el cuadro?

5. Muchos de los cuadros de Dalí sugieren el ambiente de un sueño, de una premonición o de una profecía, y a veces muestran un sentido del humor macabro. ¿Qué te sugiere este cuadro? ¿Cómo lo interpretas?

Busquemos. Busque información en la biblioteca o en Internet sobre uno de los siguientes temas y prepare un informe sobre él para compartir con la clase:

Tema 1: La vida de Salvador Dalí. ¿Quién es, dónde vivió y cuáles fueron los incidentes más importantes de su vida? ¿Quién era Gala y cómo ayudó a Dalí?

Tema 2: El significado histórico del cuadro. ¿De qué se trató la conversación telefónica entre Chamberlain y Hitler en 1937? ¿Cuál era la situación de España en ese año? ¿Y la del resto de Europa?

Tema 3: El movimiento surrealista, ¿Qué es? ¿Cuándo y dónde empezó? ¿Quiénes son sus artistas españoles o latinoamericanos más representativos, aparte de Dalí y Miró (capítulo 7)?

Tema 4: Otra obra importante de Dalí. ¿Cómo se llama? ¿Dónde está? ¿Cómo es? ¿Qué significa?

VOCABULARIO

Estudie las palabras y expresiones en negrilla para usarlas en este capítulo.

el acceso entrada o paso

actualizar poner al día, poner de acuerdo con los datos más recientes

la amenaza percepción de peligro inminente

el aparato mecanismo, instrumento, máquina (como radio, televisor, lavaplatos, etcétera)

el avance adelanto, progreso; **avanzar**

la computadora portátil, la laptop computadora pequeña que no pesa mucho

difundir divulgar, hacer conocer (información)

la discapacidad impedimento físico o mental; **personas con discapacidad**

disponible aprovechable, utilizable, libre para ser usado

la empresa compañía comercial, negocio

la informática computación (usada especialmente en España)

invertir (ie) poner dinero o tiempo en algo con la idea de ganar algo;

la inversión dinero o tiempo empleado (en un proyecto o negocio)

la minusvalía impedimento físico o mental, discapacidad (especialmente en España)

navegar viajar en barco o por Internet, surfear

el ordenador computadora, computador (palabra usada especialmente en España)

la pantalla parte del televisor o de la computadora donde aparecen las imágenes

la Red conjunto de líneas de comunicación; Internet

rendir (i) producir, *to perform;* **el rendimiento** producción, *output, performance*

superar vencer, exceder, hacer mejor de lo esperado

el, la usuario(a) persona que usa una cosa o un servicio

PRÁCTICA

11-1 Sinónimos. Dé sinónimos para las siguientes palabras.

1. computación
2. compañía
3. adelanto
4. computadora
5. utilizable
6. minusvalía
7. Internet
8. exceder

11-2 Palabras relacionadas. Complete las frases usando una palabra relacionada con la palabra en negrilla.

1. Los empleados no **rinden** ahora. Su _____ es muy bajo.
2. Este artículo no incluye datos **actuales.** Hay que _____ lo.
3. Los **avances** en medicina son maravillosos. Cada año los médicos _____ más con sus investigaciones.
4. Hay muchos **"navegantes"** latinoamericanos en Internet que _____ todos los días.

5. Nuestra **inversión** no ha rendido mucho. No debemos ———————— más dinero en esa compañía.

6. La **difusión** de las noticias es importante, pero nuestro diario no ————————— noticias sobre todos los candidatos.

Quico

ⓛENGUA Y CULTURA
Variaciones regionales para la tecnología

Todas las lenguas tienen diferencias regionales. Es también el caso del español y del inglés que tienen regionalismos, o palabras particulares que se usan en ciertas regiones. En Estados Unidos y Canadá, un camión es un *truck,* pero en Inglaterra, es un *lorry.* Así es también con el español. Por ejemplo, en Latinoamérica se usa **la computadora** y el estudio de las computadoras generalmente se llama **la computación,** pero en España dicen **el ordenador** y **la informática.** En Latinoamérica hablan del **robot** y del **celular,** pero en España del **autómata** y del **móvil.**

Los términos para designar a las personas con impedimentos físicos o mentales también son diferentes. En España es muy frecuente hablar de **personas con minusvalías.** En Latinoamérica el término preferido hoy es **personas con discapacidades.**

Cambie estas frases para que parezcan frases de alguien de España:

1. Los estudiantes de computación tienen acceso a computadoras último modelo.
2. Los diseñadores son personas con discapacidad que utilizan un robot.
3. Vamos a llamar a María. ¿Conoces el número de su celular?

Ⓔ N F O Q U E   D E L   T E M A

¿Hacia un planeta unido por la tecnología?

puesto más pequeño

Gracias a los avances tecnológicos de las últimas décadas, el mundo se ha achicado.° La rapidez de los vuelos en avión hace que lleguemos en pocas horas a destinos lejanos. Nos comunicamos instantáneamente con amigos que están al otro lado del globo, no sólo por voz, sino por fotos y videos. En Internet podemos acceder

programas de noticias

noticieros° de todas partes del mundo. En realidad, es casi como si las distancias ya no existieran.

Aprender mejor:
Preste atención a las palabras y frases sombreadas que se relacionan con el tema de este capítulo, y trate de usarlas en los ejercicios y actividades.

Una explosión de servicios disponibles desde tu casa

Además, debido a la nueva tecnología, muchas personas no tienen que salir de su hogar para comprar comida, escoger ropa, pagar las cuentas, sacar libros de la biblioteca, participar en pasatiempos, charlar con sus amigos o buscar su media naranja. Si deseas escuchar una canción en particular, no es necesario que vayas a una tienda de música, pues la consigues en Internet y en la versión y por el artista que prefieras.

Mona Lisa

¿Quieres ver la Gioconda° o un Quetzal? No tienes que viajar a París ni a Costa Rica; en tres clics están a tu vista. Ahora, para un buen porcentaje de la gente, es posible incluso hacer el trabajo en casa. Con los nuevos adelantos, la oficina desaparece como espacio físico, y los empleados están conectados siempre, 24 horas al día. ¡Qué eficiente!

¿Estamos creando un monstruo?

Aunque es cierto que los nuevos aparatos nos brindan una infinidad de servicios, se puede preguntar si realmente nos ahorran tiempo. ¿Rendimos más con estos adelantos? Alguna gente se queja de las horas que pierde, leyendo y contestando su e-mail, borrando el espam, actualizando su sistema de seguridad para prevenir un virus o un

máquina que graba mensajes de teléfono / de... *pocket-sized* / verificar / *develop (film)*

gusano, respondiendo a los mensajes dejados en el contestador,° el celular, el fax y la computadora de bolsillo.° Muchas tareas que antes eran realizadas por profesionales (como averiguar° los vuelos, comprar los boletos, revelar° e imprimir las fotos, etcétera), ahora las tenemos que hacer nosotros, con la ayuda, por supuesto, de nuestras *fieles sirvientes,* las computadoras. Pero, ¿qué tan fieles son? Pasan dos, tres o cuatro años y llega el momento de la verdad: ¡nuestra máquina se ha vuelto obsoleta! Hay que ponerse al día, hay que comprar algo nuevo.

unmasking
a propósito

Así se va desenmascarando° el lado negativo de la tecnología. Se puede sospechar que los aparatos están diseñados adrede° para caer en desuso y que los grandes beneficiarios de la nueva tecnología no son los consumidores sino las compañías productoras. ¿Cuántas veces ha pasado que una tecnología ha sido reemplazada por otra? ¿Preferirías seguir usando tu cámara antigua no-digital o tu grabadora?

tapes

¡Mala suerte! Los accesorios que las apoyan, los rollos y las cintas°, de repente han desaparecido de las tiendas.

gran enojo

¿Será por eso que muchos sienten rabia° contra la tecnología? ¿Es una *opción* estar conectado al trabajo 24 horas al día o una *necesidad*? ¿Quién quiere trabajar tanto? Pero, si todos los otros empleados lo hacen... Encima de estos problemas, algunos creen que el incremento de la obesidad y el deterioro de los buenos modales se

relacionan con la tecnología. Los jóvenes pasan largas horas delante de la pantalla y por lo tanto les faltan ejercicio físico y contacto social.

Beneficios para las personas discapacitadas y para la salud pública

Por otra parte, un beneficio casi indiscutible de la revolución cibernética es la ayuda que aporta a las personas discapacitadas. Programas que prescinden° del "ratón" y ordenadores que traducen a sonidos las palabras escritas en pantalla son algunas de las innovaciones diseñadas para usuarios ciegos. ¿Y qué hay de nuevo para los sordos? Según un artículo de una revista española,* la tecnología de simulación, mediante el uso de sensores bioeléctricos, puede "crear un personaje virtual (conocido como *avatar*), que traduce al sistema de gestos°... cualquier discurso realizado ante una cámara de video." De esta manera, gracias a los nuevos avances, ¡los ciegos *leen* en Internet y los sordos *"escuchan"* videos!

    Pero los discapacitados no son los únicos que se benefician con los adelantos. Todo el mundo sabe que las tecnologías de imagen (como la resonancia magnética°, el Pet, o el ultrasonido) ayudan hoy en el diagnóstico de enfermedades. Cada día surgen nuevos éxitos, como el uso reciente de la realidad virtual en once países de la Unión Europea para ayudar a los enfermos de Parkinson a recuperar parte de la movilidad que habían perdido. Esto se realizó mediante "un ordenador portátil y unas gafas equipadas con una pantalla en miniatura donde los pacientes perciben distintos escenarios por los que pueden moverse."**

¿Qué avances serán importantes en el futuro?

Antes de que muera tu fiel mascota°, ¿te gustaría poder clonarla? ¿Qué te parece la idea de tener un robot personal? La velocidad con que aparecen los inventos es tan rápida que estos avances pueden llegar en cualquier momento. Pero, ¿estamos listos para estos cambios? ¿Sería beneficioso tener un robot constantemente a nuestro lado?

Glosas (márgenes):
funcionan sin
movimientos de las manos
resonancia... *MRI*
animal doméstico

---

* *Muy Interesante*, 27 de noviembre de 2003.
** Revista *Quo*, 16 de julio de 2005, No. 118.

¿Querríamos al clon con el mismo cariño que sentíamos por nuestro perro original? ¿Y si fuera un clon de nuestro padre, hermano, o esposa...? ¿En algún momento deberíamos decir, *¡Basta ya, es demasiado!*?

La abolición de las distancias

Es obvio que la tecnología conduce hacia la abolición de las distancias, no sólo de las físicas sino de otros tipos también, por ejemplo, la distancia económica entre las naciones en desarrollo y las industrializadas. En países como China, donde antes no había la infraestructura para tener teléfonos, ahora, mucha gente disfruta de teléfonos celulares. La nueva tecnología hizo posible este salto,° y también puede reducir la distancia lingüística entre distintos grupos y la distancia de oportunidades disponibles para las personas urbanas y las que viven en pueblos alejados. Es de esperar que, con más comunicación entre diferentes regiones, religiones, ideologías y nacionalidades, haya mayor comprensión y acercamiento. Éste sería el mejor adelanto de todos.

cambio rápido *(jump)*

PRÁCTICA

11-3 ¡Dame ejemplos! Trabaje con un(a) compañero(a), alternándose: una persona lee la frase y la otra le da por lo menos tres ejemplos del **Enfoque del tema.**

1. Gracias a los avances, el mundo parece más pequeño que antes. **¡Dame ejemplos!**
2. La gente sale de su casa menos ahora que en el pasado. **¡Dame ejemplos!**
3. Hay momentos cuando perdemos tiempo a causa de los aparatos. **¡Dame ejemplos!**
4. La nueva tecnología parece contribuir a algunos problemas sociales. **¡Dame ejemplos!**
5. La revolución cibernética es un beneficio para los discapacitados y los enfermos. **¡Dame ejemplos!**

11-4 ¿Qué opinas tú? Discuta estas preguntas con un(a) compañero(a). Después, compare sus respuestas con las del resto de la clase.

1. ¿Te quedas mucho en casa? ¿Cuándo y para qué sales? ¿Viajas mucho? ¿Adónde y para qué?
2. ¿Crees que los aparatos realmente están diseñados adrede para caer en desuso? ¿Qué te parece esta idea?
3. Para ti, en general, ¿qué es la tecnología: un sirviente o un monstruo? Explica. ¿Has sentido rabia contra un aparato en algún momento? ¿Cuándo y por qué?
4. Si pudieras diseñar tu propio robot personal, ¿cómo sería? ¿Qué haría para ti? ¿Puedes imaginar algún riesgo en el uso personal de un robot?
5. ¿Cómo ayuda la nueva tecnología a los países en desarrollo? ¿Qué distancias puede reducir? Según el **Enfoque del tema,** ¿cuál sería el mejor adelanto de todos? ¿Estás de acuerdo, o no? ¿Por qué?

11-5 Debate: ¿Para bien o para mal? *(For better or for worse?)* Trabaje con dos o más personas para decidir si cada uno de los siguientes cambios sería bueno o malo. Encierre *(Circle)* la palabra apropiada y dé una breve explicación de su respuesta. Después, el (la) profesor(a) escribe *bueno* en la pizarra a la derecha, y *malo* a la izquierda. Para cada pregunta, la clase debe dividirse: con los que se optan por *bueno* sentándose a la derecha y los que se optan por *malo* a la izquierda. Se alternan los dos grupos, leyendo cada vez una de sus explicaciones. Al final, hay una votación sobre cada cambio y los resultados se escriben en la pizarra. ¡Viva la democracia!

¿Sería bueno o malo...

1. ... si la mayoría de la gente trabajara sólo en casa?
2. ... si todas las computadoras del mundo se conectaran en todo momento y sin cables?
3. ... si fuera posible comprar la clonación de un animal o de una persona?
4. ... si extendiéramos el promedio *(average)* de la vida humana a 120 años?

11-6 Un diálogo con mi robot (autómata) personal. Imagine que estamos en el año 2050. Es lunes por la mañana. Escriba una conversación entre usted y su robot (autómata) personal sobre las tareas que quiere que él haga durante la semana. (Se puede optar por el uso de América Latina o el de España.)

Grammar	verbs: present, future, subjunctive; *verb conjugator*
Vocabulary	computers; directions and distance; emotions: negative, positive; house: bathroom, bedroom, household chores, kitchen, living room; office; plants: gardens and gardening, tools; working conditions
Phrases	agreeing and disagreeing; apologizing; asking and giving advice; asserting and insisting; expressing a wish or desire, an opinion, intention, irritation; requesting or ordering; thanking; warning; weighing alternatives

ⓢELECCIÓN 1

Antes de leer

Hace 20 años, Internet y el correo electrónico apenas existían. ¡Cómo se nos ha cambiado la vida por esta revolución tecnológica! En la siguiente entrevista, cuatro latinos (dos estudiantes y dos profesionales) expresan sus opiniones sobre las ventajas y desventajas del Internet y cómo afecta su vida esta tecnología.

Aprender mejor:
Para leer una entrevista con mayor comprensión, examine primero las preguntas que se van a hacer a la(s) persona(s) entrevistada(s).

11-7 Análisis previo de las preguntas. Lea las preguntas de la entrevista (que se encuentran al principio de la lectura) y dé la siguiente información, encerrando *(circling)* la letra apropiada para cada número.

1. Las preguntas que se refieren a la vida personal de los participantes son éstas:

   A   B   C   D   E   F

2. Las que se refieren a su vida profesional son éstas:

   A   B   C   D   E   F

3. Las preguntas que podrían tener relación con los dos aspectos de su vida: la personal y la profesional:

   A   B   C   D   E   F

11-8 Adivinar el significado de palabras o expresiones en contexto. Trabaje solo(a) o con otra persona. Lea las siguientes frases de la entrevista y adivine *(guess)* el sentido de las palabras o expresiones en negrilla. Usando el contexto, escoja el sinónimo apropiado

1. Serían tardes *(The afternoons must have been)* **bastante** aburridas sin poder entrar a Internet.
   a. muy   b. poco   c. menos

2. Teníamos que **conformarnos con** una resolución algo baja de video.
   a. aceptar   b. confirmar   c. rechazar

3. Que todos puedan alcanzar la información en el Internet es como **una navaja** *(knife)* **de doble filo.**
   a. un enorme beneficio para la sociedad
   b. un cambio que daña a mucha gente
   c. algo que tiene ventajas y desventajas

4. Como puede haber *(Just as there can be)* información buena y contenido bueno, también puede haber malo y que **atente contra** la dignidad de otras personas.
   a. ayude mucho
   b. ponga en peligro
   c. haga famosa

5. También el **anonimato** es un problema, pues, no sabes quién está del otro lado de la pantalla.
   a. la dificultad de hacer amigos o encontrar pareja
   b. el hecho de intercambiar información demasiado rápidamente
   c. la comunicación con gente sin conocer su verdadera identidad

6. El Internet facilita todo tipo de **gestiones** administrativas.
   a. edificios　　　b. juegos　　　　　c. procedimientos

7. Para los niños de hoy Internet ya es un **electrodoméstico** más en casa.
   a. algo que emite radiación
   b. aparato normal
   c. problema complicado

Ahora, lea la entrevista para ver con cuál de los cuatro participantes usted se identifica más.

Hablan los usuarios de Internet

Las preguntas de la entrevista

A. ¿Puedes recordar cómo era la vida antes de que existiera Internet? ¿Qué edad tenías
5 cuando te conectaste por primera vez? ¿Qué te pareció?

B. ¿Para qué usas Internet? ¿Podrías imaginar una vida sin Internet? Explica.

10 C. ¿Crees que Internet ha cambiado la vida de tu pueblo? ¿Para bien o para mal? ¿Ejemplos?

D. Internet ha aumentado
15 la separación entre la vieja generación y los jóvenes. ¿Verdad o mentira? ¿Por qué?

E. ¿Has usado alguna vez una "videocam"? ¿Qué ventajas o
20 desventajas tienen en diferentes situaciones?

F. Según tu opinión, ¿cuál es el mayor beneficio del Internet? ¿Cuál es la peor consecuencia?

25 **Las respuestas**

1. Cornelio J. Hopmann
de Nicaragua; 16 años de edad; estudiante

A. —Antes de que existiera
30 el Internet,* no podía mandar los correos a mis parientes en Alemania, era todo muy lento. Además° creo que serían tardes bastante aburridas sin poder
35 entrar a Internet, también el tiempo que necesitaba para un trabajo en el colegio disminuyó° y la calidad aumentó. Creo que tenía algo como° ocho años
40 (cuando lo usé por primera vez) y fue para mandar un e-mail y

Cornelio J. Hopmann

ver un Chat que mi padre me mostró. Me pareció lo más normal del mundo, como casi
45 desde que puedo leer he estado

línea 33 También 37 bajó 39 **algo...** más o menos

* Aquí se ve el uso de el Internet. En este momento hay una gran variación regional en la manera de referirse a Internet, especialmente en la conversación y en los escritos informales. Se puede decir el Internet, la Internet o simplemente Internet. En la gran mayoría de los libros, periódicos y revistas, se usa Internet a secas (by itself).

Monse Delgadillo

conectado a Internet, lo miro
como una parte más de la vida.

B. —Más que todo [lo uso]
para estar en el *Messenger* con
50 mis amigos, aunque recientemente para divertirme con los
juegos en línea y crear páginas
Web. De vez en cuando
compramos algún libro por
55 Internet. También he utilizado
clasificados para vender una
computadora de un amigo y la
respuesta fue bastante rápida y
nos quitó el esfuerzo de andar
60 buscando alguien que estuviese
interesado. Es más barato estar
en el Chat con unos amigos que
estar hablando con cada uno de
ellos por el teléfono. [No tener
65 Internet] sería como quitar una
nueva forma de expresión,
porque hay sitios Web que son
verdadero arte digital.

E. —Cuando estaba fuera del
70 país, utilicé la webcam para

comunicarme con mis padres.
Lo malo fue, que en mi país el
Internet no es tan rápido como
en Alemania; por eso teníamos
75 que conformarnos con una
resolución algo baja de video.

F. —[El mejor beneficio es]
que el conocimiento está ahí
para todo el que tenga la posibi-
80 lidad de alcanzarlo,° pero esto es
como una navaja de doble filo;
porque así como puede haber
información buena o contenido
bueno, también puede haber
85 malo y que atente contra la dignidad de otras personas.

2. Monserrat (Monse) Delgadillo

de México; 19 años de edad;
90 estudiante

A. —Antes de que el Internet
existiera tenía más tiempo para
mí y para compartir con mi familia; ahora paso mucho tiempo
95 sentada enfrente del monitor
platicando con mis amigos. La
primera vez que usé el Internet
fue cuando tenía 13 años y se me
hizo° muy práctico el poder
100 obtener tan fácil la información.

B. —Utilizo el Internet para
chatear con mis amigos y para
buscar información. Reviso las
calificaciones° de mi universidad
105 y hago trabajos. No me imagi-
naría sin Internet.

C. —Si, (Internet ha cam-
biado la vida de mi pueblo)
puesto que° la gente se puede
110 comunicar más fácil y rápido, así
como el hecho° de que en la
comodidad de tu casa puedes
recorrer° muchas cosas. Ejemplo: Puedo platicar con alguien
115 que está en China.

D. —No lo creo [que Internet haya separado las genera-
ciones] porque el Internet está
presente y renovándose° día con
120 día y se habla de él en los
medios. He conocido mucha
gente mayor que utiliza el
Internet.

F. — El mejor beneficio de
125 Internet es la rápida información
y la manera más barata de estar
en contacto con la gente. Como
desventaja sería que es tan fácil
obtener información que no
130 se sabe si ésta es verdadera o
correcta. También el anonimato
es un problema, pues, no sabes
quién está del otro lado de
la pantalla. Pero la peor
135 consecuencia yo creo que sería
que este anonimato ha llevado
a pornografía infantil, virus y
engaños.

3. Rosaura Alastruey

de España; 32 años de edad;
140 profesión: Licenciada en Ciencias de la Comunicación (especialidad Publicidad) + Posgrado
eMarketing

A. —La llegada de Internet
145 supuso° para mi toda una "reve-
lación", ya que° permitió unir
mis dos "pasiones" profesionales.
Tenía la opción de hacer Informática (que ya había estado
150 viviendo desde pequeña, ya que
mi hermano lo hace) y la de
Publicidad (que me gustaba
también mucho). Cuando me
licencié,° se empezó a "hablar"
155 de Internet en mi entorno.° A
partir de aquí,° y poco a poco,
fui especializándome en el tema
de las Nuevas Tecnologías, el
160 cual se ha convertido no sólo en

---

80 obtenerlo 99 **se...** me pareció 104 *marks (grades)* 109 **puesto...** *since* 111 *fact* 113 inspeccionar 119 transformándose 146 trajo
147 **ya...** *since* 155 recibí el título universitario 156 **en...** alrededor de mí, en mi ambiente 157 **a...** desde este momento

Rosaura Alastruey

una profesión, sino en una parte más de mi vida.

C. —Internet ha cambiado la vida de mi ciudad de manera muy
165 positiva. Ejemplos, hay muchos. Pero todos ellos radican en el gran ahorro° de tiempo. E incluso en poder utilizar servicios que antes, por los limitados horarios
170 públicos, no podía. (Reserva / Renovación° de libros en la biblioteca municipal; todo tipo de gestiones administrativas...)

D. —Curiosamente con In-
175 ternet y a diferencia de° otras tecnologías, los "mayores" están entrando con mucha fuerza. En Barcelona hay un centro donde se imparte formación gratuita°
180 sobre todos los temas relacionados con Internet. En los de nivel inicial, la gente "mayor" es la principal protagonista.

E. —[Con respecto al uso de
185 la webcam], como indica el conocido refrán: "una imagen vale más que mil palabras". Desventaja, ninguna, ya que el control de cuando está conec-
190 tada o no está en manos siempre del usuario. No obstante, creo que se trata también de un tema de "hábito social". A nadie le gusta que le vean "en directo"
195 en pijama.

F. —El mejor beneficio de Internet es para mí la eliminación de barreras geográficas y temporales. Es decir, el poder llegar a
200 comunicarse con personas que compartan tus mismos intereses (profesionales, sociales...) sin importar donde esté ubicado° físicamente.

205 **4. Dr. Andreu Veà**
de España; 35 años de edad; profesión: Dr. Ingeniero en Telecomunicaciones (especialidad Internet), Dedicado a la Histo-
210 ria de la Red

A. —Puedo decir que Internet me cambió la vida totalmente, aunque me cogiera° ya de mayor. Mi primer
215 contacto con una Red fue en 1987, a los dieciocho años de edad.

Me pareció algo complejo de utilizar (era un entorno° de
220 grandes máquinas, con terminales de fósforo° verde) pero me abrió los ojos viendo en seguida que tenía un inmenso potencial.

225 C. —Sin duda [Internet ha cambiado la vida de mi pueblo] para bien. Dado que° muchos de los trámites° burocráticos

pueden realizarse ahora sin
230 tener que esperar largas y absurdas colas.°

D. —En parte [la separación de las generaciones] es verdad, dado que es un fenómeno que
235 "polariza" a la gente. Para los niños de hoy Internet ya es un electrodoméstico más en casa. Para los abuelos es algo incomprensible, si no son ayudados.
240 Es por ello° que Internet genera una perfecta oportunidad para que los nietos "enseñen" a sus abuelos o a menudo a sus padres, a cómo manejarse por
245 la Red. Es un fenómeno que hasta ahora jamás había ocurrido en la educación. Se invierten los papeles.°

E. —Sí, [he usado una
250 webcam]. Llevo varios años utilizándolas en mi portátil. Yo únicamente le veo ventajas, porque ayuda a mejorar la

Dr. Andreu Veà

---

167 *saving* 171 *Renewal* 175 **a...** en contraste con 179 **formación...** instrucción sin necesidad de pagar 203 situado 214 **me...** *it arrived in my life* 219 ambiente 221 *phosphorescent (light)* 227 **Dado...** *Given that* 228 pasos administrativos, gestiones 231 *waiting lines, queues* 240 **por...** por esta razón 248 **Se...** *The roles are reversed*

calidad de la comunicación
255 escrita. Eliminando muchos
de los malentendidos provoca-
dos a la ausencia de comunicación no-verbal (gestos,
expresiones).

260   F. —Veo aun° como algo
malo que, en algunos países, (los
ordenadores) siguen siendo demasiado caros, y para la mayoría
de personas aún son demasiado
265 difíciles de utilizar. Sin duda esto

es una cuestión de tiempo, dado
que los precios no paran de
bajar° y las interficies° usuario /
ordenador cada vez son más
270 sencillas.

---

260 *still* 268 **no...** *don't stop going down* 268 *interfaces*

Después de leer

11-9 Comprensión: Distinguir las personalidades. ¿Comprendió usted las diferencias de experiencia y opinión entre los cuatro participantes? Ponga una **X** en el cuadro *(chart)* para indicar a quién se refiere cada descripción.

	Cornelio	Monse	Rosaura	Andreu
	(Nicaragüense, 16 años)	(Mexicana, 19 años)	(Española, 32 años)	(Español, 35 años)
1. La primera vez que vio Internet era un entorno de grandes máquinas, con terminales de fósforo verde.				
2. Antes de Internet tenía más tiempo para compartir con su familia.				
3. Piensa que hay sitios Web que son verdadero arte digital.				
4. De las videocams, dice, "una imagen vale más que mil palabras".				
5. Ha utilizado clasificados para vender una computadora de un amigo.				

	Cornelio	Monse	Rosaura	Andreu
6. Piensa que la peor consecuencia de Internet es que el anonimato ha llevado a pornografía infantil, virus y engaños.				
7. Observa que Internet genera una perfecta oportunidad para que los nietos "enseñen" a sus abuelos.				
8. Poco a poco, se fue especializando en el tema de las Nuevas Tecnologías, el cual se ha convertido no sólo en una profesión, sino en una parte más de su vida.				

11-10 Comparación y contraste de las opiniones. Trabajando con otras personas, copien el Diagrama de Venn en un formato más grande en sus cuadernos y llénenlo con todas las ventajas y desventajas (los beneficios y las malas consecuencias) de Internet que puedan encontrar en la entrevista. Si hay puntos que podrían ser a la vez una ventaja y una desventaja, escríbanlos en la parte donde se cruzan los dos círculos.

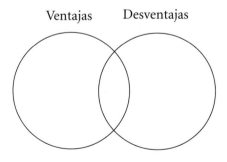

Ventajas　　Desventajas

11-11 Entrevista. Trabajando con un(a) compañero(a) entrevístense uno al otro con por lo menos cuatro de las mismas preguntas A–F. ¿Sus respuestas son diferentes o similares a las de Cornelio, Monserrat, Rosaura y Andreu? ¿Con cuál de ellos se identifica más cada uno de ustedes? Compare después sus resultados con los de sus compañeros.

ⓢ ELECCIÓN 2

Antes de leer

Hoy en día, con los aparatos último modelo que nos rodean, es interesante imaginar cómo sería nuestra vida si pudiéramos regresar a un mundo "intocado *(untouched)* por la tecnología moderna", o viajar a algún país aislado del resto del mundo donde no hubiera ni Internet ni teléfonos celulares. ¿Cómo vivirían los habitantes? ¿Qué pensarían de la tecnología si no la tuvieran ellos? Éste es el tema de la siguiente selección, tomada de una novela reciente de la famosa autora chilena Isabel Allende.

Las novelas de Isabel Allende, llenas de pasión, humor y aventura, son muy populares en Estados Unidos y Canadá, donde suelen aparecer (en traducción al inglés) en las listas de los libros más vendidos. Allende nació en Perú en 1942 de padres chilenos. Se educó en Chile, donde trabajó como periodista hasta 1973, cuando su tío Salvador Allende fue derrocado ilegalmente de la presidencia por un golpe de estado.

La siguiente selección viene de la novela *El reino del dragón de oro*. Esta novela trata la lucha entre el bien y el mal y contiene elementos de magia al estilo de *Harry Potter, La guerra de las galaxias* ("Star Wars"), o *El señor de los anillos*. El protagonista adolescente, **Alexander,** y su amiga, **Nadia**[++] viajan con la abuela de Alexander, **Kate,** una periodista que trabaja para la revista *International Geographic*. Van acompañados de dos fotógrafos, **Timothy Bruce** y **Joel González;** a los valles del Himalaya, en busca de una estatua legendaria del dragón de oro. Muchos creen que con esta estatua, cualquier persona podrìa predecir el futuro. En la siguiente selección, el grupo acaba de llegar al Himalaya y está conociendo el área por primera vez con su guía local **Wandgi.**

11-12 Adivinar el significado de palabras o frases en contexto. Lea las siguientes frases extraídas del cuento y escoja el sinónimo apropiado para cada palabra o expresión en negrilla.

     1. —— En **un par de modestos almacenes** asomaban antenas de televisión.
       a. dos edificios muy altos
       b. un hombre y su esposa
       c. dos pequeñas tiendas

[++] Nadia es una chica del Amazonas a quien Alexander conoce en *La ciudad de las bestias*, el primer libro de la trilogía que incluye *El dragòn de oro*.

2. —————— ... la mayor parte del país estaba comunicada por teléfono; para hablar **bastaba acudir** a la oficina de correo ...
  a. era suficiente ir
  b. había que mandar una carta
  c. se podía sentar

3. —————— **El alcance** de esos teléfonos está muy limitado por las montañas ...
  a. el control del volumen
  b. la distancia de funcionamiento
  c. el número de usuarios

4. —————— La tierra se cultivaba con la ayuda de búfalos, que tiraban de **los arados** con lentitud y paciencia.
  a. grandes cestos de frutas
  b. carros llenos de gente
  c. herramientas para abrir la tierra

5. —————— Árboles y flores de especies desconocidas crecían **a la berma** del camino ...
  a. en todas partes
  b. en el centro
  c. al lado

6. —————— Poco después vieron a lo lejos las primeras edificaciones de Tunkhala, la capital, que parecía poco más que **una aldea.**
  a. una gran ciudad
  b. un pequeño pueblo
  c. un bosque

7. —————— La calle principal contaba con **algunos faroles** y pudieron apreciar la limpieza y el orden que imperaba en todas partes...
  a. unos montones de basura
  b. unas lámparas
  c. varios niños que jugaban

8. —————— Muchas casas tenían las puertas abiertas **de par en par** ...
  a. pero con guardias
  b. muy poco
  c. completamente

9. —————— Notaron que vendían **envases de lata vacíos,** botellas y bolsas de papel usadas.
  a. receptáculos que antes contenían bebidas
  b. refrescos hechos de jugos naturales
  c. dulces hechos con un círculo abierto en el centro

10. —————— "Ésta es mi humilde tienda y al lado está mi pequeña casa, donde será un inmenso honor recibirlos," anunció Wandgi sonrojándose, porque no deseaba que los extranjeros lo creyeran **presumido.**
  a. arrogante
  b. deshonesto
  c. pobre

11-13 Predicciones sobre el contenido.

Según la leyenda, el dragón de oro tiene poderes mágicos para predecir el futuro. Trate usted de predecir ahora lo que va a pasar a cada uno de los personajes en la selección. Complete las siguientes predicciones, escogiendo **A** o **B**. Luego, usted verá si tiene razón o no.

1. **Alexander** va a sentirse avergonzado *(embarrassed)* porque...
   a) dice algo que luego le parece ridículo
   b) no sabe la manera correcta de comer

2. El guía tibetano **Wandgi** les muestra su casa que es...
   a) grande y elegante
   b) pequeña y humilde

3. **Timothy Bruce** y **Joel González,** los dos fotógrafos, se preocupan de que en ese país no vayan a funcionar sus...
   a) cámaras
   b) teléfonos celulares

4. **Kate,** la abuela de Alexander, se da cuenta de que ha ofendido a la gente local con su manera de ...
   a) hablar
   b) vestirse

5. Cuando **Nadia,** la amiga de Alexander, conoce a una chica tibetana de su misma edad, siente inmediatamente una corriente de...
   a) simpatía
   b) antipatía

Trate de imaginar cómo será la sociedad que Alexander, Kate y su grupo visitan en los valles del Himalaya. ¿Qué tipos de tecnología tendrán? ¿Qué tipos no tendrán? ¿Qué otras diferencias habrá de nuestra sociedad?

El reino del dragón de oro
(fragmento)

ISABEL ALLENDE

aparecían

muy... con frecuencia / Dijo
   también

En un par de modestos almacenes asomaban° antenas de televisión. Wandgi les dijo que allí se juntaban los vecinos a las horas en que había programas, pero como la electricidad se cortaba muy seguido,° los horarios de transmisión variaban. Agregó° que la mayor parte del país estaba comunicada por teléfono; para hablar bastaba
5   acudir a la oficina de correo, si ésta existía en el lugar, o a la escuela, donde siempre había uno disponible. Nadie tenía teléfono en su casa, por supuesto, ya que no era

necesario. Timothy Bruce y Joel González intercambiaron una mirada de duda.
¿Podrían usar sus celulares en el país del Dragón de Oro?

"El alcance de esos teléfonos está muy limitado por las montañas, por eso son
casi desconocidos aquí. Me han contado que en su país ya nadie habla cara a cara,° 10   **cara...** *face to face*
sólo por teléfono", dijo el guía.

"Y por correo electrónico", agregó Alexander.

"He oído de eso, pero no lo he visto", comentó Wandgi.

El paisaje era de ensueño,° intocado por la tecnología moderna. La tierra se cul-   **de ...** como una maravilla
tivaba con la ayuda de búfalos, que tiraban de los arados con lentitud y paciencia. 15
En las laderas de los cerros,° cortadas en terrazas, había centenares de campos de   colinas
arroz color verde esmeralda. Árboles y flores de especies desconocidas crecían a la
berma del camino y al fondo se levantaban las cumbres nevadas° del Himalaya.   **cumbres...** picos cubiertos

Alexander hizo la observación de que la agricultura parecía muy atrasada,°   de nieve / *backward*
pero su abuela le hizo ver que no todo se mide° en términos de productividad y 20   **se...** *is measured*
aclaró que ése era el único país del mundo donde la ecología era mucho más im-
portante que los negocios. Wandgi se sintió complacido ante° esas palabras, pero   **complacido...** contento con
nada agregó, para no humillarlos, puesto que los visitantes venían de un país donde,
según él había oído, lo más importante eran los negocios.

Dos horas más tarde se había ocultado el sol tras las montañas y sombras de la 25
tarde caían sobre los verdes campos de arroz. Por aquí y por allá surgían las
lucecitas° vacilantes de lámparas de manteca° en casas y templos. Se oía débilmente   pequeñas luces / **lámparas...**
el sonido gutural de las grandes trompetas de los monjes° llamando a la oración de   *oil lamps* / *Buddhist*
la víspera.°   *monks* / **oración...**

Poco después vieron a lo lejos las primeras edificaciones de Tunkhala, la capital, 30   *evening prayer*
que parecía poco más que una aldea. La calle principal contaba con algunos faroles
y pudieron apreciar la limpieza y el orden que imperaba° en todas partes, así como   dominaba
las contradicciones: yaks avanzaban por la calle lado a lado con motocicletas ital-
ianas, abuelas cargaban a sus nietos en la espalda y policías vestidos de príncipes antiguos dirigían el tránsito. Muchas casas tenían las puertas abiertas de par en par y 35
Wandgi explicó que allí prácticamente no había delincuencia;° además, todo el   crimen
mundo se conocía. Cualquiera que entrara a la casa podía ser amigo o pariente. La
policía tenía poco trabajo, sólo cuidar las fronteras, mantener el orden en las festivi-
dades y controlar a los estudiantes revoltosos.°   rebeldes

El comercio estaba abierto todavía. Wandgi detuvo el jeep ante una tienda, poco 40
más grande que un armario,° donde vendían pasta dentífrica, dulces, rollos de film   *closet*
Kodak, tarjetas postales descoloridas por el sol y unas pocas revistas y periódicos de
Nepal, India y China. Notaron que vendían envases de lata vacíos, botellas y bolsas
de papel usadas. Cada cosa, hasta la más insignificante, tenía valor, porque no había
mucho. Nada se perdía, todo se usaba o se reciclaba. Una bolsa plástica o un frasco° 45   *jar*
de vidrio eran tesoros.°   *treasures*

"Ésta es mi humilde tienda y al lado está mi pequeña casa, donde será un inmenso honor recibirlos", anunció Wandgi sonrojándose, porque no deseaba que los
extranjeros lo creyeran presumido.

Salio a recibirlos una niña de unos quince años. 50

"Y ésta es mi hija Pema. Su nombre quiere decir 'flor de loto°'", agregó el guía.   **flor...** *Lotus Flower*

"La flor de loto es símbolo de pureza y hermosura", dijo Alexander, sonrojándose como Wandgi, porque apenas° lo dijo le pareció ridículo.   *scarcely*

Kate le lanzó una mirada de soslayo,° sorprendida. Él le guiñó un ojo° y le   **de...** indirecta / **le...** *he*
susurró que lo había leído en la biblioteca antes de emprender° el viaje. 55   *winked at her* / comenzar

investigaste

juntò... *She joined her hands*
  together in front of her face 60
  (in the usual Hindu greet-
  ing called Namaste) / stalk,
  cane / ivory / playful, chal-
  lenging / blanket / loose

       65

fascinación
hair ribbon

       70

grannie
dio... *gave a start*
pantalones... *shorts*

       75

inclinándose... *bowing in*
turn (as she tries to imitate
the namaste style of greeting)

"¿Qué más averiguaste°?", murmuró ella con disimulo.

"Pregúntame y verás, Kate, sé casi tanto como Judit Kinski," replicó Alexander en el mismo tono.

Pema sonrió con irresistible encanto, juntó las manos ante la cara° y se inclinó, en el saludo tradicional. Era delgada y derecha como una caña° de bambú; en la luz amarilla de los faroles su piel parecía marfil° y sus grandes ojos brillaban con una expresión traviesa.° Su cabello negro era como un suave manto,° que caía suelto° sobre los hombros y la espalda. También ella, como todas las demás personas que vieron, vestía el traje típico. Había poca diferencia entre la ropa de los hombres y la de las mujeres, todos llevaban una falda o sarong y chaqueta o blusa.

Nadia y Pema se miraron con mutuo asombro.° Por un lado la niña llegada del corazón de Sudamérica, con plumas en el pelo y un moño° negro aferrado a su cuello; por otro, esa muchacha con la gracia de una bailarina, nacida entre las cumbres de las montañas más altas de Asia. Ambas se sintieron conectadas por una instantánea corriente de simpatía.

"Si ustedes lo desean, tal vez mañana Pema podría enseñar a la niña y a la abuelita° cómo usar un sarong", sugirió el guía turbado.

Alexander dio un respingo° al oír la palabra 'abuelita,' pero Kate Cold no reaccionó. La escritora acababa de darse cuenta de que los pantalones cortos° que ella y Nadia usaban eran ofensivos en ese país.

"Se lo agradecemos mucho…", replicó Kate inclinándose a su vez° con las manos ante la cara."

Después de leer

11-14 Desarrollo de vocabulario: Palabras y sus antónimos. Escoja los *antónimos* correctos para estas palabras o expresiones tomadas del artículo.

1. —— El paisaje era de ensueño
2. —— la electricidad se cortaba <u>muy seguido</u>
3. —— prácticamente no había <u>delincuencia</u>
4. —— la agricultura parecía muy <u>atrasada</u>
5. —— Wandgi se sintió <u>complacido</u>
6. —— Él le <u>guiñó</u> un ojo
7. —— Cada cosa, hasta la más <u>insignificante</u>
8. —— se miraron con mutuo <u>asombro</u>
9. —— Él le <u>susurró</u>

a. obediencia a la ley
b. disgustado
c. importante
d. muy feo
e. gritó
f. indiferencia
g. avanzada
h. abrió completamente
i. con poca frecuencia

11-15 ¡Explícame por favor! Trabaje con un(a) compañero(a), alternándose con las preguntas y las respuestas.

En el reino *(kingdom)* del Dragón de Oro…

1. Dice Wandgi que los vecinos ven la televisión nada más juntándose "a las horas en que había programas". ¿Por qué se juntan? ¿Por qué no hay programas a todas horas? ¿Qué efecto tendría esta falta de acceso a la tele?

2. Nadie tiene teléfono en su casa. Entonces, ¿cómo se comunican? ¿Qué sería el efecto de este modo de comunicación?

3. "La ecología es mucho más importante que los negocios." ¿Cómo se refleja este valor en la agricultura? ¿en los productos que se venden en las tiendas?

4. Cada cosa, hasta la más insignificante, tiene valor. ¿Por qué?

5. Las puertas de las casas están siempre abiertas. ¿Por qué?

6. La manera de vestir de la policía, y de la gente en general — tanto hombres como mujeres — es muy diferente de la de nuestra sociedad. ¿Cómo? ¿Qué influencia tendría esto en las acciones de las personas?

11-16 Opiniones. Trabaje en un grupo de tres o más personas con los siguientes temas. Luego, compartan las opiniones de su grupo con el resto de la clase.

1. **Las diferencias: ¿obstáculo a la simpatía entre dos personas?** ¿Quién es Pema? ¿Qué piensa ella de Nadia? ¿Qué piensa Nadia de Pema? ¿Es realista imaginar que las dos pueden sentirse inmediatamente conectadas por la simpatía? ¿Podrías tú sentirte conectado(a) con alguien totalmente diferente de ti? Explica.

2. **Ventajas: ¿sí o no?** En una hoja de papel alguien del grupo escribe una línea para formar dos columnas con estos títulos: *Reina del Dragón de oro* al principio de una, y *Nuestra sociedad* al primcipio de la otra. Todos se cooperan para hacer una lista de por lo menos cinco ventajas que tiene cada lugar en comparación con el otro.

3. **En algún rincón del mundo...** ¿Todavía existen en nuestro planeta lugares aislados y con poca tecnología, como este reino? ¿Dónde los encontrarías? ¿Has ido a un lugar así? ¿Quisieras ir? ¿Quisieras tú vivir en un lugar así, o no te gustaría? ¿Por cuánto tiempo? ¿Por qué?

11-17 Las máquinas en tu vida. ¿Estaríamos mejor sin máquinas? Trabaje con otras personas, haciendo un sondeo *(survey)* del grupo. Un(a) voluntario(a) hace el papel de un(a) periodista que necesita información para un artículo sobre las máquinas y sus usos. Esta persona hace las siguientes preguntas, una por una, y las otras personas escriben su respuesta. Después de cada pregunta, todos tienen que leer su respuesta en turno. Comparen las opiniones de su grupo con las de otros grupos.

el cajero automático	el fax	la portátil
la cámara digital	el iPod o MP3 player	el televisor
el celular	el pager	la videograbadora
el DVD	el PDA	¿otra máquina? ————

Periodista: "Miren la lista de máquinas y contesten estas preguntas...."

1. ¿Eres adicto(a) a alguna de estas máquinas? (Si pasas horas con una de ellas todos los días, eres adicto o adicta.) ¿Cuál es la máquina más importante en tu vida? ¿Por qué? ¿Cuántas horas por semana pasas usándola? ¿Dónde? ¿Cuándo?

2. Miren el dibujo humorístico de Turey (pág. 223). ¿Por qué está gozando tanto de estar en el cielo *(heaven)*? Para ti, ¿qué condiciones con qué máquinas representarían "el cielo de la tecnología"?

3. ¿Qué máquinas te ayudan a rendir más en el trabajo? ¿Qué máquinas te hacen más agradable la vida? ¿Has sentido cariño por alguna máquina? ¿Has hecho duelo *(grieving)* por alguna cuando era necesario "jubilarla"? Explica.

4. En tu opinión ¿cuál es el avance tecnológico más importante en los teléfonos en los últimos años?

5. ¿Te molestan a veces las máquinas? ¿Cuáles? ¿Cuándo? ¿Dónde? ¿Por qué? Si tuvieras que eliminar una de las máquinas de la lista, ¿cuál escogerías? ¿Por qué?

11-18 A escribir. Una fantasía sobre la tecnología.

Escriba una composición de dos páginas, siguiendo estos pasos.

Paso 1: El tema. Escoja una de estas opciones:
A. **¿Cómo sería la tecnología del futuro si yo pudiera diseñarla?** Piense en el futuro y trate de imaginar qué tipo de tecnología le serviría mejor a la humanidad. ¿Cómo sería(n) el transporte, las compras, las universidades, etcétera?
B. **¿Qué pasaría si nuestras máquinas se hicieran más humanas?** Piense en una máquina que usted usa mucho. Imagine que de repente esta máquina empieza a mostrar características humanas. ¿Qué pasaría?

Paso 2: Vocabulario. Repase rápidamente el capítulo y haga una lista de palabras y frases relacionadas con su tema. Preste atención especialmente a las palabras señaladas en color en el Enfoque.

Paso 3: Formulación de ideas y estructura.
Opción A: Haga una lista de los problemas que usted cree que existirán en el futuro. Luego, trate de pensar en algunos tipos de avances o adelantos que pudieran ayudar a la humanidad a controlar estos problemas.
Opción B: Haga una lista de todas las reacciones humanas que pudiera tener la máquina que usted escogió si tuviera características humanas. Luego, trate de pensar en situaciones para ilustrar estas reacciones.

Paso 4: Tema principal. Imagine cuáles serían las consecuencias de esos avances del futuro (o de las máquinas con esas características) en la sociedad. ¿Qué pasaría? ¿Sería una maravilla o un desastre? Usando como base esta idea, invente la frase introductoria de su composición. También haga una lista de puntos para incluir en la conclusión sobre los efectos más grandes de esos cambios.

Paso 5: Una estructura lógica. Ahora, mirando su lista del Paso 3, escoja un orden lógico para incluir los diferentes puntos en su composición, poniendo números 1, 2, 3 para indicar el orden en su lista.
Opción A: Puede empezar, por ejemplo, con los problemas más importantes del futuro y terminar con los menos importantes, o al revés. De todas formas, conviene describir después de cada problema, la tecnología que usted diseñaría para resolverlo.
Opción B: Puede comenzar con las buenas características humanas y terminar con los vicios. O, quizás empezar con las más chistosas y terminar con las más terroríficas para la sociedad.

Paso 6: Escoja y descarte *(Cut out)*. Lea lo que usted ha escrito. Si hay demasiado, escoja la mejores secciones y descarte las otras.

Paso 7: Escriba la composición. Escriba su composición con su frase introductoria, sus puntos en orden, y la conclusión que usted empezó a formular en el paso 4.

Paso 8: Revisión. Revise su composición, póngale un título, e intercámbielo con otro estudiante para que le dé consejos de revisión. Siga los consejos que le parezcan válidos.

Grammar	verbs: compound tenses, conditional, future; *if* clauses; si, subjunctive agreement; *verb conjugator*
Vocabulary	computers; directions and distance; emotions: negative, positive; office; working conditions
Phrases	agreeing and disagreeing; apologizing; asking and giving advice; asserting and insisting; expressing a wish or desire, an opinion, intention, irritation; making something work; requesting or ordering; thanking; warning; weighing alternatives

Voice your choice! Visit **http://voices.thomsoncustom.com** to select additional readings relevant to this chapter's theme.

La imaginación creadora

Armonía, Remedios Varo

acks 1 & 11

ⒺL ARTE, ESPEJO DE LA VIDA

¿En qué consiste la inspiración?

Generalmente, se considera el proceso creativo como algo misterioso que no se puede analizar de manera científica. En el cuadro *Armonía* de la página 226 la pintora española Remedios Varo ofrece su versión del proceso creativo con la representación de una persona que está componiendo música. (Véase el artículo sobre Remedios Varo en el Capítulo 7, página 136).

Observemos. Observe bien la pintura de Remedios Varo, piense en su título y llene el siguiente cuadro.

Aspecto	Descripción
figura del compositor o de la compositora	___ feminina ____masculina ___andrógina (con características de los dos sexos) ____ agitada ___tranquila ____blanca ____bronceada ___gorda ___flaca ___enferma ___sana ¿Otra descripción de su aparencia? _____
otras figuras	¿Cuántas? _____ ¿Qué hacen? _____ ¿Quiénes o que pueden representar? _____
objetos	¿Qué objetos ve usted? _____ ¿Qué relación tendrán con el proceso creativo de la composición musical (o con el de cualquier arte)? _____
colores	__amarillo __anaranjado __azul __blanco __gris __marrón __morado __negro __rojo __rosa __verde
emociones	¿Qué conceptos o emociones cree usted que la pintora quiere comunicarnos? _____

Analicemos y discutamos. Trabaje con un(a) compañero(a). Háganse las siguientes preguntas sobre el cuadro de Remedios Varo. Luego, compartan sus respuestas con las de otros compañeros.

1. ¿Cómo es el cuarto que se ve en la pintura? ¿Hay ventanas? ¿puertas? ¿adornos? ¿Qué cosas extrañas hay en las paredes? ¿en el piso? ¿en los muebles? En tu opinión, ¿qué pueden simbolizar estas cosas?

2. Piensa un momento en la descripción que hiciste (en el ejercicio anterior) de la figura que compone música. ¿Qué te parece esta persona? ¿Por qué la habrá pintado así Varo?

3. A juzgar por este cuadro (su ambiente, sus figuras, su colorido), ¿cómo es la creación artística? ¿fácil o difícil? ¿lógica o mágica? ¿Exige fuerza y concentración o depende de la inspiración y de la espontaneidad? ¿Es quizás una combinación de estas cualidades? Explica.

¿Sabe usted...
...qué famoso seductor literario fue inventado por un sacerdote?
...qué son nuestras vidas, según los clásicos versos de Jorge Manrique?
...dónde está el misterioso pueblo de Macondo?

Las respuestas a éstas y otras preguntas interesantes se encuentran en este capítulo.

Aprender mejor:
Para interpretar una pintura, mire sus componentes (colores, figuras, elementos) y busque pistas que indiquen qué conceptos o emociones el (la) artista nos quiere comunicar.

4. ¿Qué piensas de esta representación del proceso creativo? ¿Qué personas consideras tú como muy creativas? ¿Eres creativo(a)? ¿Cuándo? ¿Dónde? ¿Cómo?

5. ¿Cómo interpretas el título del cuadro? ¿Qué tiene que ver la *Armonía* con la creatividad?

Busquemos. Busque información en la biblioteca o en Internet sobre uno de los siguientes temas y prepare un informe sobre él para compartir con la clase: (1) si usted no ha hecho un informe sobre Remedios Varo para el Capítulo 7, la vida o la obra de ésta; (2) si usted ya ha hecho un informe sobre Remedios Varo, la vida o la obra de otro artista cuya obra le fascine a usted; (3) otro cuadro (de cualquier artista) que trate de representar el proceso creativo.

V O C A B U L A R I O

Estudie las palabras y expresiones en negrilla para usarlas en este capítulo.

LA EXPRESIÓN LITERARIA

el género	tipo o clase de literatura: el género dramático, el género poético
la obra	una producción artística o literaria: El autor publicó sus obras completas.

ALGUNOS GÉNEROS

el cuento, la historia	narración o relato breve
el ensayo	obra literaria que consiste en reflexiones sobre un tema determinado: Escribió un ensayo sobre la amistad.
la novela	narración ficticia y extensa en prosa
la pieza dramática, la obra de teatro	obra literaria que se escribe para ser presentada en el teatro
el poema	obra en verso
la poesía	arte de componer obras en verso, obra poética
el verso	la línea de poesía: **Su poema tiene cuatro versos.**

ESCRITORES Y ESCRITORAS

el (la) cuentista	persona que escribe cuentos
el (la) dramaturgo(a)	persona que escribe piezas dramáticas
el (la) ensayista	persona que escribe ensayos
el (la) novelista	persona que escribe novelas
el (la) poeta	persona que escribe poemas
la poetisa[1]	mujer que escribe poemas

---

[1] Hoy día mucha gente dice "la poeta" en vez de "la poetisa".

LA CREACIÓN LITERARIA

la búsqueda	la acción de buscar algo: **La búsqueda de la verdad era el motivo de su vida.**
crear	producir algo de la nada, inventar
creador(a), creativo(a)	que tiene el efecto de crear algo: **Es una persona muy creativa.**
el estilo (en el sentido literario)	modo de escribir característico de un autor o de una autora
la habilidad creadora, la creatividad	el genio inventivo, capacidad de crear
el tema	asunto o materia sobre el cual se habla, se escribe o se realiza una obra artística

PRÁCTICA

12-1 ¿Cómo se llaman...? ¿Cómo se llama el hombre que escribe en cada uno de los siguientes géneros? ¿y la mujer?

1. cuentos
2. poemas
3. piezas dramáticas
4. novelas
5. ensayos

12-2 Identificaciones. ¿Puede usted identificar a algunas de las siguientes figuras de la literatura mundial?

> **MODELO**   J. K. Rowling
> *Es una novelista inglesa cuyos libros describen los altibajos de un joven que tiene poderes mágicos.*

1. Mark Twain
2. Dostoievski
3. Margaret Atwood
4. Sandra Cisneros
5. Jared Diamond
6. Safo
7. Miguel de Cervantes
8. Shakespeare
9. Pablo Neruda
10. Toni Morrison

ⒺNFOQUE DEL TEMA

La tradición literaria en España y Latinoamérica

La literatura de España es una de las grandes literaturas de Europa. Empezando por el *Poema de mío Cid,* del siglo XII, hasta la actualidad, España ha contribuido a la cultura mundial con un gran número de obras trascendentes.

La primera novela moderna

Quizá el más conocido de los autores españoles es Miguel de Cervantes. Era un humilde escritor, soldado y cobrador de impuestos° del siglo XVI que comenzó a escribir su obra maestra, *El ingenioso hidalgo Don Quijote de la Mancha,* en la prisión donde se encontraba por no poder pagar sus deudas.° (Véase una descripción de esta obra y un extracto de ella en el Capítulo 7, página 127.) Cervantes nunca soñó que algún día iba a ser famoso por ese libro, que empezó como una simple sátira de los "libros de caballerías"° tan populares en su tiempo. Pero los dos personajes principales, don Quijote y Sancho Panza, llegaron a ser arquetipos que han servido como inspiración creadora a un número incontable de artistas y escritores posteriores.

Todo el mundo ha oído que Cervantes utilizó estos personajes —el loco idealista y el campesino simple y práctico— para criticar los abusos de la sociedad española de sus tiempos. Como se valió de situaciones cómicas, logró engañar a los censores de la *Santa Inquisición,* una corte religiosa que tenía tremendos poderes, inclusive el de condenar a ciertos desdichados a la muerte. Pero, al fin y al cabo, Cervantes puso sus críticas en la boca de un loco y así parecían inofensivas.

A través de los siglos, los dos protagonistas llegaron a tener un valor simbólico como representaciones de los dos lados de la naturaleza humana: el idealismo y el pragmatismo. Han aparecido en óperas, piezas dramáticas, películas, libros de psicología, estatuas y pinturas, ... Pero lo que no es tan bien conocido es que muchos críticos clasifican esta obra de Cervantes como la "primera novela moderna" del mundo. Características tales como el lenguaje que cambia según el personaje, el desarrollo paulatino° del carácter de los personajes y el tema del protagonista desequilibrado° que se confunde entre la fantasía y la realidad, aparecen después en las novelas escritas por novelistas notables, desde Dostoievski, Flaubert y Dickens hasta los escritores de hoy.

Otro personaje clásico

Naturalmente, otros personajes han salido de las páginas de la literatura española para cobrar vida trascendente como, por ejemplo, el notorio don Juan, el seductor por excelencia. Éste fue creado en el siglo XVI por el sacerdote y dramaturgo Tirso de Molina en su famosa pieza *El burlador° de Sevilla.*

Don Juan, arrogante señor de la alta nobleza, se divierte seduciendo (*burlando,* como decían en aquellos tiempos) a diversas mujeres, desafiando° todas las reglas de la sociedad. El personaje de don Juan aparece después como *Don Giovanni* en la ópera de Mozart, en la poesía del poeta inglés Byron y en muchas otras obras de distinto género.

cobrador... *tax collector*

debts

libros... *chivalry novels (about knights in shining armor and damsels in distress)*

poco a poco
loco

joking seducer

challenging

La ópera *Don Giovanni* de Mozart está basada en la pieza española *El burlador de Sevilla*.

El florecimiento literario en el siglo XX

A partir del siglo XX, a pesar de las interrupciones de orden político, España ha experimentado nuevamente un auge° literario. Ha atraído la atención internacional sobre un gran número de poetas de primera categoría, como Juan Ramón Jiménez (Premio Nóbel, 1956), Federico García Lorca (Véase su poema en la página 166), Jorge Guillén, Luis Cernuda, Rafael Alberti, Vicente Aleixandre (Premio Nóbel, 1977), Antonio Machado y otros. Se han destacado también varios novelistas y cuentistas, como Carmen Laforet, Camilo José Cela (Premio Nóbel, 1989), Ana María Matute, Almudena Grandes, Rosa Montero y Antonio Muñoz Molina.

momento de gran éxito

La literatura latinoamericana

Durante siglos, las obras de Latinoamérica permanecieron al margen de la literatura mundial y, excepto por unas pocas, eran desconocidas internacionalmente. Las causas de este aislamiento° eran varias: la turbulencia política, la geografía y las rivalidades nacionales, entre otras. A fines del siglo XIX surgió el **modernismo,** un movimiento literario que buscaba la expresión refinada y artística por medio del énfasis en lo sensorial. Inspirado en la literatura de ese momento en Francia, el modernismo influyó principalmente en los géneros de la poesía y del cuento en Latinoamérica y llegó a influir también en España. Los modernistas escribían en un estilo exquisito que trataba de deleitar los cinco sentidos° con sonidos melódicos y descripciones de perfumes aromáticos, exóticas piedras preciosas, manjares° deliciosos y figuras u objetos bellos. El resultado fue una renovación temática y estilística del lenguaje. El nicaragüense Rubén Darío fue uno de los máximos exponentes del modernismo.

separación

senses
alimentos

El siglo XX

En el siglo XX han aparecido numerosas obras de resonancia mundial, muchas de las cuales se han traducido al inglés y a otros idiomas.

Como resultado de su aislamiento, los escritores latinoamericanos empezaron a describir las costumbres de su país y a analizar el "carácter nacional". Así nació el **criollismo,** un movimiento que produjo muchas obras valiosas caracterizadas por su énfasis en lo criollo.° Tradicionalmente la poesía ocupa un lugar de mayor importancia en Latinoamérica que en el mundo de habla inglesa. Los latinoamericanos escuchan al poeta como la voz de su pueblo que expresa sus ansias° y esperanzas. Poetas de muchos países han ganado gran renombre, desde la mexicana Sor Juana Inés de la Cruz en los tiempos coloniales y Gabriela Mistral de Chile (Premio Nóbel, 1945) hasta César Vallejo de Perú, Pablo Neruda de Chile (Premio Nóbel, 1971) y Octavio Paz de México (Premio Nóbel, 1990) en nuestros tiempos.

El **cosmopolitismo** es otra corriente literaria importante en Latinoamérica. En contraste directo con el criollismo, el cosmopolitismo busca su inspiración en lo internacional, pero esta búsqueda ha dejado de ser una imitación para convertirse en una auténtica visión creadora. Uno de sus mejores exponentes fue el escritor argentino, Jorge Luis Borges (1899–1986), cuyos intrincados cuentos tratan una variedad de temas filosóficos, históricos y psicológicos.

El *boom* y el realismo mágico

Durante la década de los 60, en Latinoamérica ocurrió un fenómeno literario que los críticos han comparado con una explosión, llamándolo **el *boom.*** La publicación de un gran número de obras de alta calidad enfocó la atención internacional de una manera sin precedente sobre autores como Julio Cortázar de Argentina, Mario Vargas Llosa de Perú, y muchos otros. Entre las muchas novelas del *boom,* la que mayor sensación ha causado es, sin duda, *Cien años de soledad,* del colombiano Gabriel García Márquez (Premio Nóbel, 1982). Un episodio de esta novela está incluido en este capítulo. (Véase la página 245.)

Cien años de soledad cuenta la historia completa de un pueblo imaginario, Macondo, desde su fundación en medio de la selva hasta su trágica destrucción un siglo más tarde. Al mismo tiempo, narra, a través de seis generaciones, las diversas aventuras de una familia, los Buendía. Macondo representa el microcosmos de Latinoamérica, con sus tradicionales problemas económicos, políticos y sociales.

Estos problemas habían sido lugares comunes° en la copiosa literatura de protesta social, pero García Márquez los trata con una técnica diferente, mezclando e intercambiando realidad y fantasía, historia y mito. Algunos críticos opinan que esta técnica, bautizada° **el realismo mágico** por el crítico alemán Franz Roh, es la mejor manera de captar la compleja y casi increíble realidad de Latinoamérica.

La técnica del realismo mágico también se encuentra en las novelas de la autora chilena Isabel Allende (cuya escritura aparece en el Capítulo 11) y en la novela (y película) *Como agua para chocolate* de la autora y guionista° mexicana Laura Esquivel. Las obras de éstas y de otros escritores latinoamericanos han tenido gran éxito mundial y se venden en traducción en muchas librerías de Estados Unidos y Canadá. La antigua visión de don Quijote —del mundo como una mezcla de realidad y fantasía— continúa vigente en estas transformaciones literarias.

PRÁCTICA

12-3 Comprensión de la lectura: Identificación de obras y movimientos literarios.
Identifique las siguientes obras y los movimientos literarios, explicando más o menos
cuándo aparecieron y cuál ha sido su importancia para el desarrollo de la literatura.

1. Don Quijote de la Mancha
2. El burlador de Sevilla
3. el criollismo
4. el modernismo
5. el cosmopolitismo
6. el realismo mágico

12-4 Preguntas.

1. ¿Quiénes son algunos de los poetas españoles famosos?
2. ¿Por qué antes del siglo XX no eran muy bien conocidas internacionalmente las
   obras literarias de Latinoamérica?
3. ¿Cómo es la situación del poeta en Latinoamérica? ¿Conoce usted el nombre de
   algún(a) poeta (poetisa) norteamericano(a)? ¿Es famoso(a)?
4. ¿Qué fue el *boom*?
5. ¿De qué trata la novela *Cien años de soledad*?
6. ¿Qué libros ha leído usted (en español o en traducción) escritos por españoles o
   latinoamericanos? ¿Qué películas ha visto en español? ¿Le han gustado o no?

12-5 Opiniones. Entreviste a un(a) compañero(a) usando las siguientes preguntas.
Después, comparen sus respuestas con las de otros compañeros de la clase.

1. ¿Qué tipos de novela o cuento lees? ¿Te gustan las novelas realistas o las de fantasía?
   ¿Lees a veces historias terroríficas o de ciencia ficción? ¿Prefieres leer un libro o ver
   una película? ¿Por qué? Si tuvieras que nombrar un libro y una película como las
   obras más importantes e interesantes de todas, ¿cuáles serían? ¿Por qué?

2. Se ha dicho que en el futuro la gente va a dejar de leer libros para pasar todo el
   tiempo libre viendo televisión o películas. ¿Crees que esto pasará o no? ¿Crees que
   las bibliotecas y las librerías dejarán de existir? ¿Cómo guardará la gente del futuro
   su información y sus historias? Explica.

ⓢ ELECCIÓN 1: LA POESÍA

Antes de leer

La literatura española y latinoamericana incluye un gran número de poetas excelentes. A continuación, se presentan selecciones de cuatro exponentes importantes de la poesía: un español, una española, una argentina y un uruguayo. Lea los poemas en voz alta y trate de identificar las ideas y emociones importantes de cada uno.

Jorge Manrique

Jorge Manrique fue un caballero medieval de la misma época que el señor representado en este cuadro *(Retrato de Oswolt Krel, Alberto Durero).*

español (1440–1492)

En todas las culturas hay ciertos poemas clásicos que son conocidos por la mayor parte de la gente. Así son, en los países de habla inglesa, los versos que comienzan el soliloquio de *Hamlet* ("*To be or not to be …*"). Así son, en España y muchos países latinoamericanos, los versos que comienzan el siguiente poema, "Coplas por la muerte de su padre". Es probable que sean algunos de los versos más famosos de la lengua castellana. Fueron escritos por un aristócrata español, Jorge Manrique, en el siglo XV para conmemorar la muerte de su padre, el Maestre de Santiago. El poema es una reflexión sobre la muerte, según las ideas de aquellos tiempos. Aquí presentamos cinco de las cuarenta estrofas del poema.

1. La primera estrofa empieza con la idea medieval (expresada en Latín) de *Memento mori,* que quiere decir "Acuérdese de la muerte". El poeta nos pide que pensemos por un momento en la muerte y recordemos que el tiempo de nuestra vida pasa muy rápidamente.

2. La segunda estrofa expresa la célebre comparación entre nuestras vidas humanas y los ríos que van corriendo hacia el mar (que representa la muerte).[1]

3. La tercera estrofa explica cómo las cosas que tanto queremos suelen ser ilusiones en "este mundo traidor".

4. La cuarta estrofa es la respuesta del Maestre (el padre del poeta) a la Muerte que lo ha invitado a morirse. El Maestre explica por qué no tiene miedo y está preparado para todo.

5. La quinta estrofa describe el fin de la vida del Maestre: la escena de su muerte y la reacción de sus familiares.

---

[1] Es de notar que en las Coplas Manrique usa "la mar" en vez de "el mar", como era la costumbre en la poesía de aquella época. Hoy en día decimos "el mar".

Coplas a la muerte de su padre

1 Recuerde el alma dormida,°
  avive el seso° y despierte
  contemplando
  cómo se pasa° la vida,
5 cómo se viene la muerte
  tan callando;°
  cuán presto° se va el placer,
  cómo después de acordado°
  da dolor,
10 cómo, a nuestro parecer,
  cualquiera tiempo pasado
  fue mejor.°

  Nuestras vidas son los ríos
  que van a dar en° la mar,
15 que es el morir;
  allí van los señoríos°
  derechos a se acabar y consumir;
  allí los ríos caudales,°
  allí los medianos°
20 y más chicos;°
  allegados,° son iguales
  los que viven por sus manos
  y los ricos.

  Ved de cuán poco valor°
25 son las cosas tras que andamos°
  y corremos,
  que en este mundo traidor°
  aun primero que muramos
  las perdemos:
30 de ellas deshace la edad,°
  de ellas casos desastrados°
  que acaecen,°
  de ellas, por su calidad,°
  en los más altos estados
35 desfallecen.°
  [El Maestre es un hombre
  tan valiente y respetado que la
  Muerte le habla y lo invita con
  cortesía a morir. Entonces, el
40 Maestre le responde.]

Responde el Maestre:

  No gastemos tiempo° ya
  en esta vida mezquina°
  por tal modo,
45 que mi voluntad° está

  conforme con la divina
  para todo;
  y consiento en mi morir
  con voluntad placentera,
50 clara y pura,
  que querer hombre vivir
  cuando Dios quiere que muera,
  es locura.

Cabo°

55 Así, con tal entender,°
  todos sentidos humanos
  olvidados,
  cercado de° su mujer
  y de sus hijos y hermanos
60 y criados,°
  dio el alma a quien se la dio
  (la cual dio° en el cielo,
  en su gloria),
  que aunque la vida perdió,
65 dejónos° harto° consuelo
  su memoria.

---

línea 1 **Recuerde...** *Let your sleeping soul recall* 2 **avive...** *light up your brain* 4 **se...** *passes by* 6 silenciosamente 7 pronto 8 **de...** cuando lo recordamos 12 **cualquiera...** *any time in the past seems better than the present* 14 **que...** *that flow into* 16 (ríos) poderosos 18 grandes 19 *medium-sized* 20 pequeños 21 una vez que llegan 24 **de...** *of what little value* 25 **tras...** *after which we chase* 27 engañoso 30 **de...** *age destroys them* 31 **casos...** destruidas por accidentes 32 ocurren 33 esencia 35 faltan 42 **No...** *Let's not waste any more time* 43 *miserable* 45 deseo 54 Fin 55 comprensión 58 **cercado...** *surrounded by* 60 sirvientes 62 estuvo 65 nos dejó 65 mucho

12-6 Preguntas.

1. ¿Qué le parece la idea de "Memento mori" (descrita en la página 234)? ¿Es bueno pensar en la muerte o no? ¿Por qué?
2. ¿Cómo interpreta usted los versos "cualquier(a) tiempo pasado fue mejor"?
3. ¿Cuáles son los cuatro tipos de ríos que se mencionan? ¿Qué representan? ¿Cuándo son iguales?
4. ¿Por qué son de poco valor las cosas "tras que andamos"? ¿Es cierto?
5. ¿Qué respuesta da el Maestre a la Muerte? ¿Por qué consiente en morir?
6. ¿Cómo es la muerte del Maestre? ¿Se muere con dignidad o no? Explique. ¿Qué le deja a su familia?

Aprender mejor:
No se olvide de que la poesía, como la música, tiene que ser oída para ser apreciada.

Teresa de Ávila

Transverberación de Santa Teresa, escultura de Juan Lorenzo Bernini.

española (1515–1585)

El siguiente poemita de la poetisa mística Teresa de Ávila es otra obra bien conocida de la lengua castellana. Por generaciones, mucha gente lo ha aprendido de memoria y lo ha repetido como si fuera una mantra a fin de superar la depresión y lograr la tranquilidad

La vida de Teresa (conocida como Santa Teresa por la Iglesia Católica) fue singular. Como niña, envidiaba a sus ocho hermanos que se habían ido al "Nuevo Mundo" como conquistadores. Entró en un convento, pero era una chica vanidosa y pasó su tiempo en fiestas y actividades frívolas con las otras monjas como era la costumbre. Luego, a la edad de 38 años, sufrió una transformación espiritual. Tuvo visiones de Dios y de los santos, empezó a escribir poemas y libros místicos y alcanzó a inspirar a las otras monjas para que se reformaran. Luego, salió a reformar conventos y monasterios, luchando contra grupos establecidos y sufriendo abusos, condena por la Inquisición, y hasta prisión. Al final, triunfó. Murió a la edad de 70 años durante la inspección de uno de sus conventos.

El corto y sencillo poema que sigue, "Nada te turbe" *("Let nothing disturb you"),* da una fórmula para mantener la tranquilidad en medio de los altibajos y la turbulencia de la vida.

Nada te turbe°   *Let nothing disturb you*

  1 Nada te turbe,

cause miedo   nada te espante,°

                  todo se pasa,

cambia   Dios no se muda°

  5 la paciencia

                  todo lo alcanza;

                  quien a Dios tiene

                  nada le falta:

es suficiente   sólo Dios basta.°

12-7 Preguntas.

1. Según este poema, ¿por qué no debemos turbarnos ni sentir miedo?
2. ¿Cuál es la única cosa que no cambia?
3. ¿Qué cualidad es necesaria para alcanzar nuestros deseos? ¿Está usted de acuerdo? ¿O cree usted que hay otra cualidad más importante?
4. Para Teresa de Ávila, ¿qué nos hace falta para estar contentos? Y a usted, ¿qué le hace falta para estar contento(a)?

Alfonsina Storni

argentina (1892–1938)

Alfonsina Storni, hija de inmigrantes suizos, tuvo una niñez bastante difícil debido a la pobreza de su familia y al alcoholismo de su padre. Después de trabajar brevemente como actriz, se recibió como maestra de primaria. Enseñó sólo un año en un pueblo del cual se fue porque quedó embarazada tras una aventura con un hombre casado. Se trasladó a Buenos Aires, donde nació su hijo. Al principio, Storni trabajó como cajera en empleos humildes, y tenía que ocultar la existencia de su hijo natural por temor al "qué dirán" que podía haberle costado el trabajo. Pero después ganó fama como poetisa y dramaturga, y tuvo empleos más importantes, como periodista por ejemplo.

Liberal y franca, Storni frecuentó varios círculos literarios, recibió premios por sus poemas, hizo dos viajes a Europa y dio varias conferencias. Sin embargo, sufría de depresiones y más tarde de cáncer. A la edad de 46 años, sabiendo que tenía una enfermedad incurable, se suicidó, tirándose al mar.

Cuadros y ángulos

1 Casas enfiladas,° casas enfiladas,   *in a row*
  casas enfiladas,
  cuadrados,° cuadrados, cuadrados.   *squares*
  Casas enfiladas.
5 Las gentes ya tienen el alma cuadrada,
  ideas en fila
  y ángulo° en la espalda.   *angle*
  Yo misma he vertido° ayer una lágrima,   *llorado*
  Dios mío, cuadrada.°   *a square one*

Hombre

problema
tenderness
caminos

1 Hombre, yo quiero que mi mal° comprendas;
hombre, yo quiero que me des dulzura°;
hombre, yo marcho por tus mismas sendas°;
hijo de madre: entiende mi locura...

12-8 Preguntas.

1. ¿Cómo son las casas que ve la poeta? ¿y el alma de la gente?
2. ¿Cómo interpreta usted su descripción de "ideas en fila"? ¿Qué tipo de gente es?
3. ¿Cree usted que la frase "ángulo en la espalda" sugiere una deformidad física, una actitud o un estado emocional? Explique.
4. ¿Cómo reacciona la poeta cuando ve las casas y la gente? ¿Por qué?
5. En el segundo poema, cuando la poeta le habla al hombre, ¿qué quiere de él?

Mario Benedetti

uruguayo (n. 1921)

Mario Benedetti es un escritor prolífico y muy popular que escribe poesía, cuentos, novelas y ensayos sobre temas políticos y sociales. Tiene muchos seguidores, especialmente entre los jóvenes. Varios de sus cuentos y novelas se han llevado al cine, e incluso algunos de sus poemas han servido como temas de películas. Hay más de 60 canciones populares que tienen letra escrita por él y algunas han sido cantadas por artistas famosos en muchos países. Benedetti ya supera los 85 años y es toda una celebridad, pero sigue haciendo lo que más le apasiona: escribiendo, inventando, creando nuevas obras.

Defensa de la alegría

1 Defender la alegría como una trinchera°	*trench (in warfare)*
defenderla del caos y de las pesadillas°	malos sueños
de la ajada° miseria y de los miserables	*deplorable*
de las ausencias breves y las definitivas	
5 Defender la alegría como un atributo	
defenderla del pasmo° y de las anestesias	*terror*
de los pocos neutrales y los muchos neutrones	
de los graves diagnósticos y de las escopetas°	*shotguns*
Defender la alegría como un estandarte°	*banner*
10 defenderla del rayo° y la melancolía	*lightening bolt*
de los males endémicos y de los académicos	
del rufián caballero° y del oportunista	**rufián...** *gentlemanly scoundrel*
Defender la alegría como una certidumbre	
defenderla a pesar de Dios y de la muerte	
15 de los parcos° suicidas y de los homicidas	frugales, parsimoniosos
y del dolor de estar absurdamente alegres	
Defender la alegría como algo inevitable	
defenderla del mar y las lágrimas tibias°	*lukewarm*
20 de las buenas costumbres y de los apellidos	
del azar° y también	coincidencia
también de la alegría	

12-9 Preguntas.

1. Según Benedetti, ¿de qué elementos exteriores tenemos que defender la alegría?
2. ¿De qué emociones y condiciones interiores tenemos que defenderla?
3. ¿De qué personas es necesario defender la alegría?
4. ¿A pesar de qué y de quiénes hay que defenderla?
5. ¿Qué quiere decir el poeta? Benedetti escribió este poema un poco después del ataque contra las torres de Nueva York, el 11 de septiembre de 2001. ¿Por qué es necesario defender la alegría especialmente en momentos trágicos? ¿Qué pasaría si no lo hiciéramos?
6. ¿Cómo interpreta usted el último verso?

Después de leer

12-10 Temas. Trabajando con otra persona, decidan cuál o cuáles de los poemas que hemos visto expresan los siguientes temas. ¿En qué palabras o versos están expresados?

a. el amor espiritual
b. la búsqueda de la felicidad
c. el deseo de ser comprendido(a)
d. la lucha por la tranquilidad
e. el rechazo del conformismo social
f. el sentido de la muerte
g. el sentido de la vida

12-11 Opiniones. Trabajando con otras dos o tres personas, discutan cuál de los poemas es el más triste, el más original, ... etc., y por qué.

1. el más triste
2. el más original
3. el más bello
4. el más sincero
5. el más fácil de comprender
6. el que más refleja la vida del poeta (o de la poetisa)
7. el más relevante para la vida actual

12-12 Composición sobre la poesía. Escriba una composición de una página de acuerdo con uno de los siguientes temas:

1. un poema original, en rima o en verso libre, sobre uno de los temas ya mencionados o sobre algún otro tema de su preferencia
2. un breve resumen del poema que le gusta más a usted, con un comentario que explique por qué le gusta
3. la descripción de una canción popular que tiene una letra que le gusta, con un comentario

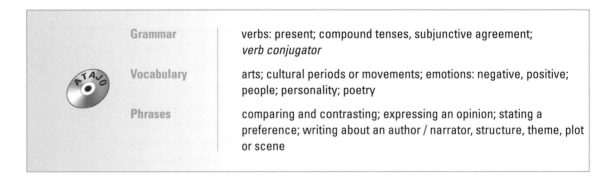

Grammar	verbs: present; compound tenses, subjunctive agreement; *verb conjugator*	
Vocabulary	arts; cultural periods or movements; emotions: negative, positive; people; personality; poetry	
Phrases	comparing and contrasting; expressing an opinion; stating a preference; writing about an author / narrator, structure, theme, plot or scene	

⑤ELECCIÓN 2: EL CUENTO

Antes de leer

El siguiente cuento muestra que, en una crisis de vida o muerte, algunas personas ponen su fe en Dios, otras en la tecnología y otras en algo más personal. La autora es Ángeles Mastretta, conocida periodista y escritora que nació en Puebla, México, en 1949. Mastretta tuvo un gran éxito con su primer libro, *Arráncame la vida,* una novela histórica que se desarrolla en la época de la revolución mexicana. Ha escrito varios libros después que han sido muy bien recibidos por los críticos y por el público, entre ellos el libro de cuentos *Mujeres de ojos grandes,* del cual proviene esta historia.

12-13 Vocabulario: La palabra exacta. En el cuento que va a leer, la autora a veces usa palabras poco comunes pero muy exactas. Escoja la palabra "exacta" usada por Mastretta para reemplazar cada palabra común (en negrilla). (Si usted necesita ver el contexto, mire las líneas 1–31.)

1. El color de la piel de su hija y otras de sus cualidades **impresionaban** a la tía Jose.
   a. asustaban
   b. deslumbraban
   c. interferían
   d. paralizaban

2. Ella imaginaba con orgullo lo que haría su hija con las **ilusiones** que sentía.
   a. dificultades
   b. invasiones
   c. negligencias
   d. quimeras

La autora mexicana Ángeles Mastretta

3. La madre observaba a su pequeña hija con **orgullo** y **alegría.** (Escoja dos palabras.)
   a. altivez
   b. frenesí
   c. regocijo
   d. tranquilidad

4. La **invencible** vida hizo caer sobre la niña una enfermedad.
   a. inefable
   b. inesperada
   c. inelegante
   d. inexpugnable

5. La enfermedad convirtió su extraordinaria **energía** en un sueño extenuado.
   a. dolencia
   b. jerigonza
   c. mudanza
   d. viveza

12-14 Comparación del exterior con el interior. El siguiente cuento es una historia de amor y de fe. Trata del amor intenso de una madre por su pequeña hija. Paralela a la acción exterior, se desarrolla una descripción de lo que pasa en el interior de la protagonista, la tía Jose, de las fuertes emociones que siente. Busque la siguiente información en las líneas 1–45.

Exterior	Interior
1. La tía Jose mira a su hija y ve que tiene un rasgo *(trait)* típico de la familia. ¿Cuál es?	1. ¿Cómo se siente la tía Jose? ¿Qué piensa de su hija? ¿Qué palabras describen sus emociones?
2. Algo malo pasa. ¿Qué? ¿Adónde va la tía Jose? ¿Quiénes están allí? ¿Qué hacen ellos?	2. ¿Qué emociones siente la tía Jose ahora? ¿Qué le pasa?

Lea el resto del cuento para ver cuál es más fuerte en esta historia: ¿el amor o la muerte?

Mujeres de ojos grandes
ÁNGELES MASTRETTA

1 Tía Jose Rivadeneira tuvo una hija con los ojos grandes como dos lunas, como un deseo.° Apenas colocada en su abrazo,°
5 todavía húmeda y vacilante, la niña mostró los ojos y algo en las alas° de sus labios que parecía pregunta.

—¿Qué quieres saber? —le
10 dijo la tía Jose jugando a que entendía ese gesto.° Como todas las madres, tía Jose pensó que no había en la historia del mundo una criatura° tan hermosa como
15 la suya. La deslumbraban el color de su piel, el tamaño de sus pestañas° y la placidez con que

dormía. Temblaba de orgullo imaginando lo que haría con la
20 sangre y las quimeras que latían° en su cuerpo.

Se dedicó a contemplarla con altivez y regocijo durante más de tres semanas.
25 Entonces la inexpugnable vida hizo caer sobre la niña una enfermedad que en cinco horas convirtió su extraordinaria viveza en un sueño extenuado° y
30 remoto que parecía llevársela° de regreso a la muerte.

Cuando todos sus talentos curativos no lograron mejoría alguna, tía Jose, pálida de terror,

35 la cargó hasta el hospital. Ahí se la quitaron de los brazos y una docena de médicos y enfermeras empezaron a moverse agitados y confundidos en torno a° la niña.
40 Tía Jose la vio irse tras una puerta que le prohibía la entrada y se dejó caer al suelo° incapaz de cargar consigo misma y con aquel dolor como un acanti-
45 lado.° Ahí la encontró su marido que era un hombre sensato° y prudente como los hombres acostumbran fingir que son.° Le ayudó a levantarse y la
50 regañó° por su falta de cordura° y esperanza. Su marido confiaba

línea 3 *wish* 4 **Apenas...** *Scarcely placed in her embrace* 7 *corners* 11 expresión 14 niña pequeña 17 *eyelashes* 20 palpitaban 29 debilitado 30 *to be carrying her away* 39 **en...** alrededor de 42 **se...** *she fell to the floor* 45 **como...** *like (falling off) a cliff* 46 razonable 48 **fingir...** *to pretend that they are* 50 *he scolded her* 50 prudencia

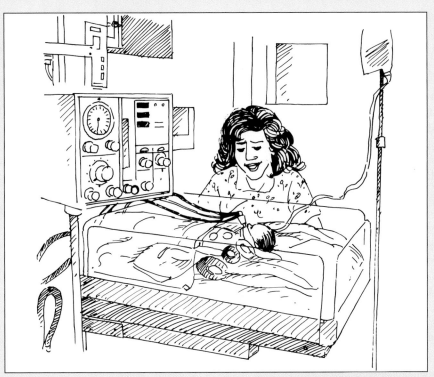

en la ciencia médica y hablaba de ella como otros hablan de Dios. Por eso lo turbaba la 55 insensatez° en que se había colocado su mujer, incapaz de hacer otra cosa que llorar y maldecir° al destino.

Aislaron° a la niña en una 60 sala de terapia intensiva. Un lugar blanco y limpio al que las madres sólo podían entrar media hora diaria. Entonces se llenaba de oraciones° y ruegos. Todas las 65 mujeres persignaban° el rostro de sus hijos, les recorrían el cuerpo con estampas° y agua bendita,° pedían a todo Dios° que los dejara vivos. La tía Jose 70 no conseguía sino llegar junto a la cuna° donde su hija apenas° respiraba para pedirle: "no te mueras". Después lloraba y lloraba sin secarse los ojos 75 ni moverse hasta que las enfermeras le avisaban que debía salir.

Entonces volvía a sentarse en las bancas cercanas a la 80 puerta, con la cabeza sobre las piernas, sin hambre y sin voz, rencorosa° y arisca,° ferviente y desesperada. ¿Qué podía hacer? ¿Por qué tenía que vivir su hija? 85 ¿Qué sería bueno ofrecerle a su cuerpo pequeño lleno de agujas° y sondas° para que le interesara quedarse en este mundo? ¿Qué podría decirle para convencerla

90 de que valía la pena hacer el esfuerzo en vez de morirse? Una mañana, sin saber la causa, iluminada sólo por los fantasmas° de su corazón, se acercó 95 a la niña y empezó a contarle las historias de sus antepasadas.° Quiénes habían sido, qué mujeres tejieron° sus vidas con qué hombres antes de que la boca y 100 el ombligo° de su hija se anudaran° a ella. De qué estaban hechas, cuántos trabajos habían pasado, qué penas y jolgorios° traía ella como herencia. 105 Quiénes sembraron° con intrepidez y fantasías la vida que le tocaba prolongar.

Durante muchos días recordó, imaginó, inventó. Cada 110 minuto de cada hora disponible habló sin tregua° en el oído de su hija. Por fin, al atardecer de un jueves, mientras contaba implacable alguna historia, su hija 115 abrió los ojos y la miró ávida y desafiante,° como sería el resto de su larga existencia.

El marido de tía Jose dio gracias a los médicos, los médicos 120 dieron gracias a los adelantos de su ciencia, la tía abrazó a su niña y salió del hospital sin decir una palabra.

Sólo ella sabía a quiénes 125 agradecer la vida de su hija. Sólo ella supo siempre que ninguna ciencia fue capaz de mover tanto, como la escondida° en los ásperos y sutiles hallazgos° de 130 otras mujeres con los ojos grandes.

55 falta de equilibrio 58 *curse* 59 Separaron 64 peticiones a Dios 65 *made the sign of the cross on* 67 pequeños cuadros religiosos 68 **agua...** *holy water* 68 **a...** *to any God in existence* 71 *crib* 71 *scarcely* 82 resentida 82 *insociable* 86 *needles* 87 *catheters* 94 espíritus 96 *female ancestors* 98 *intertwined* 100 *navel* 101 conectaron 103 diversiones 105 *planted* 111 pausa 116 *defiant* 128 *hidden* 129 descubrimientos

Después de leer

12-15 Acción y sentimiento: Resumen. Complete las siguientes frases para hacer un resumen de la acción del cuento y de los sentimientos de los personajes.

1. El marido de la tía Jose la regañó porque él...
2. Las otras mujeres entraban en la sala de terapia y...
3. La tía Jose lloraba y lloraba, pero sólo le dijo a su hija: ...
4. Ella estaba desesperada porque quería saber...
5. Finalmente, se acercó a su hija y empezó a...
6. La niña se mejoró y la tía Jose dio gracias a...

12-16 ¿Quién curó a la niña? Trabaje con un(a) compañero(a) para llegar a una interpretación de la cuestión central del cuento: ¿quién controla la vida y la muerte?

Primero, llenen el cuadro que sigue.

Personajes	¿En qué confían?	¿En qué tienen fe?
1. las otras mamás de niños enfermos		
2. el marido de tía Jose		
3. los médicos del hospital		
4. la tía Jose		

Luego, contesten esta pregunta: ¿Cuál de los personajes tiene razón, o creen ustedes que la niña se curó por una combinación de razones?

12-17 La medicina y sus alternativas. Trabajando en grupo, discutan la siguiente lista de métodos para curar enfermedades. ¿En cuáles creen ustedes? (Pongan **+**.) ¿En cuáles no creen? (Pongan **0**.) ¿Conocen ustedes, por experiencia personal o de otros, algunos buenos o malos resultados de estos métodos? Luego, expliquen por qué confían en ciertos métodos y en otros no.

——— la acupuntura   ——— la nutrición
——— la curación por la fe   ——— la quiropráctica
——— la dieta vegetariana   ——— la reflexología
——— las hierbas naturales   ——— el toque curativo *(healing touch)*
——— la hipnosis   ——— la visualización
——— la meditación   ——— el yoga... ¿otros métodos?

Ⓢ ELECCIÓN 3: LA NOVELA

Antes de leer

Gabriel García Márquez (n. 1928), novelista y cuentista colombiano, es probablemente el escritor latinoamericano de más fama internacional en la actualidad. El siguiente fragmento es de su obra maestra, la novela *Cien años de soledad*. Pero, en realidad, este fragmento es como un cuento completo e independiente incluido dentro de la novela. Por eso se puede leer sin conocer toda la novela. Además, es un episodio muy interesante que ilustra bien la dimensión mágica y fantástica del libro.

12-18 Los personajes. Antes de comenzar la lectura del texto, lea las siguientes indicaciones para familiarizarse con los personajes.

JOSÉ ARCADIO BUENDÍA: fundador del pueblo de Macondo y patriarca de la familia, un hombre soñador e idealista que pasa mucho tiempo en un laboratorio que ha construido en su casa, buscando los secretos de la ciencia y de la vida.

AURELIANO: hijo de José Arcadio que lo ayuda muchas veces en el laboratorio.

ÚRSULA: esposa de José Arcadio y arquetipo de la madre, una mujer muy práctica que ha iniciado en su casa un lucrativo negocio que consiste en fabricar caramelos en forma de animalitos, que se venden en Macondo, el pueblo donde viven todos.

REBECA: hija adoptiva de José Arcadio y Úrsula, que llegó a la casa un día, llevando un bolso que contenía los huesos de unos padres que ella no recordaba. Durante un tiempo, tenía la mala costumbre de comer tierra.

VISITACIÓN Y CATAURE: los indígenas que acompañaban a Rebeca y que ahora viven con los Buendía.

MELQUÍADES: un gitano muy viejo y sabio, practicante de magia, que visita a los Buendía de vez en cuando, mostrándoles siempre novedades maravillosas.

12-19 Búsqueda de detalles. Mire el título (del episodio), el dibujo en la página 246 y las líneas 1–92. Luego, conteste estas preguntas:

1. Simplemente mirando el título y la ilustración, ¿qué cree usted que va a pasar?
2. ¿Qué hizo Cataure al saber que la peste había entrado en la casa? ¿Qué hizo Visitación?
3. ¿Por qué estaba tan alarmada Visitación? ¿Cómo reaccionaron José Arcadio Buendía y Úrsula?

Termine usted la lectura para ver qué pasa con esta extraña peste.

Aprender mejor:

Para seguir bien la trama *(plot)* de una novela, clarifique primero en su mente la identidad de los personajes principales.

Cien años de soledad (fragmento)
El episodio de "La peste° del insomnio"

GABRIEL GARCÍA MÁRQUEZ

plague	1
por... *by chance / corner*	
rocking chair /	5
chupándose... *sucking her thumb*	
exiliarse / *kingdom* / muy antiguo	
no. . . *was no longer in the house by dawn* / enfermedades que mata / **había...** tenía que	10
nos... *we will get more out of life*	15
forgetfullness	
insomnio	
erase themselves	
del... *of his own being* / caerse / forma	20
por... *just in case*	
calmado	
	25
Prudencio... hombre a quien José Arcadio mató y cuyo fantasma los visita a veces	30
dorando... *gilding a brooch*	
	35
bebida especial / planta medicinal	40

Una noche, por la época en que Rebeca se curó del vicio de comer tierra y fue llevada a dormir en el cuarto de los otros niños, la india que dormía con ellos despertó por casualidad° y oyó un extraño ruido intermitente en el rincón.° Se incorporó alarmada, creyendo que había entrado un animal en el cuarto, y entonces vio a Rebeca en el mecedor,° chupándose el dedo° y con los ojos alumbrados como los de un gato en la oscuridad. Pasmada de terror, atribulada por la fatalidad de su destino, Visitación reconoció en esos ojos los síntomas de la enfermedad cuya amenaza los había obligado, a ella y a su hermano, a desterrarse° para siempre de un reino° milenario° en el cual eran príncipes. Era la peste del insomnio.

Cataure, el indio, no amaneció en la casa.° Su hermana se quedó, porque su corazón fatalista le indicaba que la dolencia letal° había de° perseguirla de todos modos hasta el último rincón de la tierra. Nadie entendió la alarma de Visitación. "Si no volvemos a dormir, mejor", decía José Arcadio Buendía, de buen humor. "Así nos rendirá más la vida.°" Pero la india les explicó que lo más temible de la enfermedad del insomnio no era la imposibilidad de dormir, pues el cuerpo no sentía cansancio alguno, sino su inexorable evolución hacia una manifestación más crítica: el olvido.° Quería decir que cuando el enfermo se acostumbraba a su estado de vigilia,° empezaban a borrarse° de su memoria los recuerdos de la infancia, luego el nombre y la noción de las cosas, y por último la identidad de las personas y aun la conciencia del propio ser,° hasta hundirse° en una especie° de idiotez sin pasado. José Arcadio Buendía, muerto de risa, consideró que se trataba de una de tantas dolencias inventadas por la superstición de los indígenas. Pero Úrsula, por si acaso,° tomó la precaución de separar a Rebeca de los otros niños.

Al cabo de varias semanas, cuando el terror de Visitación parecía aplacado,° José Arcadio Buendía se encontró una noche dando vueltas en la cama sin poder dormir.

Úrsula, que también había despertado, le preguntó qué le pasaba, y él le contestó: "Estoy pensando otra vez en Prudencio Aguilar°". No durmieron un minuto, pero al día siguiente se sentían tan descansados que se olvidaron de la mala noche. Aureliano comentó asombrado a la hora del almuerzo que se sentía muy bien a pesar de que había pasado toda la noche en el laboratorio dorando un prendedor° que pensaba regalarle a Úrsula el día de su cumpleaños. No se alarmaron hasta el tercer día, cuando a la hora de acostarse se sintieron sin sueño, y cayeron en la cuenta de que llevaban más de cincuenta horas sin dormir.

—Los niños también están despiertos —dijo la india con su convicción fatalista—.

Una vez que entra en la casa, nadie escapa a la peste.

Habían contraído, en efecto, la enfermedad del insomnio. Úrsula, que había aprendido de su madre el valor medicinal de las plantas, preparó e hizo beber a todos un brebaje° de acónito,° pero no consiguieron dormir, sino que estuvieron todo el día soñando despiertos. En ese estado de alucinada° lucidez° no sólo veían las imágenes de sus propios sueños, sino que los unos veían las imágenes soñadas por los otros. Era como si la casa se hubiera llenado de visitantes. Sentada en su mecedor en un rincón de la cocina, Rebeca soñó que un hombre muy parecido a ella, vestido de lino blanco y con el cuello° de la camisa cerrado por un botón de oro, le llevaba un ramo° de rosas. Lo acompañaba una mujer de manos delicadas que separó una rosa y se la puso a la niña en el pelo. Úrsula comprendió que el hombre y la mujer eran los padres de Rebeca, pero aunque hizo un gran esfuerzo por reconocerlos, confirmó su certidumbre de que nunca los había visto. Mientras tanto, por un descuido° que José Arcadio Buendía no se perdonó jamás, los animalitos de caramelo fabricados en la casa seguían siendo vendidos en el pueblo. Niñas y adultos chupaban° encantados los deliciosos gallitos° verdes del insomnio, los exquisitos peces rosados del insomnio y los tiernos caballitos amarillos del insomnio, de modo que el alba° del lunes sorprendió despierto a todo el pueblo. Al principio nadie se alarmó. Al contrario, se alegraron de no dormir, porque entonces había tanto que hacer en Macondo que el tiempo apenas alcanzaba.° Trabajaron tanto, que pronto no tuvieron nada más que hacer, y se encontraron a las tres de la madrugada° con los brazos cruzados, contando el número de notas que tenía el valse° de los relojes. Los que querían dormir, no por cansancio sino por nostalgia de los sueños, recurrieron a toda clase de métodos agotadores. Se reunían a conversar sin tregua,° a repetirse durante horas y horas los mismos chistes, a complicar hasta los límites de la exasperación el cuento del gallo capón,° que era un juego infinito en que el narrador preguntaba si querían que les contara el cuento del gallo capón, y cuando contestaban que sí, el narrador decía que no había pedido que dijeran que sí, sino que si querían que les contara el cuento del gallo capón, y cuando contestaban que no, el narrador decía que no les había pedido que dijeran que no, sino que si querían que les contara el cuento del gallo capón, y cuando se quedaban callados el narrador decía que no les había pedido que se quedaran callados, sino que si querían que les contara el cuento del gallo capón, y nadie podía irse, porque el narrador decía que no les había pedido que se fueran, sino que si querían que les contara el cuento del gallo capón, y así sucesivamente,° en un círculo vicioso que se prolongaba por noches enteras.

Cuando José Arcadio Buendía se dio cuenta de que la peste había invadido al pueblo, reunió a los jefes de familia para explicarles lo que sabía sobre la enfermedad del insomnio, y se acordaron medidas para impedir que el flagelo° se propagara° a otras poblaciones de la ciénaga.° Fue así como se quitaron a los chivos° las campanitas° que los árabes cambiaban por guacamayas, y se pusieron a la entrada del pueblo a disposición de quienes desatendían° los consejos y súplicas de los centinelas° e insistían en visitar la población. Todos los forasteros que por aquel tiempo recorrían las calles de Macondo tenían que hacer sonar su campanita para que los enfermos supieran que estaban sanos. No se les permitía comer ni beber nada durante su estancia,° pues no había duda de que la enfermedad sólo se transmitía por la boca, y todas las cosas de comer y de beber estaban contaminadas de insomnio. En esa forma se mantuvo la peste circunscrita° al perímetro de la población. Tan eficaz fue la cuarentena,° que llegó el día en que la situación de emergencia se tuvo por cosa natural, y se organizó la vida de tal modo que el trabajo recobró su ritmo y nadie volvió a preocuparse por la inútil costumbre de dormir.

Fue Aureliano quien concibió la fórmula que había de defenderlos durante varios meses de las evasiones de la memoria. La descubrió por casualidad. Insomne° experto, por haber sido uno de los primeros, había aprendido a la perfección el arte

Glosas marginales:

45 *hallucinated / lucidity*

collar

bouquet

50 negligencia

sucked / small roosters

comienzo del día

55 era suficiente

mañana

ritmo

60 *tiring*

pausa

65

70 **gallo...** *gelded rooster*

y... *and so on and so forth*

75 extendiera / *swampy region where they all lived / goats / little bells /* no prestaban atención a / guardas

80 visita

limitada

quarantine

85

Insomniac

fabricación de objetos de
    plata / *anvil*
glue

hisopo... *inked brush*

manioc
edible root / banana

puso / *neck*

milk it

slippery
escaparse
poster

key words

seducción mágica
Pilar... *a fortune teller who*
    lived in the town
movimientos de los naipes

90 de la platería.° Un día estaba buscando el pequeño yunque° que utilizaba para laminar los metales, y no recordó su nombre. Su padre se lo dijo:"tas". Aureliano escribió el nombre en un papel que pegó con goma° en la base del yunquecito: *tas*. Así estuvo seguro de no olvidarlo en el futuro. No se le ocurrió que fuera aquella la primera manifestación del olvido, porque el objeto tenía un nombre difícil de recor-

95 dar. Pero pocos días después descubrió que tenía dificultades para recordar casi todas las cosas del laboratorio. Entonces las marcó con el nombre respectivo, de modo que le bastaba con leer la inscripción para identificarlas. Cuando su padre le comunicó su alarma por haber olvidado hasta los hechos más impresionantes de su niñez, Aureliano le explicó su método, y José Arcadio Buendía lo puso en práctica en

100 toda la casa y más tarde lo impuso a todo el pueblo. Con un hisopo entintado° marcó cada cosa con su nombre: *mesa, silla, reloj, puerta, pared, cama, cacerola.* Fue al corral y marcó los animales y las plantas: *vaca, chivo, puerco, gallina, yuca,*° *malanga,*° *guineo.*° Poco a poco, estudiando las infinitas posibilidades del olvido, se dio cuenta de que podía llegar un día en que se reconocieran las cosas por sus

105 inscripciones, pero no se recordara su utilidad.

      Entonces fue más explícito. El letrero que colgó° en la cerviz° de la vaca era una muestra ejemplar de la forma en que los habitantes de Macondo estaban dispuestos a luchar contra el olvido: *ésta es la vaca, hay que ordeñarla*° *todas las mañanas para que produzca leche y a la leche hay que hervirla para mezclarla*

110 *con el café y hacer café con leche.* Así continuaron viviendo en una realidad escurridiza,° momentáneamente capturada por las palabras, pero que había de fugarse° sin remedio cuando olvidaran los valores de la letra escrita.

      En la entrada del camino de la ciénaga se había puesto un anuncio° que decía *Macondo* y otro más grande en la calle central que decía *Dios existe.* En todas

115 las casas se habían escrito claves° para memorizar los objetos y los sentimientos. Pero el sistema exigía tanta vigilancia y tanta fortaleza moral, que muchos sucumbieron al hechizo° de una realidad imaginaria, inventada por ellos mismos, que les resultaba menos práctica pero más reconfortante. Pilar Ternera° fue quien más contribuyó a popularizar esa mistificación, cuando concibió el artificio de leer el

120 pasado en las barajas° como antes había leído el futuro. Mediante ese recurso, los insomnes empezaron a vivir en un mundo construido por las alternativas inciertas de

los naipes, donde el padre se recordaba apenas como el hombre moreno que había llegado a principios de abril y la madre se recordaba apenas como la mujer trigueña° que usaba un anillo de oro en la mano izquierda, y donde una fecha de nacimiento quedaba reducida al último martes en que cantó la alondra° en el laurel. 125 Derrotado° por aquellas prácticas de consolación, José Arcadio Buendía decidió entonces construir la máquina de la memoria que una vez había deseado para acordarse de los maravillosos inventos de los gitanos. El artefacto se fundaba en la posibilidad de repasar todas las mañanas, y desde el principio hasta el fin, la totalidad de los conocimientos adquiridos en la vida. Lo imaginaba como un diccionario 130 giratorio° que un individuo situado en el eje° pudiera operar mediante una manivela,° de modo que en pocas horas pasaron frente a sus ojos las nociones más necesarias para vivir. Había logrado escribir cerca de catorce mil fichas,° cuando apareció por el camino de la ciénaga un anciano estrafalario° con la campanita triste de los durmientes,° cargando una maleta ventruda° amarrada con cuerdas y 135 un carrito° cubierto de trapos° negros. Fue directamente a la casa de José Arcadio Buendía.

    Visitación no lo conoció al abrirle la puerta, y pensó que llevaba el propósito de vender algo, ignorante de que nada podía venderse en un pueblo que se hundía° sin remedio en el tremedal° del olvido. Era un hombre decrépito. Aunque su voz 140 estaba también cuarteada° por la incertidumbre y sus manos parecían dudar de la existencia de las cosas, era evidente que venía del mundo donde todavía los hombres podían dormir y recordar. José Arcadio Buendía lo encontró sentado en la sala, abanicándose° con un remendado° sombrero negro, mientras leía con atención compasiva los letreros pegados en las paredes. Lo saludó con amplias muestras de 145 afecto, temiendo haberlo conocido en otro tiempo y ahora no recordarlo. Pero el visitante advirtió su falsedad. Se sintió olvidado, no con el olvido remediable del corazón, sino con otro olvido más cruel e irrevocable que él conocía muy bien, porque era el olvido de la muerte. Entonces comprendió. Abrió la maleta atiborrada° de objetos indescifrables, y de entre ellos sacó un maletín° con muchos fras- 150 cos.° Le dio a beber a José Arcadio Buendía una sustancia de color apacible,° y la luz se hizo en su memoria. Los ojos se le humedecieron de llanto,° antes de verse a sí mismo en una sala absurda donde los objetos estaban marcados, y antes de avergonzarse° de las solemnes tonterías escritas en las paredes, y aun antes de reconocer al recién llegado en un deslumbrante resplandor° de alegría. Era Melquíades. 155

olive-skinned	
lark	
vencido	
que daba vueltas / centro	
crank	
file cards	
raro y extraño	
gente normal que puede	
dormir *(sleepers) / bulging*	
/ little cart / rags	
caía	
quicksand	
cracked	
fanning himself / mended	
muy llena / maleta pequeña	
botellas / agradable	
lágrimas	
sentir vergüenza	
flash	

Después de leer

12-20 Comprensión de la lectura: Leer con precisión. Escoja la mejor manera de terminar las siguientes frases.

1. Una noche, Visitación se dio cuenta de que la peste del insomnio había entrado en la casa cuando (vio que la niña no podía dormir / oyó los ruidos de un animal en el cuarto / reconoció los ojos de un gato en la oscuridad).

2. Según Visitación, lo horrible de la peste del insomnio era (la imposibilidad de dormir / la falta de cansancio en el cuerpo / la pérdida de la memoria).

3. La enfermedad se transmitía al resto del pueblo por medio de (unos peces que la gente encontraba en el lago / un caballo que caminaba por todas partes / unos caramelos que se fabricaban en la casa).

4. Para no contaminarse de la peste, los visitantes eran obligados a (llevar una campanita / comer y beber poco / tomar un medicamento).

5. Mucha gente iba a visitar a Pilar Ternera porque ella usaba los naipes para (resolver los problemas / explicar el pasado / predecir el futuro).

12-21 Preguntas.

1. ¿Qué hizo Úrsula cuando vio que todos tenían insomnio? ¿Qué consecuencias trajo este remedio?
2. ¿Por qué no se alarmó la gente, al principio, cuando se enfermó de la peste?
3. ¿Qué hacía la gente durante las largas horas en que no podía dormir? ¿Qué hace usted cuando tiene insomnio?
4. ¿Cuál fue la fórmula que inventó Aureliano como defensa contra el olvido? ¿Qué problemas tenía esa "solución"?
5. ¿Qué decidió hacer José Arcadio? ¿Qué le parece a usted esta idea?
6. ¿Quién llegó por fin a Macondo? ¿Cómo curó a José Arcadio?

12-22 Opiniones. Trabaje con otra persona en estas preguntas.

1. ¿Crees que se puede tomar este trozo de *Cien años de soledad* como un ejemplo del **realismo mágico?** Para ti, ¿es más realista o más mágico? ¿Por qué? ¿Qué otras obras conoces que tienen elementos de realismo y de magia?

2. Según tu opinión, ¿qué significado histórico, filosófico o social tiene este episodio? ¿Hay ejemplos históricos cuando un pueblo se abandona al olvido? ¿Es necesario a veces olvidar la realidad? ¿Qué olvidas tú y por qué?

3. ¿Qué le pasaría a la gente si no pudiera dormir? ¿Sería bueno si los científicos inventaran una píldora para reemplazar el sueño o no? ¿La tomarías tú, o no? ¿Por qué?

Liniers

12-23 Mire y comente. Trabaje con un(a) compañero(a). Miren el dibujo humorístico en la página 248 y contesten estas preguntas: ¿Qué opinión se presenta aquí sobre el arte de nuestros tiempos? ¿Estan de acuerdo ustedes? ¿Por qué sí o no?

12-24 A ESCRIBIR. Una obra que me ha gustado. Escriba usted una reseña *(review)* de la obra de este capítulo que más le ha gustado. Siga los siguientes pasos.

Paso 1: El comienzo. Escoja una obra del capítulo (uno de los poemas, el cuento o la selección de la novela) que le ha gustado. Empiece así: Me gusta el (poema / cuento / trozo de la novela) _____ [Aquí ponga el título de la obra] porque...

Paso 2: Vocabulario. Repase rápidamente el capítulo y haga una lista de palabras y frases relacionadas con la obra que usted ha escogido. Trate de usar estas palabras y frases en el resto de su escritura.

Paso 3: Extensión de la primera frase. Elija la razón principal por la que le gusta esta obra y termine la primera frase.

Paso 4: Finalización del primer párrafo. Termine el primer párrafo con un breve resumen de la obra. Trate de incluír los puntos más importantes.

Paso 5: Preparación del segundo párrafo. Haga una lista de los aspectos de la obra que le parecen buenos.

Paso 6: Finalización del segundo párrafo. Mire los puntos de la lista del **paso 5** y decida un orden lógico en el que se deben presentar. Escriba una frase para cada punto y complete el párrafo con la descripción del aspecto más importante.

Paso 7: Revisión. Revise su composición, póngale un título, e intercámbiela con otro(a) estudiante para que le dé consejos de revisión. Siga los consejos que le parezcan válidos.¡Felicidades! Usted ha creado una reseña literaria en español.

Grammar	verbs: present; compound tenses, subjunctive agreement; *verb conjugator*
Vocabulary	arts; cultural periods or movements; emotions: negative, positive; people; personality; poetry; prose
Phrases	comparing and contrasting; expressing an opinion; stating a preference; writing about an author / narrator, structure, theme, plot, or scene

Voice your choice! Visit **http://voices.thomsoncustom.com** to select additional readings relevant to this chapter's theme.

Vocabulary

Spanish–English Vocabulary

Some tips on using this end vocabulary:

1. Until recently, the compound letters **ch** and **ll** were considered single letters of the Spanish alphabet, and words beginning with them were put under separate headings. This has changed, and they are now listed under **c** or **l**. However, the letter **ñ** is still a separate letter. Therefore, an **ñ** appearing in the middle of a word will cause the word to be placed after equivalent words containing an **n.** For example: **canto** is followed by **caña.**

2. If a verb has a stem change, the change is indicated in the parentheses following the infinitive. For example, **sentir (siento, sintió)** is listed **sentir (ie, i),** and **jugar (juego)** is listed **jugar (ue).** Verbs with spelling changes in certain forms also show the changes in parentheses. Example: **parecer (zc)** to indicate the forms **parezco, parezca.**

3. Adjectives are listed in the masculine form only (e.g., **muerto** *dead*) but they may appear in other forms in the text (e.g., **muertos, muerta, muertas**).

4. Idioms are generally listed under the word considered to be most important or distinguishing. For example, **a pesar de** is listed under **pesar.** However, in many cases these expressions are cross-referenced.

5. Some Spanish cognates that are identical or very similar to their English equivalents are not included in this end vocabulary.

6. Note that the definitions given in this vocabulary listing refer to the context in which the word appears in the text.

Abbreviations

abbr. abbreviations
adj. adjective
adv. adverb
alt. alternate
angl. Anglicism
augm. augmentative
aux. auxiliary
coll. colloquial
dim. diminutive
e.g. for example
f. feminine
fam. familiar
fig. figurative
inf. infinitive
irreg. irregular verb
lit. literally
m. masculine

m. & f. masculine and feminine
past part. past participle
pej. pejorative
pl. plural
prep. preposition
pron. pronoun
sup. superlative
v. verb

A

a to; at; for; **a continuación** following this; later on; **a largoplazo** long-range; **a lo largo** through; along; **a lo mejor** probably; **a menudo** often **a pesar de** in spite of; **a raya** under control; **a**

sí mismo to one's self; **a veces** sometimes; **a ver** let's see
abajo below
el **abalorio** glass bead
abandonar to abandon, leave behind
abanicarse (qu) to fan oneself
el **abanico** fan
abatido brought low, cut down
el **abedul** birch tree
abierto (*past part. of* **abrir**) open, opened
el **abogado** (la **abogada**) lawyer
abolir to abolish, repeal
abotonar (se) to button (oneself)
abrazar (c) to hug, embrace

el **abrazo** hug; embrace

el **abrigo** overcoat; winter coat

abrir to open

absorto amazed; absorbed in thought

la **abuela** grandmother

el **abuelo** grandfather

la **abundancia** abundance

abundar to abound, be plentiful

el **abuso** abuse

aburrido bored

el **aburrimiento** boredom

aburrirse to be bored

abusar de to abuse

acabar to end; to finish; **acabar bien** to have a happy ending; **acabar de** + *inf.* to have just + *past part.*

acaecer (zc) to happen; to come to pass

acalorar to warm

acampanado bell shaped

acariciar to caress

el **acantilado** cliff, hill

acarrear to carry

acaso perhaps; by chance; **por si acaso** just in case

acceder to gain; **acceder a** to agree to; **acceder a la universidad** to get into college

el **acceso** entry; access

el **accidentado** victim of an accident

la **acción** action; stock

el **aceite** oil; **aceite de oliva** olive oil

acelerar to accelerate

el **acento** accent

acentuar to stress, accentuate

la **aceptación** acceptance, approval

la **acera** sidewalk

acerca de about, concerning

el **acercamiento** bringing closer together; rapprochement

acercarse (qu) a to approach; to bring one closer to (someone else)

acertado pertinent, apt

acertar (ie) to be successful

achicar (qu) to make smaller

aclarar to make clear

acomodarse to accommodate; to adapt, adjust

acompañar to accompany

aconsejar to advise, counsel

el **acontecimiento** event; happening

acordar (ue) to agree; **acordarse (de)** remember

acostado in bed

acostarse (ue) to lie down, go to bed

acostumbrado accustomed

acostumbrar (se) to be accustomed; to be in the habit

la **acotación** stage direction

acremente sharply, bitterly

la **actitud** attitude

la **actividad** activity

el **acto** act; ceremony; **en el acto** immediately

la **actriz** actress

la **actuación** performance

actual current, present

la **actualidad** present time

actualizar to update

actualmente currently; at present time

actuar to act

acudir (a) to come (to); to show up (at); to go (to)

el **acuerdo** agreement; pact; accord

acumular to accumulate, hoard

acusar to accuse

la **adaptación** adjustment

adaptarse to adapt oneself; to fit

adecuado adequate, fitting, suitable

adelantarse to move forward, get ahead

adelante forward; ahead

el **adelanto** progress, advancement

adelgazar (c) to lose weight; to become thin

el **ademán** gesture, expression

además besides; moreover; **además de** in addition to

adentrarse (en) to search deeper into a subject

adentro inside; **adentro de** in (the water, etc.)

adinerado wealthy

adivinar to guess

el **adivino (la adivina)** fortune teller

el **adjetivo** adjective

la **administración** administration; **administración de empresas** business administration

adolorido aching

adornado decorated

adornar to decorate; to adorn

el **adorno** decoration

adquirir (ie, i) to acquire

la **adquisición** acquisition

adrede on purpose

la **aduana** customs

adulto mature, adult

advertir (ie, i) to warn; to give notice; to perceive

aéreo of the air; **líneas aéreas** airlines

el **afán** eagerness

afectado affected

afectar to affect

el **afecto** affection

la **afición** fondness, liking, enthusiasm

aficionado (a) fond (of); a fan (of)

afortunadamente fortunately, luckily

afortunado fortunate, lucky

africano *adj.* African; *m. & f.* person from Africa; an African

afroamericano *adj.* African-American

afuera outside; *pl.* outskirts

agarrar to take; to hold

el **agave** maguey cactus

la **agencia** agency

el, la **agente**   agent; **agente de bienes raíces**   real estate agent

agitarse   to get upset, agitated

agobiar   to overwhelm, oppress (with)

la **agonía**   agony, death throes

agonizar   to be in agony, dying

agotado   exhausted

agotador   exhausting

agotarse   to become exhausted

agradable   agreeable; pleasant

agradar   to please, gratify

agradecer (zc)   to thank

agradecido   grateful

el **agradecimiento**   gratitude

agregar (gu)   to add

agresivo   aggressive

agrícola   agricultural

el **agricultor** (la **agricultora**)   farmer

agrio   discordant, unharmonious

el **agua** (*f.*)   water

el **agua potable**   drinking water

el **aguacate**   avocado

el **aguacero**   downpour

aguantar   to put up with

agudizar (c)   to render more acute; to worsen

la **aguja**   needle

ahí   there; **de ahí**   with the result that; **por ahí**   around

ahogarse (gu)   to drown, suffocate

ahora   now; **ahora mismo**   right now

ahorrar   to save, economize

aislado   isolated

el **aislamento**   isolation; separation

aislar   to isolate; to separate

ajeno   another's; alien (to one's own)

el **ajo**   garlic

al   combination of **a** + **el**; **al** + *inf.* upon (e.g., **al llegar** = upon arriving)

el **ala** (*f.*)   wing

la **alarma**   alarm, warning

alarmarse   to become alarmed or frightened

el **alba** (*f.*)   dawn

alborotar   to agitate, stir up; to make a lot of noise

el **alcalde** (la **alcaldesa**)   mayor

la **alcaldía**   mayor's office

el **alcance**   reach; **al alcance de**   within reach of

alcanzar (c)   to attain; to reach; to be sufficient

la **aldea**   village

la **alegoría**   allegory, story with a lesson

alegórico   allegorical

alegrar   to make happy, liven up; **alegrarse de**   to be happy about

alegre   cheerful, glad, merry, lively

la **alegría**   happiness, joy

alejado   far away

alejarse   to move away, go away; to recede

alemán   German; *m.* the German language; German man; *f.* German woman

Alemania   Germany

alentar   to encourage

la **alfarería**   pottery

algo   something

alguien   someone

algún (*apocopated form of* **alguno**) **algún día**   one day

alguno   some; any; someone; **alguna vez**   once

el **aliado** (la **aliada**)   ally

el **aliento**   breath; good breath

la **alimentación**   nutrition

alimentar   to nourish; **alimentarse de**   to be fed on

los **alimentos**   food

aliviar   to relieve

allá (*alt. of* **allí**)   there; **más allá**   beyond

allí   there

el **alma** (*f.*)   soul

el **almacén**   storehouse, store

almorzar (ue) (c)   to eat lunch

el **almuerzo**   lunch

el **alojamiento**   lodging

la **alondra**   lark

alquilar   to rent

alrededor (de)   area; near (to)

altanero   haughty; arrogant

la **alteración**   alteration, change

alterar   to alter, change

alternar (se)   to alternate; to take turns

la **alternativa**   alternative

los **altibajos**   ups and downs

altísimo (*sup. of* **alto**)   very high, tall

la **altivez**   arrogance

alto   tall; high; loud; **hacer un alto**   to make a halt, come to a stop

la **altura**   height

alucinar   to hallucinate; to dazzle

alumbrado   luminous; lighted; lit

alumbrar   to lighten; to illuminate

el **alumno** (la **alumna**)   student

alzado   raised

alzar (c)   to raise, lift up; **alzarse**   to rise

el **ama (de casa)** (*f.*)   lady (of the house)

la **amabilidad**   kindness, friendliness

amable   kind, friendly

amado   beloved

el **amanecer**   dawn; daybreak; *v.* **(zc)**   to dawn; to begin to get light

el, la **amante**   lover

amar   to love

amargo   bitter

amarillo   yellow

amarvar   to tie

ambos (ambas)   both

amazónico   of the Amazon

ambicioso   ambitious

ambiental   environmental

el **ambiente**   atmosphere, environment

la **amenaza**   threat

amenazador   threatening

amenazar (c)   to threaten

América Latina (*f.*)   Latin America

el **amigo** (la **amiga**)   friend

la **amistad**   friendship, friendly relations

amistoso friendly

el **amo** (el **ama**) master (of the house)

el **amor** love; *pl.* romance; love affair

amoroso amorous; loving

ampliar to add to; to amplify, expand

amplio wide, spacious, roomy; full; bold

el **analfabetismo** illiteracy

analfabeto *adj.* illiterate; *m.* an illiterate person

anaranjado orange

la **anarquía** anarchy

ancho wide, broad

el **anciano** (la **anciana**) old person

andar (*irreg.*) to walk; to go about; **andar en . . .**

andrógino androgynous

años to be around . . . years old

andino Andean

la **anécdota** anecdote

anestesia anesthesia

el **anglicismo** Anglicism; word borrowed from English

el **anglo** (la **angla**) person of English heritage; English-speaking person

anglosajón *adj.* Anglo-Saxon; *m. & f.* Anglo-Saxon, person from an Anglo-Saxon country

angosto narrow

el **ángulo** angle, corner

la **angustia** (*f.*) anguish, distress

anhelar to long for, yearn for

el **anillo** ring

la **animación** animation, liveliness

el **animador** (la **animadora**) moderator, announcer

el **ánimo** spirit; courage; **estado de ánimo** mood, frame of mind

el **aniversario** anniversary

anoche last night

el **anochecer** nightfall; *v.* (**zc**) to get dark

el **anonimato** anonymity

anotar to write down; to note

el **ansia** (*f.*) anxiety; yearning

la **ansiedad** anxiety

ansioso anxious, anguished; uneasy, worried

la **Antártida** Antarctica

ante before, in front of; faced with

anteceder to precede

antemano: de antemano beforehand

los **anteojos** glasses, spectacles

los **antepasados** ancestors

anterior previous, preceding, former

antes before; **dos días antes** two days prior

anticipar to anticipate

el **anticuerpo** antibody

antiguo old, ancient; old-fashioned

el **antónimo** antonym, word meaning the opposite of another

antropólogo arthropologist

anual annual, yearly

anudar to knot; **anudarse** to be knotted; to be united

anunciar to announce, advertise

el **anuncio** advertisement; notice, sign

añadir to add; to increase

el **año** year; **hace... años** years ago; **tener . . . años** to be . . . years old

apacible peaceful; mild

apagar (**gu**) to turn off

el **aparato** apparatus; device

aparecer (**zc**) to appear; to show up

aparecido apparition; specter

la **aparición** apparition

la **apariencia** appearance; aspect

el **apartamento** apartment

aparte apart; aside; separate

apasionado passionate

apasionar to appeal deeply; to enthuse

apasionante exciting

el **apellido** last name, surname

apenas scarcely

el **aperitivo** appetizer; aperitif, drink

aperlado pearl colored

apetecer (**zc**) to be appetizing to (*Spain*)

apetitoso appetizing

aplacar (**qu**) to appease; to calm

aplastar to crush; to flatten; **aplastarse** to flatten oneself; to become crushed; (*coll.*) to be floored

aplaudido popular, well-received

aplicado applied; **ciencias aplicadas** applied sciences

aplicar (**qu**) to apply

apoderarse (**de**) to seize, take possession of; to appropriate

aportar to bring; to contribute

apoyar to support; to give support

el **apoyo** support

apreciar to appreciate

aprender learn

el **aprendizaje** learning process

apresurado hurried; rushed

apretado tight; close, pushed together

apretar (**ie**) to tighten; to press

el **apretón** grip, squeeze; **apretón de manos** handshake

aprobar (**ue**) to pass (an examination); to approve

aprontarse to prepare oneself

apropiado appropriate, fitting, correct

aprovechar to take advantage of

la **aptitud** aptitude

apuntar to point out; to point, aim

los **apuntes** notes

apurar to rush; to purify; **apurarse** to hurry up; to worry

el **apuro** rush

aquel that; **en aquel tiempo** in that time

aquellos/as those, those ones

aquí here

el **arado** plow

el **árbol** tree

el **arbusto** bush

arder to burn

ardiente burning; ardent

la **arena** sand

argentino *adj.* Argentine; *m. & f.* Argentine, Argentinian
argumentar to argue
el **argumento** argument (in a line of reasoning); plot (of a story, film, etc.)
la **aridez** barrenness, dryness
árido arid, barren
armado armed
la **armadura** armor
las **armas** weapons
la **armonía** harmony
armónico harmonious
aromático aromatic, fragrant
los **aros** earrings
la **arqueología** archeology
la **arquitectura** architecture
arraigado deep rooted
arrastrar (se) to drag (oneself)
arreglar to fix; **bien arreglada** well attired, well dressed
arremeterse assault, attack with force
arrendado rented
arrendar (ie) to rent
el **arriador** (la **arriadora**) (bull) driver; wrangler
arriba above, up, upward
arrimarse to approach, get near to
arrojar to throw (off, away); to shed
el **arroz** rice
arrugado wrinkled
arruinar to ruin; **arruinarse** to deteriorate
el **arte** (*f.*) art; **las bellas artes** fine arts
la **artesanía** craft, handiwork
el **artesano** (la **artesana**) artisan
el **artículo** article, essay
el **artificio** artifice, ruse
la **ascendencia** ancestry
el, la **ascendiente** ancestor
el **ascensor** elevator
el **asco** nausea
asegurar to assure, guarantee; to secure
asesinar to murder, assassinate

el **asesino** (la **asesina**) assassin, murderer
el **asesor**, la **asesora** consultant
asesoria consultant
así like this, like that; so; in this way; **así que** so that
el **asiento** seat
la **asignatura** course, subject
asimilar to assimilate or incorporate
asistir a to attend
asociar(se) to associate
asomado sticking out from
asomar to show up, appear
asombrarse to be astonished
el **asombro** amazement, shock
el **aspecto** aspect; **de mejor aspecto** better looking
áspero harsh; rough
el, la **aspirante** aspirant, candidate; applicant
aspirar (a) to aspire (to)
la **astucia** cleverness, astuteness
el **asunto** matter; subject (of book, email)
asustado frightened, afraid
asustar to frighten; **asustarse** to become frightened, get scared
atacar (qu) to attack
el **ataque** attack
el **atardecer** late afternoon; dusk
el **ataúd** coffin
atender (ie) to take care of; to tend
atentar to attempt a criminal offense
el, la **atleta** athlete
la **atmósfera** atmosphere
atraer (*irreg.*) to attract; to lure
atrapado caught; trapped
atrás behind; **hacia atrás** backwards; **veinte años atrás** twenty years ago
atrasado backward; late in progress
el **atraso** backwardness
atravesar (ie) to cross; to come over
atreverse (a) to dare (to)

atribuir (y) to attribute to; to impute to
atroz (*pl.* **atroces**) atrocious
aturdido thoughtless; confused
el **auge** apex; popularity, vogue
aumentar to augment, increase, enlarge
el **aumento** increase
aun even, still
aún yet
aunque although
la **ausencia** absence
austral southern
australiano *adj.* Australian; *m. & f.* Australian; person from Australia
auténtico authentic
autoafirmarse to express oneself
el **autobús** bus
el **automóvil** automobile
el **autor** (la **autora**) author
la **autoridad** authority
autosuficiente self-sufficient
el, la **auxiliar** helper; assistant
el **auxilio** help; assistance
el **avance** advance
avanzado advanced
avanzar (c) to advance
el **ave** (*f.*) bird
aventar to throw, expel
la **aventura** adventure; love affair
avergonzarse (ue) (c) to be ashamed
averiguar to ascertain, find out
la **avidez** eagerness
ávido eager
el **avión** airplane
avisar to advise, warn
el **aviso** notice; warning
ayer yesterday
la **ayuda** help
el, la **ayudante** assistant
ayudar to help
el **ayuntamiento** town hall, city hall
el **azar** misfortune, chance
la **azotea** flat roof

azteca   Aztec, of the Aztec Indians
el **azúcar**   sugar
azul   blue

B

el **bachillerato**   degree received after specializing for a year or more after high school
bailar   to dance
el **bailarín**   dancer
el **baile**   dance
la **bailarina**   dancer; ballerina
bajar   to drop; to come down; **bajar de peso**   to lose weight
bajo   short; low
la **balada**   ballad
la **balanza**   scale
balbucear   to stammer
el **balcón**   balcony
la **banca**   bench
el **banco**   bank; bench
la **banda**   band; musical group; gang
la **bandeja**   tray
el **bando**   faction; gang
la **banqueta**   sidewalk
el **banquete**   banquet, feast
el, la **bañista**   bather
el **baño**   bath; bathroom
el **bar**   bar, pub
la **baraja**   deck of cards; *pl.* cards
barato   cheap, inexpensive
el **barco**   ship
la **barba**   beard; chin
la **barra**   bar, railing
la **barrera**   barrier
la **barriga**   stomach, belly
el **barrio**   section, quarter (of a city); neighborhood
el **barro**   mud
basado (en)   based (on)
básicamente   basically
el **básquetbol**   basketball
bastante   enough, sufficient; fairly
bastar   to suffice; **¡Basta!** (That's) enough!)

la **basura**   trash
la **bata**   robe
la **batalla**   battle
la **batata**   sweet potato
batir   to beat
el **baúl**   trunk
bautizado   baptized
el, la **bebé**   baby
beber   to drink
la **bebida**   drink
la **beca**   scholarship
el **béisbol**   baseball
la **belleza**   beauty
bello   beautiful, fair
bendecir (*irreg.*)   to bless
bendito   blessed; **agua bendita** holy water
beneficiar   to benefit
el **beneficio**   benefit
beneficioso   beneficial
benévola   kind, benevolent
la **berma**   ditch by the side of the road
besar   to kiss
el **beso**   kiss
la **bestia**   beast, monster
la **Biblia**   Bible
la **biblioteca**   library
la **bicicleta**   bicycle
bien   well, all right; **pasarlo bien** to have a good time
los **bienes**   goods; property; wealth; **bienes raíces**   real estate
el **bienestar**   well-being; welfare; comfort
bilingüe   bilingual
el **billete**   ticket
la **billetera**   wallet
la **bisabuela**   great-grandmother
el **bisabuelo**   great-grandfather; *pl.* great-grandparents
los **bisnietos**   great-grandchildren
blanco   white
blanquísimo   *sup. of* blanco
la **blusa**   blouse
el **blusón**   long blouse
la **boca**   mouth

la **boda**   wedding
bohemio   bohemian, gypsy-like
la **bolsa**   bag, purse; pocket; **bolsa de valores**   stock market
el **bolsillo**   pocket
el **bolso**   bag
la **bomba**   bomb
la **bombeta**   firecracker
bondadoso   kind
bonito   pretty
el **boom** (*angl.*)   explosion of popularity
Borbón   Bourbon (*history*)
el **bordado**   embroidery
bordar   to embroider
el **borde**   edge
la **borrachera**   drunkenness
borracho   drunk
borrar   to erase; **borrarse de la memoria**   to erase from one's memory
el **bosque**   forest; **bosque lluvioso** rain forest
la **bota**   boot
el **bote**   boat
la **botella**   bottle
el **botón**   button
el **botones**   bellhop, bellboy
brasileño   *adj.* Brazilian; *m. & f.* Brazilian; person from Brazil
bravo   brave; savage, fierce
el **brazo**   arm
el **brebaje**   potion, brew
el **bretón**   Breton; someone from Brittany
breve   brief
brillante   brilliant
brillar   to shine
brilloso   shiny
brindar   to offer; to toast; **brindar al equipo**   to honor "the team" (participants of a party)
el **brindis**   toast
la **brisa**   breeze
la **brizna**   blade
la **broma**   joke
bronceado   tan
broncearse   to tan, get tan
bronco   rasping; harsh

bruces: de bruces   face down
brusco   rough
el **buceo**   diving, swimming underwater; **buceo con tanques** scuba diving; **buceo con tubo de respiración**   snorkling
bueno   good, fine; well, all right
la **bulla**   bustle; noisy activity
el **bulto**   bundle, package
la **burla**   jest; scoffing
burlarse de   to make fun of
burocracia   bureaucracy
burocrático   bureaucratic
buscar   to look for; to search
la **búsqueda**   search
la **butaca**   seat; armchair; box (at the theater)

C

las **caballerías**   chivalry, knight-errantry
el **caballero**   knight; gentleman; **caballero andante**   knight-errant
el **caballo**   horse
la **cabaña**   hut, small cabin
la **cabellera**   hair, head of hair
el **cabello**   hair
caber (*irreg.*)   to fit; to get into; **no cabe duda**   without a doubt; there is no doubt
la **cabeza**   head; **ido de la cabeza** crazy
el **cabo**   end; corporal; **al fin y al cabo**   after all
la **cabra**   goat
el **cabrito**   young goat
el **cacahuete**   peanut; la **manteca de cacahuete**   peanut butter
la **cacerola**   pan (for cooking)
el **cachete**   cheek
el **cacto**   cactus
cada   each, every; **cada vez más** more and more (*lit.* each time more)
la **cadena**   chain; **cadena perpetua** life imprisonment
la **cadera**   hip

caer (*irreg.*)   to fall; **caerse**   to set (the sun); to fall down
el **café**   coffee; coffee house
el **caimán**   alligator
la **caja**   box; coffin
el **cajero automático**   ATM machine
la **cala**   cove, small bay, inlet; anchorage
la **calabaza**   squash; pumpkin
el **calcetín**   sock
la **calefacción**   heating
el **calentamiento**   warming; heating up
calentar (**ie**)   to heat up
la **caleta**   cove
la **calidad**   quality
la **calidez**   warmth (of personality)
cálido   warm
caliente   hot
callado   silent
callar   to be silent
la **calle**   street
callejero   of the street
el **callejón**   alley, passage
el **callo**   callus
calmado   calm, serene
el **calor**   heat; **tener calor**   to be hot
la **calvicie**   baldness
calvo   bald
el **calzado**   footware
los **calzones**   underpants
la **cama**   bed
el **camarón**   shrimp, prawn
cambiar   to change, convert, change into; **cambiarse**   to change one's clothes
el **cambio**   change; **en cambio** on the other hand
caminar   to walk
el, la **caminante**   walker, hiker; person traveling on foot
la **caminata**   hike
el **camino**   road; track; path; trail
el **camión**   truck
la **camioneta**   van
la **camisa**   shirt
la **camiseta**   t-shirt, undershirt

el **camote**   sweet potato
la **campana**   bell
la **campanita** (*dim. of* **campana**) little bell
la **campaña**   campaign
el **campeonato**   championship
el **campesino** (la **campesina**) peasant, farmer; person who lives in the country
camping   camping
el **campo**   field; **campo de estudio** field of study
canadiense   *adj.* Canadian; *m. & f.* person from Canada
el **canal**   channel
el **canario**   canary; **Islas Canarias** Canary Islands
la **canción**   song
la **candela**   candle
candente   heated, red hot
el **candidato** (la **candidata**) candidate
cansado   tired
el **cansancio**   weariness
cansarse   to tire, get tired, grow weary
cantar   to sing
el **cántaro**   jug, jar
el, la **cantante**   singer
la **cantera**   stone quarry; pit
la **cantidad**   quantity
el **cantinero** (la **cantinera**) bartender
el **canto**   song; singing
la **caña**   sugar cane
la **capa**   layer
la **capacidad**   capacity; capability
el **capataz**   foreman; superintendant; overseer
capaz   capable
el **capítulo**   chapter
el **capón: gallo capón**   gelded rooster
caprichoso   capricious, fickle
captar   to understand; to grasp
la **cara**   face
el **carácter**   character; nature, kind
la **característica**   characteristic
caracterizar (**c**)   to characterize

el **caramelo**   caramel; candy
el **carbón**   coal
la **carcajada**   hearty laugh
la **cárcel**   jail
carecer (zc)   to lack
cargado de   laden with
cargar (gu)   to load; to weigh down; to carry
el **cargo**   job, position
el **Caribe**   Caribbean
el **cariño**   affection
cariñoso   affectionate, loving
carmelita   Carmelite (religious order)
el **Carnaval**   pre-Lenten festival
la **carne**   meat; flesh
caro   expensive
la **carpa**   tent
la **carpeta**   file folder; portfolio case
la **carpintería**   carpentry; carpenter's shop
la **carrera**   career
el **carrete**   rave
la **carretera**   highway
el **carro**   car; cart
la **carta**   letter; playing card
la **casa**   house; **en casa**   at home
casado   married
el **casamiento**   marriage; wedding
casarse   to get married
la **cáscara**   peel; rind; shell
el **casero** (la **casera**)   landlord, landlady; caretaker
casi   almost
el **caso**   case; **en todo caso**   in any case, at any rate; **hacerle caso a (alguien)**   to pay attention to (someone)
castaño   chestnut, brown, hazel
castellano   Castilian, Spanish
castigar (gu)   to punish
el **castillo**   castle
casual   accidental
el **catedrático**   professor
el **catalán**   the Catalan language
catalán   *adj.* Catalonian; *m. & f.* Catalonian; a person from Catalonia

el **catarro**   common cold; head cold
la **categoría**   class, category
católico   Catholic
el **caudal**   wealth, fortune; *adj.* of great volume (in a river)
la **causa**   motive, reason
causar   to cause
el **cautivo** (la **cautiva**)   prisoner; captive
celebrar   to celebrate
celoso   jealous
el, la **celta**   Celt
el **cementerio**   cemetery
cenar   to dine, have supper
el **centavo**   cent
la **ceniza**   ash, cinders
la **censura**   censorship
los **centenares (de)**   hundreds (of)
el, la **centinela**   sentry
el **centro**   downtown
Centroamérica   Central America
el **cepillo**   brush
cerámica   ceramics
la **cerca**   hedge; enclosure; *adj.* close, nearby; **cerca de**   close to
cercano   nearby, close
el **cerebro**   brain
la **ceremonia**   ceremony
el **cero**   zero
cerrar (ie)   to close
la **certeza**   certainty
la **certidumbre**   certainty
la **cerveza**   beer
la **chaqueta**   jacket
charlar   to chat
el **chavo**   (*coll.*) money, dough (*Puerto Rico*); boy (*Mexico*)
cheles   money (*slang*)
el **cheque**   check
chicano   *adj.* Mexican-American; *m. & f.* a Mexican-American person
el **chicle**   chewing gum
chico   small, little
chico   boy
el **chile**   chile pepper

chileno   *adj.* Chilean; *m. & f.* Chilean; a person from Chile
la **chimenea**   chimney, smokestack
chino   *adj.* Chinese; *m. & f.* Chinese; half-breed (*in some countries of Latin America*)
el **chiquillo**   child
chiquito (*dim. of* **chico**)   small; *m.* little one; tiny
la **chispa**   spark
el **chiste**   joke; **chiste dibujado**   cartoon; **chistes verdes**   dirty jokes; jokes referring to sex
chistoso   funny
el **chivo**   goat
el **chopo**   black poplar tree
el **choque**   shock; **choque cultural**   culture shock
chupar   to suck
ciego   blind
el **cielo**   sky; heaven
cien   hundred
la **ciénaga**   marsh, swamp
la **ciencia**   science
científico   *adj.* scientific; *m. & f.* scientist
ciento   hundred
cierto   sure; true
la **cifra**   figure, number
el **cilindro**   cylinder
el **cine**   movie theater
cínico   cynical
la **cinta**   ribbon; tape
el **cinturón**   belt
el **círculo**   circle
circunscrito   circumscribed; limited
la **cirugía**   surgery; **cirugía plástica**   plastic surgery
el **cirujano** (la **cirujana**)   surgeon
la **cita**   appointment; date; quotation
la **ciudad**   city
el **ciudadano** (la **ciudadana**)   citizen
civil   civilian, polite
claramente   clearly
claro   clear, bright; clearly; **¡Claro que sí!**   Of course! Clearly!

la **clase** class; **clase alta (media, baja)** upper (middle, lower) class

la **clave** key; clue; **palabras claves** key words

el, la **cliente** customer; client

el **clima** climate

la **clonación** cloning

el **club nocturno** nightclub

la **cobija** blanket (*Mexico*)

el **cobrador** collector

cobrar to charge (for something)

la **coca** coca plant; *m.* **coca-colero** Coca-Cola Man

el **coche** car, automobile

la **cocina** kitchen; cooking

cocinar to cook

el **cocinero** (la **cocinera**) cook, chef

el **coco** coconut tree; coconut

el **cocodrilo** crocodile

el **cóctel** cocktail party

el **código** code; law

codo elbow

coger (j) to take; to grab, pick; to catch

el **cognado** cognate

el **cohete** rocket

coincidir to coincide

la **cola** tail (of an animal); line (of people)

el, la **colega** colleague

la **cólera** anger

colgar (ue) to hang

la **colina** hill

el **colmo** (*coll.*) end, limit, last straw

la **colocación** placement

colocar (qu) to place, situate

la **colonia** colony

el **colono** (la **colona**) colonist, settler

colorado red, ruddy

la **columna** column

la **comadre** mother or godmother; female relative through baptism

el **combate** combat, fight

combatir to combat, fight

el **comedor** dining room

el **comentario** commentary; comment

comenzar (ie) (c) to begin

comer to eat

comercial commercial

el, la **comerciante** businessperson; merchant, trader

el **comercio** trade; business

cometer to commit

el **cometido** commission; assignment

la **comida** food

el **comienzo** beginning; **a comienzos del siglo XX** at the beginning of the 20th Century

el **comisario** commissioner, sheriff

el **comité** committee

como as, like; about; since

cómo how; **¿cómo?** in what manner? how?

la **comodidad** comfort

cómodo comfortable

el **compadre** close male friend; male relative through baptism

el **compañerismo** companionship

el **compañero** (la **compañera**) companion, partner; classmate

la **compañía** company

compasivo compassionate

compartir to share

el **compás** time, meter (of music)

la **competencia** competition

la **competición** contest

competir (i) to compete

complacido(a) pleased

completar to complete

completo full

complicado complicated

componer (*irreg.*) to compose

componerse (de) to be composed of

el **comportamiento** behavior

el **compositor** (la **compositora**) composer

la **compra** purchase; buy

comprar to buy

la **comprensión** understanding; comprehension

comprobar (ue) to verify, check; to prove

comprometerse to commit oneself

compuesto (*past part. of* **componer**) composed

la **computación** computers (as a school subject); **ciencia de computación** computer science

el **computador** (la **computadora**) computer

común common, ordinary

comunicar (qu) to communicate

la **comunidad** community

comunista communist

con with; **con tal que** provided that; **conmigo, contigo** with me, with you

concebido conceived

concebir (i, i) to conceive; to imagine

conceder to grant

la **conciencia** conscience; consciousness

el **concierto** concert

conciso concise

concluir (y) to conclude, finish

el, la **concurrente** person in attendance

el **conde** count, nobleman

la **condena** sentence

condenado condemmed

condenar to condemn; to sentence

la **condición** state, status; condition; **condición de vida** standard of living

condimentar to season

conducción driving

conducir (zc) (j) to drive, steer; to convey

la **conducta** conduct, behavior

el **conductor** (la **conductora**) driver

el **conejo** rabbit

la **conexión**   connection

la **conferencia**   lecture; conference

la **confianza**   confidence

confiar   to trust, have confidence in

conforme   just as; agreed

conformarse   to conform oneself, to accept circumstances

confundir   to confuse

confuso   confused, confusing; vague, cloudy

la **congoja**   anguish, distress

el **congreso**   conference, convention, congress

el **conjunto**   group; whole

conjuro   curse

conocer (zc)   to know; to meet

conocido   known

el **conocimiento**   knowledge

la **conquista**   conquest

conquistar   to conquer

consabido   well known

consagrado   sacred, devoted

consciente   conscious, aware

conseguir (i, i)   to get, obtain

el **consejo**   advice

el **consentimiento**   consent

consolar (ue)   to console

consternarse   to worry, become greatly disturbed

constituir (y)   to constitute

construir (y)   to build, construct

el **consuelo**   consolation

la **consulta**   consultation; doctor's office

consultorio: el **consultorio**   doctor's office

consumir   to consume

consumidor(a)   consumer

el **consumo**   consumption (of foods and goods)

el **contacto**   contact, touch; **lentes de contacto**   contact lenses

la **contaminación**   contamination, pollution

contaminar   to contaminate

contar (ue)   to count; to tell (a story); **contar con**   to count on

contemplar   to contemplate

contemporáneo   contemporary

contener (*irreg.*)   to contain, hold

el **contenido**   contents (of some object)

contento   happy, content

contestador   answering machine

contestar   to answer

la **contienda**   battle

el **continente**   continent

la **continuación**   continuation; **a continuación**   later on; below; following this

continuar   to continue

continuo   continuous, steady

contra   against; facing; **en contra de**   against

contrario   contrary; opposite; **al contrario**   on the contrary

contraer (*irreg.*)   to contract; to acquire; to make smaller

contraponer (*irreg.*)   to compare, contrast

contratar   to hire

contribuir (y)   to contribute

controvertido   controversial

convencer (z)   to convince

convencido   convinced

conveniente   suitable, fitting

convenir (*irreg.*)   to be suitable; to agree

conversar   to chat

convertir (ie, i)   to convert, change; **convertirse en**   to become; to turn into

el **convidado** (la **convidada**)   guest

la **convivencia**   living together

convivir   to live together

la **copa**   drink; wineglass, goblet; trophy; **tomar una copa**   to have a drink

copioso   copious, abundant

la **copla**   stanza; *pl.* rhymes; poetry

coquetar   to flirt

el **corazón**   heart

la **corbata**   tie

el **cordero**   lamb

la **cordialidad**   cordiality, warmth

la **cordillera**   mountain range

la **cordura**   good sense

coreografía   choreography

la **corona**   crown

corporal   corporal, bodily

corregir (j)   to correct

correcto   proper, correct

el **correo**   post office; mail

correr   to run

corresponder   to correspond

la **correspondencia**   correspondence, mail

la **corrida**   bullfight

el **corrido**   Mexican ballad; **de corrido**   without stopping

corriente   common, ordinary; current

cortar   to cut; to break off; to chop

la **corte**   court; el **corte**   cut

cortés   courteous, polite

la **cortesía**   courtesy

la **cortina**   curtain, screen

corto   short

la **cosa**   thing

cosido: cosido con   devoted to

cosmopolita   cosmopolitan

la **costa**   price; coast, shore

el **costado**   side, flank

costar (ue)   to cost; to be difficult

costarricense   *adj.* Costa Rican; *m. & f.* person from Costa Rica

el **costo**   cost

costoso   costly, expensive

la **costumbre**   habit; custom

cotidiano   daily

la **creación**   creation

creador   *adj.* creative; *m.* creator

crear   to create

creativa   creative

la **creatividad**   creativity

crecer (zc)   to grow; to grow up

creciente   increasing, growing

el **crecimiento**   increase; growth; rise in value

la **creencia**   belief

creer (y)   to believe; to think

el **criado** (la **criada**)   servant

criar to raise; **criarse** to be raised, brought up; to grow up

la **crianza** breeding; upbringing

la **criatura** little creature (child, baby)

el **crimen** crime

criollo *adj.* Creole; *m. & f.* pertaining to inhabitants of the Americas, born of European parents

el **cristal** glass, crystal

cristiano Christian

Cristóbal Colón Christopher Columbus

la **crítica** criticism

criticar (qu) to criticize

la **crónica** chronicle

el **crucigrama** crossword puzzle

la **cruz** cross

cruzar (c) to cross

la **cuadra** block; a small plot of land

cuadrado square; squared

el **cuadro** picture, painting; square; chart

cual which, which one; that

¿cuál? which? which one?

la **cualidad** quality

cualquier any; any one

cualquiera anybody, anyone

cualiquiercosa anything

cuando when

¿cuándo? when?

¿cuánto? how much?; *pl.* how many?

cuanto: en cuanto as soon as; **en cuanto a** in regards to; as to

cuarteado cracked

cuarto *adj.* fourth; *m.* room; quarter

cubano *adj.* Cuban; *m. & f.* Cuban; person from Cuba

cubierto covered

cubrir to cover

la **cueca** popular Chilean dance

el **cuello** neck; collar

la **cuenta** count; account; **darse cuenta de** to realize

el, la **cuentista** writer of short stories; storyteller

el **cuento** story; short story

la **cuerda** cable; cord; rope

el **cuero** leather

el **cuerpo** body; **cuerpo docente** teaching body; faculty

la **cuestión** question; issue

el **cuidado** care

cuidar to take care (of)

culminante culminating, most important

la **culpa** blame; **echar la culpa** to blame; **tener la culpa** to be guilty

culpable guilty

cultivar to grow (something); to cultivate

el **cultivo** cultivation; crop

culto cultured, learned

la **cultura** culture

la **cumbia** a Colombian dance

la **cumbre** summit; pinnacle

el **cumpleaños** birthday

el **cumplido** attention; compliment

cumplir to fulfill; to complete, reach (a certain age)

la **cuna** crib; cradle

el **cura** priest; *f.* cure

curar to cure

el **curandero (la curandera)** witch doctor; native healer

el **curso** course; **seguir un curso** to take a course

cuyo whose

D

la **dama** lady

la **danza** dance

dañar to damage; to harm

el **daño** damage; harm

dar to give; **darle bola (a alguien)** to pay attention (to somebody); **dar lavuelta** turn around, reverse; **dar un examen** to take a test; **dar un paseo** to take a walk; **darse cuenta de** to

realize; **dar una vuelta** to take a walk

el **dato** fact, datum; *pl.* data

de from, of; **de acuerdo** in agreement; **de mala gana** unwillingly; **de paren par** wide open; **de veras** really, truly

debajo (de) under

deber to ought to, should; to owe; **deberse a** to be due to

debido a due to

débil weak

la **década** decade

decidido decided

decidir to decide; **decidirse** to make up one's mind; **decidirse a** to decide to

decir *(irreg.)* to say; to tell; **es decir** that is; **querer decir** to mean

decisivo decisive, conclusive

declarar to declare

declinar to get weak; to decline

dedicar (qu) to dedicate, devote; **dedicarse (a)** to devote oneself (to)

el **dedo** finger; digit

defender (ie) to defend

el **defensor (la defensora)** defender

definitivo definitive; final

la **deforestación** deforestation

deformado deformed

dejar to leave, to stop; **dejar afuera** to leave aside, leave alone

el **delantal** apron; maid's uniform

delante (de) in front (of)

el **delegado (la delegada)** delegate

deleitar to delight, please

delgado thin

la **delicia** delight

delicioso delicious

los **demás** others

demasiado too; too much; too hard

demorar to delay; **demorarse** to lay, rest

demostrar (ue) to demonstrate, show

dentífrico toothpaste
dentro de inside of; within
el **departamento** compartment; apartment
depender (de) to depend (on)
el **deporte** sport
el, la **deportista** sportsman, sportswoman
deportivo athletic, sport
deprimido depressed
la **derecha** right, right side
el **derecho** right; law; straight ahead
derramar to pour out
derribar to knock down, overthrow
derrocado overthrown, conquered
derrotado defeated
derrotar to defeat
desaconsejar to advise against
el **desacuerdo** disagreement
desafiante defiant
desafiar to defy
el **desafío** challenge
desagradable disagreeable, unpleasant
desahogarse to expose one's feelings
desalentar (ie) to discourage
desanimarse to get discouraged
desaparecer (zc) to disappear
la **desaparición** disappearance
desarollar (se) to develop; to progress
el **desarollo** development; **países en desarrollo** developing countries
desarrollado developed
el **desastre** disaster
desatar to untie
desatender (ie) to pay no attention
el **desatino** foolish act
el **desayuno** breakfast
descalzo barefoot
descansado rested
descansar to rest

el **descanso** rest
descarado impudent
el, la **descendiente** descendant, offspring
desconcertado disconcerted, perturbed
la **desconfianza** mistrust, lack of confidence
desconocido unknown
el **descontento** displeasure
describir to describe
la **descripción** description
descrito (*past part. of* **describir**) described
descubierto (*past part. of* **descubrir**) discovered; uncovered
descubrir to discover
el **descuido** negligence
desde since, from; through
desdichado unfortunate, unlucky; wretched
deseable desirable
deseado desired
desear to wish, desire
desechar to get rid of
el **desempleo** unemployment
el **desencanto** disenchantment
el **desenfado** relaxation; ease
desenlace: el desenlace ending (of a story), outcome
desenmascarar to unmask; (*fig.*) to reveal, expose
el **deseo** desire, wish
desequilibrado (mentally) unbalanced
desesperado desperate
el **desfile** parade, march
el **desgano** unwillingness; **con desgano** listlessly
la **desgracia** misfortune; disgrace; **por desgracia** unfortunately
desgraciadamente unfortunately
deshacer (*irreg.*) to undo; to wreck; **deshacerse** to come apart
el **desierto** desert
designar to designate
la **desigualdad** inequality

la **desilusión** disillusionment; disappointment
desistir to desist; to leave off
deslumbrante dazzling
deslumbrar to dazzle
desmentir (ie, i) to disprove
desnudo naked
la **desnutrición** malnutrition
la **desocupación** unemployment
el **desodorante** deodorant
el **desorden** disorder
la **despedida** parting; leave-taking
despedir (i, i) to fire; **despedirse (de)** to say good-bye; to take leave of
el **desperdicio** waste, squandering; *pl.* garbage, trash
despertar (ie) to awaken; **despertarse** to wake up
despierto awake
desplazarse (c) to move or shift from one place to another
desplomar (se) to collapse, tumble down
despreciar to look down on, distain
desprenderse to issue (from)
después afterwards; later; **después de** after; **después de todo** after all
destacado distinguished; sticking out
destacarse (qu) to stand out; to distinguish oneself
desterrarse (ie) to go into exile
destinado destined
destinatario: el destinatario, la destinataria person something is sent to
el **destino** destiny; fate; destination
la **destreza** skill
destrozar (c) to break into pieces
la **destrucción** destruction
destruir (y) to destroy
la **desventaja** disadvantage
desvestirse (i, i) to undress

desviar to divert
el **detalle** detail
detener (*irreg.*) to hold, detain; **detenerse** to stop
detenidamente carefully
deteriorarse to become damaged, deteriorated
el **deterioro** deterioration
determinado certain
determinar to determine
detrás (de) behind
la **deuda** debt
devolver (ue) to return (something)
devorar to devour
el **día** day; **todos los días** every day
el **diablo** devil
diariamente daily, every day
el **diario** daily newspaper
diario daily
dibujado drawn, illustrated
el, la **dibujante** cartoonist
dibujar to draw
el **dibujo** drawing; cartoon
el **diccionario** dictionary
la **dicha** happiness, bliss
dicho (*past part. of* **decir**) aid; *m.* saying
dictado pronounced, dictated
dictar to offer (a course)
el **diente** tooth
la **dieta** diet
la **diferencia** difference
diferir (ie, i) to be different; to differ
difícil difficult
la **dificultad** difficulty
difundir to disseminate; to divulge information
difunto *adj.* deceased; *m. & f.* deceased person
la **difusión** diffusion, spreading
la **dignidad** dignity
digno worth; appropriate
la **diligencia** stagecoach; diligence, industriousness
dinámico dynamic
el **dinero** money

Dios God; god
la **diputada** congresswoman
el **diputado** congressman
la **dirección** address; direction
dirigir to direct, steer; **dirigirse a** to address oneself to, face toward
la **discapacidad** disability
el **disco** record
discreto discreet, prudent
la **discriminación** discrimination
disculpar to forgive, excuse
el **discurso** speech
la **discusión** argument; discussion
discutir to discuss; to argue
diseñar to design
el **diseño** design; drawing
disfrutar (de) to enjoy
disgustar to displease
el **disgusto** annoyance, vexation
disimular to pretend; to conceal
disminuir (y) to diminish
disparar to fire; to shoot
dispensar to excuse, forgive; **Dispense** Excuse me.
disponer (*irreg.*) to dispose, make use; **disponerse** to prepare (oneself)
disponible available
la **disposición** disposal, disposition
dispuesto ready; disposed; **estar dispuesto a** + *inf.* to be prepared to
la **distancia** distance
la **distinción** distinction
distinguido distinguished
distinguirse to distinguish oneself; to excel
distinto distinct, different; *pl.* several, various
distraer (*irreg.*) to distract; **distraerse** to get distracted
distraídamente distractedly
distribuir (y) to distribute
la **diversidad** diversity
la **diversión** pastime; amusement
diverso diverse, different; *pl.* various
divertido funny

divertirse (ie, i) to enjoy oneself; to have fun
dividir to divide
divorciado divorced
divorciarse to get divorced
doblar to double; to fold, bend; to turn, turn around
la **docena** dozen
docente teaching; **cuerpo docente** teaching body; faculty
el **doctorado** doctorate
el **dólar** dollar
la **dolencia** illness
doler (ue) to ache; to feel pain; to hurt
el **dolor** pain
doméstico domestic; **quehaceres domésticos** household chores
dominante dominant; **clase dominante** ruling class
dominicano *adj.* Dominican; *m. & f.* Dominican; person from the Dominican Republic
el **dominio** dominion, power
el **don** gift; talent; **don de gentes** people skills; talent for interacting with people
la **doncella** maiden
donde where; in which;
¿dónde? where?
doña title of respect used before the name of a woman; **doña Fortuna** Lady Luck
dorado golden; gilded; gold plated
dormir (ue) to sleep; **dormirse** to fall asleep
dos two; **los dos** either; both; the two
la **dosis** dose (of medicine); amount
dramático dramatic; **pieza dramática** serious play
el **dramaturgo (la dramaturga)** dramatist
la **droga** drug; drugs; medicine
drogado doped, drugged
la **ducha** shower

la **duda**   doubt

dudoso   doubtful

el **duelo**   grief

el **dueño** (la **dueña**)   owner

los **dulces**   sweets

la **dulzura**   tenderness

la **duna**   dune

duradero   lasting

durante   during

durar   to last, go on (for)

durmiente   sleeping

duro   hard, tough; difficult

E

e   and (*used instead of* **y** *before a word beginning with* **i** *or* **y**)

echado   lying down

echar   to pour, throw out, back out; **echar de menos**   to miss; **echar una ojeada**   to take a quick look

el **eco**   echo

la **ecología**   ecology

económico   economic

el **ecoturismo**   ecological tourism

la **ecuanimidad**   equanimity

la **edad**   age

el **edificio**   building

la **educación**   education; manners; politeness; **buena (mala) educación**   good(bad) manners or upbringing

educado   educated; polite; **mal educado**   ill mannered

educar (qu)   to train; to bring up

efectivamente   really, actually

efectivo   effective; **en efectivo**   in cash

el **efecto**   effect; **en efecto**   in fact

efectuar   to carry out; **efectuarse**   to take place

eficaz   effective

la **efusión**   effusion, shedding

el **eje**   axis; axle; crux; main point

egoísta   selfish, egotistical

ejecutivo   executive

ejemplar   exemplary

el **ejemplo**   example

ejercer (zc)   to practice (a profession); to exercise

el **ejercicio**   exercise

elaborar   to work on; to make

elegido   elected, chosen

elegir (i) (j)   to elect; to choose; to select

eliminar   to eliminate, remove

ello   it

embarazada   pregnant

embargo: sin embargo   nevertheless, however

emborracharse   to get drunk

embriagarse (gu)   to become drunk

la **emergencia**   emergency

el **emergente**   emergence; manifestation

emigrar   to emigrate; to migrate

la **emoción**   emotion; excitement; thrill

emocionado   moved, excited

emocionante   moving, exciting, thrilling

emotivo   emotional; sensitive to emotion

empeorar   to make worse; **empeorarse**   to become worse

emperador   emperor

empezar (ie) (c)   to start; to begin

el **empleado** (la **empleada**)   clerk; employee; servant (*Chile*)

el **empleo**   use; job, employment

emplear   to employ; to use

emprender   to undertake; to set about

la **empresa**   enterprise; company, firm

el **empresario**   businessman; impresario

empujar   to push

en   in; at; on; into; **en bandeja**   at one's disposal (*lit.* on a tray); **en cuanto a**   in regards to; **en plena**   in broad, in the middle of; **en torno a**   around

enamorado   in love; lovesick

enamorar   to inspire love in; **enamorarse de**   to fall in love with

encabezado   heading, subtitle

encantado   delighted, enchanted

encantar   to enchant, delight

el **encanto**   charm

encargado   commissioned, in charge

encargarse (gu) (de)   to take charge (of)

el **encargo**   task, assignment

encender (ie)   to turn on; to ignite

encerrado   confined

encerrar (ie)   to shut in; to lock up; to confine

el **encierro**   the driving of the bulls to the pen (before a bullfight); roundup

encima   above, over, overhead; **encima de**   on, upon; **por encima de**   above, over

encogerse (j)   to shrink, contract; **encogerse de hombros**   to shrug one's shoulders

encontrar (ue)   to find

el **encuentro**   meeting, encounter

el **enemigo** (la **enemiga**)   enemy

la **energía**   energy

enfadarse   to get angry, get annoyed

enfadoso   frustrating; maddening

el **énfasis**   emphasis

enfatizar (c)   to emphasize

enfermarse   to become ill, become sick

la **enfermedad**   sickness

el **enfermero** (la **enfermera**)   nurse

enfermo   sick; ill

enfilado   in a row

enfocar (qu)   to focus

el **enfoque**   focus

enfrentar   to confront; **enfrentarse**   to face, face up to

enfrente, de enfrente   opposite; in front

enfurecerse   to become furious

engañar   to trick; to deceive; to cheat

el **engaño**   trick; deception; fraud

engañoso   deceitful, deceptive
enigmático   enigmatic, mysterious
enloquecido   driven crazy; mad
enojado   angry
enojarse   to get angry, mad, irritated
enorme   enormous
enredado   involved, intricate
enriquecer (zc)   to enrich; enriquecerse to get rich
enrolarse   to be enrolled; to be included
el, la **ensayista**   essayist; writer of essays
el **ensayo**   essay; audition
la **enseñanza**   teaching
enseñar   to teach; to train
el **ensueño**   daydream; **de ensueño** of great beauty
entender (ie)   to understand
entendido   understood; **bien entendido**   naturally; of course
enterarse (ie)   to find out; to inform oneself
entero   whole, entire
el **entierro**   burial
entintado   inked
entonces   then; and so; **desde entonces**   from then on
entorno   surroundings, environment
la **entrada**   entrance, admission
entrar   to enter
entre   between; **entre comillas** in quotation marks; **entre sí** each other
entreabierto   half-open; ajar
entregado (a)   dedicated (to); embedded (in)
entregar (gu)   to deliver; to hand in
entrenar   to train
entrelazado   interlocked
entremetimiento   interference
el **entrenamiento**   training
entretanto   meanwhile; meantime
entretener (*irreg.*)   to entertain; to amuse
el **entretenimiento**   entertainment
la **entrevista**   interview

el **entrevistador** (la **entrevistadora**) interviewer
entrevistar   to interview
entristecerse   to become sad
el **entusiasmo**   enthusiasm
el **envase**   container, bottle, can
envejecimiento   aging
enviar   to send
la **envidia**   envy
envolver (ue)   to wrap
la **época**   age, period of time
el **equilibrio**   balance
el **equipaje**   luggage
el **equipo**   team
la **equitación**   horseback riding
la **equivocación**   mistake, error, blunder
equivocarse (qu)   to make a mistake
el **erizo (de mar)**   sea urchin
errante   wandering, nomadic
esa, ésa   that, that one
la **escala**   scale; **en menor escala** on a small scale
escalar   to climb, scale
la **escalera**   ladder; staircase; *pl.* the stairs
los **escalones**   steps
el **escándalo**   scandal
escandaloso   scandalous
escapar   to escape
escasear   to run short, lack, be scarce
la **escasez**   scarcity, lack
la **escena**   scene
el **escenario**   stage
la **esclavitud**   slavery
el **esclavo** (la **esclava**)   slave
la **escoba**   broom
escoger (j)   to pick, choose
escolar   scholastic
escoltar   to accompany; to escort
esconder(se)   to hide, conceal (oneself)
escondido   hidden
la **escopeta**   shotgun; rifle
escribir   to write
escrito (*past part. of* **escribir**) written
el **escritor** (la **escritora**)   writer

escuchar   to listen to
el **escudero**   squire
la **escuela**   school
la **escultura**   sculpture
escurridizo   slippery
ese, ése   that, that one
la **esfera**   sphere
el **esfuerzo**   effort
esgrimir   to wield; to brandish
esmeralda   emerald
eso   that, all that; **a eso de** around or about; **por eso**   that is why; for that reason
el **espacio**   space
la **espada**   sword
la **espalda**   back; **a sus espaldas** in back of them
espantar   to scare, spook
el **espanto**   terror
espantoso   frightful, hideous
España   Spain
español   *adj.* Spanish; *m.* Spanish language; man from Spain
la **española**   Spanish woman
la **especia**   spice
la **especialidad**   specialty
la **especialización**   major; specialization
especializarse (c)   to specialize
la **especie**   species; **una especie de . . .**   a kind of . . .
la **especie (humano)**   (human) species
específico   specific
el **espectáculo**   show; site; spectacle
el **espectador** (la **espectadora**) spectator
la **especulación**   speculation
el **espejo**   mirror
la **espera**   wait; **sala de espera** waiting room
la **esperanza**   hope
esperar   to wait; to hope; to expect
el **espíritu**   spirit
espléndido   splendid
la **espontaneidad**   spontaneity
la **esposa**   wife
el **esposo**   husband; *pl.* spouses

la **espuma**   foam
espumoso   foamy, frothy
la **esquela**   note, short message
el **esquema**   outline, diagram, plan
el **esquí**   skiing; **esquí de fondo** cross-country skiing
la **esquina**   corner
esquivar   to avoid
la **estabilidad**   stability
estable   stable
el **establecimiento**   establishment
establecer (zc)   to establish
la **estación**   station; season
el **estadio**   stadium
el, la **estadista**   person favoring the idea of Puerto Rico becoming a state of the United States (*Puerto Rico*)
el **estado**   state; condition; **estado libre asociado**   Commonwealth
los **Estados Unidos**   the United States (*abbr.* **EE.UU.**)
estadounidense   *adj.* of the United States.; *m. & f.* person from the U.S.
estallar   to explode
la **estampa**   appearance; holy card, picture of a saint
la **estancia**   cattle ranch (*Argentina*); stay, sojourn
estar (*irreg.*)   to be; **estar de broma**   to be in a joking mood; **estar harto (de)**   to be fed up (with); to be full (of); **estar internado**   to be in the hospital; **estar orgulloso (de)**   to be proud of
estar peleados(as)   to be fighting, arguing
la **estatua**   statue
la **estatura**   stature, height
el **este**   east; (*demonstrative pron.*) this one
la **estela**   trail; fragrance
estelar: tiempo estelar   primetime
el **estereotipo**   stereotype
el **estilo**   style
estilística   stylistic
estimar   to esteem; to estimate
estimulante   stimulating

estimular   to stimulate
el **estímulo**   stimulus
estival   pertaining to summer
esto   this, all this
el **estómago**   stomach
estornudar   to sneeze
el **estornudo**   sneeze
estrafalario   strange; queer; eccentric
la **estrechez**   tightness, narrowness
estrecho   narrow; close
la **estrella**   star
estremecer (zc)   to shake, make tremble
el **estrés**   stress
estresado   stressed, under stress
estriba   to be based (on)
la **estribación**   spur (of a mountain range)
estricto   severe, strict
la **estrofa**   stanza (of poetry)
el, la **estudiante**   student
estudiantil   pertaining to students
estudiar   to study
los **estudios**   studies; **el plan de estudios**   curriculum
estudioso   studious
la **estupidez**   stupidity
estúpido   stupid
la **etapa**   stage, period of time
eterno   eternal
la **etiqueta**   etiquette; label
étnico   ethnic
el **eufemismo**   euphemism
el **euro**   monetary unit of the European Union; euro dollar, euro cent
la **Europa**   Europe
europeo   *adj.* European; *m. & f.* person from Europe; a European
el **Euskadi**   language spoken in the Basque Country (region of Spain)
la **evasión**   escape, evasion
el **evento**   event, happening
evidente   evident
evitar   to avoid
evocar (qu)   to evoke; to call forth; to describe

la **exactitud**   exactness, accuracy
exagerado   exaggerated
exagerar   to exaggerate
el **examen**   test; examination
exceder   to exceed
el **exceso**   excess, abuse
exclamar   to exclaim
excluir (y)   to exclude
exhausto   exhausted
exigente   demanding
exigir (j)   to demand, require
exiliado   *adj.* exiled; *m. & f.* refugee; expatriate
el **exilio**   exile; expatriation
existir   to exist; to be
el **éxito**   success; **tener éxito**   to be successful
la **expectativa**   expectation
experimentar   to experience
la **explicación**   explanation
explicar (qu)   to explain
explorar   to explore
la **explotación**   exploiting
el, la **exponente**   exponent, person who expounds
la **exposición**   written or oral explanation
expresar   to express
expuesto (*past part. of* **exponer**)   exposed; risky
exquisito   exquisite
extender (ie)   to extend; to spread out
extenso   extensive; **familia extensa**   extended family
extenuado   exhausted
exterior   external; foreign; **en el exterior**   abroad, outside the country
exterminar   to exterminate
externo   external; **política externa**   foreign policy
la **extinción de especies**   species extinction
extinguido (*ptp. of* **extinguir**)   extinguished
extranjero   *adj.* foreign; from another country; *m. & f.* foreigner; **el extranjero**   abroad

extrañar to miss (people or places); **extrañarse** to be surprised; to wonder

extraño strange, unusual

el, la **extraterrestre** alien (from outer space); an extreterrestrial being

F

la **fábrica** factory

fabricado manufactured

el **fabricante** manufacturer

fabricar (qu) to process; to manufacture

la **fábula** table

fabuloso fabulous

la **fachada** façade; exterior part of a building

fácil easy

la **facilidad** ease, facility; *pl.* conveniences, facilities

facilitar to facilitate; to supply, furnish

la **facultad** school of a university; **Facultad deLetras** school of arts

la **faja** girdle

la **falda** skirt; *pl.* foothills

fallar to fail, miss

fallecer (zc) to pass away (die)

la **falsedad** falsity; falsehood, lie

el **fallo** error, fault, mistake

la **falta (de)** lack (of); **hacer falta** to be necessary; to need

faltar to lack; to miss

la **familia** family; **la familia extensa** extended family

los **familiares** relatives; family members

la **fantasía** fantasy

el **fantasma** ghost

la **farmacia** pharmacy

el **farol** lamp; lantern; street light; **farol de aceite** oil lamp

la **fase** phase

fascinar to fascinate

la **fatalidad** fatality

la **fatiga** fatigue; hard breathing

el **favor** favor; **a favor de** in favor of; **por favor** please

favorecer (zc) to favor

favorito favorite

la **faz** face; surface

la **fe** faith

la **fecha** date

la **felicidad** happiness

felicitaciones congratulations

felicitar to congratulate

feliz happy

femenino feminine, of or pertaining to women

el **fenómeno** phenomenon

feo ugly

la **feria** market; fair

el **feriado** holiday; fair

feroz cruel, savage; ferocious

ferviente fervent, passionate

festejar to celebrate

el **festejo** feast, celebration

fiar (se) (de) to trust (someone or something)

la **ficha** entry

ficticio ficticious

la **fidelidad** faithfulness

fiel faithful, loyal

la **fiera** wild beast

la **fiesta** party; social gathering; celebration

fiestero party loving

figurar to figure, appear; **figurarse** to imagine

fijado fixed

fijarse (en) to notice

fijo fixed; sure; agreed upon

la **fila** row; **en la fila** in the line (queue)

la **filosofía** philosophy

el **fin** end; **al fin y al cabo** after all; **fin de semana** weekend; **fines de** the end of

el **final** end, finish

finalmente finally

las **finanzas** finances

la **finca** farm; piece of property

fingir to pretend

fino fine, excellent, polite; refined; good quality

firmar to sign

firme firm; **de tierra firme** on the mainland

físico physical

flaco thin, skinny

el **flagelo** scourge

la **flauta** flute

la **flecha** arrow

el **flechazo** love at first sight

flirtear to flirt

flojear to be weak

flojo lax; weak

la **flor** flower

florecer (zc) to flourish, to flower

el **florecimiento** flowering; flourishing

flotar to float

fluctuar to fluctuate

la **fluidez** fluidity, fluency

el **folleto** pamphlet

el **fondo** background; bottom; back; rear; backstage; *pl.* funds

el **footing** (*angl.*) jogging

el **forastero (la forastera)** stranger; foreigner

la **forma** form, type, sort

la **formalidad** formality

el **formulario** form, application

fortalecer (zc) to fortify

la **fortaleza** fortress; fortitude

forzado obliged, forced

la **foto** snapshot; photo

la **fotografía** photograph

el **frac** tails; tuxedo coat with tails

fracasar to fail

el **fracaso** failure

el **fragmento** except; fragment

francés *adj.* French; *m. & f.* person from France

franco frank, open

Francia France

el **frasco** bottle

la **frase** sentence; phrase

frecuentar to frequent

freír (i, i) to fry

frenar to slow down, brake; to restrain

el **frenesí** frenzy; **con frenesí** passionately

los **frenos**   brakes (of a car, bicycle)
frente   front; **frente a**   in front of; *f.* forehead
el **fresco**   fresh air; coolness
la **frialdad**   indifference, coolness
el **frijol**   bean
frío   cold
frívolo   frivolous
la **frontera**   border; limit
frustrante   frustrating
la **fruta**   (edible) fruit
el **fruto**   fruit (as part of a plant)
el **fuego**   fire
la **fuente**   source; fountain; spring
fuera (de)   outside (of); **si yo fuera ...**   if I were ...
fuerte   strong, vigorous; strongly
la **fuerza**   strength; power; **a fuerza viva**   by brute force
fugarse (gu)   to flee; to escape
fugaz   fleeting; quick
el **fulgor**   glow
funcionar   to work, function
el **funcionario** (la **funcionaria**)   government official
la **fundación**   foundation; founding
el **fundador** (la **fundadora**)   founder
fundar   to found, establish
el **fundo**   estate
fúnebre   gloomy
la **furia**   fury
el **fútbol**   soccer; **fútbol americano**   football

G

el **galardón**   reward, recompense
las **galas**   clothes
el **galeón**   galleon; sailing ship
el **galeote**   galley slave, prisoner condemned to row a galley
la **galera**   galley, large slip powered by oars
gallego   *adj.* Galician; *m. & f.* Galician; person from Galicia (region in northwestern Spain)
las **galletas**   crackers; cookies
la **gallina**   hen

el **gallo**   rooster
la **gana**   desire; wish; appetite; **de mala gana**   unwillingly
el **ganado**   cattle
ganador   *adj.* winning; *m. & f.* winner
la **ganancia**   gain; profit
ganar   to earn; to win
la **ganga**   bargain
garantizar (c)   to guarantee
el **garaje**   garage
la **garantía**   guarantee, pledge
garantizar   to guarantee
la **garganta**   throat
la **gasolina**   gasoline
gastar   to spend; to wear out; **gastar tiempo**   to waste time
el **gasto**   expense; cost
la **gastronomía**   art or science of good eating; gastronomy
el **gato** (la **gata**)   cat
los **gemelos**   twins; binoculars
el **gemido**   groan, moan, wail
genealógico   genealogy
la **generación**   generation
el **género**   genre; gender; kind
genética   *adj.* genetic; *f.* genetics
genial   brilliant
el **genio**   genius
la **gente**   people; crowd
geranio: el **geranio**   geranium
el, la **gerente**   manager
el **gesto**   gesture; expression
gestión   procedure
la **gira**   tour, excursion, trip
gitano   *adj.* gypsy; *m. & f.* gypsy
el **globo**   balloon
glorioso   glorious
el **gobernador** (la **gobernadora**)   governor
el **gobierno**   government
la **golosina**   sweet tidbit
el **golpe**   blow; strike; hit; **de golpe**   suddenly; **golpe militar**   coup d'etat
golpear   to hit, strike
la **goma**   rubber; glue
gordo   fat, plump

la **gorguera**   gorget, neck guard
la **gorra**   cap
las **gotas**   drops
gozar (c) (de)   to enjoy
el **gozo**   delight, joy, pleasure
grabado   recorded; engraved
la **gracia**   grace; favor; wit; point of a joke; **tener gracia**   to be amusing, funny
gracias   thanks; **dar las gracias**   to give thanks; to thank
gracioso   funny
el **grado**   degree
graduarse   to graduate
gráfico   diagram, sketch
gráfico de araña   spider diagram
gran (*apocopated form of* **grande** *used before m. s. nouns*)   great
grande   great; large; big
grandísimo (*sup. of* **grande**)   very big
el **granito** (*dim. of* **grano**)   little grain
la **granja**   farm
el **grano**   grain; seed
la **grasa**   grease; fat
gratis   free, without cost
gratuito   free; gratuitous
griego   *adj.* Greek; *m. & f.* Greek; person from Greece
la **grieta**   crack
el **gringo** (la **gringa**)   foreigner (said especially of Americans or British)
la **gripe**   influenza; flu
gris   gray
gritar   to shout; scream
el **grito**   scream, shout
grueso   bulky; thick; heavy
grupal   of a group
la **guacamaya**   macaw
guapo   handsome, attractive; brave, fearless (*Cuba*)
el **guarda**, **guardia**   guard
guardar   to keep; **guardar la respiración**   to hold one's breath
la **guayaba**   guava apple

la **guerra** war; **la guerra civil** Civil War
guerrero martial, warlike
el, la **guía** guide
guiar to guide
el **guineo** a kind of banana
guiñar to wink
el **guión** script
la **guitarra** guitar
gustar to taste; to please; to be pleasing
el **gusto** pleasure; taste

H

haber (*irreg.*) to have (*aux.*); **haber hecho** to have done
habilidad skill
la **habitación** (*f.*) room; **habitación sencilla (doble)** single (double) room
el, la **habitante** dweller, inhabitant
el **hábito** habit, custom
habituar to accustom, habituate
el **habla** (*f.*) talk, way of talking
hablador talkative
hablar to speak; to talk
hacer to do; to make; **hacer buceo con tanques** to scuba dive; **hacer buceo con tubo** to go snorkeling; **hacerle caso (a alguien)** to pay attention (to someone); **hacer una caminata** to hike; **hacer mutis** to leave the scene; **hacer** + *time expression* ago; **hace 100 años** 100 years ago; **hacerse** to become
hacia towards; **hacia atrás** backward
la **hacienda** ranch, farm; property, estate
halagar (gu) to flatter, praise
hallar to find
el **hallazgo** finding; discovery
el **hambre** (*f.*) hunger; famine; eagerness; **tener hambre** to be hungry
la **harina** flour

harto fed up; full
hasta until; even; as far as; up to; **hasta hace poco** up until a short time ago
hay there is, there are; **hay que** + *inf.* one must; it is necessary to
la **hechicera** sorceress, witch
el **hechizo** enchantment, spell
el **hecho** fact; incident; (*past part. of* **hacer**) made, done
la **héctarea** hectare; unit of measurement for landequivalent to 10,000 m², or approximately 2 1/2 acres
el **hedonismo** hedonism; philosophy that puts pleasure as the highest goal of human life
el **helado** ice cream
el **helicóptero** helicopter
hembra female
el **hemisferio** hemisphere
heredar to inherit
la **herencia** inheritance
la **herida** wound
el **herido (la herida)** injured person
herir (ie, i) to hurt or wound
la **hermana** sister
la **hermanastra** stepsister
el **hermanastro** stepbrother
el **hermano** brother
hermoso beautiful
la **hermosura** beauty
las **herramientas** tools, implements; resources
hervir (ie, i) to boil
híbrido hybrid
el **hidalgo** nobleman
el **hielo** ice
el **hierro** iron
la **higiene** hygiene; **higiene personal** personal hygiene
la **hija** daughter
la **hijastra** stepdaughter
el **hijastro** stepson
el **hijo** son
la **hilera** row
el **himno** hymn, anthem; **himno nacional** national

anthem
hincar to drive in
hinchado swollen, inflated
hincharse to swell up
la **hipnosis** hypnosis
la **hipocresía** hypocrisy, falseness
hipotético hypothetical
el **hisopo** paintbrush
hispano *adj.* Hispanic; *m. & f.* person of Spanish or Latin American origin
hispanohablante *adj.* Spanish-speaking; *m. & f.* Spanish-speaker
la **historia** story; history
las **historietas** comic strips
el **hogar** home; **hogar para ancianos** home for the elderly
hojear to page through; to look over
el **hombre** man
el **hombro** shoulder
honrado honorable
honrar to honor
la **hora** hour; time; **hora del desayuno** breakfast time
el **horario** schedule
el **horizonte** horizon
la **hormiga** ant
hospitalizado hospitalized
hostil hostile
la **hostilidad** hostility
hoy today; **de hoy en adelante** henceforth; from this day on; **hoy (en) día** nowadays
el **hoyo** hole
hubo there was
el **hueco** hole
la **huelga** strike
la **huerta** vegetable garden
el **hueso** bone
el, la **huésped** guest
huidizo fugitive, fleeting
huir (y) to flee; escape
la **humanidad** humanity
húmedo humid; damp, moist
humilde humble, meek
humorístico humorous
hundirse to sink
el **huracán** hurricane

I

la **idea** idea; notion; **idea principal** main idea

idéntico identical

la **identidad** identity

la **identificación** identification

identificar (qu) to identify; to recognize

idilio idyllic

el **idioma** language

idiota *adj.* idiotic, stupid; *m.& f.* idiot

la **idiotez** idiocy

idóneo suitable, apt, proper

la **iglesia** church

ignorante *adj.* ignorant; *m.& f.* ignoramus; uncouth person

igual equal; the same; **igual que** the same as

la **igualdad** equality

igualitario egalitarian

igualmente equally; also; same to you

iluminar to illuminate, brighten

la **ilusión** hope, illusion

la **imagen** image

imaginar(se) to imagine

imaginario imaginary

el **impacto** impact; impression; **dejar un impacto** to leave an impression

impasible impassive, unfeeling

impedir (i, i) to impede; to block

el **imperfecto** imperfect tense (*of verbs*)

el **imperio** empire

implacable relentless, implacable

implicar (qu) to imply

imponer (*irreg.*) to impose

la **importancia** importance; significance

importar to be important; to matter; to import

el **importe** amount; value; cost

la **imposibilidad** impossibility

imprescindible imperative; indispensable

impresionar to impress

impresionante impressive

imprevisto unexpected

el **impuesto** tax

inagotable inexhaustible

incaico Incan, of the Incas

incansable tireless

incapaz incapable

el **incendio** fire; **incendio forestal** forest fire

la **incertidumbre** uncertainty

el **incidente** incident

incierto uncertain

la **inclinación** inclination; preference

incluir (y) to include

incluso even; including

incomodar to inconvenience, bother

incómodo uncomfortable

incorporar to take in; to incorporate

incrédulo incredulous

increíble incredible

inculto uneducated

indagar (gu) to investigate, search, inquire

indefectiblemente without fail, unfailingly

la **independencia** independence

independiente independent

independizarse (c) to become independent

indescifrable indecipherable

la **indicación** indication; suggestion; *pl.* directions

indicar (qu) to mark, indicate; to point out

el **índice** index; ratio

el **indicio** clue; hint; sign; indication

indígena *adj.* indigenous; *m. & f.* native person

indignarse to become indignant, angry

indigno shameful, disgraceful

indio *adj.* Indian (of West Indies, of India, of America); *m. & f.* Indian person

indiscutible indisputable, unquestionable

el **individuo** (la **individua**) individual

indudable doubtless, certain

indudablemente undoubtedly, without a doubt

la **inercia** inertia

inesperado unexpected

inestable unstable

inexpugnable impregnable

infeliz unhappy

la **inferencia** inference

inferir (ie) to infer, to make an inference

el **infierno** hell

inflexión: punto de inflexión turning point (used mostly in Spain)

influenciar to influence

influido (*ptp. of* **influir**) influenced

influir (y) to influence

la **información** information

informarse (de) to become informed (about)

la **informática** computer science

el **informe** report

infortunado unfortunate

la **ingeniería** engineering

el **ingeniero** (la **ingeniera**) engineer

el **ingenio** wit; cleverness; sugar mill

ingenuo naïve

inglés *adj.* English; *m.* English language; Englishman

la **inglesa** Englishwoman

ingresar to enter, become a member of; to commit (to an asylum or institution)

el **ingreso** income

inhabilitar to disable

iniciar to begin, initiate

injuriar to insult

inmediatamente immediately

inmediato immediate; **de inmediato** immediately

inmenso immense

el, la **inmigrante** immigrant
inmovilizar (c) to immobilize
la **inocencia** innocence
inquietarse to get upset; to worry
inquieto restless, anxious, disturbed
el **inquilino** (la **inquilina**) renter, tenant
el **insecto** insect
inseguro insecure; unsure
insensato *adj.* foolish; senseless; *m. & f.* idiotic, crazy person
la **insensatez** foolishness; irrationality; unbalance
la **insistencia** insistence, persistence
insistir (en) to insist (on)
la **insolación** sunstroke
insólito unusual
insomne *adj.* sleepless; *m. & f.* insomniac
el **insomnio** insomnia, sleeplessness
insoportable unbearable
inspirar to inspire
el **instante** instant
instintivamente instinctively
la **instrucción** education; instruction; *pl.* instructions, orders, directions
instruido well educated
el **instrumento** instrument; **instrumento musical** musical instrument
intachable exemplary; beyond reproach
la **integración** integration; assimilation
integrado integrated; **integrado de** made up of
inteligente intelligent
la **intensidad** intensity
intenso intense
intentar to try; to attempt
el **intento** attempt, purpose
intercambiar to exchange
el **intercambio** exchange, interchange

el **interés** interest
interesante interesting
interesar to interest
interior *adj.* inner; interior; *m.* inside; soul
intermedio intermediate; halfway
internado put into (a hospital)
internar to commit
el, la **internauta** person who surfs the net (*lit.* Internaut)
la **interpretación** interpretation
interpretar to interpret
el, la **intérprete** interpreter; actor, performer
interrogar (gu) to interrogate; to question
interrumpir to interrupt
la **intervención** intervention; interference; participation
intervenir (*irreg.*) to intervene; to take part
la **intimidad** privacy; intimacy
íntimo intimate; **amigo íntimo** close friend
intoxicado (de) poisoned (by)
la **intrepidez** intrepidness
la **intriga** intrigue, entanglement; plot of a play
intrincado intricate
la **introducción** introduction
el **intruso** (la **intrusa**) intruder
la **inundación** flood
inútil useless; vain
el **inválido** (la **inválida**) invalid
la **invasión** invasion, violation
inventar to invent; to imagine
el **invento** invention
la **inversión** investing; investment
el, la **inversionista** investor
invertir (ie, i) to invest
la **investigación** investigation
investigar (gu) to seek out; to investigate
el **invierno** winter
el **invitado** (la **invitada**) guest
la **inyección** shot, injection
ir (*irreg.*) to go; **ir de compras** to go shopping

Irlanda Ireland
irlandés *adj.* Irish; *m.* Irishman
irlandesa *adj.* Irish; *f.* Irishwoman
la **ironía** irony
irritar(se) to irritate (become irritated)
irrazonable unreasonable
la **isla** island
italiano *adj.* Italian; *m. & f.* Italian; person from Italy
la **izquierda** left, left side

J

¡ja! ha! (*imitation of laughter*)
jactarse (de) to brag (about)
el **jai alai** jai alai, pelota; a Basque ball game
el **jalapeño** a very hot Mexican pepper; jalapeño
jamás never, ever
el **jamón** ham
japonés *adj.* Japanese; *m.* the Japanese language; Japanese man
la **japonesa** Japanese female
el **jardín** garden
el **jardinero** (la **jardinera**) gardener
el **jarro** jug; pitcher
la **jaula** cage
el **jefe** (la **jefa**) boss, chief, leader
la **jerarquía** hierarchy
la **jerigonza** secret language; jargon
Jesucristo Jesus Christ
el **jolgorio** revelry, partying
la **jornada** journey, trip
joven *adj.* young; *m. & f.* young person; *pl.* (**jóvenes**) young people
la **joyería** jewelry
judío *adj.* Jewish; *m. & f.* Jewish person
el **juego** game
la **juerga** (*coll.*) spree
el, la **juez** (*pl.* **jueces**) judge
el **jugador** (la **jugadora**) player

jugar (u ue)   to play; **jugar a los naipes**   to play cards

el **jugo**   juice

jugoso   juicy

el **juguete**   toy

el **juicio**   judgment; trial

juntar   to join, combine; **juntarse** to gather together

junto   together; junto a

justamente   exactly, right

justificar (qu)   to justify

justo   just, fair, right

la **juventud**   youth

juzgar (gu)   to judge

K

el **kilómetro**   kilometer

L

el **laberinto**   labyrinth; maze

el **labio**   lip

el **laboratorio**   laboratory

lacio   straight, smooth (hair)

el **lado**   side, direction; **al lado de** beside, on the side of; **ir de un lado al otro**   to go to and fro

el **ladrillo**   brick

el **ladrón** (la **ladrona**)   thief

el **lago**   lake

la **lágrima**   tear

lamentar   to mourn

el **lamento**   lament, wail

la **lámpara**   lamp

laminar   to laminate

la **langosta**   locust; lobster

el **lanzamiento**   launching

lanzar (c)   to throw, hurl

la **laptop**   laptop

largo   long; **a largo plazo**   long-range; **a lo largo de**   through-out, along

la **lástima**   pity

lastimar(se)   to hurt; to get hurt

la **lata**   tin can; **dar la lata**   to annoy, irritate

el **látigo**   whip

el **latín**   Latin (language)

latino   Latin

Latinoamérica   Latin America

latinoamericano   *adj.* Latin American; *m. & f.* person from Latin America

latir   to pulsate; to beat

laureado   prize-winning; laureate; praised

la **lavandería**   laundry; washing place

lavar(se)   to wash (oneself)

leal   loyal

la **lección**   lesson

la **lechuga**   lettuce

la **lectura**   reading

leer (y)   to read; **leer la mano**   to read palms

legalizarse   to become legal, to be legalized

legítimo   legitimate

lejano   distant

lejos (de)   far (from)

el **lema**   slogan

la **lengua**   tongue; language

el **lenguaje**   language; idiom

lentamente   slowly

los **lentes**   glasses; **lentes de contacto**   contact lenses

la **lentitud**   slowness

lento   slow

letal   lethal

la **letra**   letter; lyrics, words of a song; **estudiantes de letras**   arts students

el **letrero**   sign; inscription

levantar   to raise, lift; **levantarse** to get up

leve   light, slight

levemente   gently, lightly

la **ley**   law

la **leyenda**   legend

liberar   to liberate; to free

la **libertad**   liberty; freedom

libre   free; **tiempo libre**   free time, spare time

la **librería**   bookstore

la **libreta**   notebook

el **libro**   book

el **liceo**   high school

ligado   connected; tied

ligero   light; quick

limitarse (a)   to limit or confine oneself (to)

límite: fecha límite   deadline

el **limón**   lemon

la **limosna**   alms, money given to a beggar

limpiar   to clean

la **limpieza**   cleanliness, cleaning

limpio   clean; neat; tidy

el **linaje**   lineage

lindo   pretty; nice; lively

la **línea**   line

el **lino**   linen

la **linterna**   lantern

el **lío**   bundle; (*coll.*) mess, problem

la **lista**   list

listo   ready, prepared; clever, smart

llamar   to call; to name; **llamarse** to be called

llano   simple, plain, flat

el **llanto**   grief; crying; flood of tears

la **llanura**   plain

la **llave**   key

la **llegada**   arrival

llegar (gu)   to arrive; to reach; **llegar a ser**   to become

llenar   to fill

lleno   full

llevar   to carry, bring along; to wear; **llevar puesto**   to wear (on) **llevarse bien**   to get along well

llorar   to cry

la **lluvia**   rain

lluvioso   rainy

lo   him, it, you (**Ud.**); **lo africano** (**lo europeo**)   that which is African (European); from an African (European) tradition; **lo mismo**   the same thing; **por lo tanto**   so, therefore

el **lobo** (la **loba**)   wolf

loco   *adj.* crazy, mad; *m. & f.* mad person

la **locura**   madness; insanity

el **lodo**   mud

lógico   logical

lograr   to achieve; to manage (to)

la **loma**   hill

el **lomo**   back (of an animal)
lonchar (*Spanish*)   to have lunch
Londres   London
el **loro**   parrot
la **lotería**   lottery
el **loto**   Lotus flower
la **lozanía**   exuberance; vigor
la **lucha**   fight, struggle; war
luchar   to fight, struggle; to battle
la **lucidez**   lucidity, clarity
lucir (zc)   to display; to show off (something); to appear
lucrativo   lucrative, profitable
luego   then; later; soon; **luego de** immediately after
el **lugar**   place; **en lugar de**   in place of; **tener lugar**   to take place; to happen
el **lujo**   luxury; **de lujo**   in luxury
lujoso   luxurious
la **luminosidad**   brightness, light; luminosity
la **luna**   moon; **luna de miel** honeymoon
la **luz**   light

M

machista   *adj.* male chauvinist; *m.* male chauvinist
la **madera**   wood
la **madrastra** (*pej.*)   stepmother
la **madre**   mother
el **madrileño** (la **madrileña**)   person from Madrid
la **madrugada**   dawn; early morning
la **madurez**   maturity
maduro   mature
el **maestro** (la **maestra**)   schoolteacher
la **magia**   magic
mágico   magic, magical
magnífico   magnificent
el **mago** (la **maga**)   magician
el **maguey**   maguey, an American cactus (like a century plant)
el **maíz**   corn
las **majaderías**   nonsense

mal   badly; poorly; **mal visto** improper; considered a bad thing
mala: de mala gana   unwillingly
la **malanga**   taro (edible root)
maldecir (*irreg.*)   to curse
la **maldición**   curse
el **malecón**   seaside wall
el **malentendido** (*French*)   misunderstanding
el **malestar**   uneasiness
la **maleta**   suitcase
malhumorado   bad tempered
malicioso   malicious, sly, evil
malinterpretar   to misinterpret
malo   bad, ill; wicked
maltratado   damaged, harmed; mistreated
malvado   wicked, very perverse
la **manceba**   concubine; mistress
la **mancha**   stain
el **mandado**   errand
mandar   to send; to command; to order
el **mandato**   command
manejar   to manage; to drive
la **manera**   manner; fashion; way; **de ninguna manera**   not at all
el **maní**   peanuts
la **manía**   craze. mania; habit
la **manifestación**   demonstration; show; manifestation; mass meeting
la **manivela**   crank
el **manjar**   delicious food
la **mano**   hand; **a mano**   by hand; **mano deo bra**   labor force
la **manta**   blanket
la **manteca**   lard, grease
mantener (*irreg.*)   to maintain; to keep; to hold
el **mantenimiento**   maintenance
la **mantequilla**   butter
el **manto**   cloak
la **manzana**   apple; a city block (*Spain and Mexico*)
la **manzanilla**   chamomile tea
la **mañana**   morning; *adv.* tomorrow; **pasado mañana**   the day after tomorrow

las **mañanitas**   little morning songs
el **mapa**   map
el **maquillaje**   make-up
la **máquina**   machine
el **mar**   sea; ocean
la **maravilla**   marvel, amazing occurrence
maravilloso   wonderful; amazing
la **marca**   brand
marcado   marked, pronounced
marcar (qu)   to mark; to indicate; to score (a goal or a point)
marchar   to leave, depart; **marcharse**   to go away; to leave; **marchaso**   swinging
marchitar   to wear down, diminish
marchito   faded; withered
el, la **margen m**.   margin; *f.* bank (of a river)
el **mariachi**   popular Mexican street band
el **marido**   husband
el **marinero**   sailor
marino   marine, of the sea
la **mariposa**   butterfly
el **marisco**   shellfish
marrón   brown
el **martillo**   hammer
el **martirio**   martyrdom
más   more; **el más**   the most; **más que**   more than; **más unido** closer
las **masas**   the masses
la **máscara**   mask
la **mascota**   pet
masculino   masculine, of or pertaining to men
matar   to kill; to murder
las **matemáticas**   mathematics; Math
el **matemático** (la **matemática**)   mathematician
la **materia**   school subject
la **matrícula**   registration; tuition
matricularse   to enroll; to register, matriculate

el **matrimonio** marriage; matrimony; couple

matutino *adj.* morning; in the morning

máximo maximum

maya Mayan, of the Mayan Indians

mayor older; main, greater; larger; **el mayor** the greatest, oldest, largest; the most; *pl.* adults; old people

la **mayoría** majority

el **mecánico** (la **mecánica**) mechanic

el **mecedor** (la **mecedora**) rocking chair

la **medalla** medal

la **media** stocking

mediano average; medium-sized

medida: a medida que to the extent that

la **medida** measure

medio half-, mid-; **medio atontado** half-stunned; **a la media hora** on the half-hour; **la media naranja** the love of one's life; soul-mate (*lit.* the half-orange)

el **medio** medium; **medio ambiente** environment; **medio de comunicación** mass media; **la medianoche** midnight; **el mediodía** noontime; mid-day; **término medio** average; middle ground

mediante by means; through; by

el **medicamento** medicine

el **médico** (la **médica**) doctor, physician

medir (i, i) to measure

la **mejilla** cheek

mejor better; **el mejor** the best

mejorar (se) to improve; to get better

la **melancolía** melancholy; gloom; the blues

melódico melodious

melodioso melodious, musical

la **memoria** memory

memorizar (c) to memorize

el **mendigo** (la **mendiga**) beggar

los **menesteres** needs; implements; **menesteres domésticos** household chores

menguar to diminish; to lessen

menor younger; less; minor; **el menor** youngest; least

menos less, least; except; **a menos que** unless; **por lo menos** at least

el **mensaje** message

mensurable measurable, able to be measured

la **mente** mind; understanding

mentir (ie, i) to lie

la **mentira** lie, falsehood; **parecer mentira** to seem impossible

mentiroso *adj.* lying; deceitful; *m. & f.* liar

el **mercado** market

la **mercadotecnia** marketing

la **mercancía** merchandise

merecer (zc) to merit, deserve

merendar (ie) to snack

la **merienda** snack; **a la merienda** at snack time

el **mes** month

la **mesa** table

el **mesero** (la **mesera**) waiter (*Mexico*)

el **mestizaje** crossbreeding; combining of races (especially white and indigenous)

mestizo of mixed race, especially of Native American and European backgrounds

la **meta** goal, aim

la **metáfora** metaphor

meter to put; to place; **meterse** to go in; to enter; **meterse con** to get involved in; to get mixed up in; to quarrel with

el **método** method

el **metro** meter; subway

mexicano *adj.* Mexican; *m. & f.* Mexican, person from Mexico

la **mezcla** mixture; blend

mezclar to mix; **mezclarse** to mingle

el **microbio** germ, microbe

el **microcosmo** microcosm

el **miedo** fear, dread; **tener miedo** to be afraid

la **miel** honey

el, la **miembro** member

mientras meanwhile; **por mientras** just for now

mil thousand

el **milagro** miracle

milenario millenary; millenarian

militar military; soldier

mimado spoiled

mimar to spoil, pamper

la **mina** mine

minísculo miniscule, very tiny

la **minoría** minority

minoritario minority; **grupo minoritario** minority group

la **minusvalía** disability

minusválido disabled

mío, mía my, mine, of mine

la **mirada** look; gaze; glance

mirar to look at; to watch

la **miseria** poverty

el **mismo** (la **misma**) same; **da lo mismo** it's all the same

el **misterio** mystery

la **mistificación** hoax, trick, fraud

la **mitad** half

el **mito** myth

la **mitología** mythology

la **mochila** backpack, knapsack

la **moda** fashion; **pasado de moda** out of fashion

los **modales** manners

el, la **modelo** pattern; model

moderado moderate

el **modernismo** Modernism (literary movement of renovation in Spain and Latin America at the end of the 19th and beginning of the 20th century)

modernista Modernist, of or pertaining to the literary movement of Modernism

moderno modern, recent

modesto modest, unassuming

modificar (qu) to modify, change, alter

la **modificación** modification; change

el **modismo** idiom

modista: la modista dress maker

el **modito** (*dim.* of **modo**) little way, particular way

el **modo** manner, way; **modo de vivir** lifestyle

mojado wet

mojar(se) to wet, moisten; to get wet

molestar to bother

la **molestia** bother

moldear to mold; to form

el **molleto** fuzzy-head

la **momia** mummy (embalmed corpse)

la **monarquía** monarchy

la **monja** nun

mono *adj.* cute; pretty; *m.* monkey

monótono monotonous

la **montaña** mountain

montar to ride (horseback); to lift; to place

el **monte** mountain; mount

un **montón** a bunch; a lot

morado purple

la **moral** ethics; morality

la **mordedura** bite

moreno dark; dark haired

morir (ue, u) to die

moro *adj.* Moorish; *m. & f.* Moor

mortificar (qu) to mortify

la **mosca** fly

mostrar (ue) to show

el **motivo** motive; reason

moto auto, motorbike

mover(se) (ue) to move

el **movimiento** movement

la **moza** young woman; **buena moza** good-looking

el **mozo** young man; **buen mozo** good-looking

el **mucamo** (la **mucama**) servant

la **muchacha** girl; servant, maid

el **muchacho** boy; servant

muchísimo (*sup.* of **mucho**) very, very much

mucho a lot; a great deal

la **mudanza** move (changing of home)

mudarse to move, change location

mudo silent

el **mueble** piece of furniture

la **muerte** death

muerto (*past part.* of **morir**) dead; **muerto de frío** freezing

la **muestra** example; token

la **mujer** woman; wife

la **multa** fine

la **multitud** multitude; crowd

el **Mundial** the World Cup (in soccer)

mundano worldly

el **mundo** world; **todo el mundo** everybody

el **municipio** township

la **muñeca** doll; wrist

la **muralla** wall; rampart

el **murciélago** bat

el **muro** wall

el **músculo** muscle

musculoso muscular

el **museo** museum

la **música** music

el **músico** (la **música**) musician; player

el **mutis** exit (of actors in a play)

mutuamente mutually

mutuo mutual

muy very; highly; greatly

N

nacer (zc) to be born

nacido (*past part.* of **nacer**) born

el **nacimiento** birth

la **nacionalidad** nationality

nada *pron.* nothing; (not) at all; **nada de** no; none of; *m. & f.* (*pej.*) **un (una) nada** a nothing, a worthless person

nadar to swim

nadie nobody; no one, not anybody

el **naipe** playing card

la **naranja** orange

narigón having a large nose

la **nariz** nose

el **narrador** (la **narradora**) narrator

narrar to narrate

la **nochebuena** Christmas Eve

la **natación** swimming

natal native; **país natal** native land; home country

la **naturaleza** nature

la **novaja** knife

el, la **navegante** sailor, seaman; user on the Net, person surfing Internet

navegar (gu) to navigate; **navegar en bote** to sail; **navegar por la Red** to surf the Net

las **navidades** Christmastime

necesario necessary

la **necesidad** necessity, need

necesitar to need

necio foolish

negar (ie) (gu) to deny

el **negocio** business; transaction

la **negrilla** boldface type

negro *adj.* black; *m. & f.* Black person

la **nena** little girl, baby (*alt. form* of **niña**)

el **neoyorquino** (la **neoyorquina**) New Yorker, person from New York

nervioso nervous

la **nevada** snowfall

nevar (ie) to snow

ni nor, neither; **ni... ni...** neither... nor; **ni siquiera** not even; **ni pensarlo** I wouldn't even think it

el, la **nicaragüense** Nicaraguan; person from Nicaragua

el **nido** nest

la **niebla** fog

la **nieta** granddaughter

el **nieto** grandson; *pl.* grandchildren

la **nieve** snow

ninguno   none; no, (not) any; no one
la **niñez**   childhood
el **niño** (la **niña**)   young child; baby; **niños**   children
el **nivel**   level
la **noche**   night, nighttime; **de noche/por la noche**   at night
nochebuena   Christmas Eve
nocturno   nocturnal, of the night
nombrar   to name
el **nombre**   name
el **nopalito**   little nopal cactus plant
el **nordeste**   northeast
el **noreste**   northeast
la **norma**   norm; standard; rule
el **noroeste**   northwest
el **norte**   north
Norteamérica   North America
norteamericano   *adj.* North American; *m. & f.* person from North America
norteño   northern
la **nota**   note; score; mark
notar   to notice
la **noticia**   news
el **noticiero**   news program
notorio   well-known; notorious
el **novato** (la **novata**)   novice, beginner
la **novedad**   piece of news; novelty
novedoso   novel, new
la **novela**   novel; romance
el, la **novelista**   novelist; person who writes novels, romances
noveno   ninth
la **novia**   girlfriend; fiancée; bride
el **novio**   boyfriend; fiancée; groom; *pl.* engaged couple; bride and groom
la **nube**   cloud
nublado   cloudy
la **nuera**   daughter-in-law
nuestro   our
nuevamente   again; anew
nuevo   new
la **nuez** (*pl.* **nueces**)   walnut
el **número**   number

nunca   never
nutrir   to nourish
nutritivo   nutritious

O

o   or; **o... o...**   either... or
el **objetivo**   objective, aim, goal
obligado   obliged; obligated
obligar (gu)   to oblige; to force
la **obra**   work; **obra de teatro**   drama, play
el **obrero** (la **obrera**)   worker, laborer
el **obsequio**   gift
el **observador** (la **observadora**)   observer
obsesionado   obsessed
el **obstáculo**   obstacle
obstante: no obstante   however; nevertheless
obtener (*irreg.*)   to get, obtain
obvio   obvious
la **ocasión**   occasion; opportunity; chance
ocasionar   to occasion; to cause
el **occidente**   west; occident
el **océano**   ocean
el **ocio**   leisure time
ocultar (se)   to hide; to be hidden
oculto   hidden
ocupado   busy
ocupar   to occupy; to busy; **ocuparse**   to be busy or occupied; **ocuparse de**   to concern oneself with; to take charge of
ocurrir   to happen
el **odio**   hatred
el **oeste**   west
la **ofensa**   offense, insult
la **oferta**   offer
oficial   *adj.* official; *m. & f.* officer
la **oficina**   office
el **oficio**   trade, craft
ofrecer (zc)   to offer
la **ofrenda**   offering
el **oído**   ear
oír (*irreg.*)   to hear

ojalá (que)   may God grant (that); let's hope (that)
la **ojeada**   glance; glimpse
el **ojo**   eye; **ojo con**   careful with (*as a command*)
la **ola**   wave
oler (ue)(h)   to smell
la **olla**   cooking pot
el **olmo**   elm tree
el **olor**   odor; smell
olvidar   to forget; **olvidarse de**   to forget about
el **olvido**   forgetfulness
omitir   to omit; to leave out
la **onda**   wave
ondular   to undulate; wave
la **ONU**   United Nations (**Organización de las Naciones Unidas**)
a **opción**   option; choice
operar   to operate
opinar   to express an opinion; to pass judgment
oponerse (a) (*irreg.*)   to oppose; to be opposed to
la **oportunidad**   opportunity
oportunista   *adj.* opportunistic; *m. & f.* opportunist
optar (a) (por)   to opt for; to decide in favor of
opuesto   opposite, contrary; (*past part. of* **oponer**)   opposed
la **oración**   sentence; prayer
el **orden**   sequence, order; *f.* order, command; **a sus órdenes**   at your service
el **ordenador**   computer (*Spain*)
ordenar   to order
ordeñar   to milk (a cow, a goat, etc.)
la **oreja**   ear
organizado   organized
organizar (c)   to organize
el **orgullo**   pride
orgulloso   proud
el **oriente**   east; orient
originar (se)   to originate
originario   originating; native
la **orilla**   bank, shore
el **oro**   gold

la **orquesta** orchestra
la **orquídea** orchid
la **ortografía** spelling
oscilar to oscillate; to swing
la **oscuridad** darkness
oscuro dark; **de oscuro** in dark
color
oscurrecer (zc) to darken
el **oso** bear
ostentar to make a show of
la **ostra** oyster
el **otoño** fall, autumn
otro other; another; another one;
otra vez again; **por otra parte**
on the other hand
la **oveja** sheep
el **oyente** listener, person hearing
something
el **oxígeno** oxygen
el **ozono** ozone; **capa de ozono**
ozone layer

P

la **paciencia** patience
paciente patient
pacífico peaceful
el **paco** policeman *coll.* (*Chile*)
padecer (zc) to suffer
el **padrastro** (*pej.*) stepfather
el **padre** father; **¡qué padre!**
slang (*Mexico*) How awesome
(super)!
padres parents
la **paga** payment
pagar (gu) to pay (for)
la **página** page
el **país** country
el **paisaje** landscape
el **pájaro** bird
la **palabra** word
palabrota swearword; obscenity
el **paladar** palate
pálido pale
la **paliza** beating
la **palma** palm tree
palmear to pat
la **palmera** palm tree
palmotear to applaud, clap

las **palomitas (de maíz)** popcorn
el **pan** bread
el **pañal** diaper; **pañales de entrenamiento** training diapers
la **pantalla** screen
el **pantalón / los pantalones**
pants, trousers, slacks
pantomima pantomime
el **pañuelo** bandana; scarf
la **papa** potato; **el puré de papas**
mashed potatoes
el **papel** paper; role; **hacer el
papel** to play the role;
desempeñar un papel to play
a role
el **papelillo** (*dim. of* **papel**) slip of
paper; insignificant role
el **paquete** package; packet
el **par** pair; **de par en par** wide
open
para for; in order to; **estar para**
to be in the mood for; to be
about to; **para que** so that;
¿para qué? for what?
el **paracaídas** parachute
la **parada** stop, halt
el **paraguas** umbrella
paraguayo *adj.* Paraguayan; *m. &
f.* person from Paraguay
el **paraíso** paradise
el **paraje** place, spot
paralizar (c) to paralyze
el **parámetro** parameter
parar to stop
parco frugal, sparing; moderate
parecer (zc) to resemble; to seem
parecido similar
la **pared** wall
la **pareja** pair; couple; partner
el **paréntesis** parenthesis
el **pariente** (la **pariente**) relative
parimentado pared
parir to give birth
el **paro** unemployment
el **parque** park
el **párrafo** paragraph
la **parranda** (*coll.*) partying
la **parte** part; side; **en parte**
partially; **la mayor parte** the

majority; **por parte de** on be-
half of, on the side of; **por todas
partes** everywhere
el, la **particular** individual person
la **partida** departure
el **partidiario** (la **partidiaria**)
supporter
el **partido** game; match; (*political*)
party
partir to part; to start of; **a partir
de** beginning with
el **pasado** past (referring to time),
gone by; **el año pasado** last year
el **pasaje** number of passengers;
fare
pasajero *adj.* traveling, passing;
m. & f. traveler, passenger
pasar to happen; **pasar lista** to
take attendance; **pasarlo bien**
to have a good time
el **pasatiempo** hobby, pastime
la **Pascua** Easter; **Isla de Pascua**
Easter Island
pasear to take a walk, walk about
el **paseo** walk, stroll, ride; **dar un
paseo** to take a walk, stroll
el **pasillo** hall; corridor; aisle
pasmado stunned
el **pasmo** terror
el **paso** footstep; instruction; step
pastar to graze
el **pastel** cake
el **pasto** pasture ground; yard
el **pastor** pastor, shepherd
la **pata** foot or leg (of an animal);
paw
la **patada** kick
la **patata** potato (*Spain*)
el **patio** yard; court
la **patria** native country, homeland
patrocinar to sponsor
el **patrón** boss; employer; patron
saint; pattern
el **pavo** turkey
el **payo** (la **paya**) nongypsy
la **paz** peace
el **peatón** (la **peatona**) pedestrian
el **pecado** sin

el **pecho** chest

el **pedazo** piece

pedido requested, asked for

pedir (i, i) to ask for; to request (a favor); **pedir prestado** to borrow

pegar (gu) to hit; to smack

pelado bald, hairless

peleador quarrelsome

pelear to fight

la **película** movie, film

el **peligro** danger, risk

peligroso dangerous

el **pelo** hair

la **pelota** ball

la **peluca** wig

peludo hairy

la **pena** pain; **valer la pena** to be worthwhile

el **pensamiento** thought

pensar (ie) to think

la **pensión** boarding house; pension, allowance

la **peña** musical social gathering

el **péndulo** pendulum

penetrante penetrating; clear-sighted

pensado (well) thought out

peor worse; **el peor** the worst

el **pepino** cucumber

pequeño little, small

percatarse (de) to notice; to become aware (of)

percibir to perceive

perder (ie) to lose

la **pérdida** loss

perdido lost

el **perdón** pardon; **¡Perdón!** Excuse me!

perdonar to forgive

la **pereza** laziness

perezoso lazy

el **periódico** newspaper

el **periodista** (la **periodista**) journalist; reporter

el **período** period (of time)

perjudicar (qu) to harm, injure

el **perjuicio** harm, damage

permanecer (zc) to stay, remain

el **permiso** permission

permitir to permit

pero but, yet

perplejo perplexed

el **perro** (la **perra**) dog

perseguir (i, i) to pursue

la **persona** person

el **personaje** character (in a play or story); (famous) personage

pertenecer (zc) a to belong to

peruano *adj.* Peruvian; *m. & f.* person from Perú

la **pesadilla** nightmare

pesado heavy

la **pesadumbre** sorrow, regret

las **pesas** weights (for weight lifting)

la **pesca** fishing

pescador fisherman

el, la **pesista** weightlifter

el **peso** weight; importance; monetary unit of Mexico, Uruguay, and Argentina; **bajar de peso** to lose weight; **en peso** in the air

la **pestaña** eyelash

la **peste** disease

el **petróleo** petroleum

el **pez** (*pl.* **peces**) fish

picante hot, highly seasoned; biting

picar (qu) to chop, mince; to sting; to prick

picnic picnic

el **pie** foot; **al pie de la lerta** literally; **ponerse de pie** to stand up

la **piedra** rock; stone

la **piel** skin

la **pierna** leg

la **pieza** piece; literary work; **pieza dramática** play, drama

la **pila** battery

la **píldora** pill

pincharse to inject (oneself)

el **pino** pine tree

la **pinta** appearance

pintado painted

pintar to paint

pintoresco picturesque

la **pintura** painting

el **piojo** louse

los **Pirineos** the Pyrenee Mountains

pisar to step on; to tread; to step into

la **piscina** pool

el **piso** floor

la **pista** clue; field

la **pizzarra** blackboard

la **placa** license plate

placentero pleasant

el **placer** pleasure; delight

la **placidez** placidness; tranquility

plácido placid, serene

la **plaga** plague

planchar to iron

el **planeta** planet

el **plano** plane; **primer plano** foreground

la **planta** plant; floor (in a building); **planta baja** main floor

plantar to plant

plantear to plan

la **plata** silver; money (*in Latin America*)

el **plátano** banana; plantain

la **platería** silversmithing

la **plática** chat, talk

el **platillo** small dish

el **plato** plate; dish

la **playa** beach

la **plaza** square, plaza; place

el **plazo** deadline; period of time; **a largo plazo** long-term

el **plebeyo** (la **plebeya**) plebeian

pleno full

el **plomo** lead

la **pluma** pen; feather

la **población** population; town

el **poblado** town, village

poblar (ue) to settle; to populate

pobre poor

la **pobreza** poverty

la **pocilga** pigpen

poco a little; **hace poco** a short time ago; **poco a poco** little by little

el **poder** power; **en poder de** in the hands of

poder (ue) to be able to
poderoso powerful
el **poema** poem
la **poesía** poetry
el **poeta** poet
la **poetisa** poetess
Polaco Polish, from Poland
la **polémica** controversy; polemic
la **policía** the police force; *m. & f.* police officer
la **política** policy
político *adj.* political; *m. & f.* politician
el **pollo** chicken; **pollo broaster** roasted chicken
el **pololo** boyfriend (*Chile*)
el **polvo** dust; powder
poner (irreg.) to put, place; **ponerse** to wear, put on (clothing); to become; **ponerse a** to begin to
por for; because of; **por casualidad** by chance; **por favor** please; **por lo menos** at least; **por lo tanto** therefore; from then on; **por mientras** just for now; **¿por qué?** why?; **por si acaso** just in case; **por supuesto** of course
el **porcentaje** percentage
porque because
el **portador** (la **portadora**) carrier
portátil portable
el **porte** dress, appearance
el **portero** concierge; doorman; porter
el **porto** port wine
el **porvenir** future
poseer (y) to possess, own
el **posgrado** postgraduate
la **posibilidad** possibility; chance
la **posta** emergency aid station
el **poste** pole, post
posterior later, subsequent
el **postre** dessert; cake
la **postura** posture, position
la **potencia** power
el **pozo** well
la **práctica** practice
prácticamente practically

el, la **practicante** practitioner
practicar (qu) to practice, exercise; **practicar un deporte** to play a sport
práctico practical
el **prado** meadow, field
el **precio** price
precioso precious
la **precipitación** haste
preciso necessary
predecir (irreg.) to foretell
la **predicción** prediction
predilecto favorite
preferir (ie, i) to prefer
la **pregunta** question
preguntar to ask; to question; **preguntarse** to wonder
el **prejuicio** prejudice
preliminar preliminary
el **premio** award, prize
el **prendedor** pin
prendido tied up
la **prensa** the press, newspapers
a **preocupación** worry
preocuparse (de) to worry; to be worried (about)
los **preparativos** preparation
prescindir (de) to do without
presenciar to witness; to attend
presentar to present, introduce; to submit
presente present; **tener presente** to keep in mind
presentir (ie, i) to suspect; to have a premonition
la **presión** pressure
preso imprisoned; **meter (mandar) preso** to have imprisoned
el **préstamo** loan
prestar to lend, loan; **pedir prestado** to borrow; **prestar atención** to pay attention
presto quickly
presumido conceited, proud
pretender (ie) to attempt; to try to
el **pretérito** preterit tense (*of verbs*)
prevalecer (zc) to prevail

previo former, previous
la **primaria** elementary school
primario primary
la **primavera** spring, springtime
primero first
el **primo** (la **prima**) cousin
el **príncipe** prince
el **principiante** novice
principiar to commence; to begin
el **principio** beginning; **a principios de** at the beginning(s) of; **al principio** at the beginning
la **prioridad** priority
la **prisa** hurry; **tener prisa** to be in a hurry
privado private
la **probabilidad** probability
probar (ue) to try; to prove
el **problema** problem
el **proceso** trial; process
procurar to strive for; to obtain
producir (j) (zc) to produce
el **productor** (la **productora**) producer
el **profesor** (la **profesora**) professor; high school or university teacher
el **profesorado** faculty of a school
profundizar (c) to go into deeper depth; to contemplate
profundo profound, deep
el **programa** schedule; program
el **programador** (la **programadora**) programmer
programar to plan
progresivo progressive; advancing
prohibido forbidden
prohibir to prohibit, forbid
el **prójimo** (la **prójima**) fellow creature; neighbor
prolongar (gu) to prolong
el **promedio** average
la **promesa** promise
promover to promote
promulgar (gu) to proclaim; to promulgate
el **pronombre** pronoun
el **pronóstico** prediction; prognosis; (weather) forecast

pronto soon; promptly; **de pronto** all of a sudden; **tan pronto como** as soon as

pronunciar to pronounce

la **propaganda** propaganda

la **propensión** propensity; inclination, tendency

propicio favorable

la **propiedad** property

el **propietario** (la **propietaria**) owner

la **propina** tip, gratuity

propio one's own

proponer (*irreg.*) to propose; to suggest

la **proposición** proposal; proposition

el **propósito** purpose; theme

la **prosa** prose, writing that is not poetry

la **prosperidad** prosperity

próspero prosperous

la **protección** protection

proteger (j) to protect

protestar to protest; to affirm

el **provecho** benefit, good result

el **proveedor** (la **proveedora**) provider; supplier

proveer (y) to provide

provenir (*irreg.*) to originate; to issue

provisto (*past part. of* **proveer**) provided

provocar (qu) to provoke

próximo next; near, close

el **proyecto** project

la **prueba** quiz; test; proof

la **psicología** psychology

el **psicólogo** (la **psicóloga**) psychologist

publicar (qu) to publish

la **publicidad** advertising; publicity

publicitario *adj.* advertising

el **público** audience, crowd; public

el **pueblecito** (*dim. of* **pueblo**) little town

el **pueblo** town, village

el **puente** bridge

el **puerco** pig, hog

la **puerta** door, doorway; gateway

el **puerto** port; harbor

puertorriqueño *adj.* Puerto Rican; *m. & f.* person from Puerto Rico; Puerto Rican

pues then, therefore, since; well…, um…

el **puesto** job, position

pulido refined, polished

el **pulmón** lung

el **pulque** Mexican cactus liquor (pulque)

la **punta** point; tip

puntual punctual

el **puntaje** score (on an exam)

el **punto** point; period; dot; **punto de vista** point of view

la **pureza** purity

purificado purified

puro pure; sheer; *m.* cigar

Q

que which, that, who, whom; **Qiué casualidad!** What a coincidence!; **¡Qué de…!** How many…! So many…!; **¡qué padre!** *slang(Mexico)* how awesome (super)!

quebrado broken; **familia quebrada** broken family

quebrar (ie) to break

quedar to stay, remain; **quedarle bien (a alguien)** to fit (someone) well; **quedarse** to be left

el **quehacer** task, chore

la **queja** complaint n (about)

quejarse (de) to co

quemado burned **narse** to

quemar to bur**sunburnt** burn oneself; to feel affec-

querer (ie) t tion for; te dear

querido

el **queso** nom; *pl.* those

quien ? who? whe

quieto still, quiet

la **quimera** chimera; illusion

la **química** chemistry

la **quinta** country estate

quinto fifth

quiropráctica *adj.* chiropractic; *f.* chiropractor

quitar to take away; **quitarse** to take off (clothes)

quizá (**quizás**) perhaps; maybe

R

el **rabo** tail (of an animal)

el **racismo** racism

la **raíz** (*pl.* **raíces**) root

el **ramo** bunch (of flowers)

el **rango** range (of numbers)

rápidamente quickly; rapidly; fast

la **rapidez** speed, quickness

rápido fast, quick

raptar to kidnap

raro strange; uncommon; odd

el **rasgo** trait

el **rastro** track

la **rata** rat

el **rato** period, while, spell; **a ratos** at times

el **ratón** mouse

la **raya** line; boundary

el **rayo** beam; ray; lightning

la **raza** race

la **razón** reason; **tener razón** to be right

reaccionar to react

real royal; **la Real Academia** the Royal Academy

la **realidad** reality

el **realismo** realism

realista realistic

realizar (c) to achieve; to carry out; to put into effect

realmente actually; in fact

la **reaparición** reappearance, return

rebelarse (**contra**) to rebel, revolt (against)

la **recaída** relapse

la **recámara** room (*Mexico*); dormitory
recapacitar to reconsider
la **recepción** lobby (in a hotel)
el, la **recepcionista** (*America*) recepcionist
el **receptor** (la **receptora**) viewer
la **receta** recipe
rechazado rejected
rechazar (c) to refuse, reject; to turn down
el **rechazo** rejection
recibir to receive; to greet, welcome
el **reciclaje** recycling
recién newly, recently
reciente recent
el **recinto** space; area; enclosure
recio strong
la **reclamación** claim
reclamar to claim, demand
recobrar to recover; to get back
recoger (j) to pick up; to gather
la **recomendación** recommendation; suggestion
recomendar (ie) to recommend; to suggest; to advise
reconfortante comforting
reconocer (zc) to recognize
el **reconocimiento** recognition; acknowledgment
reconstruir (y) to reconstruct
recordar (ue) to remember
recorrer to go over, go through; to traverse
el **recorrido** space or distance traveled; journey, run
el **recuadro** box
el **recuerdo** memory; souvenir
recurrir a to turn to; to appeal to
el **recurso** resource; **recursos naturales** natural resources
la **red** network; net; **la Red** Internet
-tar to write; to edit
-o round
-n reduction
-c) to reduce; to

reemplazar (cz) (c) to replace
la **referencia** reference; allusion
referir(se) (ie, i) to refer; to allude
refinado refined
reflejar to reflect
reflexionar to reflect on; to think about
reflexivo reflexive
reforzar (c) (ue) to strengthen, reinforce
el **refrán** proverb; saying
refrescante refreshing
el **refresco** soft drink
el **refugiado** (la **refugiada**) refugee
refugiarse to take refuge
el **refugio** shelter
regalar to give as a gift
el **regalo** gift
regalón *adj.* pampered; *m.* pampered pet
regañar to scold
el **regateo** bargaining, negotiating a price
el **regidor** councilman
registrar to register; to record
el **registro** register
la **regla** rule
el **reglamento** rule; regulation
el **regocijo** rejoicing, happiness
regresar to return, come back
el **regreso** return
regular to regulate
rehacer (*irreg.*) to remake; to redo
rehusar to refuse
la **reina** queen
reinar to reign, rule
el **reino** kingdom; **el Reino Unido** the United Kingdom
reír(se) to laugh
reivindicar to claim; to revindicate
la **relación** ratio; relation; relationship;
relacionar to connect
relajado relaxed
relajante relaxing
relajar to relax; to become relaxed

el **relámpago** bolt of lightning; lightning
relatar to relate; to tell; to report
relativamente relatively
el **relato** story
religioso religious
el **reloj** clock; watch
remediar to remedy; to help
el **remedio** remedy; **sin remedio** inevitable
remendar (ie) to mend
la **remera** T-shirt (*Argentina*)
remitir to send, remit
rencoroso resentful
el **rendimiento** output; performance
rendir (i, i) to produce; to yield; to surrender
rendir homenaje to give honor; to worship
el **renombre** reknown, fame
la **renovación** renewal; renovation
la **reparación** repair
reparar to notice; to heed; to repair
el **reparo** doubt; scruple; issue
repartir to distribute; to divide up
repasar to review; to revise; to check
repente: de repente suddenly; all at once
repetir (i, i) to repeat; to do again
reposado relaxed
el, la **representante** representative
representar to represent; to show, express; to act, impersonate
reprimir to repress, hold back
reprobatorio reproving; disapproving
reproducir (j) (zc) to reproduce
el **reproductor de compactos** compact disc player
reptil *adj.* reptilian; *m.* reptile
repudiar to repudiate
repugnar to hate, loathe; to revolt, nauseate
repujado embossed
la **repulsión** rejection; repulsion

el **requisito** requirement; requisite

resaltar (*transitive v.*) to be prominent or conspicuous

la **reseña** outline, sketch, brief description

la **reserva** reservation

la **reservación** reservation (at a hotel)

reservado reserved; kept in reserve; discreet

el **resfriado** head cold

la **residencia** residence; **residencia de estudiantes** school dormitory

resistir to resist; to withstand; to stand up to

resolver (ue) to solve, resolve

la **resonancia** resonance; importance; renown

respaldar to endorse; to back

el **respaldo** the back of a seat

respecto: con respecto a with respect to; in regard to

respetar to respect

el **respeto** respect, consideration

respetuoso respectful, considerate

la **respiración** breathing

respirar to breathe

el **respiro** respite, breathing; space; rest

el **resplandor** flash

la **respuesta** answer

restablecer (zc) to reestablish, restore

restar to subtract (*math*)

restaurado restored

restituir (y) to restore

el **resultado** result; outcome; effect

resultar to turn out (to be); **resulta que** it happens that

el **resumen** summary

resumir to sum up; to summarize

retirar(se) to move back; to retreat

el **retiro** retreat; quiet place, seclusion; **el Retiro** name of

the large park in the center of Madrid

reto challenge

retozar (c) to romp, frolic

retrasado (mentally) disabled, retarded

el **reumatismo** rheumatism

la **reunión** meeting, gathering; party

reunir to get together; to reunite; to assemble; **reunirse** to meet

revelar to disclose; to reveal

reventar (ie) to do serious harm; to burst, explode

la **reverencia** reverence; curtsy

el **revés** reverse; **al revés** in the oppositeway; in reverse

revisar to revise, check, edit

revisíon review, editing

la **revista** magazine

la **revolución** revolution

la **revuelta** commotion; disturbance; riot

el **rey** king

rezar (c) to pray

la **riada** flood

la **ribera** beach; bank; coast

rico rich, wealthy

ridículo ridiculous, ludicrous

el **riego** irrigation, watering

riendo laughing

el **riesgo** risk, danger

rígido strict, rigid

rigor: de rigor prescribed by rules; obligatory

la **rima** rhyme; *pl.* short poems

el **rincón** little corner

la **riña** quarrel; argument; fight

el **río** river

la **riqueza** wealth, richness

la **risa** laugh; *pl.* laughter; **morirse de risa** to die laughing

el **ritmo** rhythm

el **rito** rite, ceremony

la **rivalidad** rivalry

rizado curly

robar to steal, rob

el **roble** oak tree

el **robo** robbery

la **roca** rock, stone

rocoso rocky

rodear to surround; to encircle

la **rodilla** knee

rogar (ue) to ask for; to beg

rojo red

romano Roman

romántico romantic romanticón; *pej. of* romántico

romper to break; **romper con (alguien)** to break it off, break up with (someone)

roncar (qu) to snore

la **ropa** clothes

el **ropero** wardrobe; clothes closet

rosado pink

las **rosetas** small roses; **rosetas de maíz** popcorn

el **rostro** face

roto *adj.* broken; *m. & f.* low-class person (*in Chile*)

rozar (c) to rub, touch lightly

rubio blonde

ruborizarse (c) to blush

rudo rude; hard; tough; simple

ruego plea, request

el **ruido** noise

ruidoso noisy

el **rumbo** route; direction; *prep.* **rumbo a** towards; in the direction of

ruptura: la ruptura break up

ruso *adj.* Russian; *m. & f.* Russian; person from Russia

S

la **sábana** sheet

saber (*irreg.*) to know

la **sabiduría** wisdom, knowledge

sabio *adj.* wise; *m. & f.* expert; learned person

el **sabor** taste, flavor

sabroso delicious, tasty

sacar (qu) to take out, get out; to obtain; **sacar buenas (malas) notas** to get good (bad) grades

el **sacerdote** priest
el **saco** sack; jacket (*America*)
el **sacrificio** sacrifice
sacudir to shake; **sacudirse** to shake off
sagrado sacred, holy
sajón *adj.* Saxon
la **sala** large room; **sala de espera** waiting room
el **salario** salary, wages, pay
el **saldo** tally, balance
la **salida** exit; going out
salir (*irreg.*) to go out; to get out; to take after; to emerge
el **salón** parlor; living room
la **salsa** sauce; gravy
saltar to jump, leap over; to skip (something)
el **salto** jump, hop, leap
la **salud** health
saludable healthy
saludar to greet
el **saludo** greeting
salvadoreño *adj.* Salvadorean; *m. & f.* person from El Salvador
salvaje *adj.* wild, untamed; *m. & f.* savage
salvar to rescue; to save
salvo except (for)
la **sandalia** sandal
los **sanfermines** festivals of San Fermín
la **sangre** blood
sangriento bloody
sano healthy, sound
santiamén: en un santiamén in a jiffy
santo *adj.* holy; *m. & f.* saint
el **santuario** sanctuary
el **sarampión** the measles
el, la **sastre** tailor
la **sátira** satire
…atírico satirical
…rizar (c) to satirize
…sfacción satisfaction
… (zc) to satisfy
… satisfied
…oning
…y

la **sección** section
seco dry, dried
secuestrar to kidnap
la **secundaria** high school; (*Mexico*) middle school
secundario secondary; minor; of less importance
la **sed** thirst
el **sedante** sedative
la **seducción** seduction
seductor seductive; seducer
seguido followed; continuously **en seguida** right away
el **seguidor** (la **seguidora**) follower
seguir (i, i) to follow
según according to
segundo second
la **seguridad** safety; security; certainty
seguro sure, for certain; safe
seleccionar to select
el **sello** seal; stamp; postage stamp
la **selva** jungle; the wild
la **semana** week; **la Semana Santa** Holy Week
sembrar (ie) to plant; to seed
semejante similar; of that kind
el **semestre** semester
la **semilla** seed
la **sencillez** simplicity
sencillo simple
sencillamente simply
la **senda** path; trail; way
el **sendero** path; trail; way
sensato sensible, rational
la **sensibilidad** sensitivity
la **sensibilización** therapy aimed at sensitizing people
sensible sensitive, impressionable
sensorial relating to the five senses; sensorial
la **sensualidad** sensuality; sensuousness
sentado seated
sentar (ie) to seat; **sentarse** to sit, sit down

sentenciado sentenced
el **sentido** sense; meaning; direction; **sexto sentido** sixth sense (ESP)
sentido literario literary sense
el **sentimiento** feeling
sentir(se) (ie, i) to feel, perceive, sense
la **señal** signal; indicator
señalar to point out; to mark
el **señor** man, gentleman; Mr.; landlord; **el Señor** the Lord; *pl.* Mr. and Mrs.
la **señora** lady; Mrs., madame
el **señorío** dominion, lordship, control; seignory
la **señorita** young lady; Miss, Ms.
separar to separate, move away; **separarse** to part company
séptimo seventh
el **sepulcro** tomb, grave; sepulchre
la **sequedad** aridness; dryness
la **sequía** drought
el **ser** being; **el ser humano** human being
ser (*irreg.*) to be; **ser bilingüe** to be bilingual
sereno *adj.* serene; calm, peaceful; *m.* night watchman
la **serie** series; group of related things
serio serious, grave; **en serio** seriously; really and truly
el **servicio** service
servir (i, i) to serve
el **seso** brain
la **sevillana** rhythm of flamenco dancing
el **sexo** sex
si if
sí yes; **sí mismo** oneself
la **sicología** (*alt. spelling of* **psicología**) psychology
siempre always; all the time; **casi siempre** most of the time; **como siempre** as usual; **para siempre** forever
la(s) **sien(es)** temples
siendo (*gerund of verb* **ser**) being

la **siesta**   nap, siesta
el **siglo**   century
el **significado**   meaning
significar (qu)   to mean; to signify
significativo   significant; meaningful
siguiente   following
silbar   to whistle, hiss
el **silencio**   silence
silencioso   silent
la **silla**   chair; **silla de ruedas** wheelchair
simbolizar (c)   to symbolize
el **símbolo**   symbol
la **simpatía**   empathy; congeniality; interest
simpático   nice, congenial, likeable
simplemente   simply, merely
sin   without; **sin embargo**   but, nevertheless; **sin siquiera**   without even
sincero   sincere
sinfín: un sinfín de   a great many
sino   but, but rather
el **síntoma**   symptom
el **sinónimo**   synonym
siquiera   even; at least; **ni siquiera**   not even; **sin siquiera** without even
sirio   *adj.* Syrian; *m. & f.* person from Syria
la **sirvienta**   maid, servant
el **sirviente**   servant
el **sistema**   system; method
el **sitio**   place; spot; site
situado   placed, situated; located
situar   to place; to situate
el **smoking**   dinner jacket; tuxedo
sobrar   to be left over
sobre   about; on; upon; over; on top; **sobre to do**   above all; especially; *m.* envelope
sobrecargar   to overload
la **sobredosis**   overdose
sobresalir (*irreg.*)   to stand out; to excel
sobrevivir   to survive
la **sobrina**   niece
el **sobrino**   nephew

la **sociedad**   society
el **socio** (la **socia**)   member, partner; business associate
el **sociólogo** (la **socióloga**)   sociologist
socorrer   to help, rescue, come to the aid (of)
la **sofisticación**   sophistication
sofisticado   sophisticated
el **sol**   sun
solamente   only; solely; just
el **soldado**   soldier
la **soledad**   solitude, loneliness
soler (ue)   to do customarily
solicitar   to solicit; to ask for
solitario   lonely; solitary
solo   alone; single, sole; only one; **por sí solo**   by itself
sólo   only
soltar (ue)   to let go, release
soltero   single, unmarried
solucionar   to solve; to resolve
solventar   to settle; to solve
la **sombra**   shadow, shade
sombreado   shaded
el **sombrerero**   hatter; hatmaker
el **sombrero**   hat
sombrío   gloomy, dark and dismal
someter   to submit, put forward
sorñado   dreamed about, longed for
sonar (ue)   to ring (a bell); to sound, make a noise; to blow (a brass instrument)
sorñar (ue)   to dream
el **sonido**   sound; noise
sonoro   sonorous; loud
sonreído   smiling, with a smile (*Puerto Rico*)
sonriente   smiling
soñador   *adj.* dreamy; *m. & f.* dreamer
sonreír (i, i)   to smile
la **sonrisa**   smile
sonrojarse   to blush
soñar (ue)   to dream
soplar   to blow; to exhale
soportar   to bear, stand, endure

sorberse: sorberse los mocos   to sniffle and snort loudly
sordo   deaf; muffled
sorprendente   surprising
sorprender (ie)   to surprise; to amaze
sorprendido   surprised; amazed
la **sorpresa**   surprise
sospechar   to suspect
sostener (*irreg.*)   to sustain; to support (an opinion)
el **sótano**   basement
suave   gentle, sweet
suavemente   smoothly, softly
la **subida**   ascent; promotion; climbing
subir   to climb; to go up
súbitamente   suddenly; unexpectedly
el **subjuntivo**   subjunctive (*grammar*)
el **submarino**   submarine; *adj.* underwater
subrayar   to underline
el **subtítulo**   subtitle
subyugar (gu)   to subjugate; to subdue
suceder   to happen
sucesivamente   successively
sucio   dirty, filthy
sucumbir   to succumb
sudamericano   South American
sudar   to sweat
el **sudor**   sweat
Suecia   Sweden
sueco   *adj.* Swedish; *m. & f.* Swede; person from Sweden
la **suegra**   mother-in-law
el **suegro**   father-in-law
el **sueldo**   salary
el **suelo**   the floor; ground
el **sueño**   dream; sleep
la **suerte**   luck, chance, fate; **buena suerte**   good luck; **tener suerte** to be lucky
sufrido   patient; enduring
el **sufrimiento**   suffering, misery
sufrir   to suffer
la **sugerencia**   suggestion

sugerido suggested

sugerir (ie, i) to suggest

suicidarse to commit suicide

Suiza Switzerland

suizo *adj.* Swiss; *m. & f.* Swiss; person from Switzerland

sujetar to hold, keep down; to hold tight

el **sujeto** subject

sumamente extremely; exceedingly

sumar to add (*math*)

sumirse to sink, become submerged

suntuoso sumptuous

supeditar to subordinate; to subject

superar to overcome

la **superficie** surface

la **superioridad** superiority

suplementario supplementary

la **súplica** request; plea; supplication

suplicar (qu) to implore; to plea

suponer (*irreg.*) to suppose; to assume

supuestamente supposedly

supuesto supposed, assumed, believed; **por supuesto** of course

el **sur** south; **el Cono Sur** Southern Cone (of Latin America), composed of Argentina, Uruguay and Chile

surgir (j) to arise, emerge; to spring up

el **suroeste** southwest

suscitar to arouse, provoke

suspendido suspended; interrupted; held up, hanging

suspirar to sigh

sustancia matter; substance

sustantivo noun

~ (y) to substitute

to whisper

delicate

hers, theirs

T

la **taberna** tavern

la **tabla** chart, board; **sobre last tables** on stage

el **tacto** touch, feeling; tact

el **taita** (*fam.*) dad, daddy; uncle; grandfather

tal such; **con tal que** provided that; **tal como** such as; **tal vez** perhaps, maybe

la **talasoterapia** term used for a recent health therapy used in some parts of Spain, in which the patient is placed in sea water, mud, seaweed, and other substances

el **talento** talent, ability, gift

talentoso talented

la **talla** size

tallar to carve, engrave, cut

el **tamal** tamale, dish made from corn meal, chicken or beef, and chili, wrapped in banana leaves or corn husks (*Mexico & Central America*)

el **tamaño** size; *adj.* wide (as in wide eyes)

también also

el **tambor** drum

tampoco not, either

tan so, as; **tan bello** so pretty

el **tanque** tank

tanto so much, as much; **A tanto como B** A as well as B; **mientras tanto** meanwhile; **por lo tanto** for that reason; therefore; **un tanto** a little bit

la **tapa** cover; mid-afternoon snack served with drinks (*Spain*)

la **tardanza** lateness

tardar to delay

la **tarde** afternoon, evening

tarde *adj.* late; **más tarde** later on

la **tarea** work, chore

la **tarjeta** card

la **tasa** rate

el **teatro** theater

el **techo** roof

la **techumbre** roof

la **técnica** technique

técnico *adj.* technical; *m. & f.* expert; technician

la **tecnología** technology

tejer to knot; to weave

el **tejido** textile; fabric; woven material

la **tela** cloth, fabric

la **telaraña** spider web, cobweb

la **tele** (*abbr.* for **televisión**) TV

el **teleférico** cable car system

el **teléfono** telephone

la **telenovela** soap opera

televidente television viewer

el **televisor** television set

el **telón** curtain of a theater

el **tema** theme, topic, subject

temático thematic

temblar (ie) to tremble, shake

el **temblor** trembling, shaking

temer to fear

temeroso fearful

temible fearsome; frightful

temido feared, dreaded

el **temor** fear, dread

el **templo** temple

temporal temporacy

temprano early

la **tendencia** trend; tendency

tender (ie) (a) to tend to; to have the tendency to; **tenderse** to lie down; to stretch out

tener (*irreg.*) to have; **tener cuidado** to be careful; **tener éxito** to be successful; to succeed; **tener ganas de** + *inf.* to feel like + *ger.*; **tener hambre/sed** to be hungry/thirsty; **tener la culpa** to be to blame, be guilty; **tener lugar** to happen; to take place; **tener razón** to be right; **tener vergüenza** to be ashamed

la **tenida** outfit

la **tensión** tension; strain; stress

la **teoría** theory

la **terapia** therapy

terapeuta: el (la) **terapeuta** therapist

tercer (*apocopated form of* **tercero**) third

terminación: la **terminación** ending

terminar to end, finish

el **término** term; **término medio** middle ground

la **ternura** tenderness; affection

el **terremoto** earthquake

el **terreno** field; ground

el **territorio** territory

terrorífico terrifying

la **tertulia** social gathering

la **tesis** thesis; theory

el **tesorito** (*fam. dim. of* **tesoro**) sweetheart, honey, my little treasure, etc.

el **tesoro** treasure

el, la **testigo** witness

la **tez** skin

ti (*fam. used after a prep.*) you

la **tía** aunt

tibio lukewarm

el **tiempo** time, period; weather; **a tiempo** ontime; **al mismo tiempo** at the same time; **aquellos tiempos** those days; **¿hace cuánto tiempo?** how long ago?; **en tiempo de** in the time of; **hace buen (mal) tiempo** it is nice(bad) weather; **hace mucho(poco) tiempo** it has been a long (short) time

la **tienda** store, shop

tierno tender, soft

la **tierra** earth; ground, soil; **la Tierra** the Earth; **mi tierra** (*coll.*) my homeland

el **timbre** bell; ring (of a phone)

tímidamente timidly; shyly

la **tinta** ink; dye, hue

el **tintero** ink pot

el **tío** uncle

el **tipo** type, sort, kind; guy

tirar to throw, fling, shoot

tiritar to shiver

el **tiro** shot (from a gun)

la **titi** auntie (*Puerto Rico*)

titubear to hesitate

titulado holding an academic degree

el **título** title; degree; **título de bachiller** high school degree

TLC *acronym for* **Tratado de Libre Comercio,** NAFTA in English

la **toalla** towel

el **tobillo** ankle

tocar (qu) to touch; to play music; **tocarle a uno** to fall to someone; to be one's turn

todavía still; yet; **todavía no** not yet

todo all; whole; entire; every; everything; **a toda prisa** in all haste; **a todas horas** at any time; at all hours; **ante todo** first of all, above all; **después de todo** after all, after everything; **todo el mundo** everybody; **de todos modos** anyway, in any case; **en todo caso** in any case

la **tolerancia** tolerance

tomar to take; to drink; **tomar apuntes** to take notes; **tomar una copa** to have a drink (usually alcoholic); **tomar un examen** to give an exam/test

tomar medidas take measures

el **tomo** volume; tome

la **tonelada** ton

el **tono** tone

tontear to act stupid

la **tontería** silliness; foolishness

tonto silly, foolish, stupid

el **toque** touch

torcido twisted

la **tormenta** storm

tornar to turn, become

torno: en torno a around

el **toro** bull

torpe awkward, clumsy

la **torpeza** awkwardness

la **torre** tower

la **tortuga** turtle

la **tos** cough

la **tostada** piece of toast

tostado suntanned

tostarse to suntan

la **totalidad** totality

totalmente totally; wholely; completely

la **traba** bond, tie; obstacle

trabajador *adj.* hard working; industrious; *m. & f.* worker; laborer

trabajar to work

el **trabajo** work; job, task

la **traducción** translation

traducir to translate

traer (*irreg.*) to bring, get, fetch; to carry, take

la **tragedia** tragedy

el **trago** drink

traicionado betrayed

el **traidor** (la **traidora**) traitorous, false

el **traje** suit, dress, costume; **traje de baile** evening gown

la **trama** plot

tramites procedures

la **trampa** trap, trick; cheating; **hacer trampas** to cheat

la **tranquilidad** calmness; tranquility

tranquilizador soothing. calming; reassuring

el **tranquilizante** tranquilizer

tranquilizar (c) to calm; to quiet down

tranquilo calm, serene, still

transcurrir to transpire

transcurso passage (of time)

transmitir to transmit; to pass on

el **transporte** transport, transportation

la **transverberación** transfixion; ecstasy

el **trato** treatment; way of behaving or dealing

el **tranvía** tram, streetcar

el **trapo** rag

tras behind; after

trascendente transcendent

trasladar to move; to transfer; to remove

el **traslado** movement from one place to another

trasnochar to stay up all night

el **traste** bottom, backside; rea

trastornar to disturb or seriously affect in a bad way

el **tratamiento** treatment

tratar to treat; **tratarse de** to deal with, have to do with; to be about

el **trato** treatment, deal

través: a través through; by means of

la **tregua** pause, respite; truce

el **tremedal** quicksand

tremendo tremendous

el **tren** train

trepar to climb

la **tribu** tribe

el **trigo** wheat

trigueño olive-skinned

la **tripulación** crew

triste sad; gloomy; sorrowful

la **tristeza** sadness, gloom

el **triunfador** (la **triunfadora**) winner

triunfante triumphant

triunfar to triumph, to win

el **triunfo** success, triumph

el **tronco** tree trunk

tropezar (ie) (c) (con) to bump (into)

el **trozo** excerpt

el **truco** trick

los **truenos** thunder

el **trueque** exchange, barter

el **tubo** tube; pipe

la **tumba** tomb, grave

turbado disturbed

turbar (se) to disturb, upset

el **turismo** tourism

el, la **turista** tourist

el **turno** turn; shift

Turquía Turkey

tutear to address someone as **tú**

tuyo, tuya yours

...sed instead of **o** before **o** or

...ituate oneself

...andan; m. & f

...da

último last; **lo último** the latest in fashion; **en último caso** as a last resort; **por último** lastly, finally

unánime unanimous

únicamente only, simply

único only; unique; **hijo único (hija única)** only child

unido united; **Estados Unidos** United States; **Reino Unido** United Kingdom

la **unión** union; joining; **unión de hecho** the state of a couple that is living together but not married

unir(se) to unite, join

la **universidad** university

universitario pertaining to the university

las **uñas** nails (e.g., toenails, fingernails)

la **urbanidad** politeness, courtesy

urbanizar (c) to develop, urbanize

la **urbe** large city, metropolis

urgente urgent, pressing; imperative

uruguayo adj. Uruguayan; m. & f. person from Uruguay; an Uruguayan

usado used

usar to use; to wear

el **uso** use

el **usuario** (la **usuaria**) user

la **utilidad** usefulness

útil useful; serviceable

utilizar (c) to utilize; to make use of; to use

V

la **vaca** cow

las **vacaciones** vacation; holiday

vacilante unsteady; wobbly; hesitant; flickering

vacilar to hesitate, vacillate

el **vacío** m. empty space; adj. empty

vacunarse to vaccinate

vago vague; (coll.) lazy

la **valentía** courage, bravery

valer to be worth; to be priced at; **no vale gran cosa** it is worthless; **valer la pena** to be worthwhile

la **validez** validity

la **valija** suitcase

valioso worthwhile; valuable

el **valle** valley

el **valor** value

valorar to value; to price; to appraise

el **vals** waltz

el **vaquero** (pair of) jeans; cowboy

la **vara** club

variado varied; mixed

variar to vary

la **variedad** variety, diversity

varios some, various, numerous, several; a number of

varón male

varonil manly

el **vaso** glass

la **vecindad** neighborhood

el **vecindario** neighborhood

el **vecino** (la **vecina**) neighbor

la **vega** fertile lowland

vegetal adj. vegetable; m. vegetable, plant

vegetariano vegetarian

el **vehículo** vehicle

la **vejez** old age

la **vela** sail; candle

velar to stay up; to keep vigil

el **velo** veil

la **velocidad** speed

el **velorio** wake

la **vena** vein; blood vessel

el **venado** deer

vencedor victorious

vencer (z) to conquer, vanquish

vender to sell

el **veneno** poison

venenoso poisonous

venezolano adj. Venezuelan; m. & f. person from Venezuela

la **venganza** revenge, vengeance

venir (irreg.) to come; to arrive

la **venta** sale

la **ventaja** advantage

la **ventana** window

la **ventanita** little window; peep-hole

ventrudo bulky, bulging

la **ventura** luck, fortune

ver (*irreg.*) to look, see, watch (television); **a ver** let's see; **tener que ver con** to have to do with; **Véase** Please see...

veranear to pass the summer; to vacation

veraniego summer (*as an adj.*); of summer

el **verano** summer

la **verdad** truth

verdadero true

verde green; (*coll.*) **chiste verde** dirty joke

las **verduras** vegetables

la **vergüenza** shame; **tener vergüenza** to be ashamed

verídico true

verificar (qu) to verify

el **verso** verse; line of poetry

el **vértice** vertex; apex

la **veste** (*poetic*) garment

el **vestido** *m.* dress; (*past part. of* **vestir**) dressed

vestir (i, i) to dress; **vestirse** to get dressed

la **vez** (*pl.* **veces**) time; **a la vez** at the same time; **a veces** sometimes; **de vez encuando** once in a while; **en vez de** instead of; **raras veces** seldom, rarely; **tal vez** perhaps; **una (alguna) vez** once; one time

la **vía** way, means; avenue

viajar to travel

el **viaje** trip, journey; **hacer un viaje** to take a trip

el **viajero** (la **viajera**) traveler

la **víbora** viper, snake

el **vicio** vice

vicioso vicious; bad

la **víctima** victim

la **vida** life; **llevar una vida...** to lead a...life; **modo de vida** lifestyle; **nivel de vida** standard of living

la **videocasetera** VCR

el **vidrio** glass

viejo old; ancient

el **viento** wind

vigente current, in force

vigilar to keep watch over; to guard

la **vigilia** vigil; wakefulness

vil vile; despicable

villano rude, impolite; *m.* villain

la **vincha** hair ribbon

la **vinculación** link, connection

el **vino** wine

la **violencia** violence

violento violent; impulsive

viril virile; manly

la **virtud** virtue

la **viruela** smallpox

visigodo Visigoth

la **visita** visit

el, la **visitante** visitor

visitar to visit

la **vista** view; sight; vision; **punto de vista** point of view

visto (*past part.* of **ver**) seen; **bien visto** well-perceived; considered something good

la **vitrina** window

viuda *adj.* widowed; *f.* widow

viudo widowed; *m.* widower

¡viva! hurrah! hail!

la **viveza** liveliness

vívido vivid

la **vivienda** housing

vivir to live

vivo alive

el **vocabulario** vocabulary; dictionary

volador flying

el **volante** steering wheel

volar (ue) to fly

el **volcán** volcano

volcar (qu) to turn over, tilt; **volcarse** to turn toward

el **vólibol/voleibol** volleyball

la **voluntad** will

voluntario *adj.* voluntary; *m. & f.* volunteer

volver (ue) to return; **volver a + *inf.*** to...again; to return to ...; **volver en sí** to recover consciousness, to come to; **volverse** to become

vos you (*used in Argentina and certain other regions in place of* **tú**)

el, la **votante** voter

votar to vote

la **voz** (*pl.* **voces**) voice

el **vuelo** flight

la **vuelta** turn; return; walk, stroll; **dar vueltas** to spin around; to make turns

Y

y and

ya already; presently; **ya no** no longer; **ya que** since

yacer (zc) to lie, be stretched out

Yaquis indigenous group in Mexico

el **yerno** son-in-law

la **yuca** yucca, cassava melon

el **yunque** anvil

Z

zafarse to escape; to get away

zafio crude, coarse

la **zanahoria** carrot

las **zapatillas** sneakers (for sports); slippers

el **zapato** shoe

el **zapatero** shoemaker

la **zona** zone, area

el **zopilote** buzzard

el **zorro** fox

la **zozobra** worry, anxiety

el **zumbido** buzzing, humming

el **zumo** juice

el **zurrón** leather knapsack

Credits

Photo

p. 1: *Dance on the Banks of the River Manzanares,* 1777 (oil on canvas), Goya y Lucientes, Francisco Jose de (1746–1828)/Prado, Madrid, Spain, Giraudon/ Bridgeman Art Library

p. 7: ©Blend Images/SuperStock

p. 8: ©Jaime Razuri/AFP/Getty Images

p. 11: ©AFP/Getty Images

p. 14: ©Lisa O'Connor/ZUMA/Corbis

p. 18: *Limpiando nopalitos* (13 1/2" 3 11 3/4") Gouache painting ©1989 Carmen Lomas Garza; Photo: ©Wolfgang Dietze/Collection of Ramon A. Gutierrez

p. 24: ©Photodisc Green/Getty Images

p. 35: ©Design Pics Inc./Alamy

p. 39: *Come, Oh Spiritual Light,* acrylic, by Emanuel Martinez

p. 44: ©Allen Russell/Index Stock Imagery

p. 45 top: ©AP Photo/Tina Fineberg

p. 45 bottom: ©AP Photo/Tim Larsen

p. 48: ©Ulf Andersen/Getty Images

p. 49: ©Alex Kedler

p. 57: *Mi Casamiento* by Pilar Sala

p. 63: ©Larry Luxner

p. 73: ©Michael Newman/PhotoEdit

p. 78: *The Great City of Tenochtitlan,* 1945, Detail of mural (4.92 x 9.71m) by Diego Rivera. ©2006 Banco de Mexico, Diego Rivera & Frida Kahlo Museums Trust. Av. Cinco de Mayo No. 2, Col. Centro, Del. Cuauhtemoc 06059, Mexico, D.F. Photo: ©Schalkwijk/Art Resource, NY

p. 91: ©TV AZTECA/CUARTOSCURO.COM

p. 95: ©Carlos Ginocchio/Proyecto Cartele

p. 96: *Women walking on the Beach,* 1909 by Joaquin Sorolla y Bastida ©The Art Archive/Musée Sorolla Madrid/Joseph Martin

p. 107 top: ©Juan Medina/Reuters/Landov

p. 107 bottom: ©Westend61/Alamy

p. ... top: ©Jon Hicks/Corbis

p. ... bottom: ©Jim Schwabel/Index Stock Imagery

p. ... ...er Bibikow/Index Stock Imagery

p. ... Monacci/Proyecto Cartele

p. ... *Dog in Front of the Sun,* 1949

(81 cm x 54.5 cm) by Joan Miro. ©2006 Successio Miro/Artist Rights Society (ARS), New York; Photo: ADAGP, Paris/The Art Archive/Kunstmuseum Basel/Dagli Orti

p. 128: *Siempre don Quijote,* (250 x 145 cms) by Andrés Salgo. ©Museo Iconográfico del Quijote, Guanajuato, México

p. 136: ©Katy Horna

p. 137: *Ladies Tailor,* 1957 by Remedios Varo ©2006 Artists Rights Society (ARS), New York; Photo: VEGAP, Madrid/Christie's Images/CORBIS

p. 141: *El Trueque* by ©Jose Garcia Chibbaro

p. 147: ©Chris Hamilton/Aurora

p. 151: ©Rhoda Sidney/PhotoEdit

p. 159: *Ni arriba ni abajo* by ©Nicolás Uriburu

p. 163: ©Lynn Stone/Index Stock Imagery

p. 167: ©AP Photo/Christine Nesbitt

p. 176: Advertisement for *Vitro Envases*

p. 178: *La familia del presidente,* 1967 ©Fernando Botero, courtesy, Marlborough Gallery, New York; Photo: Archivo Iconografico, S.A./CORBIS

p. 183: ©Jose Luis Pelaez, Inc./CORBIS

p. 186, 187: ©2006 Volvo Cars of North America, LLC.

p. 201: *The Enigma of Hitler,* 1937, Oil on canvas (51.2 x 79.3 cm) by Salvador Dali. ©2006 Salvador Dali, Gala-Salvador Dali Foundation/Artists Rights Society (ARS), New York

p. 213 bottom: ©Joan Cortadellas, Barcelona

p. 216: ©Christophe Simon/AFP/Getty Images

p. 224: *Armonia,* 1956, Remedios Varo ©2006 Artists Rights Society (ARS), New York; Photo: VEGAP, Madrid/Christie's Images/CORBIS

p. 229: ©Robbie Jack/CORBIS

p. 232: *Oswalt Krel,* 1499, Albrecht Durer (1471–1528) ©The Art Archive/Pinakothek Munich/Dagli Orti

p. 234: ©Gianni Dagli Orti/CORBIS

p. 235: Courtesy of Argentina Ministry of Culture

p. 236: ©AP Photo/EFE, Hernandez de Leon

p. 239: ©AP Photo/Jose Caruci

p. 243: ©AP Photo/Ricardo Mazalan

courtesy of the Authors.

Literary

p. 10: "San Fermìn y los toros" by Carlos Carnicero, *Cambio 16*, Grupo EIG de Comunicación-Cambio 16.

p. 14: Entrevista con Antonio Banderas, *Interview by Idota Naoim*, Fotogramas Junio 2, 2004, Disparos Certeros.

p. 29: "Las Vecians" by Ana Alomà Velilla, Framingham, MA, printed by permission of the author.

p. 39: "La ùltima despedida" by Ana Maria Salazar, from *Best Chicano Literature*, 1989, ed. Julian Palley, Bilingual Review Press, Arizona State University, Tempe AZ.

p. 49: "La casa de Mango Street" by Sandra Cisneros, *La Casa de Mango Street*, Vintage Español, Vintage Books, Division of Random House, NY, trans. Elena Poniatowska, Susan Bergholz Literary Agency, NY. pp. 3–5.

p. 52: "Ay, papi, no seas coca-colero" by Luis Fernández Caubi, *Diario de las Amèricas*, used by permission from the author.

p. 68: "Primer e-mail" by Lucìa Scoceria, used by permission from the author.

p. 73: ¿Es màs fàcil amarse ahora?" by Josè Antonio Marina, *QUO* Spain, Nr.16, July 2004, Hachette-Fili-pacchi.

p. 86: "Hablan los estudiantes," interviews with students at Saint Anselm Collage, by permissions of the interviewees.

p. 91: "La academia" by Armando Sánchez Lona, used by permission of the author.

p. 107: "Destinos para todos los gustos" by Ùrsula Garcìa Scheibe, *Cambio 16*, Grupo EIG de Comunicación-Cambio 16.

p. 113: "Vuelva Ud. Mañana" by Mariano Josède Larra, public domain.

p. 129: "El lngenioso Hidalgo Don Quijote de la Man-cha" (seleccions). From Cervantes Digital Library.

p. 136: "Un gusto por lo insòlito" by Dr. Ivàn Jiménez Williams, used by permission of the author.

p. 150: "Adiòs, goodbye, goodbye, goodbye" by Dr. Naldo Lombardi, used by permission of the author.

p. 154: "Balada de los dos abuelos" by Nicolàs Guillén, Adriana Dièguez, Sub-director: Agencia Literaria Latinoamericana, La Haban, Cuba.

p. 156: "Negrito" by Talo Laviera, reprinted with permission from the Publisher of AmeRican of Arte Pùblico Press, University of Houston, 1995.

p. 166: "In memoriam" by Federico Garcìa Lorca, from *Obras Completas*, Aguilar S.A. de Ediciones, 1971, copyright. Herederos de Federico Garcìa Lorca; Agencia Literaria Mercedes Casanovas S.L., Barcelona, Spain.

p. 168: "El pescador y el pez" popular tale, Toasiyè Alma Africana, public domain.

p. 174: "Noble Campaña," by Gregorio Lòpez y Fuentes, fom Universidad Veracruzana, Departamento de Publicaciones, Mèxico.

p. 186: "Lo que quieren las mujeres ... en un coche" by Ana Pèrez, QUO, Hachette-Filipacchi.

p. 191: "El delantal blanco" by Sergio Vodanovic, used by permission of the author.

p. 211: "Hablan los usuarios del Internet" Survey by Andreu.

p. 218: "El reino del dragòn de oro" (fragmento) from *El reino del dragòn de oro* by copyright © Isabel Allende, Agencia Literaria Carmen Balcells, S.A., Barcelona, Spain.

p. 233: "Coplas por la muerte de su padre" by Jorge Manrique (Selecciones), public domain.

p. 234: "Nada te turbe" by Teresa de Àvila, public domain.

p. 235: "Cuadros y àngulos Hombre" by Alfonsina Storni, public domain.

p. 237: "Defensa de la Alegrìa" by Mario Bendetti, *Inventario II, Poesìa Completa (1986-1991)* pp. 321–322. Primera reimpresión, enero 1999; first edition by Alfaguara, September 1998, valle del Mèxico, Mèxico.

p. 240: "Mujeres de ojos grandes" by Àngeles Mastretta, from *Mujeres de ojos grandes*, 3rd ed., June 1993, copyright © Àngeles Mastretta, Seix Barral, Barcelona, Spain.

p. 244: "La peste del insomnio" by Gabriel Garcìa Màrquez, from *Cien años de soledad*, Agencia Literaria Carmen Balcells, S.A., Barcelona, Spain.

Realia

p. 8: Cartoon, "*Man reading by sunlight*," author unknown.

p. 26: Cartoon, "*Te fallè como madre Roberto*," by Nick Downes, Cartoonist and Writers Syndicate, New York, NY.

p. 55: Cartoon, Don Gregorio "*¿Asì es que èste es tu nuevo trabajo?* by Carlos Garaycochea, Ediciones de la Flor S.L.R. Buenos Aires, Argentina.

p. 61: Cartoon, "*De acuerdo mañana vengo a buscarte...*" by Llanca Letelier, Canada.

p. 71: Chart on Divorce, "*La curva ascendentes de las rupturas*" from *QUO* Spain, 106, July 2004, Publisher Hachette-Filipacchi.

p. 75: Advertisement, *La Hechicera*, from Vaidades.

p. 82: Cartoon, Quico "*Daughter talking with father as he washes the floor*" by Josè Luis Martìn Zabala, Ediciones B.S.A. Barcelona, Spain.

p. 93: Cartoon, Liniers "*El pingüino Martin contempla...,*" from Macanudo 1, 2nd ed. p. 34, Ediciones de la Flor, B. Aires, Argentina.

p. 97: Cartoon, Ricardo Alvarez Rivòn, *Turey El Taino* "*Friendly Aliens*" San Juan, Puerto Rico.

p. 102: Chart, "*Esta es su talla,*" from Bienvenidos a Miami, Miami, FL.

p. 105: Cartoon, Jimmy Scott, "*Mantenga su derecha*" Revista del Domingo, El Mercurio, Santiago, Chile.

p. 111: Cartoon, Lukas "*¿Quièn me trato de idiota?,*" used by permission of Marìa Teresa Lobos de Pecchenino, Chile.

p. 125: Cartoon, Liniers "*Man with bodypiercing in head,*" from Macanudo 1, 2nd ed. p. 11, Ediciones de la Flor, B. Aires, Argentina.

p. 125: Cartoon, Mena "*Lo siento, pero no estoy programado para amartee*" by Josè Martìn Mena, Madrid, Spain.

p. 165: Cartoon, Norvi, *Man who loves Nature and building a summer home, boat, etc.*, used by permission of the artist.

p. 167: Cartoon, Liniers. "*Estùpidos.*" *Tree cut down.* Ediciones de la Flor, B. Aires, Argentina.

p. 176: Advertisement, "*El vidrio tiene mas de siete vidas*" Source unknown.

p. 182: Cartoon, Liniers. *Man with arms raised* Ediciones de la Flor, B. Aires, Argentina.

p. 187: Picture of women who created the car Volvo YCC. **QUO**, Nr. 104, p. 133, May 2004, Hachette-Filipacchi.

p. 189: Cartoon, Ricardo Alvarez-Rivòn, *Turey El Taino, Canoe Salesman*, San Juan, Puerto Rico.

p. 205 Cartoon, "Vamos, Alberto, ya es tarde despierta," by Quico, Josè Luis Martìn Zabala, Ediciones B.S.A., Barcelona, Spain.

p. 207: Credit line needed: cartoon R11-2 (Daniel Paz) God worrying about DNA "haekers"

p. 221: Cartoon, Ricardo Alvarez-Rivòn, *Turey el Taino,* "Aquì las llamadas sì son ilimitadas."

p. 248: Cartoon, Liniers. *Man posing for artist*, Ediciones de la Flor, B. Aires, Argentina.